Geld Macht und Liebe

Joss Sheldon

Übersetzt von Martina Moser

www.joss-sheldon.com
Copyright ©Joss Sheldon 2017
Auflage 1.1

Alle Rechte vorbehalten

Erstveröffentlichung im Vereinigten Königreich im Jahre 2017.

Übersetzt von Martina Moser.

Umschlagdesign von Marijana Ivanova Design.

Überarbeitet von Cynthia Parten und Madness Jones.

Korrektur von Jayne Clifford-Greening und Roxann Acosta.

„Wenn wir über das Geld einer Nation bestimmen, ist uns egal, wer dort die Gesetze macht."

Nach wahren Begebenheiten

Mit fiktiver Lizenz geschrieben

BUCH EINS

CHARAKTER UND ERZIEHUNG

DAS ENDE

„Ende sind nicht immer schlimm . Meistens sind sie
lediglich noch nicht erkenntliche anfänge."

KIM HARRISON

Stellen Sie sich, falls möglich, folgende Szene vor…

Unsere drei Helden sitzen in einem typisch britischen Pub. Nicht, dass
sie Aufmerksamkeit erregen würden- nein. Könnten Sie sie sehen, würden
Sie wahrscheinlich kein zweites Mal hinschauen. Der erste Mann nippt an
einem halben Liter billigem Ale. Es ist erst sein zweites Glas, obwohl sich
seine Kameraden bereits den vierten Drink genehmigen.

Der zweite Mann trinkt Whiskey und macht es sich in einer Nische
bequem. Er nimmt mehr Platz ein als die beiden anderen Männer
zusammen.

Nachdenklich inhaliert der dritte Mann den Duft der feinen, aus seinem
Rotweinglas strömenden Nuancen während er einen diamantbesetztzen Ring
um seinen Zeigefinger dreht.

Einst waren diese drei Männer drei Babys, die mit lediglich drei
Sekunden Zeitunterschied in drei nebeneinanderstehenden Betten geboren
wurden. Vereint hatten ihre Mütter ihre Schmerzen hinausgeschrien, denn
es handelte sich nicht um drei verschiedene Arten von Geburtsschmerzen,
sondern um eine einzige alles vereinende Qual; eine derartig große Qual,
dass sie sich darüber einig waren, dass sie alle Schmerzen, die Frauen jemals
hatten aushalten müssen, übertrafen.

Diese drei Männer waren einst Kleinkinder, die in drei jeweils drei Meter
breiten, nebeneinanderstehenden Häusern lebten. Jedes Haus hatte drei
Fenster. Alle drei Familien benutzten eine einzige Latrine.

Einst waren diese drei Männer Jugendliche, dann drei Erwachsene.
Verstehen Sie, was ich meine…?

Aber diese Männer sind keine Kleinkinder mehr, auch keine
Jugendlichen.Das Alter hat sie gezeichnet, hat schlangenartige Linien in ihre
Haut gekerbt. Die frische Hautfarbe ist einem fahlen Grau gewichen und wo
einst Haare wuchsen, sind nun Glatzen.

Ihre vielen Gemeinsamkeiten haben sie nicht vergessen; manchmal
waren sie so groß, dass einer die Gefühle des anderen wahrnehmen konnte,
als wären es seine eigenen. Ausgesehen haben sie immer gleich und sich oft
auch auf ähnliche Weise verhalten. Trotzdem hatte ihre Erziehung einen
größeren Einfluss auf sie als ihre angeborenen Charaktereigenschaften.
Durch die Willkür der Umstände auseinandergerissen wurden unsere drei
Helden von drei verschiedenen Ereignisfolgen und drei verschiedenen

Personenkreisen geprägt.

Das führte dazu, dass sie ihr Leben damit verbrachten, drei ganz verschiedenen Zielen nachzujagen.

Dieser Mann hier, dessen Finger vom warmen Bier feucht sind, hat sein Leben damit verbracht, nach der Liebe zu suchen. Der andere Mann, der mit bewusster Gleichgültigkeit Whiskeys hinunterkippt, hat sein Leben lang versucht, Macht zu erlangen. Und dieser Mann mit dem Diamantring, nun, das werden Sie sicherlich bereits erraten haben, wollte in seinem Leben immer nur Geld.

Aber es dabei zu belassen, wäre einfach nicht genug. Lassen Sie uns deshalb, wie bei jeder guten Geschichte, ganz am Anfang beginnen…

DER SCHMELZTIEGEL

„Das Feuer in mir loderte heller als die
Flammen um mich herum."
JOSHUA GRAHAM

Unsere Geschichte beginnt irgendwann in den letzten Jahren des 18. Jahrhunderts am dritten März morgens um drei Minuten nach Drei. Alles stand in Flammen, brannte lichterloh und war in Rauch gehüllt. Aber die Flammen waren zu heiß, um sie zu spüren, die Funken zu grell, um sie zu sehen und der Rauch zu filigran, um den mondlosen Himmel zu verbergen.

Drei mit der gleichen Ziegelsteinart gebaute Reihenhäuser fielen einem unendlichen Flammenmeer zum Opfer. Drei Familien gleicher Abstammung machten ihren letzten Atemzug.

Wie war dieses Feuer ausgebrochen?

Es wäre einfach, Mayers Vater die Schuld zu geben. Als er spät abends betrunken nach Hause kam und aufgrund seines Alkoholkonsums hungrig war, schob er ein Stück Brot und die Überreste einer Lammkeule in den Ofen. Auf der Suche nach mehr Alkohol, drehte er sich um, stolperte über seinen Zeh, schwankte, fiel und schlug sich selbst bewusstlos. Dort blieb er in *Azraels* Armen gebettet liegen, während Brot in Flammen aufging und das Fleisch auf furiose Weise Funken und Rußpartikel durch das Zimmer spuckte.

Gäbe man jedoch diesem Mann allein die Schuld, würde das bedeuten, die Rolle außer Acht zu lassen, die Hugos Vater gespielt hatte.

Während Mayers Vater betrunken durch seine Vorratskammer torkelte, schlief Hugos Vater, in eine Decke gewickelt, die er von einer vereinsamt gestorbenen Tante geerbt hatte, tief und fest. Das hinderte seinen hin und her baumelnden Arm jedoch nicht daran, die Petroleumlampe auf dem Nachttischchen neben seinem Bett umzuhauen; noch hinderte es die Lampe daran, auf dem Boden zu zerschellen und die Kleidungsstücke und Bücher in Brand zu stecken, die dort während einer Nacht hemmungsloser fleischlicher Vereinigung verstreut worden waren. Petroleum ergoss sich über den Holzboden und Flammen züngelten hoch.

Während Mayers Vater stolperte und Hugos Vater um sich schlug, ging Archibalds Vater hin und her. Ziellos wanderte er von einem Zimmer zum anderen. Das wäre eigentlich kein Problem gewesen, hätte nicht die Tatsache bestanden, dass er schlief. In seinem Traum kümmerte er sich um die Wäsche der Familie, sammelte deren schmutzige Unterwäsche auf und steckte sie in einen Eimer mit Seifenwasser. In Wirklichkeit warf er diese Kleidungsstücke ins Feuer. Als er zurück in sein Bett schlafwandelte, ließ er eine Spur brennender Kleider hinter sich. Lodernde Socken verschmolzen mit brennenden Pullis, glühende Unterhöschen vereinten sich mit schwelenden Hemden.

Während sich drei Väter die Schuld für diese Feuer hätten geben können, konnte Klein-Hugo das nicht. Hugo schlummerte träumend in seinem Bettchen. Diese Träume gingen bald in Flammen auf. Hugo träumte, dass er in allen Zimmern Feuer anzündete: Brennende Lampen, Fackeln, Öfen, Herde. Seine Träume waren so lebensecht, so real, dass Hugo davon überzeugt war, er hätte all diese Feuer selbst angezündet.

In giftigen Rauch gehüllt, dem Tod mit engelsgleichen Gesichtern entgegenlächelnd, verlor seine Familie, das Bewusstsein. Hugo jedoch erwachte mit einem Schrei. Vom sechsten Sinn getrieben, seinen Körper vorwärts katapultierend, mit Lungen, die pumpend gegen seine Rippen hämmerten, landete er auf dem Boden und krabbelte, vom Instinkt getrieben, hinaus.

Auch Archibald und Mayer wurden vom gleichen Impuls angetrieben, den sie auf gleiche Weise zu genau der gleichen Zeit verspürten. Auch sie erwachten verschreckt in ihren Bettchen und verspürten den Drang, hinauszukrabbeln.

In der gleichen Reihenfolge, in der sie geboren worden waren, erreichten sie, mit einem Zeitunterschied von jeweils drei Sekunden, einer nach dem anderen die Straße.

Als ihre Eltern und Geschwister zu Asche zerfallen waren und die verkohlten Reste ihrer Häuser zu glühen aufgehört hatten, fanden sich unsere drei Helden von Erwachsenen umringt.

Archibald und Mayer beantworteten alle Fragen, die man ihnen stellte und fanden darum schon bald eine neue Bleibe; Archibald bei einem Onkel und einer Tante; Mayer bei einer Frau, die gerade zufällig vorbeigekommen war.

Hugo jedoch, der von einem unerträglichen Schuldgefühl übermannt worden war, blieb stumm. Ganz egal, wie sehr die Leute es versuchten, niemand brachte auch nur ein einziges Wort aus ihm heraus. Selbst die ihm angebotenen süßen Karamellbonbons, die es eigentlich nur zu Weihnachten gab, konnten ihn nicht zum Sprechen bewegen. Weder Küsse noch Umarmungen, Streicheln, Rückenklopfen, Tränen, Lächeln, Witze oder andere Bitten bewirkten etwas. Hugo weigerte sich das Stofftier, das ihm jemand gegeben hatte, in den Arm zu nehmen. Niemand war in der Lage, Hugo zu helfen. Die Menge begann sich aufzulösen und verschwand schließlich von der Bildfläche. Hugo brachte man in ein weit entferntes Armenhaus.

*****

Durch Geburt vereint wurden unsere Helden durch eine Tragödie auseinandergerissen und ihre Leben sollten in drei sehr verschiedenen Richtungen verlaufen...

BUCKINGHAM TOWERS

„Es gibt Leute, die Geld haben und es
gibt Leute, die reich sind,"
COCO CHANEL

Was gibt es also über Mayer zu erzählen?

Mayer sollte niemals diese Leichtigkeit vergessen, die er verspürte, als er zum ersten Mal Buckingham Towers betrat, das halb freistehende Stadthaus in *Camden*, das seine Adoptiveltern ihr Heim nannten. Er fühlte sich wie ein Außerirdischer; unfähig, den neuen Planeten zu verstehen, den er betreten hatte.

Seine Augen wanderten von den gepolsterten Sofas zu den Einbauschränken, zu den hübschen Accessoires, dem Satin, den Porzellanfiguren, den Spitzendeckchen und Vorhängen.

Mayer erschienen die dunklen Eichenholztüren älter als die Zeit und massiver als das Weltall. Die Tatsache, dass jedes Kind in diesem Haus ein eigenes Schlafzimmer besaß, erschien ihm wie ein verschwenderischer Luxus. Selbst Molly, die Hauskatze, bekam besseres Essen als das, was Mayer gewohnt war.

Mayer fiel es schwer, zu verstehen, was er sah.

Mit vor Staunen offenem Mund trat er sich den Dreck von den Füßen ab, sagte: „Danke", ließ sich hineinführen und kollabierte.

*****

Abe, Mayers Adoptivvater, war nicht in so einem Luxus geboren worden. Der Sohn eines Getreidebauern hatte seine bescheidene Kindheit in der Gesellschaft von Eseln und Mist verbracht.

Hätte man Abe nach seinem Erfolgsgeheimnis gefragt, so hätte er geantwortet, dass lediglich zwei Faktoren eine Rolle spielten.

„Der Erste", hätte er gerufen, „ist harte Arbeit. Man kann nie hart genug arbeiten!"

„Und der Zweite", würde er dann sagen, „ist, sogar noch mehr zu arbeiten!"

Und obwohl bei Abes Aufstieg zweifellos harte Arbeit eine Rolle gespielt hatte, spielte Glück jedoch eine noch größere Rolle.

Abe war in dem Dorf *Hillmorton* geboren worden, einem verschlafenen Ort, der mit Mühlen übersät war, wie eine Frühlingswiese mit Osterglocken. Immer wenn er sein Mehl an diese Mühlen verkaufte, trug sein Vater Abe auf den Schultern. Das machte ihn bei den ansässigen Müllern beliebt. Während der Ernte wurde Abe nach London zu seiner Tante geschickt, der Frau eines Bäckers, die ihn mit den anderen Bäckern seiner Gilde bekannt machte.

Sobald Abe alt genug war, einen Rechen zu tragen, begann er, mit seinem Vater zu arbeiten.

Und wenn er nicht arbeitete, verbrachte er seine Zeit in der Gesellschaft von Ole Jim Diamond, einem Freund der Familie, der eine Schwäche dafür hatte, lebhafte Geschichten über Länder und Schlachten zu erzählen, die er nie besucht bzw. bei denen er nie gekämpft hatte. Im Grunde war Ole Jim Diamonds Leben ziemlich prosaisch gewesen; als Schiffsbauer der Marine, war er nach *Hillmorton* zurückgekehrt, um sich um seine alte Mutter zu kümmern. Aber das hatte ihn nicht davon abgehalten, seine Schäfchen ins Trockene zu bringen.

Dank dieser Verbindungen gelang es Abe von der Eröffnung des Londoner Kanals zu profitieren.

Als Gegenleistung für eine Beteiligung an seinem Geschäft überzeugte Abe Ole Jim Diamond, ihm einen Lastenkahn zu bauen. Da die ansässigen Müller Abe von Kindheit an kannten und ihm daher vertrauen konnten, war es kein Problem für sie, Abe Mehl auf Kredit zu verkaufen. Mithilfe des Kanals und seines Lastenkahns transportierte Abe dieses Mehl nach London, wo er es den Bäckern aus der Gilde seines Onkels verkaufte. Diese Männer waren erpicht darauf, alles Mehl zu kaufen, das sie bekommen konnten, um die steigende Nachfrage nach Brot in der expandierenden Metropole zu befriedigen.

Abe reinvestierte seine Profite. Als seine Frau Mayer adoptierte, besaß er eine ganze Flotte von Lastenkähnen und belieferte beinahe jede Bäckerei im Norden Londons. Er war ein respektierter Händler, der ein kleines Vermögen sein eigen nannte.

Trotzdem, wären da nicht die guten Verbindungen seines Vaters und seines Onkels gewesen, die Eröffnung des Kanals und die wachsende Nachfrage nach Brot, wäre Abe ein bescheidener Bauer geblieben. Aber so dachte er darüber nicht. Abes Meinung nach, hatte er seinen Aufstieg lediglich zwei Faktoren zu verdanken: „Harter Arbeit und harter Arbeit".

Während Abe ein bürgerliches Imperium aufbaute, wurde seine Frau zur Herrscherin ihres Hauses. Sadie war eine mächtige Monarchin mit kräftigen Oberschenkeln und einer gestandenen Persönlichkeit. Sie regierte auf eine Art und Weise, die in Frage zu stellen sogar Abe weder mutig noch dumm genug war.

Sadie, wie Abe, ein Bauernkind, war sich im Gegensatz zu Abe ihres Glückes sehr wohl bewusst. Das machte sie umso entschlossener, ihre neuerlangte Stellung zu verteidigen.

Während sich ihr Mann wie ein normales Mitglied der Arbeiterklasse abrackerte, führte Sadie ein Leben in müßiggängerischem Luxus. Sie kaufte Bücher mit Titeln, wie beispielsweise „Gutes Benehmen" und „Tipps von einer Dame". Sie las darüber, wie man sich bei Dinner-Partys und in der Öffentlichkeit benimmt, wie man Hände schüttelt und Konversationen beendete, wie man sich anziehen sollte und wie man sein Haus einzurichten hatte.

Auf der Suche nach Dingen zum Kaufen, blätterte sie in dem Glauben, dass der Besitz teurer Gegenstände ihre Freunde beeindrucken und ihr Land bereichern könnte, durch die Seiten der Zeitschrift „Sam Beeton's Magazine":

„Meiner Meinung nach braucht unsere moderne Wirtschaft zwei Dinge. Angebot und Nachfrage! Männer müssen hart arbeiten, um schön Dinge bieten zu können und Frauen müssen sich anstrengen, um sie zu bekommen. Überließen wir es den Männern, würde nie etwas gekauft. Und wo kämen wir dann hin? Ich finde, Verbraucher zu sein, ist eine patriotische Pflicht. Uns ist es zu verdanken, dass teure Stoffe aus Indien importiert werden müssen. Wir sorgen dafür, dass die Räder des Empires sich weiterdrehen!"

Eine ähnliche Unterhaltung hatte Sadie vor Mayers Adoption geführt, als ihre Freundin Frau Winterbottom meinte:

„Es obliegt der Verantwortung der Reichen, denen, die weniger als sich selbst besitzen, zu helfen. Zu wissen, dass man sein Geld nicht nur für sich selbst ausgibt, beruhigt wirklich das eigene Gewissen."

Sadie nickte zustimmend.

Diese Worte klangen laut in ihren Ohren, als ihr Wagen an den rauchenden Überresten von Mayers Haus vorbeifuhren. Ohne nachzudenken, stieg sie aus, beugte sich zu Mayer hinunter, hob ihn an seinem Kragen hoch und ließ ihn in den Wagen fallen.

„Ich nehme diesen", sagte sie als würde sie einen Welpen aussuchen. Und wie man so schön sagt: Das war das.

*****

Mayer erinnerte Sadie an sich selbst als Kind; hilflos und glücksbedürftig. Das hatte einen zweiseitigen Effekt. Ein Teil von Sadie liebte Mayer; sie wollte ihn genauso erziehen, wie sie erzogen worden war. Aber ein Teil von ihr hasste ihn; er erinnerte sie unaufhörlich an ihre bescheidene Herkunft, die sie so sehr vergessen wollte.

Sadie adoptierte Mayer aus Liebe; aus dem Wunsch heraus, etwas wirklich Gutes zu tun. Sie gab ihm ein Heim, kleidete und ernährte ihn. Solche Akte der Nächstenliebe waren für ihre Mittelklasse-Existenz, für deren

Zugehörigkeit sie so hart gearbeitet hatte, von größter Wichtigkeit. Aber respektable Mitglieder der Mittelklasse durften den Armen nicht zu nahekommen. Also bewahrte Sadie Distanz. In all den Jahren ihres Zusammenlebens sprach Sadie nicht ein einziges Mal mit Mayer.

Mayer fühlte sich dadurch wie ein weiteres Objekt in Sadies Sammlung, wie ein Klavier oder ein Pony, gekauft, um ihren Status aufzupolieren. Er fühlte sich wie ein Fremder im Haus einer anderen Familie.

Während die Familienmitglieder die Mahlzeiten zusammen einnahmen und Silberbestecke und feines Essen als normal ansahen, aß Mayer mit der Haushälterin Maggs in der verräucherten Dunkelheit der Küche. Es war Maggs, nicht Sadie, die Mayer wie den Sohn eines Gentlemans anzog; mit einer Biberfellkappe, Mantel und schwarzer Krawatte. Es war auch Maggs, die Mayer zur Schule brachte.

Als man Mayer sagte, dass er in die Schule gehen würde, fragte er, ob er in die gleiche Privatschule, wie seine Adoptivbrüder käme. Mit verächtlichem Gesichtsausdruck warf ihm Sadie einen derart feindseligen Blick zu, dass man ihn fast als Kriegserklärung hätte deuten können. Eine verbale Antwort gab sie ihm nicht.

Aber Mayer mochte seine Kirchenschule trotzdem. Obwohl sein Unterricht sich auf das Nötigste beschränkte und statt von Lehrern meist von älteren Schülern abgehalten wurde, wusste Mayer, dass er mehr lernte, als dies bei seiner Geburtsfamilie der Fall gewesen wäre. Keiner seiner Blutsverwandten hatte überhaupt jemals eine Ausbildung genossen.

Es machte Mayer auch nichts aus, dass diese Schule großen Wert auf Religion legte. Tatsächlich war es die Religion, die seine Adoptivfamilie zusammenbrachte. Jeden Abend vor dem Schlafengehen versammelten sie sich im Wohnzimmer, zogen die Vorhänge zu, zündeten eine Kerze an und beteten zusammen. Das war für Mayer die einzige Zeit in der er sich als Familienmitglied fühlte. Mayer reichte das.

LAMBETH MARSH

„Freundlichkeit ist die Sprache, welche di Tauben
hören und die Blinden sehen können."
Mark Twain

Und was geschah mit Archibald?

Archibald wurde von seinem Onkel Raymondo und seiner Tante Ruthie adoptiert.

Wenn es um den Ladenbesitzer und seine Frau geht, sollten zwei Dinge bemerkt werden.

Erstens waren sie alt. Wie alt sie wirklich waren, wusste Archibald nicht, aber für ihn waren sie antik. Mit seinem langen weißen Bart und herzhaftem Lachen erinnerte Onkel Raymond Archibald an all die Bilder, die er von Gott gesehen hatte. Tante Ruthie roch nach Lavendel.

Die zweite bemerkenswerte Tatsache war, dass sie trotz ihres fortgeschrittenen Alters niemals Kinder bekommen hatten. Es lag nicht daran, dass sie es nicht versucht hätten. Ihre Liebesbeziehung war glücklich, leider jedoch nicht fruchtbar.

Ruthie und Raymondo hatten seit ihrer Heirat im Alter von vierzehn Jahren Tag und Nacht versucht, schwanger zu werden. Als sie merkten, dass es nicht klappen wollte, probierten sie jedes Hausmittel aus ihrem Buch. Raymondo ließ sich beschneiden und aß Weißkäse und Fleisch. Tante Ruthie probierte es mit vaginalen Dampfbädern und einem Gebräu aus Rosmarin, Lavendel, Oregano, Ringelblume, Basilikum und Rosen. Sie liebten sich im Dunkeln und im Schein von hundert Kerzen, im Haus und im Freien, im Beisein vom Nordwind und auch vom Südwind.

Nichts half.

Raymondo war sicher, dass es an Ruthie lag, die hingegen glaubte, dass er der Verantwortliche sei. Beide Ehepartner waren jedoch zu rücksichtsvoll, um ihrem Partner die Schuld zu geben. Tatsächlich gaben sie beide zu, dass es an ihnen lag, nur um das Gewissen ihres Ehepartners nicht zu belasten. Jeder glaubte an das Bekenntnis ihres Partners, wodurch ihr Glauben an ihre eigene Unschuld noch bestärkt wurde.

An wem auch immer es lag, eines wurde ihnen klar: Sie würden niemals ein Kind haben.

Dann stand, aus heiterem Himmel, Archibald vor ihrer Tür. Für Raymondo und Ruthie war es das Wunder aller Wunder. Ihnen kam es vor, als ob Gott endlich ihre Gebete erhört hätte. Zusammen mit ihren Nachbarn stießen sie mit Ale an und empfingen Archibald mit all der Liebe und Zuneigung, die sie jahrelang aufgespart hatten.

*****

Archibalds Kindheit spielte sich in drei Bereichen ab: In seinem Zuhause, im Geschäft seines Onkels und in seinem Dorf *Lambeth Marsh*, einer verschlafenen Siedlung am Südufer der Themse.

Lambeth Marsh war wie ein Patchwork Teppich und bestand aus Garten-Märkten und dichten Hecken, zusammengehalten von dem Familiengeschäft, einer Kirche und dem Pub „Zu den drei Hufeisen". Dort ging Raymondo jeden Abend hin, setzte Archibald auf seine Knie, zündete seine Pfeife an und spielte *Cribbage*. Archibald hielt die Karten seines Onkels. Die anderen Dorfbewohner gratulierten ihm jedes Mal, wenn Raymondo gewann und neckten ihn, wenn er verlor, als ob es Archibald sei, der spielte und nicht sein Onkel.

Während die Kneipe der abendliche Treffpunkt war, hielt Raymondos Laden die Gemeinde tagsüber zusammen. Jedermann kam herein. Sie verbrachten etwas Zeit damit, sich die Dinge zu kaufen, die sie brauchten aber nicht selbst herstellen konnten, und viel Zeit damit, über die alltäglichen Dinge im Dorfleben zu klatschen.

Sie sprachen über das Wetter, die Ernte und die wichtigsten Ereignisse des Tages; wie London sich immer weiter in ihre Richtung ausbreitete, über die neuen Fabriken, die überall wie Pilze aus dem Boden sprossen und über die botanischen Gärten, die immer noch argwöhnisch betrachtet wurden, auch wenn es sie bereits seit zwei Jahrzehnten gab.

Archibald hörte sich zu Füssen seines Onkels sitzend diese Unterhaltungen an, während er mit seinem Holzspielzeug spielte; einer Figur, die ihm Bobby Brown der Dorfschreiner geschnitzt hatte. Bobby hatte nichts dafür gewollt, aber Raymondo gewährte ihm ein Guthaben in seinem Geschäft und bei seinem nächsten Ladenbesuch konnte er dafür ein Paket Kerzen mitnehmen.

Raymondo versuchte, Archibald davon zu überzeugen, dass die Figur ein Soldat wäre.

„Peng! Peng!" scherzte er, wobei er seine Finger in Form einer Pistole krümmte. Aber Archibald bestand darauf, dass die Figur eine Dame sei. Er kleidete sie in alle möglichen Stoffreste, die er fand und fertigte ihr aus den Resten eines alten Mobs Haare an.

Archibald spielte auch gerne mit den gleichaltrigen Dorfkindern. Er war nie ein Raubein oder Draufgänger. Schon bald wurde er bei den Mädchen sehr beliebt.

„Du bist ja ein richtiger Casanova", scherzte Ruthie wann immer sie nicht „ich liebe dich" oder „wer ist der kleine Liebling von Tante Ruthie? Du bist es! Ja, das bist du!" sagte.

Tante Ruthie war eine tüchtige Geschäftsfrau. Sie arbeitete im Laden, wenn Raymondo unterwegs war, brachte Archibald Lesen und Schreiben bei und hielt ihr kleines Haus in Ordnung.

Ihr Heim bot alles, was man zum Leben brauchte aber wenig Luxus. Es gab Wände aber keine Tapeten; Böden, aber keine Teppiche; ein Dach, aber keine Zimmerdecke; Fenster, aber keine Vorhänge; Regale, aber keine Schränke; Töpfe, aber keine Pfannen. Onkel Raymondo besaß eine Bibel, aber selbst die hatte keinen Umschlag mehr. In seinem Tintenfass gab es immer nur eine Art von Tinte: schwarze. Es gab einen Kamin, in dem fröhlich ein Feuer vor sich hin knisterte, ein einziges Messer und einen einzigen Stuhl, den die Familie abwechselnd benutzte. Abgesehen davon gab es nicht ein einziges Atom eines Möbelstückes in ihrem Heim. Einmal hatte Ruthie eine Fußmatte gekauft, fand das dann aber doch zu extravagant und zerschnitt sie in einzelne Quadrate, die sie zum Schrubben des Fußbodens benutzte.

*****

Aus Raymondos einzigem Frack, den Ruthie mit ihrer einzigen Schere auseinanderschnitt, nähte sie mit einer geborgten Nadel Kleidung für Archibald. Nach langer Diskussion einigte man sich, einen Satz neuer Unterwäsche für Archibald zu kaufen. Das einzige Kleidungsstück, das Archibald außerdem bekam, war Raymondos Hut, der so groß war, dass er ihm bis über die Augen ging.

Archibald gefielen diese Kleider aber er liebte sie nicht. Er *liebte* es, Ruthies einziges Make-up Utensil zu benutzen, einen Eyeliner, den sie seit mehr als einem Jahrzehnt nicht mehr benutzt hatte. Sich keiner sozialen Konventionen bewusst und geschlechtlichen Stereotypen gegenüber gleichgültig, bereitete es ihm unglaublich viel Freude, den Eyeliner zu benutzen, um sich hübsch zu machen.

Er hörte auf, ihn zu benutzen, nachdem Ruthie es ihm verbat:

„Nun, nun, mein Liebling, Jungs benutzen kein Make-up."

Anstatt den Eyeliner zu benutzen, zog Archibald Ruthies Sonntagskleid an. Für ihn war das ein Kompromiss; er blieb sich selbst treu, indem er seine feminine Seite erforschte, aber er respektierte auch Ruthies Wünsche. Er liebte Ruthie so sehr, dass er alles getan hätte, um ihr zu gefallen.

Es war nicht genug. Als sie ihn in dem Kleid sah, wurde sie fuchsteufelswild und schmiss ihren einzigen Holzlöffel gegen ihre einzige Holztür. Dann umarmte sie Archibald mehrere Minuten lang und tröstete ihn mit einem Schwall erstickender Liebe:

„Oh, es tut mir leid. Ich liebe dich mehr als alles andere auf der Welt, mein kleines Wunderkind. Ja, das tue ich! Oh ja, das tue ich wirklich!"

Archibald trug niemals wieder Frauenkleider.

*****

So war Archibalds Jugend.

Er schlief unter einem Schreibtisch neben einem Haufen Kohlen, von wo aus er die Geräusche krähender Hähne und drehender Räder hören konnte. Seine Morgen verbrachte er zuhause, seine Nachmittage im Geschäft und seine Abende in der Kneipe. Ihm gehörten nur wenige Dinge aber er wurde von vielen Menschen geliebt. Und das genügte Archibald.

ST. MARY MAGDALEN'S

„Die Reichen sind reicher und die Armen
ärmer geworden."
PERCY SHELLEY

Und was gibt's von Hugo zu berichten?

Während Mayers Ausbildungsweise derjenigen individueller Verbraucher entsprach und die von Archibald vom Leben innerhalb der Gemeinde geprägt war, wurde Hugo einfach sich selbst überlassen.

Er wurde unauffällig auf dem Treppenabsatz vom Armenhaus *St. Mary Magdalen's* in *Bermondsey* abgesetzt, genau wie Moses im Schilf. Dort lag er im Schatten, während das Abwasser beinahe seine Füßchen erreichte.

Wann immer er in seinem späteren Leben über seine Zeit im St. Mary Magdalen's befragt wurde, hatte Hugo Schwierigkeiten spezifische Einzelheiten zu erzählen. Er konnte sich an die große Anzahl von Kindern erinnern, war jedoch unfähig, sich ihre Gesichter in Erinnerung zu rufen. Er erinnerte sich an die Schmerzen aber nicht an die Strafen; an die Mühe aber nicht an die Arbeit. Eine Sache blieb ihm jedoch im Gedächtnis: der unerträgliche Gestank des Ortes. Er konnte noch den üblen Geruch des Pissoirs und die bittersüßen Schwaden riechen, die aus der Leichenhalle kamen. Selbst wenn er nur zu diesem Ort befragt wurde, musste er sich beinahe übergeben.

Dieser Geruch war das Letzte, an das er sich in den darauffolgenden Jahren erinnerte und das Erste, was er bemerkte, als er ankam.

*****

„Nun, ich glaube, wir werden dich aufnehmen müssen", sagte der Aufseher und sah dabei genauso uninteressiert aus, wie er sich anhörte.

„Es tut mir leid", antwortete Hugo, der mit der auf ihm lastenden geerbten Schuld seiner Familie froh war, überhaupt irgendwo willkommen geheißen zu werden.

„Stell es dir bloß nicht zu einfach vor, Junge. Hier hat jeder sein Päckchen zu tragen; die Jungen genauso wie die Alten. Wir dulden hier keine Faulpelze! Das ist hier kein Ort für Goldgräber."

„Ja, mein Herr. Ich bin Ihnen sehr dankbar, mein Herr. Es tut mir wirklich sehr leid, mein Herr. Ich verdiene ihre Freundlichkeit wirklich nicht."

„Stimmt! Tz tz tz, stimmt genau! Tz tz tz tz tz."

Der Aufseher führte Hugo durch eine Krankenstation, die einem Fiebernest glich, in dem Tuberkulose, Cholera und allgemeiner Verfall sich ihren Weg durch die ausgemergelten Körper der Armen aus der Hauptstadt fraßen. Er führte Hugo an ein paar hohen Gefängnistoren und an einem

Schild mit der Aufschrift „Gott ist Liebe" vorbei und in die Kinderkrankenstation, wo er Hugos Schädel rasierte und ihm eine aus braunem Sackleinen gemachte Uniform verpasste.

Zerbröckelnde Wände schauten mit überheblicher Respektlosigkeit hinab auf die Risse in den Bodenbrettern.

Babys weinten, Kleinkinder husteten und Kinder klammerten sich schreiend an die letzten Besitztümer verstorbener Eltern; an zerbrochenes Porzellan, ausgeblichene Kleider, Bücher, Kerzen und Decken.

Man zeigte Hugo sein Bett: ein enger, mit Stroh ausgestopfter orangefarbener Verschlag, den er sich mit zwei anderen Jungen teilen musste. Der Aufseher drehte sich um und ging.

*****

Ein Tag verlief genau wie der andere und eine Stunde verbrachte man an ziemlich dem gleichen Ort, wie die letzte: im Schlafsaal. Diesen Ort verließen die Waisen von St. Mary Magdalen's nur, um die Kapelle zu besuchen.

Das Essen war dermaßen widerwärtig, dass Hugo befürchtete, dass er einen andere Jungen verspeisen könnte. Sich in der gemeinsamen Waschschüssel zu waschen war so unnütz, dass er es, so oft er konnte, vermied und die Arbeit war so langweilig, dass er fast dabei einschlief.

Die Jungen aus Hugos Schlafsaal mussten Hanffasern aus einem Seil ziehen. Es war harte Arbeit. Es sollte harte Arbeit sein, um alle, die in ein Armenhaus ziehen wollten, von vornherein abzuschrecken. Aber es lohnte sich, denn der Aufseher betonte immer wieder:

„Ihr dient eurem Land und helft der Marine. Das ist die einzige Art und Weise, wie so ein Haufen von Kanalratten sich jemals nützlich machen kann. Tz tz, das ist nur zu wahr, tz tz tz."

*****

Manchmal wurde Hugo wütend, manchmal resignierte er.

Er sagte sich selbst, dass er es nicht besser verdient hätte; dass er ein verachtenswertes Kind sei, der seine Familie umgebracht hatte. Er sagte sich, dass er nichts Besseres erwarten könne; dass er Busse für seine Verbrechen tat. Und er sagte sich, dass, wenn er sich etwas Besseres wünsche, er es sich verdienen müsse; Arbeit war gut für ihn; er war dem Aufseher nicht egal; seine Art von Liebe war Strenge.

„Es tut mir leid", sagte er jedes Mal, wenn er ermahnt wurde. Nur „es tut mir leid", niemals etwas Anderes.

Im Geiste entschuldigte er sich bei der Familie, die er umgebracht zu haben glaubte. Aber davon sprach er, aus Angst, dem Henker übergeben zu werden, nie. Aus diesem Grund nahm der Aufseher an, dass er wegen seiner schlampigen Arbeit immer „es tut mir leid" sage, was ihn darin bestärkte, zu glauben, dass Hugo bestraft werden müsse.

Jedes Mal, wenn er das Seil fallen ließ, wurde er geschlagen und gepeitscht, wenn er nur nieste. Wenn Stevie Davidson, das krumm gewachsene Kind, mit dem er das Bett teilte, ihn boxte, mussten sie beide den Boden des Kinderheims schrubben. Sobald sie fertig waren, stieß der Aufseher zwei Eimer mit Kohlen um und ließ sie von vorne beginnen.

Hugo beschwerte sich nicht, Jungen wurden bestraft, wenn sie sich beschwerten; und Hugo fand, dass die Strafe verdient war, weil er in ihr Bett gemacht hatte und Stevie so dazu gebracht hatte, ihn zu boxen.

Hugo glaubte, dass er jede Strafe verdiene, die seines Weges kam. Aber gleichzeitig fühlte er ein leichtes Nagen. Eine innere Stimme flüsterte, dass es ihm bessergehen könne; dass es jedem bessergehen könne als so.

Das war also Hugos Jugend: In Schuld geboren und in Verwirrung gelebt.

Hugo reichte das nicht wirklich.

SCHLAMMGRÄBER

„Bitte, mein Herr", antwortete Oliver. „Ich
möchte noch mehr."

CHARLES DICKENS

Hugo hielt seine leere Schüssel hin:

„Bitte, mein Herr, kann ich noch etwas bekommen?"

„Aber natürlich mein lieber Junge!" antwortete der Aufseher. „Tz tz tz,
also wirklich!"

Hugo wartete, aber nichts passierte:

Bitte, mein Herr, kann ich noch etwas Hafergrütze haben?"

„Natürlich kannst du das, junger Mann. Du kannst alles haben, was du
willst; Hefegebäck mit Schmierkäse, nachmittags Schmusekatze im Ritz,
Kaviar und Leberpastete. Warum, mein Lord, wage ich zu sagen, möchten
Sie es nicht mit einem Glas des feinsten Champagners in *Christendom*
herunterspülen. Du musst nur hinausgehen und es dir holen."

„Wohin gehen, mein Herr?"

„Irgendwohin! Irgendwohin, außer hier. Wir haben dich lange genug
gefüttert und das hat mehr gekostet als deine Arbeit eingebracht hat. Tz tz,
ist wirklich so. Was bist du: Ein Mann, der sein Leben selbst in die Hand
nehmen will? Oder eine Pflanze, die erwartet, dass man sich um sie
kümmert?

„Mach, dass du wegkommst! Pack deine Sachen und hau ab. Geh und
hol dir deine Hummer-Frittate mit geräuchertem Lachs. Tz tz tz tz tz."

*****

Hugo wurde mehr oder weniger auf dieselbe Art und Weise aus dem
Armenhaus geworfen, wie man ihn viele Jahre zuvor hineingeworfen hatte:
unrühmlich.

Er zog hinaus auf *Bermondseys* schlammige Straßen. Links von ihm gab
es Gerbereien, Kürschner und Pelzhändler, deren Behausungen sich am
Südufer der Themse befanden. Zu seiner Rechten waren ein paar
Chemiefabriken mit ihren giftigen Abwasserkanälen.

Dort gab es Menschen, so viele Menschen; und es gab Ratten, so viele
Ratten; solche, die Pferde erschrecken konnten, solche, die versuchten,
einen zu beißen. Hugo machte um alles einen weiten Bogen.

*****

Müde und hungrig wie er war, brauchte Hugo Hilfe. Sie kam in der
Gestalt einer schlammverschmierten kleinen Kreatur mit
schlammverhärtetem Haar und schlammbedeckten Kleidern, mit Schlamm
in ihren Schuhen und Schlamm in den Taschen. Vielleicht hatte Hugos

Erscheinung das Herz des Mädchens erwärmt. Er war eine dreckige, farblose Erscheinung. Oder vielleicht hatte sie einfach Mitleid mit unserem erbärmlichen Helden. Das werden wir niemals erfahren.

Jedenfalls rief sie ihm zu:

„Was für traurige Augen, ich glaube, so traurige Augen habe ich noch niemals gesehen. Ach du liebe Güte, was haben wir denn da? Tja, tja, tja. Jiminy Crickets!"

Ihre schlammverschmierten Finger glitten Hugos Wange entlang:

„Also gut, Herr Crickets, kannst du nicht reden?

Hugo sah in ihre schlammtrüben Augen und versuchte, zu antworten. Er konnte es nicht. Er senkte den Kopf, atmete ein und nahm alle Kraft zusammen, die er aufbringen konnte. Schließlich brachte er sieben mickerige Worte hervor:

„Entschuldigung, ich bin Hugo. Was bist du?"

„Was ich bin? Was bin ich, he, Mr. Ah Hugo Crickets? Meine Güte. Sehe ich für dich wie ein „Was" aus?

„Es tut mir leid."

„Ah, du bist es wirklich, Herr Ah Crickets. Du bist es wirklich! Nun, junger Cricketty, ich bin Sammlerin oder besser gesagt Schlammgräber, wie wir uns gerne selber nennen. Wir suchen. Bei niedrigem Wasserstand graben wir alle möglichen Schätze aus dem Schlamm und verkaufen das Zeug an alle, die es kaufen wollen."

„Kapiert."

„Ha, denke nicht, dass dich das jetzt interessiert, stimmt's Herr Ah Crickets? Dir ist eher danach, einen Happen in deinen Bauch zu bekommen und dir etwas in den Hals zu schieben."

„Was zum Essen? Ja, 'tschuldigung."

„Dachte ich mir's. Ach ja. Hab dich gesehen und gedacht: 'Der Kerl braucht was zwischen die Zähne'.

„Nun, Herr Ah Crickets, ist heute dein Glückstag. Wir haben uns ein paar Aale in Gelee besorgt, direkt von der Ladefläche von Herrn Ribbetts Laster, ja genau das haben wir getan. Ist wirklich dein Glückstag!"

Hugo grinste.

Das Mädchen fuhr fort:

„Ich heiße Delilah, aber meine Freunde nennen mich Dizzy. Du kannst Delilah zu mir sagen."

*****

Hugo aß seine Aale in Gelee mit gieriger Verzückung. Seiner Meinung nach schmeckten sie besser als Kaviar und Gänseleberpastete. Sie waren nicht einfach nur ein Abendessen, sondern ein Familienessen für einen Heimkehrer.

Das Haus, in dem Hugo Unterschlupf fand, war eine verlassene Hütte mit Säcken als Bettzeug und Verschlägen als Betten. Durch die löcherigen von Holzwürmern zerfressenen Deckenpanelen konnte man Schilfrohr sehen.

Zu Hugos neuer Familie gehörten Dizzy und zwei junge Iren, Izzy und Jo, deren Eltern gezwungener Weise als Bedienstete nach Amerika geschickt worden waren.

„Weiße Sklaven", sagte Izzy. „Schulden-Sklaven. Nennen wir sie das, was sie sind oder wenigstens was sie waren. Inzwischen haben sie wahrscheinlich schon ins Gras gebissen."

Izzy war ein gutes Beispiel dafür, was für eine Wirkung Kleider und Aufmachung haben konnten. Ihre schäbige Weste und den verschließenden Blazer hatte sie so umgestaltet, dass sie beinahe wie ein Tailleur und eine Bluse aussahen. Ihr zerzaustes Haar hatte sie so gekämmt, dass es glänzend aussah, so, als wäre es mit Bienenwachs in Form gebracht worden und der Staub um ihre Augen wirkte genauso elegant wie billiger Mascara.

Von einem gewissen Blickwinkel aus betrachtet, hätte Izzy als Tochter eines Edelmanns durchgehen können. Von einer anderen Seite aus betrachte, wirkte sie wie eine Bettlerin. Wie das bei verlassenen Kindern so ist, bei Menschen ohne Vergangenheit, Verbindungen oder Status, gelang es Izzy jederzeit, sich als Mitglied einer beliebigen sozialen Klasse auszugeben.

Jo sah andererseits wie ein normaler Vagabund aus. In seiner Cordhose waren mehr Löcher als in einem Stücke Emmentaler Käse. Seine Weste war durch das dauernde Tragen vergilbt und seine Socken bestanden nur noch aus lose miteinander verbundenen Fäden.

Aber was auch immer man über ihre Erscheinung denken mochte, es gab Wärme in diesen Kinderherzen. Sie floss aus ihnen heraus als sie Zigeunerlieder sangen: „Der dunkeläugige Seemann", „der weibliche Kabinen-Junge" und „die sanfte Annie". Lieder, die von Heimatlosen und Streunern seit zahllosen Generationen gesungen worden waren.

Nachdem sie gesungen hatten, unterhielten sie sich. Und nach einer Weile brachten sie die Sprache auf das Thema Diebstahl.

Es machte Hugo nichts aus, dass sein Essen gestohlen worden war, Hauptsache er hatte sich den Bauch vollschlagen können, aber er war entschlossen, sein Geld selbst auf ehrliche Weise zu verdienen.

„Ja, ja, so denken wir alle am Anfang", antwortete Jo. „Aber dann wird es eine Woche geben, in der du keinen Brotkrumen isst. Dann wirst du deine Meinung so schnell ändern wie der Wind seine Richtung."

„Ach, lass ihn doch in Ruhe, ok?" schnauzte Dizzy. „Wenn Herr Ah Crickets nix klauen will, dann ist das so. Ist doch nur so ein dünner kleiner Teufel, zur Hölle, der könnte doch gar nicht von den Fallen wegschwimmen.

Alle redeten durcheinander, außer Hugo.

„Zudem", fuhr Dizzy fort. „Diese Schlammgraberei ist ja nicht für immer, aber sie sorgt im Moment dafür, dass wir was zu beißen haben. Ich will zur See fahren. sobald ich einen Kapitän gefunden habe, der mich mitnimmt."

*****

Hugos erster Tag im Schlamm begann bei Sonnenaufgang. Er fing im Dreck an und ging mit Exkrementen weiter.

Hugo gab besonders Acht darauf, um die Abwasserpfützen, die sich am Ufer der Themse bildeten, auf Zehenspitzen herumzutrippeln.

Als Hugo eine tote halb verweste und mit Fliegen bedeckte Katze sah, hätte er beinahe geschrien. Dizzy lachte nur, hob sie auf und warf sie zur Seite.

„Herr Ah Crickets", sang sie. „Wie geht's dir jetzt? Die Katze hat dir die Sprache verschlagen, nicht wahr?"

Sie kicherte vor sich hin während sie weiterschlenderte.

Hugo heftete sich wie ein Lehrling, der seinem Meister folgt, an ihre Fersen.

Auf diese Art und Weise füllten Dizzy und Hugo, knietief im Schlamm stehend, ihre Taschen mit Eisenstücken, Hanf und Holz. Immer wenn ein Frachtschiffer ein Stücke Kohle ins Wasser fallen ließ, schnappte es sich Hugo schnell. Er stakte durch den Morast, um die Seile und das Kupfer, das von Frachtschiffen fiel, einzusammeln. Und wenn die Flut kam, sammelte er einen Korb von angeschwemmtem Holz.

Bei Tagesende fühlten sich seine Beine wie in Streifen geschnittene Bänder an, sein Körper war gebräunt und seine Arme wie taub:

„Was jetzt?"

„Jetzt machen wir uns an die Arbeit."

„Arbeit? Ich dachte, wir hätten den ganzen Tag lang gearbeitet."

„Den ganzen Tag? Der Tag hat gerade erst angefangen, Herr Ah… Crickets. Meine Güte, du bist wirklich so grün hinter den Ohren wie Gras im Frühling. Ach du liebe Güte! Komm schon Kleiner, wir müssen uns beeilen."

Sie gingen zu Fuß nach *Limehouse*, wo sie all die Schrauben und Muttern verkauften, die sie ausgegraben hatten. In dem Stadtteil waren die Marinehändler immer erpicht darauf, solche Dinge zu kaufen. Dann gingen sie von Tür zu Tür, um den Familien, die Brennstoff brauchten, Kohle und Holzstücke zu verkaufen.

Als sie fertig waren, hatte sich der Himmel mit Sternen gefüllt und ihre Taschen waren voller Pennies. Sie kauften sich Brot und genossen den Feierabend mit Liedern und Sandwiches.

*****

Es waren die besten Zeiten. Es waren die schlimmsten Zeiten.

Schlammgefüllte Tage ergossen sich in Nächte voller Lieder.

Hugo besaß keine Spielzeuge und für Spiele hatte er wenig Zeit. Aber er sammelte Dinge, die er niemals behalten konnte: Schneeflocken, die zerschmolzen, Früchte, die verfaulten, Hausmäuse, die entwischten und Frösche, die davonhüpften.

Hugo und seine Freunde überlebten. Ihre Verdienste waren mager aber normalerweise konnten sie es sich erlauben, zu essen. Was ihnen an Einkünften fehlte, glich ihre Unabhängigkeit aus. Sie hatten einander und sie arbeiteten viel besser als die älteren Schlammgräber, die mit ihnen nicht Schritt halten konnten.

Im Winter waren kaum zehn Schlammgräber in ihrem Gebiet. Ohne viel Konkurrenz waren die Zeiten gut. Im Sommer jedoch gesellten sich weitere fünfzehn Seelen zu ihnen. Dann wurde das Leben hart.

Die meisten der anderen Schlammgräber waren Kinder von Bergarbeitern; robuste Iren, die ihr Geld damit verdienten, indem sie Kohlen auf die Schiffe schaufelten, die am *Newlands Kai* anlegten. Hugo beneidete sie wegen ihrer Kleider. Ihre Hosen waren geflickt, während seine eigene voller Löcher war. Sie trugen Hemden mit Kragen, Kappen mit Sonnenschutz und richtige Pullover. Hugo musste seine Kleider mit alten Zeitungen isolieren.

So war Hugos Leben.

Während ihm Sprechen schwerfiel, war er gewitzt darin, Dinge zu beobachten. Er beobachtete die Arbeiter beim Be-und Entladen der Schiffe als wären sie Schauspieler auf einer Bühne. Ihre Muskeln spannten sich, ihre Rücken waren gekrümmt und ihre Augenbrauen vom Schweiß durchtränkt. Er beobachtete Kartoffelgräber, Lastenträger, Werfer, Lieferanten, Packer und Presser; Männer mit der Kraft und Ausdauer eines Ochsen aber mit wenig Bildung. Und er beobachtete die Diebe; die Lumpensammler, die Kohle klauten, die Schmuggler, die Import-Steuern unterschlugen, die Flusspiraten, die sich nachts hinausschlichen und die Männer mit den Leuchten, die Schiffe absichtlich vom Kurs abbrachten, um sie auszurauben.

Von all diesen Gaunern lernte Hugo, setzte aber sein Wissen nicht in die Praxis um. Solange er genug zum Leben hatte, sah er keinen Sinn darin, zu stehlen.

*****

Niemand möchte ein böser Mensch sein, aber nicht jeder hat die Möglichkeit, gut zu sein.

So war es auch bei Hugo. Er hatte seit acht Tagen nichts gegessen und der Absatz aus dem Buch der Sprüche Salomons Kapitel sechs, kam ihm in den Sinn: Ein Dieb wird nicht verachtet, wenn er stiehlt, weil er am Verhungern ist."

‚Wäre das so schlimm?' fragte er sich. ‚Wirklich? Ich bin schließlich nur ein ausgemergelter kleiner Schlammgräber; einer der Feuer gelegt und seine Familie umgebracht hat. Würde es mich wirklich schlechter machen, als ich schon bin, wenn ich ein Dieb würde? Kann ich wirklich erwarten, dass aus mir jemals etwas Besseres wird?'

Hugo war ausgehungert. Er konnte fühlen, wie sich seine Muskeln zersetzten und sein Herzschlag flatterte. Vitaminmangel hatte seiner Haut einen fahlen Gelbton verliehen; er war kurzatmig und lethargisch. Er war versucht, zu handeln, solange er noch die Kraft dazu hatte…

*****

In dem Jahr, als Hugo als Schlammgräber arbeitete, war ihm eine Gruppe von Schiffsbauern aufgefallen, die am Ende jeder Schicht Material, wie Stoffe oder Seile, mitgehen ließen. Von ihrem Vorarbeiter wurden sie niemals daran gehindert.

Als Hugo Erkundigungen einzog, fand er heraus, dass diese Männer seit Monaten nicht bezahlt worden waren. Es war ihnen erlaubt worden, diese Dinge als Zinsen auf den geschuldeten Lohn mitzunehmen.

Neugierig setzte Hugo seine Beobachtungen fort, weil er sehen wollte, was sie mitnehmen würden. Er sah einen Zimmermann, den man den „ehrlichen Jim" nannte, der immer nur die kleinsten Dinge mitnahm: ein bisschen Tuch oder Holz, niemals mehr. Und er sah einen Zimmermann namens „Crafty Chris", der alles nahm, was er bekommen konnte. Hugo sah, wie er Bänke, Seile, Leitern und ein Dingi-Segel mitnahm.

Hugo spionierte diesen Schiffsbauern nach und stellte sich vor, was sie mit den mitgenommenen Sachen tun würden. Es war bei dieser Herumspioniererei, dass er schließlich sah, wie sie bezahlt wurden. Nur, dass man sie nicht mit Münzen bezahlte. Pennis, Schillinge und Pfunde, die Edelmetalle wie Gold und Silber enthielten, waren, solange man sich erinnern konnte, knapp. Um also diese Schiffsbauer zu entlohnen, wurden sie mit geprägten Nägeln bezahlt. Hugo fand das bizarr, bis man ihm erklärte, dass die lokalen Geschäfte diese Nägel anstelle von richtigen Münzen akzeptierten. Sie wussten, dass sie ihr Geld bekamen, sobald die Schiffswerft

Bargeld bekam.

Mit diesem Wissen betrat Hugo das Boot vom ehrlichen Jim. Mit einem Besen in einer Hand und einem Tuch in der anderen, bot er sich an, das Deck zu schrubben, so wie er es oft tat, wenn die Zeiten schwierig waren.

Der Vorarbeiter gab ihm, wie immer, eine schroffe Absage:

„Ich kann für mich selbst keine zwei Münzen zusammenkratzen. Was glaubst du, wie ich einen Schmarotzer wie dich bezahlen kann?"

Mit einer Geste als wäre er beleidigt worden, wendete sich der Vorarbeiter ab und Hugo nutzte die Gelegenheit, um sich von seinem Schreibtisch eine Handvoll Nägel zu klauen.

„Du bist ein ganz gemeiner alter Kerl, schrie Hugo als er das Boot verließ. „Ein richtig böser alter Knacker!"

Hugo hatte ohne zu überlegen gehandelt, was wahrscheinlich das Beste gewesen war. Hätte er darüber nachgedacht, hätte er sich vielleicht zurückgehalten und wäre vielleicht verhungert.

Nachdem es nun so gelaufen war, lief Hugo schnurstracks zur Bäckerei „Brown's Bakery", wo er seine Nägel gegen drei Laib Brot eintauschte. Frau Brown warf ihm mit gerunzelter Stirn einen prüfenden Blick zu, der an einen Schuldspruch grenzte. Sie wusste jedoch, dass seine Nägel so gut wie Münzen waren und so zog sie es vor, keine Fragen zu stellen.

In der Nacht aßen Hugo und seine Freunde zusammen.

„Damit haste die Aale zurückgezahlt, haste wirklich." Sagte Dizzy zu ihm. „Hab gewusst, dass du es tun würdest, hab's gesagt. Oh ja, Herr Ah Crickets, hab' ich ganz sicher!"

*****

Nachdem er angefangen hatte, konnte Hugo nicht mehr damit aufhören. Jedes Mal, wenn er drei Tage lang nichts gegessen hatte, stahl er.

Er fing bei den Docks an, wo er an Bord von Schiffen kletterte und alles klaute, was er konnte: Wolle, Zucker und Baumwolle von den Kolonien; Taue, Draht und Ketten von den Booten selbst. Manchmal verkaufte er Holzstücke und akzeptierte gestohlene Taue als Bezahlung. Andere Male stopfte er sich das Seil unter sein Hemd.

Von Schuldgefühlen zerfressen, fühlte Hugo sich sogar noch heruntergekommener als vorher. Er nannte sich selbst einen *Brandstifter, eine Kanalratte und einen Dieb*. Immer wenn er stahl, flüsterte er die Worte „Es tut mir leid."

Hugo war verwirrt. Für ihn war die Grenze zwischen Diebstahl und Unterschlagung verschwommen und er war nie ganz sicher, wo das eine endete und das andere begann:

‚Stehle ich denn nicht auch, wenn ich Dinge im Schlamm finde? Arbeite ich etwa nicht, wenn ich stehle? Beides füllt meinen Bauch mit Essen. Ist das nicht das Wichtigste?'

Hugo war sich nicht sicher. Eines war jedoch sicher: Hugo stahl vom Flussufer bis zur Stadt und von der Stadt zum Stadthaus. Immer auf der Suche nach etwas Essbarem, mischte er sich bei öffentlichen Hinrichtungen unter die Menge, schlug Leuten Dinge aus der Hand, hob sie auf und verschwand dann im Gemenge.

Er sprang über Steinmauern, rannte durch Gärten in *Kensal Green, Camden Town* und *Kensington*, bevor er die Wäsche stahl, die draußen zum Trocknen aufgehängt war.

Was essbar war, das aß er; was er nicht essen konnte, verkaufte er an einen Trödelhändler und was er dem Trödelhändler nicht verkaufen konnte, verkaufte er auf der Straße.

*****

Einmal, als Hugo Wäsche von einem Stadthaus in *Camden* klaute, sah Hugo ein Kind, das ihn an sich selbst erinnerte. Als würde er durch den Spiegel eines Magiers schauen, hatte er das Gefühl, ein Leben zu sehen, das hätte sein eigenes sein können.

Das Kind saß auf einer Fensterbank, alleine, mit einem Buch in seiner Hand; verlassen von dem Rest seiner Familie, die er durch ein anderes Fenster sehen konnte.

Er schien einsam zu sein.

Hugo fühlte seine Einsamkeit.

Sein Blut gefror und seine Füße drehten sich, um wegzurennen.

*****

In Europa sowie im Mittleren Osten ist es in gewissen Gesellschaften Sitte, keinem Schaden zuzufügen, mit dem man sein Brot oder Salz geteilt hat.

Manchmal kann dieser alltägliche Brauch zu Szenen führen, die man beinahe absurd nennen könnte.

Das war bei einem arabischen Einbrecher der Fall, der, nachdem er seine Säcke mit Beute gefüllt hatte, seinen Finger in eine Dose steckte, um zu sehen, ob Zucker darin sei. Beim Probieren merkte er, dass es Salz war. Da er das Salz mit dem Hauseigentümer geteilt hatte, sah er es als seine Pflicht an, alles, was er gestohlen hatte, zurückzugeben.

Wie bei diesem Räuber wäre es falsch, Hugo als amoralisch zu bezeichnen.

Hugo stahl nur, wenn er mehr als drei Tage nichts zu essen hatte. Arme,

Alte und Vagabunden bestahl er nie; auch von anderen Schlammgräbern, Bettlern und Dieben klaute er nichts.

Von all seinen Regeln beherzigte er eine ganz besonders - das elfte Gebot:

„Du sollst dich nicht schnappen lassen."

Im Georgianischen London geschnappt zu werden, war eine Privatangelegenheit. Von Opfern und Zeugen erwartete man, dass sie Diebe schnappten und sie dem „Konstabler", einem Volontär, übergaben, der sie zu einem Friedensrichter brachte, einem Mann, der sie verurteilte, wenn ihre Opfer ihre Schuld beweisen konnten.

Außerdem streiften nachts Wachen durch die Straßen, die nach Feuern und Kleinkriminellen suchten. Aus diesem Grund stahl Hugo nur, wenn das klare Tageslicht ihn verbarg.

Diese Taktik funktionierte. Tatsächlich wurde Hugo während der drei Jahre, in denen er als Dieb tätig war, nur ein einziges Mal fast erwischt.

Ein Matrose sah, wie er eine Schraube in seine Tasche gleiten ließ und schrie:

„Stopp! Dieb! Haltet den Dieb!"

Alle schauten sich um.

Eine Schiffssirene heulte.

Ein anderes Schiff hüllte das Dock in Dampf.

Hugo floh; seine Füße trommelten in schnellem Takt über das Deck, tapp-tapp-tapp, während seine Arme frei durch die Luft wirbelten.

Vier Männer jagten ihm nach, wovon einer grösser und entschlossener als der andere war. Der erste war der Sohn einer übergewichtigen Mutter, der zweite besaß eine dreibeinige Katze und dem dritten fehlten zwei Zehen.

Der vierte, der eine Augenklappe trug, griff nach Hugo.

Hugo sprang in die Themse.

Wie eine Kanalratte herumspritzend, flog er auf eine Handtasche, die von einem verlassenen Liebhaber über Bord geschmissen worden war; einen ausgefransten Sack, in dem einst Tee transportiert worden war; eine Flaschenpost; einen vollständigen Satz von Kuhzähnen; und eine angelsächsische Speerspitze, die seit einem Jahrtausend niemand berührt hatte.

Sein letzter Verfolger sprang mit geschlossenen Augen und zugehaltener Nase in den Fluss. Auch er schleppte sich durch den Schlamm. Dreck drang in seine tiefsten Körperöffnungen. Schlamm drückte fest gegen seine Oberschenkel und widerlicher Schleim schien seine Haut bei lebendigem Leib zu verbrennen.

Das sporadisch auftauchende gedämpfte Licht begann zu verschwinden; der Fluss verdunkelte sich und das Wasser wurde kühler.

Für einen Moment sah es so aus, als ob man Hugo schnappen würde.

Als die Finger eines seiner Verfolger seinen Fuß streiften, schlug Hugos Herz derart wild, dass sich der Schlamm kräuselte, was einen Frosch dazu veranlasste, zur Seite zu hüpfen und eine Libelle, aus ihrem Schlaf zu erwachen. Hugos Gesicht wurde feuerrot und aus seinen Händen wich all Farbe.

Dieser Moment dauerte nicht lang.

Nach Jahren als Schlammgräber war Hugo an die Beschaffenheit des Schlamms gewöhnt; er war in der Lage, in seinem Rhythmus zu fließen und sich ihm anzupassen. Er wurde schneller und entfernte sich von seinem Verfolger, der so sehr nach Luft schnappte, dass lilafarbener Schleim aus seinem Mund quoll.

„Es tut mir leid", flüsterte er, als er nach Hause zurückkehrte.

„Es tut mir leid", flüsterte er im Schlaf.

„Es tut mir leid. Es tut mir leid. Es tut mir leid."

EHRE, WEM EHRE GEBÜHRT

> „Finanzregeln waren von moralischen
> Regeln nicht mehr zu unterscheiden."
> **DAVID GRAEBER**

Im gleichen Maße, wie Onkel Raymondo in sich zusammenschrumpfte, füllte Archibald den Platz aus, den er hinterließ und lernte dabei jedes Jahr mehr über sein Geschäft. Nicht länger wie ein Kind an Spielzeugen, sondern stattdessen an Finanzen interessiert, entdeckte er wie sie Lieferquellen fanden.

Immer wenn er die Docks besuchte, stellte Raymondo Archibald seinen Lieferanten vor. Zusammen suchten sie Reis aus Indien, Whisky aus Schottland, Tabak aus der Karibik und andere Dinge aus ganz England aus.

Archibald begleitete seinen Onkel auch, wenn dieser Sachen von lokalen Produzenten kaufte und sein Lager mit Herrn Hardings Honig, Frau Hulmes Apfelkuchen und Frau Herberts Schnürsenkeln aufstockte.

Die Geschäftsbeziehungen zwischen diesen Leuten waren freundschaftlich. Raymondo bezahlte die anderen Dorfbewohner selten und auch sie bezahlten ihn oft nicht, wenn sie Sachen aus seinem Geschäft kauften.

Wie auf den Docks waren Münzen in *Lambeth Marsh* knapp. Es gab sie von Zeit zu Zeit, sie wurden aber im täglichen Geschäft meist nicht benutzt. Stattdessen ließen die Kunden anschreiben. Falls, nach der Ernte, eine Partei immer noch Schulden bei einer anderen Partei hatte, wurden diese bezahlt. Meistens waren jedoch derartige Formalitäten nicht notwendig.

Es war, wie Raymondo es oft sagte:

„Kredit zu gewähren und Schulden zu machen ist eine soziale Pflicht. Das vereint uns alle."

Es war eine Philosophie, die er sowohl predigte als auch praktizierte.

Raymondo erlaubte den Marktleuten von *Lambeth Marsh*, Sachen auf Kredit zu kaufen. Er schrieb auf, was sie mitnahmen, ließ sich, nachdem die Ernte eingefahren worden war, jedoch entweder mit Produkten oder mit Bargeld bezahlen.

Solche Arrangements, die seit Jahrhunderten die Norm gewesen waren, funktionierten auch umgekehrt. *Griggs*, ein Teilzeit Dachdecker, der auch Agrarprodukte auf dem Markt verkaufte, reparierte Raymondos Dach und nahm dann je nach Bedarf Sachen aus Raymondos Geschäft mit. *Dicky*, ein Teilzeit Maurer, renovierte Raymondos Wände auf ähnlicher Basis. Der Teilzeit-Frisör *John Day* schnitt die Haare aller Familienmitglieder. *Ted*, der Schuhmacher, reparierte ihre Schuhe. Selbst die Kneipe „Zu Den Drei

Hufeisen" hatte bei Raymondo Kredit.

Raymondo war für jeden in diesem Dorf entweder ein Kreditgeber oder ein Schuldner und genauso gefiel es ihm. Seine Schulden und Guthaben verpflichteten seine Dorfmitbewohner die guten Beziehungen beizuhalten. Falls tatsächlich ein Dörfler versucht hätte, mit Münzen zu bezahlen, wäre Raymondo wahrscheinlich beleidigt gewesen.

„Was habe ich getan, dass du böse auf mich bist?" hätte er wohlmöglich gefragt. „Warum möchtest du das Band, das uns verbindet zerschneiden?"

Nur Bedienstete, Bettler, Huren, Diebe, Wahrsager, Wandermusikanten und Frauen mit schlechtem Ruf wurden als nicht kreditwürdig angesehen. Aber derartige Gestalten gab es in *Lambeth Marsh* nur wenige.

Auch Fremde mussten mit Münzen bezahlen und, da die botanischen Gärten immer beliebter wurden, begannen diese Leute das Geschäft zu besuchen. Wenn Raymondo ihnen nicht herausgeben konnte, stellte er ihnen einen Gutschein aus, den sie zu einem späteren Zeitpunkt einlösen konnten. Diese Gutscheine wurden in der Regel in der Kneipe „Zu den drei Hufeisen" eingelöst, als wären sie Bargeld, bevor sie von einer Hand zur anderen wanderten und schließlich wieder in Raymondos Geschäft landeten.

Raymondo verwendete Münzen, um seine Steuern zu bezahlen und der Kirche zu spenden. Von den Dockarbeitern akzeptierte er jedoch gerne die geprägten Nägel, da er sie dazu verwenden konnte, um Sachen auf den Docks zu kaufen und er richteten den Arbeitern von außerhalb, die nach *Lambeth Marsh* kamen, um dort ein Eisenwerk zu errichten, gerne Kredit ein.

Das war der Grund für den einzigen Streit, den Raymondo und Ruthie jemals hatten.

„Wer sind denn die?" beschwerte sich Ruthie. „Was tun die hier mit ihren Dingsdas und ihrem ganzen Zeug? Nein, wir sollten sie nicht auf Pump kaufen lassen. Man kann nicht *allen* trauen."

„Doch, das müssen wir! "protestierte Raymondo. Wir müssen sie willkommen heißen und ihnen helfen, sich zu integrieren, genauso wie die Dorfbewohner meinem Großvater geholfen haben, als er hierhergezogen ist."

„Dein Großvater war nur ein einziger Mann. Ein ganzer Schwarm von Menschen marschiert in diesem Augenblick in Richtung *Lambeth Marsh*. Das ist eine Invasion! Einige davon sind darauf aus, uns zu betrügen, das ist offensichtlich."

Archibald war einer Meinung mit seiner Tante. Er hielt nichts von den neu Hinzugezogenen, die ihn jeden Tag neckten aber Raymondo bestand darauf:

„Nein! Mein Vater hat das Geschäft genauso geführt und vor ihm sein Vater und so lange ich lebe, werde ich das Geschäft so weiterführen. Dieser Hund ist zu alt, um neue Tricks zu lernen. Wir heißen Leute hier willkommen, egal ob einen oder Tausende von ihnen, und damit hat' sich. Ich lass mir nicht von einer Frau sagen, was ich tun soll. Was für eine Schande!"

Ruthie fiel in Ohnmacht.

Sie hob ihre Hand an die Stirn, ihre Knie knickten ein, ihre Beine schwankten und ihr Körper brach zusammen und kippte in den einzigen offenen Kamin. Ihr einziger Haufen von Kohlen verpuffte in der Luft. Ihr einziger Stocherstab fiel um.

, Kling!'

Archibald japste.

Raymondo half Ruthie auf die Füße und gab ihr einen Kuss, der Stunden dauerte.

*****

Kreditwürdigkeit basierte auf Vertrauen; dieses Vertrauen wurde durch Wohlwollen unterstützt und wenn es darum ging, wohlwollend zu sein, hatte Raymondo seine ganz eigene Art.

Jedes Jahr marschierten Raymondo und Ruthie am siebzehnten Januar mit langen Schritten und geraden Beinen um das Dorf herum. Dabei läuteten sie eine Glocke und riefen: „Wassail! Wassail! Wassail!"

Es war ein seltsamer Brauch aus heidnischen Zeiten, den sein Großvater eingeführt hatte, nachdem er aus Cornwall hergezogen war. Entschlossen, Raymondos Großmutter zu heiraten, zog ihn das unaufhörliche Pochen seines liebeskranken Herzens nach *Lambeth Marsh*.

„Waes hael", bedeutete in Altenglisch einfach „be well" (bleib gesund). Wenn also Onkel Raymondo „Wassail" rief, wünschte er seinen Mitmenschen Gesundheit. Und wenn die Dorfbewohner antworteten „Dink hael", was „drink and be healthy" bedeutete (trink und bleib gesund), war der Onkel schnell dabei. Er ging von Tür zu Tür und füllte die Krüge der Dörfler mit dem würzigen, von seiner Familie gebrauten Ale.

Archibald half gerne; er sauste zwischen den Häusern hin und her, füllte die Krüge und führte die Gesänge an, die angestimmt wurden, sobald die Dorfbewohner sich auf dem Platz versammelten.

So wurde der Wassail-Brauch von Raymondo an Archibald weitergegeben, genauso, wie er an Raymondo weitergegeben worden war. Und daher kam es, dass Archibalds Familie in der Gemeinde beliebt war und das Vertrauen gewann, das sie zum Überleben brauchten.

*****

Archibalds Familie war nicht die einzige, die sich auf einmalige Weise beliebt gemacht hatte.

Frau Hulme kümmerte sich an jedem Faschingsdienstag um die Festlichkeiten. Vor der Fastenzeit, sammelte sie im Dorf den ganzen Zucker, das Fleisch und die Milchprodukte, bevor sie sie in einer riesigen Pfanne zubereitete. Der „Pfannkuchen Tag", wie man ihn nannte, wurde zum regelmäßigen Ereignis. Hausfrauen mit Schürzen veranstalteten Kochwettbewerbe auf dem Platz, Männer stürzten Ale herunter und Kinder mit bemalten Gesichtern rasten herum.

Bei anderen Gelegenheiten, organisierten die Dörfler zusammen Gemeindeveranstaltungen. Jeden Juni hießen sie einen Wanderzirkus willkommen und zweimal im Jahr wurden Boxturniere veranstaltet. Marionettentheater zog die Menge ebenso an wie die jährliche Dorfkirmes.

Von all diesen Aktivitäten reizte Archibald jedoch Morris' Tanzsaal am meisten.

Archibald liebte es, sich mit einem schicken weißen Anzug, den er sich von einem Nachbarn geliehen hatte, elegant anzuziehen. Mit an seinen Knien festgebundenen Glöckchen und an seinen Handgelenken befestigten Taschentüchern liebte er es, mit fröhlicher Ausgelassenheit um den Maibaum zu springen. Immer wenn er dabei einen anderen Tänzer berührte, durchlief ihn ein wohliger Schauer und sein Herz hüpfte, wann immer ihn jemand bei der Hand fasste. Er war niemals so glücklich als während eines Ausfallschritts, eines Vorwärtssprungs, einer Drehung oder eines Hüpfers.

Ruthie reagierte auf drei verschiedene Weise, wenn sie Archibald tanzen sah.

Sie murmelte vor sich hin: „Oh Archie, was ist bloß mit dir?"

Dann rief sie laut: „Zeig ihnen meine Liebe!"

Wenn es dann vorbei war, sagte sie zu Archie: „Ich liebe dich, mein Junge. Du bist das Licht meines Lebens."

Ihre Gewohnheiten änderten sich erst, als mehr Einwanderer in den Ort zogen.

„Ich liiiiiiebe dich", scherzten sie. „Lover Boy! Lover Boy!"

Dann: „Geh, Tanzjunge, du Weichling."

Wenn Ruthie in der Nähe war, gab sie Archibald einen Kuss:

„Lass dich nicht von denen ärgern, mein Liebling, sie haben nur ein großes Maul und nichts dahinter."

Zuerst reichten ihre Worte, um Archibald zu beruhigen. Nach einiger Zeit begannen die Beleidigungen seiner Peiniger jedoch an ihm zu nagen. Sie waren das Letzte, an das er vor dem Einschlafen dachte und das Erste, wenn er erwachte.

Archibald versuchte Zugeständnisse zu machen. Er verbarg seine Persönlichkeit, hörte auf zu tanzen, gab seinen Morris-Tänzeranzug zurück und unterdrückte seine kleinen Ausbrüche von Lebensfreude. Aber selbst das war nicht genug, um seine Peiniger loszuwerden. Ihre Beleidigungen gingen weiter.

ES LEBE DAS KERBHOLZ

„Geld ist eine soziale Konvention; vor seiner Verwendung hat es keinen echten Wert. Sein Wert wird durch konstanten Austausch und Gebrauch erzeugt."

JENS WEIDMANN

Sadie nahm von Mayers Existenz kaum Notiz.

„Nun", erklärte sie Frau Winterbottom, „Kinder sollte man sehen aber nicht hören."

Sadie sah ihren Adoptivsohn regelmäßig. Aber auch wenn sie ihn hörte, reagierte sie nicht so, dass man es hätte bemerken können.

Die Beziehung zu Abe war etwas anders. Mayers Adoptivvater war selten anwesend. Er verbrachte die meiste Zeit bei seiner Arbeit, bei der Fuchsjagd und beim Polospiel. War er jedoch anwesend, konnte man das sicherlich nicht überhören.

Abe war ein lauter Mann, selbst seine Kleidung war aufdringlich. Er besaß über tausend gelbe Westen, von denen jede eine Nuance greller als die andere war. Seine Kniebundhosen steckten in kniehohe Strümpfen, die so weiß waren, dass sie jemanden blenden konnten. Seine dandyhaften Blazer waren das Stadtgespräch.

Die Georgianische Mode tendierte zum Schlichten. Die meisten Männer kleideten sich in gedeckten Grautönen. Es war offensichtlich, dass Abe von diesem Trend nichts mitbekommen hatte.

Mehr als seine Stimme war es jedoch seine Erscheinung, die schreiend war. Abes vollmundige Worte und Reden nahmen jeden in seiner Umgebung gefangen. Sein Lachen dröhnte wie der Donner eines Vulkanausbruchs.

Die wenigen Momente, die er mit Mayer verbrachte waren ohrenbetäubend laut. Aber Mayer freute sich auf diese Momente, die ihm das Gefühl gaben, einen Vater zu haben. Obwohl Abe ihn „May" nannte, eine Abkürzung, die er hasste, freute Mayer sich über die Zuneigung, die Abe ihm entgegenbrachte. Er war dankbar für Abes väterlich weise Worte und die Süßigkeiten, die Abe ihm mitbrachte. Darum klopfte Mayers Herz, als Abe ihm seine Hand auf die Schulter legte und ihn nach draußen führte.

Es war ein frostiger Wintermorgen. Die Wege waren mit einer dünnen Schicht Pulverschnee und einer noch dünneren Schicht gefrorener Blätter überzogen. Die *Canden's Squares* waren von schwarzen Geländern umgeben und schwarze Laternen säumten die Straßen. Der Ort sah wie ein schwarz-weißes Wunderland aus

Abe sprach mit einer so lauten Stimme, dass hundert Vögel verschreckt davonflogen:

„Heute, mein Sohn, wirst du zum Mann werden."

„Zum Mann?"

„Zum Mann! Ich werde dir das größte Geschenk machen, das man bekommen kann."

„Eine Billion Pfund?"

„Nein. Eine Gelegenheit! Eine Gelegenheit, etwas aus dir zu machen. May, meine anderen Jungs haben kostspielige Ausbildungen genossen. Sie werden Erfolg haben aber niemals zufrieden sein. Sie werden immer mehr wollen, weil sie immer der Gedanke plagen wird: „Habe ich das wirklich verdient? Nun May, dieses Problem wirst du nie haben. Du wirst keinen Unterhalt und keine Almosen bekommen. Deinen Erfolg wirst du mit deinem eigenen Schweiß und deinen Tränen verdienen. Und ich sag dir noch etwas: Es gibt nichts Befriedigenderes als das Wissen, dass du es aus eigener Kraft geschafft hast. Sieh mich an. Ich bin der lebende Beweis! Ich kann dir nur eins sagen, es ist das beste Gefühl in der Welt. Du wirst nie mehr Angst haben müssen!"

Mayer war nicht ganz klar, ob ihm gerade geholfen wurde oder ob er beleidigt sein sollte. Er trottete weiter durch den Schnee. Zusammen bildeten Abe und Mayer eine einzige Silhouette; zweidimensional; gefangen in Zeitlosigkeit, vereint durch ihre Verschiedenheit.

Sie betraten eine Bäckerei. Abe umarmte den Meister und rief Mayer zu:

„Zebedee ist einer meiner ältesten Freunde. Ich glaube, ich war so alt wie du, als ich ihn kennengelernt habe. Er hatte damals ein genauso rotes Gesicht wie heute!"

Beide Männer brachen in Gelächter aus. Abe lachte so laut, das eine ältere Dame vor Schreck ihre Einkaufstaschen fallen ließ.

Mayer blieb ruhig. Daher konnte er zwei Dinge bei Zebedee beobachten. Das Erste war sein Körper: Zebedes Bauch war so weich wie ein Brioche, seine Brüste standen hervor wie Landbrote und sein Brustkorb war so enorm, dass seine recht kräftigen Arme wie dünne Baguettes wirkten. Zebedee ähnelte eher einem Brot als einem Mann. Das Zweite, was er bemerkte, war Zebedees Röte. Man hätte sein Gesicht mit der Farbe eines zu lang gekochten Hummers vergleichen können, aber das wäre der Wirklichkeit nicht annähernd gerecht geworden. Zebedees Gesicht leuchtete nicht einfach nur, es fluoreszierte Seine Hände waren nicht nur leuchtend rot, sie standen regelrecht in Flammen. Sein restlicher Körper wurde von einem weißen Bäckeranzug verborgen, was ihm das Aussehen einer dieser rotweißen Stangen gab, die vor den Friseurläden stehen.

Obwohl Abe sich denken konnte, was in Mayers Kopf vorging, fuhr er schnell fort:

„Zebedee ist ein guter Mann. Wenn du befolgst, was er sagt, wird er dir helfen, wohlhabend zu werden. Genauso wie er mir am Anfang geholfen hat. Aber letztendlich hängt es von dir selbst ab. Wenn du im Leben Erfolg haben willst, brauchst du nur zwei Dinge: Harte Arbeit und harte Arbeit. So etwas wie ein kostenloses Mittagessen gibt es nicht. Nutze diese Gelegenheit, May. Pack sie an den Eiern!"

Zebedee nickte.

Abe ging.

Mayers Lehrzeit begann.

*****

Zebedees Bäckerei war eine majestätische Mischung aus mechanischen Öfen und Staubwolken. Alles war aus Metall und grau. Jeder Quadratzentimeter wurde von Regalen voller Brot, Tischen voller Teig, Schlangen von Kunden und einer Menge von unterbezahlten Bäckern eingenommen.

„Es geht nur so", erklärte Zebede unbeirrt. Jedermann eröffnet heutzutage Bäckereien. Alle drücken die Preise und was sonst noch runter. Es herrscht Krieg! Wir müssen unsere Kosten niedrig halten, sonst sind wir erledigt. Peng. Alles kaputt!"

Zebedees Bäcker arbeiteten oft in achtzehnstündigen Schichten. Das Mehl reizte ihre Lungen und die große Hitze, der sie ausgesetzt waren, erschöpfte sie. Herzkrankheiten und schwere Verletzungen waren nicht selten die Folge.

Aber Mayer arbeitete nicht als Bäcker. Dank Abes Freundschaft mit Zebedee hatte er, sehr zum Verdruss seiner erfahreneren Kollegen, eine Stelle als Bäckereilieferant bekommen.

Es war Mayers Aufgabe, Zebedees Kunden mit Brot zu beliefern und dann die Bezahlung entgegenzunehmen. Mayer hätte gerne Münzen akzeptiert. Da Zebedee jedoch in einer anderen Zeit geboren worden war, stand er solchen Dingen argwöhnisch gegenüber:

„Geld? Nein, nein, nein, nein, nein. Münzen? Papierfetzen und was sonst noch mit Kritzeleien und Linien drauf... und was hat man dann? Nein, nein, nein, nein, NEIN! Schluss mit dem Unsinn!

Ich werde dir mal etwas über diesen Blödsinn erzählen. Weißt du, das Problem mit den Münzen ist, dass sie oft nicht echt sind, Falschgeld und was weiß ich noch. Man weiß nie, was man bekommt; Goldmünzen, die Katzengold enthalten, mit herkömmlichen Metallen vermischtes Silber und allerlei Münzen, die weniger Gewicht haben, als sie sollten. Man kann ihnen nicht vertrauen. Nein, nein, nein, nein, nein! Hast du nichts von den Münzfälschern gehört, die man letztes Jahr geschnappt hat? Die Halifax-Bande? Und komm mir bloß nicht mit den Bankern. Diese Halsabschneider von der königlichen Münzanstalt. Denen kann man auch nicht trauen. Die Zahlen tropfen ihnen zu den Ohren heraus! Alles dubiose Hyänen. Vertraue niemals einem Mann im Anzug. Nun, ausgenommen deinen Vater. Der ist ein feiner Kerl, ein lauter Kerl, aber ein guter Typ. Wo waren wir also stehengeblieben? Ach ja – Münzen. Nein, Münzen oder Banknoten darfst du nicht annehmen. Nein, nein, nein, nein, nein. Verlange immer die guten alten Kerbhölzer. Bei denen weißt du woran du bist. Ehrenwort. Verlange immer ein mit echtem Gold gedecktes Kerbholz oder echtes Gold und Silber, das von Herr Bronze geprüft worden ist. Das ist ein guter Mann. Geh jetzt und mach deine Arbeit. Die Zeit und die Flut warten auf niemanden."

*****

Das Kerbholz war ein Schritt zurück in die Vergangenheit. Aber so war Zebedee eben. Er war ein lebender, atmender Beweis für die alte Lebensweise eines Mannes seines Alters und seiner gesellschaftlichen Stellung. Vor vielen Jahrhunderten hatte der Weg, den er eingeschlagen hatte, in grünen Siedlungen und von Stadtmauern umgebenen Städten begonnen.

Damals wurden die Kerbhölzer erfunden, um eine Schuld zu belegen. Schuldner und Kreditgeber ritzten Markierungen in einen Stock, um den geschuldeten Betrag anzuzeigen. Dann brach man das Stöckchen in zwei Teile, die wie Puzzlestücke wieder zusammengesetzt werden konnten.

Der Kreditgeber nahm eine Hälfte, die „Stock" genannt und mit dem Siegel des Schuldners versehen wurde. Der Kreditgeber wurde daher „Stock Holder" genannt. Der Schuldner bekam die andere Hälfte, den sogenannten „Ticket Stub".

Stock und Tub galten als Vertrag; ein Abkommen, das der Stub-Inhaber entweder in Gold, Silber, Waren oder Dienstleistungen zurückzahlen musste.

Mit Kerbhölzern wurden Arbeitslöhne und Steuern an den Staat bezahlt. Man verwendete sie, um Dinge zu kaufen und zu verkaufen. Schließlich waren sie ein IOU (I owe you); eine Bestätigung des Stock-Ausstellers dem Stock-Inhaber Gold zu schulden. Der „Stock" hatte daher einen Gegenwert in Gold und konnte als Zahlungsmittel verwendet werden wie echtes Gold.

Nach dem Fall des Römischen Imperiums wurden Kerbhölzer tatsächlich als Zahlungsmittel in ganz Europa verwendet. Im 15. Jahrhundert begann ihre Beliebtheit zu schwinden, da Papier erschwinglicher geworden war und immer mehr Leute lesen konnten.

Anstelle der Stöcke begann man, Schuldscheine aus Papier auszustellen. Genau wie bei den Stöcken, wurden diese Verträge in zwei Hälften geteilt, wodurch Schuldscheine entstanden, die Vorläufer moderner Banknoten.

Aber der Niedergang der Kerbhölzer ging langsam von statten. Selbst im frühen 19. Jahrhundert wurden sie noch von den meisten Bäckern verwendet. Mayer musste sich an sie gewöhnen, ob es ihm passte oder nicht…

*****

Mayer hielt Zebedees Kerbhölzer mit einer Schnur fest und befestigte sie an seinem Gürtel.

Um verschiedene Beträge anzuzeigen wurde ein standardisiertes System aus Kreuzen und Vs aus den Seiten der kurzen Holzstöcke aus Haselnuss- oder Weidenholz geschnitten. Sie waren vom Gesetzgeber genehmigt, um Betrug zu verhindern.

Mayer belud seinen Karren mit Brot und begann seine Runden. Nach jeder Lieferung, schnitt er eine Kerbe in den *Stub* des Kunden und eine äquivalente Kerbe in seinen entsprechenden *Stock*. Normalerweise bezahlte die Kunden ihre Schulden, sobald ihr Kerbhölzer voller Kerben waren; sie zahlten an Herrn Bronze, Zebedees Juwelier, der ihr Silber und Gold prüfte. Einige der Kunden jedoch beglichen ihre Schulden auf andere Weise.

Davey Boy, der in der Bäckerei gearbeitet hatte so lange man zurückdenken konnte, nahm das Kerbholz von Herrn Smith als Teil seines Lohns. Herr Smith war Davey Boys Vermieter und akzeptierte diese Kerbhölzer als Teilzahlung von Davey Boys Miete. Zebedee verwendete Herrn Bloodworth' Kerbholz, um Gemüse im Laden dieses Mannes zu kaufen und er benutzte das Kerbholz von Herrn Godwin, um bei ihm Waren zu kaufen.

Mayer lernte diese Leute kennen. Genauso wie Abe vor ihm, nutzte er die Umstände, um ein Netzwerk von Bekanntschaften aufzubauen. Und genau wie Abe tat er alles, um ihr Vertrauen zu gewinnen.

Er begann damit, den Menschen in die Augen zu schauen. Das war aus dreierlei Gründen unerlässlich: Erstens zeigte es Sicherheit; zweitens zeigte es Menschlichkeit; und drittens zeigte es Standhaftigkeit. Die meisten Bäckerleute sahen herunter auf ihre Füße, ein klares Zeichen für Minderwertigkeitsgefühle. Indem er Augenkontakt herstellte, weigerte er sich, sich zu beugen. Es war als würde er sagen, dass er eines Tages den Leuten, die er bediente, ebenbürtig sein würde. Und damit verdiente er sich im Gegenzug ihren Respekt.

Während er Augenkontakt herstellte, schüttelte er seinem Kunden die

Hand. Er hatte einen festen aber keinen starken Händedruck; schützend aber nicht aggressiv. Er schüttelte Hände auf eine enthusiastische Weise, die dem anderen das Gefühl gab, dass Mayer sich wirklich freute, ihn zu sehen. Dann kam das Unwiderstehlichste: Mayers Lächeln.

Wenn Mayers Händeschütteln ein wohliges Gefühl bei seinen Kunden erzeugte, fühlten sie sich bei seinem Lächeln im positiven Sinne entflammt. Mayers Lächeln war breit und ausdrucksstark, wodurch es spontan und damit echt wirkte, obwohl es nur Teil seiner Show war. Mayer hatte, seine Wangen nach außen und seine Augenbrauen nach oben ziehend, Stunden vor dem Spiegel verbracht. Er schob seine Stirn nach vorne, um dieses Lächeln zu perfektionieren. Es war eine schwere Aufgabe. Zuerst wirkte er mehr wie ein Clown, aber seine harte Arbeit hatte schließlich Früchte getragen. Sein Lächeln hatte auf jeden, den er traf, einen bemerkenswerten Effekt.

Dann begann der Small Talk.

Mayer fragte den Anderen immer nach seinem Befinden. Wenn ihn das nicht zum Reden brachte, redete er über das Wetter oder knüpfte an eine frühere Unterhaltung an:

„Wie war die Operation?"

„Hat Ihr Neffe die Prüfung bestanden?"

„Sind die Kartoffelpreise inzwischen gefallen?"

Mayer interessierten solche Dinge nicht, aber seine Kunden, und die Tatsache, dass Mayer Interesse zeigte, verschaffte ihm ihren Respekt. Er war ein guter Zuhörer, der seine Bekannten ermutigte, über sich selbst zu sprechen und der so reagierte, dass sie sich wichtig fühlten; er nickte, zog seine Augenbrauen hoch und stellte weitere Fragen. Er hatte dabei einen Gesichtsausdruck, als würde er an jedem einzelnen ihrer Worte hängen.

Auf diese Weise wurde Mayer von beinahe jedem, den er traf, ins Vertrauen gezogen. All die Händler, Richter und Leute aus der Mittelschicht; Doktoren, Verkäufer und verschiedene kleine Geschäftsleute. Einige von diesen Personen werden noch in unserer Geschichte vorkommen. Mit der Zeit werden wir Leute treffen, wie den Barbier Bear, den Träger Big Bob und Rändel, den frechen Schuhputzer. Aber von all den Bekanntschaften, die Mayer machte, waren nur zwei seine Favoriten. Herr Orwell und Herr Bronze, die den größten Einfluss auf sein Leben haben sollten...

*****

Herr Orwell war geschrumpft aber nicht verknittert und strömte den bittersüßen Geruch nach Pfeifenrauch und hohem Alter aus. Er war ein pensionierter Lehrer. In seinem Geiste war er immer noch ein Lehrer; einer, der sich mit sokratischen Dialogen befasste, um seine Schüler zu ermutigten, selbstständig zu denken.

„Wieviel Brot hätten Sie gerne, Herr Orwell?"

„Hmmm, weiß nicht."

„Würden Sie bitte darüber nachdenken?"

„Okay."

„Also?"

„Ich weiß es immer noch nicht. Könnten Sie sich bitte umdrehen?"

Mayer sah sich um.

„Was sehen Sie?

„Einen Tisch, Herr Orwell. Einen Stuhl. Ein Bett. Einen Teller."

„Was haben alle gemeinsam?"

„Es gibt von jedem nur eins."

„Und was schließen Sie daraus?"

„Dass Sie einen Laib Brot haben möchten."

Mayer gab Herrn Orwell einen kleineren Brotlaib. Ein Teil von ihm war von der seltsamen Art, wie der Mann redete, irritiert. Etwas in ihm liebte genau diese Exzentrik.

Am nächsten Tag stattete Mayer Herrn Orwell erneut einen Besuch ab. Er stellte Augenkontakt her, schüttelte ihm die Hand und lächelte sein hartverdientes Lächeln. Dann versuchte er sich mit Herrn Orwell zu unterhalten:

„Wie geht es Ihnen heute, Herr Orwell?"

„Wie sehe ich aus?"

„Müde."

„Warum sehe ich müde aus?"

„Weil Ihre Augen dunkel sind. Sie sind zu lange aufgeblieben."

„Warum sollte ich lange aufbleiben?"

„Das weiß ich nicht."

„Würde es Ihnen etwas ausmachen, sich umzusehen?"

Mayer sah sich um.

„Was sehen Sie?"

„Eins von jedem."

„Eins von den meisten Dingen. Und viel wovon?"

„Viele Bücher."

„Wie viele Bücher?"

„Hunderte. Tausende?"

„Ja."

„Und?"

„Und, Herr Orwell?"

„Warum habe ich geschwollene Augen?"

„Weil Sie lange aufgeblieben sind, um zu lesen?"

„Wie geht es mir also?"

„Sie sind einerseits müde und andererseits informiert. Glücklich, aber müde."

„Bei Jupiter, ich glaub er hat's! Gut gemacht, Mann! Lassen Sie uns nun zum wichtigen Teil des Tages übergehen. Sagen Sie mir, lesen Sie gerne?"

„Ja, Herr Orwell, mehr als alles andere in der Welt."

„Nun gut, würden Sie dann gerne ein Buch ausleihen?"

Mayer lächelte und diesmal war sein Lächeln echt.

Bücher waren für Mayer, seit er lesen konnte, eine Zuflucht. Romane öffneten ihm das Tor zu einer Fantasiewelt, in die er flüchten konnte, wenn er sich verlassen fühlte. Und dies war aufgrund seines Lebens bei einer Familie, die seine Existenz kaum wahrnahm, allzu oft der Fall. Mayer verbrachte zahllose Stunden beim Lesen; auf einer Fensterbank sitzend mit Blick auf einen Garten voller aufgehängter Wäsche. Er stellte sich vor, dass die Figuren aus den Büchern Personen waren, die er im wirklichen Leben kannte. Er stellte sich Sadie als alte Hexe und Abe als römischen Politiker vor. Bis zu seinem zehnten Lebensjahr, hatte er ohne Vorurteile und unfähig gute Bücher von schlechten oder geschmackvolle von geschmacklosen zu unterscheiden, alle Bücher in Buckingham Towers gelesen. Als er zwölf wurde, hatte er diese Bücher so oft gelesen, dass er, sehr zum Verdruss des Personals, die gezwungen waren zuzuhören, ganze Abschnitte daraus auswendig kannte. Daher war die Gelegenheit, Bücher bei Herrn Orwell auszuleihen, wie ein Geschenk des Himmels.

„Danke", sagte er, während seine Finger entlang einer Reihe von in Leder gebundenen Ausgaben glitten.„Kann ich mir dieses ausleihen?"

„Folgt auf den Tag die Nacht?"

„Ja, Herr Orwell."

„Nun?"

Mayer nickte, nahm das Buch, las es in einem Mal durch, kam den nächsten Tag zurück und ging mit einem anderen Buch.

Und so ging es weiter.

Herr Orwell war der beste Lehrer, den Mayer je hatte.

Mayer war der einzige Freund, der dem alten Herrn Orwell geblieben war.

*****

Mayer mochte auch Herrn Bronze, den alten Goldschmied, dem

Zebedee die Überprüfung der Münzen seiner Kunden anvertraute. Jeden Tag brachte Mayer Herrn Bonze drei Laib Brot. Während er in der Schlange wartete, wurden seine Augen vor Gier wässerig. Gebannt von ägyptischer Jade, australischem Opal, mittelalterlichen Relikten, eiförmigen Lapislazuli, Diamanten so groß wie Pflaumen und einer Reihe von kitschigen Dingen, die so sehr glänzten, dass sie Herrn Bronzes Kunden blendeten.

Es war jedoch nicht Herr Bronzes Geschäft, das Mayers Herz erwärmte, es war seine Persönlichkeit.

Die Aura, die Herrn Bronze umgab, ließ einen wünschen, jedes Wort zu glauben, das er sagte. Alles an ihm schien entspannt; seine Brust immer frei, seine Arme an der Seite baumelnd. Er war nie nervös; man wusste von ihm, dass er immer glücklich aber nie enthusiastisch war, traurig aber nie aufgeregt. Seine Emotionen zeigten seine Menschlichkeit, von ihnen überwältigt wurde er jedoch nie.

Dann war da noch sein Zeitplan. Nach ihm konnte man seine Uhr stellen. Jeden Morgen aß Herr Bronze um dreiundzwanzig Minuten nach sechs das gleiche Frühstück; zwei Scheiben Toast, eine mit Marmelade und eine mit Honig. Um einunddreißig Minuten nach der vollen Stunde rasierte er sich in Richtung des Bartwuchses von rechts nach links. Sieben Minuten später zog er sich an. Er trug immer ein gebügeltes Hemd und eine bronzefarbene Fliege. Er küsste seine Frau an der gleichen Stelle knapp über dem Wangenknochen und verließ sein Haus um genau sechs Minuten vor sieben. Sein Geschäft öffnete er immer um sieben Uhr, niemals eine Sekunde früher oder eine Sekunde später.

Mayer ließ seine Kerbhölzer bei Herrn Bronze. So konnten Zebedees Kunden ihn direkt bezahlen. Herr Bronze überprüfte ihr Gold und Silber bevor er es in seinem Safe einschloss; ein massiver alter Koloss, der drei versuchte Überfälle überlebt hatte, ohne mehr als einen Kratzer abzubekommen.

Immer wenn Zebedee Mehl von Abe kaufte, beauftragte er Herrn Bronze die entsprechende Menge Gold von seinem Sack in Abes Sack zu transferieren, statt Abe direkt zu bezahlen.

Die Tatsache, dass Abe in dem massiven Tresor auch einen Sack Gold hatte, erklärt vielleicht, warum Mayer sich für Herrn Bronze erwärmte. Aber dahinter steckte mehr als nur das. Etwas jenseits der Vernunft. Mayer hatte keine Ahnung, warum er Herrn Bronze so gernhatte. Es war einfach so.

*****

Diese Personen verliehen Mayers Alltag Farbe. Aber im Allgemeinen verlief sein Leben in monotoner Eintönigkeit. Mayer fühlte sich nicht erfüllt.

Aufgrund seiner feinen Statur, war er für körperliche Arbeit ungeeignet. Obwohl seine Arbeit weniger anstrengend war als die eines Bäckers, musste Mayer doch jeden Tag einige Kilometer laufen und dabei, ganz gleich bei welchem Wetter, einen Karren voller Brot ziehen. Er fühlte sich wie eine Maultier. An seinen Fersen bildeten sich Blasen und seine Fußsohlen wurden steinhart.

Da er als Heranwachsender von den feineren Dingen des Lebens umgeben gewesen war, fand Mayer, dass er über solchen Arbeiten stehe. Seine Schulbildung hatte ihn zum Träumen ermutigt. Seine Erwartungen waren gestiegen.

Dennoch bewunderte er den Aufstieg seines Adoptivvaters. Einst hatte Abe hart auf den Feldern seines Vaters gearbeitet. Gleichermaßen war Mayer gezwungen gewesen, hart zu arbeiten. Abe hatte seine Gelegenheiten genutzt und eine hohe Stellung erreicht. Mayer war überzeugt davon, dass er es genauso machen würde.

VERBRECHEN UND BESTRAFUNG

„Man gewöhnt sich an alles, der Schurke"
FYODOR DOSTOYESVSKY

Hugo wurde noch zwei weitere Male beim Klauen erwischt.

Das zweite, wie das erste Mal, hatte man ihn dabei gesehen. Flinkfüßig, hakenschlagend und affenartig behändig, konnte er seinen Verfolgern entkommen. Als er jedoch in eine Gasse einbog, konnte er den Armen eines Mannes im Anzug nicht entwischen.

„Na, na", säuselte der Mann mit melodischer Stimme. „Nun, nun, was haben wir denn da? Ein gegrilltes Würstchen, wie ich sehe. Und in Anbetracht deiner Geschwindigkeit, wage ich zu behaupte, dass du es gestohlen hast."

„Hab ich nicht!" protestierte Hugo mit einer Stimme, die ihn Lügen strafte.

„Na na, du solltest keine Lügengeschichten erzählen."

Hugo versuchte, sich loszureißen.

Der Mann im Anzug fuhr fort:

„Du hast zwei Möglichkeiten und Flucht ist keine davon. Die erste Möglichkeit ist, dass ich dich dem Richter vorführe, der dir wahrscheinlich die Hand abschlagen lässt. Die Zweite wäre, die Grundschule zu besuchen."

Hugo war sprachlos:

„Schule, mein Herr? Was ist denn das für eine Strafe?"

Der Mann im Anzug lachte:

„Bestrafung? Nein, nein. Es ist eine Gelegenheit!"

„Es tut mir leid."

„Wirklich?"

Hugo nickte.

Der Mann im Anzug führte Hugo weiter und hielt ihn an der Hand; fest genug, damit er nicht davonlaufen konnte, aber dennoch sanft genug, um den Eindruck von Zuneigung zu erwecken. Gemeinsam marschierten sie in *Whitechappel* zwischen eng aneinandergereihten kleinen Läden hindurch, die ein Sortiment von Bürsten, Kaminornamenten, Kinderspielzeugen, einfachen Schmuckstücken, Sheffielder Porzellan und vergoldeten Tellern anboten.

Nachdem sie erst in eine Richtung dann in eine andere geschoben worden waren, kamen sie zu der kleinen Werkstatt eines Schusters, die nach gebackenen Kartoffeln roch. Die Theke war von Werkszeugen und der Boden von Kindern bedeckt.

„Ich habe noch einen für dich, John Pounds", kündigte der Mann im

Anzug an.

„Du bist wie eine Gans, die ein Ei nach dem anderen legt", antwortete Pounds. „Eine regelrechte Produktionslinie!"

Der Mann im Anzug lächelte, zerzauste Hugos Haar und ging.

Hugo wartete gelangweilt und ungeduldig, während die anderen Schüler die Bibel lasen, Zeilen daraus kopierten und ihre Bibeln aufstapelten. Um seine Hand zu retten, betrachtete er dies als einen geringfügigen Preis.

Als die Unterrichtsstunde fertig war, kam Frau Pounds herein und bot Hugo eine gebackene Kartoffel an. Perplex nahm er die größte, bevor er sein Würstchen mit den anderen Kindern teilte.

Eine Woche später kam Hugo zurück und überraschte damit sogar sich selbst. Eine Mahlzeit als Gegenleistung dafür zu erhalten, dass er eine langweilige Unterrichtsstunde über sich ergehen lassen musste, erschien ihm ein gutes Geschäft.

So begann Hugos Ausbildung. Er lernte nicht viel, aber es war ein Anfang und es bedeutete, dass er sonntags nie mehr stehlen musste.

*****

Als man Hugo das dritte Mal beim Stehlen erwischte, hatte er nicht so viel Glück.

Im Gegensatz zu den anderen beiden Gelegenheiten, hatte man ihn nicht auf frischer Tat ertappt. Genaugenommen gab es fast keine Tat. Hugo hatte bei einer öffentlichen Hinrichtung einfach eine Taschenuhr auf dem Boden gefunden und sie aufgehoben.

Bei solchen Veranstaltungen war das Gedränge so groß, dass Körper gegen Körper gestoßen wurden und Sachen oft auf den Boden fielen. Wenn die Menge sich auflöste hinterließen sie eine Menge von Abfall und verlorene Wertsachen. Hugo war immer begierig, zwischen dem Müll nach versteckten Schätzen zu suchen.

Ein Mensch kann jedoch eine Taschenuhr einfach nicht essen. Darum ging Hugo zu Herrn Loansmith, seinem üblichen Pfandleiher.

Als Hugo mit der Taschenuhr gut sichtbar in seiner Hand die Tür öffnete, fühlte er eine Hand auf seiner Schulter. Bevor er wusste wie ihm geschah, wurde er herumgewirbelt und zurück auf die Straße gestoßen.

Die Tür des Pfandhauses quietschte in den Angeln; schrill feindselig und hässlich. Eilige Kutschen donnerten vorbei, Papierfetzen flatterten vor Hugos Schienbeine und ein großer Schatten hing über ihm. Dann hörte er eine Stimme:

„Nun, was haben wir denn da?"

„Nichts, mein Herr."

„Sieht mir nicht nach nichts aus. Sieht mir eher aus, wie eine Taschenuhr, wenn ich mich nicht irre."

„Nun ja, mein Herr. Es tut mir leid."

Der Schattenmann tippte auf seine Ausgabe der *London Times*:

„Also hier steht, dass gestern bei der Hinrichtung genauso eine Taschenuhr gestohlen wurde. Sie soll einem gewissen Herrn Toodlepip gehören. Wenn also deine Uhr die besagte Taschenuhr ist, dann wird Herrn Toodlepips Namen auf der Innenseite eingraviert sein. Was meinst du, sollen wir sie mal aufmachen und nachsehen?"

Hugo öffnete die Uhr.

„Ah, genau wie ich es mir gedacht habe. Dort sieht man ganz deutlich seinen Namen. Herr Jay Kay Toodlepip. Oh ja. Was bedeutet, dass du der Schuft sein musst, der sie gestohlen hat."

„Nein, ich habe sie gefunden, ich schwöre bei Gott. Ich habe sie nicht geklaut, ich schwöre es!"

Der Mann verschärfte den Griff an Hugos Schulter:

„Gefunden, sagst du? Nicht geklaut?"

„Ja, mein Herr. Es tut mir leid, mein Herr. Ich habe sie vom Boden aufgehoben. Sie lag dort zwischen dem Abfall."

„Du hast sie vom Boden aufgehoben, ist das wahr? Lag einfach da, nicht wahr? Das ist die lahmste Ausrede, die ich je gehört habe. Im ganzen Land gibt es keinen Richter, der das nicht schon mal gehört hat. Und es gibt auch im ganzen Land keinen Richter, der das glauben würde. Glaubst du, wir wären von gestern?

„Nein, mein Herr."

„Nun gut, dann versuch nicht, uns zu veräppeln."

„Aber es ist die Wahrheit."

„Die Wahrheit ist, dass Herrn Toodlepips Uhr gestohlen wurde und du wurdest mit seiner Uhr in der Hand erwischt. Sieht nicht gut für dich aus, oder?"

Hugo senkte seinen Kopf.

„Ich sag dir, was ich tun werde: Ich werde dir zwei Möglichkeiten geben. Erstens: Ich führe dich dem Richter vor, der dich hängen lassen und mir vierzig Nicker Belohnung zahlen wird."

„Mich hängen? Ich dachte, Dieben würde die Hand abgeschlagen."

„Verdammt noch mal! Was bist du? Ein Anwalt? Da hast du falsch gedacht. Jetzt hör mir mal gut zu. Option eins ist die Schlinge des Henkers. Heutzutage wird man für alles aufgehängt, weil Hinrichtungen durch Hängen einfach so beliebt sind. Option zwei wäre, dass du mir die vierzig Nicker selbst bezahlst."

„Ich habe keine vierzig Pfund."

„Nun, dann wirst du für mich arbeiten müssen, um sie zu verdienen."

„Für Sie arbeiten, mein Herr? Als was?"

„Als Dieb natürlich. Das bist du doch, oder nicht?"

„Hugo zuckte mit den Achseln.

„Also, wie hast du dich entschieden? Hast du Mut für den Henker oder nimmst du mein großzügiges Angebot an? Komm schon, zack zack, ich habe nicht den ganzen Tag Zeit."

Hugo wurde es schwindelig vor Verwirrung. Er fühlte sich als sei er im Mittelpunkt einer Pantomimen-Aufführung ohne Anfang, Mitte oder Ende.

„Okay", stammelte er schließlich. „Wenn mir das mein Leben rettet, werde ich Ihr Dieb sein."

„Eine kluge Entscheidung, in der Tat! Das ist ein guter Dieb. Nun sag mir, wie heißt du?"

„Hugo, mein Herr und wer sind Sie?"

„Ich heiß Jonathan Wild. Wild dem Namen nach und wild meinem Charakter nach. Ich bin der beste Diebfänger, den es jemals gab!"

*****

Ein „Diebfänger" war ein Privatdetektiv, der von reichen Leuten engagiert wurde, um sich ihren gestohlenen Besitz zurückzuholen.

In verschiedenen Fällen wollten solche Opfer nicht, dass die Diebe, die sie beraubt hatten, gesetzlich verfolgt wurden. Einige von ihnen wollten nicht für den Tod eines Mitmenschen verantwortlich sein. Andere, die man in Bordellen oder Spielhöllen ausgeraubt hatte, wollten nicht, dass Einzelheiten an die Öffentlichkeit gelangten.

Manchmal jedoch kam es auch vor, dass Diebfänger die Diebe dem Gericht übergaben. Dadurch verdienten sie sich den Respekt der Bürger und bis zu vierzig Pfund Bargeld. Sie bekamen Belohnungen für die Rückgabe gestohlener Gegenstände, sie verdienten Kommissionen als Vermittler zwischen Dieben und Opfern und sie verdienten Geld, indem sie ein eigenes Team von Dieben für sich arbeiten ließen.

*****

Jonathan Wild war ein großer, hässlicher Mann. Sein Kopf hatte die Form eines durchlöcherten Fußballes; perfekt rund mit ein paar Dellen. Seine linke Lippe zog seinen Mund hoch bis an die Nasenlöcher.

Als Sohn eines Kräuterhändlers hatte er sein Leben als ehrlicher Mann begonnen. Auf der Suche nach seinem Glück zog er nach London, wo harte Zeiten für ihn anbrachen. Als er wegen Schulden ins Gefängnis musste, wurde er zum Knastspion, der für beide Seiten arbeitete. Von der Gefängnisleitung bekam er Geld für Informationen über seine Mitgefangenen und von diesen Mitgefangenen forderte er Bezahlung für Schutz vor den Wärtern. Er lieh das verdiente Geld aus und berechnete für diese Darlehen Zinsen und verdiente so genug Geld, um sich seine Freiheit zu kaufen.

Während er noch in Haft war, wurde Wild „Freigang" gewährt, was ihm ermöglichte, jede Nacht in die Stadt zu gehen, um Diebe zu fangen. Einen kleinen Teil seiner Zeit verbrachte er mit dieser Tätigkeit und einen viel größeren Teil in den Armen einer Prostituierten namens Mary Milliner.

Es war Milliner zu der Wild nach seiner Freilassung ging. Selbst eine kleine Gaunerin, lehrte sie Wild die Tricks ihres Handwerks und stellte ihm die Größen der Unterwelt vor.

Schon bald verließ Wild Milliner, jedoch nicht ohne ihr vorher ein Ohr abzuschneiden und sie so als Hure zu kennzeichnen. Die Lektionen, die Milliner ihm beigebracht hatte, vergaß er jedoch nicht. Er wurde ein Hehler, ein Verkäufer gestohlener Sachen und verwendete sein verdientes Geld dazu, die Gefängniswärter zu bestechen, die dann Diebe freiließen, damit sie für ihn arbeiteten.

Wild hatte zwei Gesichter:

Für die Gesellschaft war er *ein Diebfänger.* Die Tageszeitungen beschrieben ihn als weißen Ritter, den „Diebfänger-General", der Diebe und Halunken in Schach hielt; gestohlene Sachen ihren rechtmäßigen Eigentümern zurückgab; und über sechzig Diebe an den Galgen gebracht hatte.

Für die Unterwelt war Wild dagegen ein *Diebmacher;* ein Mann der so ziemlich jeden Dieb in der Stadt kontrollierte. Als Gegenleistung für einen anständigen Anteil an ihrem Verdienst, beschützte er seine Diebe und er brachte sie dazu, als Zeuge gegen jeden Dieb auszusagen, der sich weigerte, seine Befehle zu befolgen.

Immer wenn ihn einer seiner Diebe reinlegte, machte Wild in seinem kleinen schwarzen Buch ein Kreuz hinter dessen Namen. Wenn ihn dieser Dieb erneut reinlegte, fügte Wild ein zweites Kreuz hinzu. Jeden, der ein „Doppelkreuz" hatte, verkaufte er zum Hängen an die Krone. Auf diese Weise behielt er die absolute Kontrolle.

*****

Das war also der Mann, dem Hugo sein Leben verdankte.

Oder etwa nicht?

Hugo wusste nicht, dass Wild nicht für Herrn Toodlepip gearbeitet hatte.

Wahrscheinlich hatte es nie einen Herrn Toodlepip gegeben. Es war ein recht seltsamer Name.

Diese Uhr, ein wertloses Ding, hatte einer von Wilds Dieben zwischen dem Unrat liegengelassen; ein Junge mit der Schläue einer Gassenkatze und der Flinkheit eines Miniaturpferdes.

„Mein Name ist Wilkins", sagte er als er sich vorstellte. „Das ist mein einziger Name: Wilkins. Oder, falls es dir besser gefällt, Wilkins Wilkins. Er ist mein Vor- und mein Nachname. Ich brauche keinen anderen. Wenn ich zwei Namen hätte, käme nur jemand und würde mir einen klauen."

„Ich heiße Hugo."

„Hugo wer?"

„Hugo Crickets, denke ich. Obwohl ich eigentlich auch nur einen Namen habe. Du kannst mich Hugo Hugo nennen, wenn du möchtest."

„Versuch nicht mich zu verarschen, *Rob-Roy*. Wenn Crickets dein Name ist, werde ich dich Hugo nennen, und damit hat's sich."

Wilkins war undefinierbar. Man hätte leicht annehmen können, dass er Kaukasier war, aber seine Haut hatte ihre Farbe durch so viel Schuld und Schmutz verloren, dass man ihn für ein Mitglied beinahe jeder Rasse hätte halten können. Seiner Größe nach musste er etwa dreizehn Jahre alt sein, etwas älter als Hugo, aber er hatte so winzige Finger wie ein Sechsjähriger und die toten Augen eines Hundertjährigen. Seine Erscheinung war etwas Anderes. Er sah aus wie ein Gentleman, der seit vielen Jahrhunderten unter der Erde begraben gewesen war. Sein königsblauer Blazer war voller Wurmlöcher; seine Hosen, obwohl gebügelt, waren vom Staub gebleicht; und seine spitzen Schuhe, die er bis zur Obsession polierte, waren an verschiedenen Stellen von Steinen aufgeschlitzt und von Kies genarbt worden.

Wilkins hatte Hugo nie erzählt, dass er es war, der die verlorene Uhr dort hingelegt hatte. Er hatte Hugo nie gesagt, dass er ihm nach Hause gefolgt war, in der Nähe seiner Hütte geschlafen und ihn am nächsten Morgen an Wild verraten hatte. Er dachte, dass man über solche Dinge besser nicht reden sollte.

Wilkins führte Hugo jedoch in sein neues Leben ein.

Er brachte Hugo zu einem Gasthaus hinter *Spitalfields Market* und hatte ihm nicht einmal die Zeit gelassen, sich von Dizzy, Izzy oder Jo zu verabschieden. Dann führte er Hugo in einen Raum voller Bettler und Diebe, nackte und angezogene; über den ganzen Boden verteilt und übereinanderliegend.

Dieser Irrsinn hatte Methode. Indem er seine Diebe zusammenhielt, konnte Wild sie kontrollieren. So konnten die Diebe sich auch gegenseitig die Tricks ihres Gewerbes beibringen. Der Ort war ein Zentrum der Geselligkeit. Abende wurden damit verbracht, Geschichten zu erzählen und Nächte in Schnaps ertränkt. Hugo fühlte sich dort bald zuhause, obwohl ihn Schuldgefühle plagten, weil er seine Freunde verlassen hatte.

„Schuft", flüsterte er sich beim Schlafen selbst zu. „Ratte. Dieb. Killer. Tut mir leid."

*****

„Hab noch keinen gesehen, der so grün hinter den Ohren ist", sagte Wilkins am ersten Tag auf der Straße zu Hugo. „Himmelkreuzdonnerwetter! Willst du mir erzählen, dass du den Leuten einfach nur Dinge aus der Hand stößt?"

Hugo nickte.

„Und die merken nichts?"

„Hugo zuckte mit den Schultern.

„Nee, das haut dem Fass doch den Boden 'raus. Dazu wirst du mich nie bringen. Hör jetzt mal gut zu, die erste verdammte Regel beim Klauen ist die: Lass die nie merken, dass du die beklaut hast. Wenn sie nichts merken, machen sie auch kein Theater. Clever, ne?"

Hugo nickte. Und wie ein braver Schüler, hörte er begierig zu, was ihm sein Lehrer zu sagen hatte.

Bis zum Ende des Tages hatten sie ihre erste Methode perfektioniert. Hugo ging, mit ausgestrecktem Arm, einer wie eine Tasse gewölbten Hand und mit Tränen in den Augen auf die Einkaufenden zu.

„Bitte, verehrte Frau", bettelte er. „Ich bin so schrecklich hungrig. Können Sie mir bitte 'nen halben Penny für 'nen Stück Brot geben?"

Während die Angesprochenen Hugo anschauten oder an ihm vorbeizukommen versuchte, waren sie von den Einkaufstaschen, die sie trugen, abgelenkt. Wilkins lief vorbei, klaute etwas aus der Tasche und haute, ohne anzuhalten, ab.

Meistens waren die Opfer ahnungslos. Selbst bei den wenigen Malen, wenn sie merkten, dass er zu Hugo gehörte war Wilkins schon lange weg.

An ihrem ersten gemeinsamen Tag benutzten Hugo und Wilkins diese Taktik, um zwei Uhren, eine Teekanne aus chinesischem Porzellan und eine Kette aus Silber zu stehlen. Am nächsten Tag stahlen sie zehn Sachen. Ihre Beute wurde von Tag zu Tag mehr.

Nach einiger Zeit vertauschten sie die Rollen. Sie tauchten in jedem Viertel Londons auf; in dem geschäftigen Treiben vom *East End*, im pompösen *Mayfair* und den verwitterten Hütten von *Soho*; in *Dark Entry*,

Cat's Hole und *Pillory Lane*.

Wenn sie fertig waren, brachten sie ihre Beute zu Wild, der die Tageszeitungen durchblätterte, um zu sehen, ob ein Diebstahl gemeldet worden war. War das der Fall, gab er den Gegenstand zurück, erklärte sich zum Helden und verlangte seine Belohnung. Wenn nichts in der Zeitung stand, annoncierte er die Sachen in seinem Fundbüro, wo man die Sachen gegen eine Gebühr abholen konnte.

„Wenn ihr so weitermacht", freute er sich, „werdet ihr bald die besten Diebe sein, die dieses Land je gesehen hat!"

*****

Hugo und Wilkins waren nicht die besten Diebe, die das Land je gesehen hatte. Aber nachdem aus Monaten Jahre wurden, begannen sie doch, sich etwas Anderes zu überlegen. Hinter Wilds Rücken heckten sie neue Betrügereien aus und behielten das ganze erbeutete Geld für sich.

Sie dachten sich immer neue Gaunereien aus.

Einmal stahlen sie aus einem Tiergeschäft auf der *Old Kent Road* einen Käfig voller brauner Buchfinken. Mit gestohlenem Färbemittel und Make-up verwandelte sie die Vögel in Goldfinken mit gelben Federn und Schwanzfedern, wie man sie in London noch nicht gesehen hatte. Sie verkauften sie auf der *Regents Street* für einen saftigen Preis.

Ein anderes Mal stahlen sie eine Tasche voller Messingringe mit falschen Diamanten und behaupteten dann, sie hätten einen Ring auf der Straße gefunden.

„Ein Diamantring!" rief Wilkins dann, um die Aufmerksamkeit der Leute auf sich zu ziehen.

„Ich glaub's nicht! Aber kein Juwelier würde so etwas Wertvolles von mir kaufen. Sie würden einen Blick auf mich werfen, annehmen, dass ich ihn gestohlen habe, mich dann packen und in den Knast werfen.

Ab und zu kam ein Passant vorbei, der auf einen schnellen Profit aus war, und anbot, den Ring zu kaufen. Hugo und Wilkins freuten sich sehr, ihnen ihr Geld abknöpfen zu können.

Jeden Tag stellte Hugo ihre Taten in Frage, aber Wilkins war immer überzeugend:

„Mit so einem Gesicht könntest du jeder alten Oma in der Kirche die Brosche klauen und davonkommen. So eine engelsgleiche Unschuld sollte man nicht verschwenden."

Das erzeugte einen Zwiespalt in Hugo, da er wählen musste, ob er es seinem Freund recht machen sollte oder seinen Opfern; ob er seinen Hunger oder seine Seele befriedigen sollte. Seine Emotionen blieben unklar.

Es gefiel Hugo, dass er etwas gefunden hatte, in dem er gut war. Es erfüllte ihn mit Stolz. Sein schlechtes Gewissen wurde jedoch von Tag zu Tag grösser. Er hatte Mitleid mit seinen Opfern und ging mit sich selbst hart zu Gericht. Er kaute seine Nägel ab, bis kaum etwas übrig war. Ohne es zu wollen, durchlief ihn jede Stunde mehrmals ein Zittern. Er murmelte so leise, dass nur er es hören konnte:

„Schwindler. Bauernfänger. Halunke. Es tut mir leid. Tut mir leid, tut mir leid."

*****

Hugo und Wilkins wurden geschnappt.

Sie hatten einen der ältesten Tricks, den es gab angewandt, „Ferkel im Sack". Dabei wurde ein gesundes Ferkel gezeigt, bevor sie zu der Menge sprachen:

Meine Damen und Herren, niemals zuvor hat es ein Ferkel wie dieses gegeben. Das ist kein durchschnittliches Schwein. Dieser kleine Kerl kann quieken wie ein Wildschwein. Er kann grunzen, grunzen, grunzen! Man sieht, dass er wachsen und Ihnen Koteletts, Speck und mehr geben wird. Nun, es würde mich nicht wundern, wenn man ihm beibringen könnte, wie man Ihren Boden bohnert. Meine Damen und Herren, das ist das Angebot des Jahrhunderts. Ich verlange keinen Schilling, nicht mal acht Pence, nicht mal sechs. Meine Damen und Herren, ich werde Ihnen dieses Ferkel für vier verkaufen!"

Hugo und Wilkins zogen einen stetigen Strom von Kunden an. Hugo nahm ihr Geld und übergab das Ferkel Wilkins, der es gegen eine streunende Katze, die er in einen Sack steckte, austauschte und dann dem Kunden gab.

Diesen Trick wiederholten sie vierzehn Mal, bevor Wild Wind davon bekam.

„Ferkel im Sack!" schrie er; dabei schmiss er eine Tasse quer durch das Zimmer. „Ferkel in einem verdammten Sack! Was glaubt ihr, was das hier ist, ein verdammtes Spiel? Ihr seid nichts, ihr seid weniger als nichts. Ihr seid negativ! Ihr Jungs seid fertig! Dachtet ihr, das würde ich nicht erfahren? Ich habe meine Augen in den Wänden. Selbst die Laternenpfähle arbeiten für mich! Das ist meine Stadt, habt ihr gehört. Selbst die Ratten kennen meinen Namen. Ferkel im verdammten Sack, ich habe Männer für weniger als das hängen sehen."

Wild ließ seinen Rohrstock auf den Schreibtisch knallen.

Wilkins streckte seine Brust vor und drückte seinen Rücken durch.

Hugo pinkelte sich in seine Hose.

„Ferkel in einem verdammten Sack! Meine Güte! Ich sollte euch beide verdreschen."

Wild zog sein kleines schwarzes Buch aus seiner Tasche, fand die richtige Seite und kritzelte ein Kreuz neben Wilkins und Hugos Namen:

„Ihr habt beide ein Kreuz bekommen und ihr wisst, was dem passiert, der mich zweimal betrügt!

Ferkel in einem verdammten Sack. Ferkel. In. Einem. Verdammten. Sack!"

*****

Hugo und Wilkins verließen Wilds Buero. Sie liefen durch die Straßen, die mit zweierlei Arten von Menschen gefüllt zu sein schienen; Betrunkenen und Nüchterne. Einige der nüchternen Leute gossen Wasser über einige der Betrunkenen, um sie auszunüchtern. Die Betrunkenen sahen verärgert aus.

Hugo war zu mitgenommen, um zu stehlen, aber Wilkins schaffte es, ein paar Schachfiguren aus Elfenbein, ein Silbertablett, ein paar Kerzen und eine Schlangenledertasche mitgehen zu lassen.

Keiner sprach ein Wort über das, was passiert war.

Wilkins machte ein zuversichtliches Gesicht und setzte eine selbstbewusste Miene auf. Hugo sah dagegen aus, wie ein verschrecktes Kaninchen. Prophetische Visionen übermannten ihn: der Henker, gekleidet im schwarzen Umhang des Todes; er selbst, wie er den Kopf beugte; wie die Falltür sich öffnete, wie sein Körper fiel, wie die Menge jubelte, johlte und schadenfroh zuschaute. Ein kalter Schauer durchlief ihn, dann bekam er Fieber, es war ihm heiß und kalt zugleich. Sein Magen schmerzte, seine Knie wurden weich. Völlig erledigt fiel er zu Boden.

„Hugo Hugo! Hugo Crickets! Steh auf, du Schlappschwanz. Siehst ja wie ein verdammter Säufer aus!"

Hugo stolperte weg von seinem Kumpel.

Stolpernd und rutschend fiel er durch die Tür der Sankt Pancras Kirche. Diese massive alte Bastion des Mitleids und der Unvoreingenommenheit. Er versuchte sich an den Kirchenbänken entlang zu hangeln, konnte sich aber an ihren Lehnen nicht richtig festhalten und stürzte auf den harten Steinfliesenboden. Wie eine Eidechse kroch er mit vorgestreckten Amen auf dem Bauch über den Boden.

Die Kirchenglocken läuteten: ‚*Ding Dong. Ding Dong. Ding Dong.*'

Hugo zog sich auf den Altar. Mit Jesus über ihm und der Schlachtbank unter sich, faltete er die Hände, um zu beten.

Er musste sich fürchterlich übergeben.

Der Vikar kreischte:

„Du da! Mach das du hier 'raus kommst, du gotteslästernde Kreatur!"

Hugo floh. Er rannte weg von diesem Ort als würde er vor seinen Sünden und seiner eigenen Existenz davonlaufen; er rannte, rannte und rannte; er rannte zu der Holztür hinaus und genau in einen Holzkarren hinein.

Brötchen flogen nach rechts, Brotlaibe schossen nach links, Hörnchen hüpften und Baguettes flogen im hohen Bogen durch die Luft. Als diese Teigkreationen den Himmel erfüllten, krachte Hugo in Mayer hinein.

Mayer fühlte Hugos Kummer, Schuld und Angst, als wären diese Gefühle seine eigenen.

„Alles ist gut, mein Bruder, das werden wir wieder in Ordnung bringen."

„Er umarmte seinen lang verlorenen Freund und hielt ihn fest, bis der feine Herbstregen ihre Kleider durchweicht hatte.

TEILEN UND HERRSCHEN

> „Absolute Macht korrumpiert, aber absolute
> Machtlosigkeit tut das Gleiche. Es ist nicht die
> Armut, es ist die Ungleichheit, mit der wir jeden Tag
> leben, die uns verrückt machen wird.
>
> **AKALA**

Die Dinge sollten niemals mehr so sein wie bisher.

Als die Eisenwerke in *Lambeth Marsh* eröffneten, kamen die durch das Grundzusammenlegungsgesetz von ihrem Land vertriebenen Menschen in Massen. Sie folgten der verlockenden Aussicht auf Arbeit.

Jahrhundertelang hatten Familien im ganzen Land, genau wie Archibalds Familie, in Kleinstädten gewohnt. Als Bauern waren sie Herren über ihren eigenen Betrieb und konnten die meisten Dinge, die sie brauchten, selbst erzeugen. Sie arbeiteten wann und wie sie wollten und hatten jedes Jahr hunderte von Feiertagen. Ihr Leben war keine Utopie. Schlechtes Wetter konnte verheerende Auswirkungen haben, ihr Lebensstil war rudimentär und ein beträchtlicher Anteil ihrer Erzeugnisse musste an ihre Verpächter abgeführt werden.

Dann wurde, dank viertausend Parlamentsverfügungen den Kleinbauern ein Sechstel des von ihnen bestellten Landes weggenommen und in große landwirtschaftliche Betriebe konvertiert; umgeben von Hecken und im Besitz einer kleinen Anzahl von Individuen, einschließlich vieler Politiker, die für diese Verfügungen gestimmt hatten.

Staatliches Land verschwand. Millionen von Menschen wurden der Basis ihres unabhängigen und autonomen Lebensstils beraubt. Ganze Gemeinden wurden vernichtet.

Dorfbewohner hatten zwei Hauptoptionen: Sie konnten Bauern bleiben und als Tagelöhner auf der Farm von jemand anderem arbeiten oder sie konnten ihr Dorf verlassen und als Tagelöhner in der Fabrik von jemand anderem arbeiten; fünfzehn Stunden Schufterei pro Tag ohne die für ihre Kultur signifikanten Feiertage.

So ein Schicksal ereilte die McDavishes; eine rotköpfige, Whisky brennende, Baumstamm werfende, Porridge schlürfende, Gedicht aufsagende, Kilt tragende, trocken humorige, aufmüpfige Familie aus *Aberdeenshire*. Jedes Mitglied dieser Familie hatte einen Bart, selbst die Frauen. Alle waren enorm mutig und stampften mit dem Fuß auf.

Als die „Räumungen der *Highlands*" riesige Gebiete Schottlands in Schaffarmen und Rehwildgehege verwandelte, hatten die McDavishes keine andere Wahl, als ihre Heimat zu verlassen. Ähnliche Schicksale erlitten die

Chapmans aus *Norfolk*, die Reeves aus *Black Country* und die Parkers aus *Dorset*.

Andere Familien zogen, auf der Suche nach einem städtischeren Leben, nach *Lambeth Marsh*. Da London sich immer mehr ausbreitete, wurde Archibalds Städtchen verschluckt und verwandelte sich in den Vorort: „Lambeth".

Dann gab es noch Familien wie die Donaldsons. Aus den *South Midlands* kommend, konnte man die Donaldsons leicht an ihren nach rechts gebogenen Nasen erkennen. Selbst Leute, die in diese Familie eingeheiratet hatten, schienen dieses besondere Gesichtsmerkmal zu haben.

Die Donaldsons waren Spitzenmacher gewesen, die ihren Betrieb hatten schließen müssen, als Fabriken begannen, billige Spitzen herzustellen. Sie hatten vorgehabt, nach Australien auszuwandern, hatten sich dann aber in *Lambeth* verliebt und wollten nun nicht mehr weg.

Genauso waren die Rawlinsons von *East Anglia* hergezogen, nachdem die Wollindustrie unter dem Druck der Fabriken in *Lancashire* zusammengebrochen war. Familien von Töpfern, Möbelschreinern, Bierbrauern und Müllern folgten in ihren Fußstapfen.

Die Einheimischen wurden zu einer Minderheit.

*****

Onkel Raymondo hieß die Einwanderer mit offenen Armen willkommen. Er liebte ihre komischen kulturellen Eigenarten, ihre verschiedenen Akzente und ihr exzentrisches Essen. Er labte sich an den exotischen Gerichten, die sie einführten; Delikatessen, wie zum Beispiel der Lancashire Hotpot, Schottische Haggis und Yorkshire Pudding. Er freute sich über das Geschäft, das er mit ihnen machte und gewährte ihnen Kredite, als ob er sie bereits sein Leben lang gekannt hätte.

Archibald war dagegen nicht so begeistert.

Die Einwanderer hatten in *Lambeth* weder Geschichte, noch einen Ruf zu wahren oder Freundschaften zu anderen Dorfbewohnern zu pflegen, und sie besaßen keinen gesellschaftlichen Status. Während also die ältere Generation mit Arbeit beschäftigt war, rangelten ihre Sprösslinge um Stellungen. Wie Löwen auf der Jagd, stellten sie ihre Fähigkeiten zur Schau.

Nur allzu oft war Archibald ihre Beute.

Während die Einheimischen ihn wegen seiner Eigentümlichkeiten zu lieben gelernt hatten, machte Archibalds Persönlichkeit ihn zu einer leichten Beute für Neuankömmlinge. Dieser Junge mit einer Schwäche für knallige Farben, der so oft schlinderte, wie er lief, lebte außerhalb ihrer Komfortzone. Und es gibt wirklich nichts, was kleingeistige Menschen mehr aus der Ruhe bringt, wie Leute, die anders sind als sie.

Seit dem Eintreffen der ersten Einwanderer, hatten sie Archibald „Memme" genannt. Als neue Einwanderer hinzukamen, nahmen die Spottnamen epische Ausmaße an. Jeder Neuankömmling machte sich einen Spaß daraus, Archibald zu verspotten, als ob es ein Initiierungsritus sei:

„Abschaum"

„Trampel"

„Kanalratte"

„Affenschädel"

„Bauerntölpel"

„Doppelbrüstiges Arschgesicht!"

„Nichtsnutz! Alles, was du machst, ist Platz verbrauchen."

„Fiesling! Hau ab und treib dich irgendwo anders ,rum!"

„Angeber! Ich wette, dein Schwanz sieht aus, wie ein Würstchen."

Das soll nicht heißen, das Archibald keine Freunde hatte. Die anderen Einheimischen kamen schon, um ihn zu verteidigen, aber sie fühlten sich auch verloren und allein und liefen verwirrt durchs Leben. Die Besitzer der Eisenwerke bauten in ihren Gärten Häuser und ihre traditionelle Lebensweise entfaltete sich vor ihren Augen, während ihre Zukunft in Unsicherheit versank.

Die Einheimischen brachten Schlösser an ihren Haustüren an, zogen abends die Vorhänge zu, verboten ihren Kindern, auf den Straßen zu spielen, folgten einer informellen Regel, hörten auf, Abfall aufzuheben und sagten Gemeindeveranstaltungen ab.

Für diese Leute war der Pub „Zu den drei Hufeisen" ein Zufluchtsort, ein altersloses Relikt, das von vergangenen Zeiten erzählte. Sein hausgemachtes Ale, Mondschein-Gin, prasselndes Feuer und ein „Shove ha' Penny"- Brett waren so lange man denken konnte, unverändert geblieben. Aber die Kneipe „Zu den drei Hufeisen" war eine Ausnahme. Als Archibald sich von diesem Ort zurückzog, zog er sich auch in sich selbst zurück.

Archibald hatte eine herausragende Fähigkeit, Beleidigungen zu assimilieren, aber auch er konnte nicht verhindern, dass seine Erniedrigungen im Innersten seiner Persönlichkeit so viel Platz einnahmen, dass sein restlicher Charakter zusammengepresst wurde. In seinem Geist war er immer noch dieselbe Person, aber in der wirklichen Welt war er das nicht. Er hörte auf, bunte Kleidung zu tragen, sein Gang verlor den Schwung und er hörte auf, mit seiner Figur zu spielen. Er tat alles, was er konnte, um sich anzupassen, um normal auszusehen, sich normal zu benehmen und normal zu reden. Aber er sprach kaum noch etwas. Zu seinen Kunden war er freundlich, aber nie gesprächig. Er unterhielt sich, war jedoch nie mit dem Herzen dabei. Manchmal hing er Tagträumen nach. Manchmal dachte er an überhaupt nichts.

*****

Onkel Raymondo wurde zusehends weniger. Seine Arme verschwanden in den Ärmeln seiner Kleidung, seine Hosen schlappten über seine Knöchel und in seinen Gürtel musste er ein neues Loch stanzen. Nur sein Bart, schien nach oben und seitwärts zu wachsen und mit seinen Augenbrauen und seinem Haar zu verschmelzen. Aus seinem Kopf wurde ein riesiger, grauer Wollball aus dem nur zwei kleine Pupillen schauten.

Er sandte Archibald auf eine Mission:

„Sohn, hast du den alten, wie heißt er gleich noch, gesehen?

„Wie heißt er?

„Du weißt schon, wie du ihn nennen würdest."

„Da musst du leider schon etwas genauer werden."

„Alter Soundso! Komm schon, du weißt doch, wen ich meine."

„Nein, es tut mir leid, das weiß ich leider nicht."

„Dingsda! Dingsbums! Den da!

„He?"

„Großer Kerl. Bauch wie ein Fischfass, du weißt schon, so ein rotes Gesicht. Hat immer Haferflocken in seinem Bart. Ach, du weißt doch, wen ich meine. Der dicke Kerl, der immer Gedichte aufsagt."

„Oh, ich glaube, dass könnte jeder der McDavishes sein."

„Ja, genau der ist es!"

„Wer?"

„McDavishes, hast du ihn in letzter Zeit gesehen?"

„Nein, seit mindestens einem Monat nicht."

„Seltsam?"

„Ich glaube."

„Du glaubst?"

„Oh, es ist nur so, dass ich die Friedlichkeit und die Stille irgendwie genossen habe."

„Ja wirklich, aber McDavishes hat ein ziemliches Kerbholz; ein Pfund und einen Schilling, wenn ich mich nicht irre. Nun, was hat es für einen Sinn, jemanden zu gestatten, dass er so viele Schulden anhäuft, wenn er nie zu Besuch kommt? Der ganze Sinn, warum man Kunden mehr Kredit gibt, liegt darin, dass man bei den Leuten beliebt ist und seine guten Beziehungen und was sonst noch erhält. Er könnte wenigstens mal vorbeikommen und „Hallo" sagen."

Archibald runzelte die Stirn.

Sohn, tu einem alten Mann einen Gefallen. Geh und sieh nach, ob es ihm gut geht."

„Wem?"

„McDavishes! Über was habe ich denn die ganze Zeit geredet?"

„Welcher der McDavishes?"

„Ja, genau der. Jetzt sei ein braver Junge und mach dich auf den Weg."

*****

In der Annahme, dass Raymondo Hamish McDavish, den Patriarchen des McDavish-Clans, meinte, ging Archibald zu dem Eisenwerk, wo er arbeitete.

„Es tut mir leid, dich zu stören, aber hast du den alten Hamish gesehen?" fragte er Donald Donaldson, einen Jungen, dessen Nase in einem beinahe unmöglichen Winkel seitwärts gebogen war.

„Tut mir leid, Winzling", antwortete Donaldson. „Da kann ich dir nicht helfen."

„Ich möchte euch nicht stören, Kumpels, aber ich möchte gerne wissen, ob ihr die McDavishes gesehen habt?" fragte Archibald die Chapmans und die Reeves, die nur etwas murmelten und mit den Schultern zuckten.

„Hey Griggs!" frohlockte Archibald. „Du hast nicht vielleicht die McDavishes gesehen?

„Die McDavishes?" antwortete der frühere Schuhmacher. „Nein, tut mir leid. Die haben wir hier seit Monaten nicht gesehen. Ich denke mir, die sind inzwischen lange weg."

„Weg? Wie soll ich das verstehen?"

„Da gibt es nicht viel zu verstehen. Sie sind nicht hier. Sie sind weg."

Da Archibald nicht verstehen konnte, was man ihm gesagt hatte, machte er sich auf den Weg zum Cottage der McDavishes, wo er feststellte, dass dort eine neue Einwandererfamilie wohnte. Archibald war perplex. Er hatte von Familien gehört, die nach *Lambeth* zogen, aber nicht von Familien, die wegzogen. Er hatte von Leuten gehört, die neue Häuser bauten oder sie ihren Kindern gaben, aber von Leuten, die ihre Häuser Fremden gaben, hatte er nie gehört.

In einem Zustand totaler Ungläubigkeit fragte er in den vier neueröffneten Kneipen in *Lambeth* nach den McDavishes, ebenso wie in der neuen Post, der Bäckerei, dem Metzger- und dem Gemüseladen.

Einige Leute sagten, die McDavishes seien zurück nach Schottland gezogen, andere meinte, sie würden jetzt in einer anderen Fabrik arbeiten. Einer behauptete, die Familie sei ausgewandert, ein anderer sagte, sie wären zu der Handelsmarine gegangen. Alle sprachen gut von den McDavishes, aber es schien niemanden zu kümmern, dass sie weg waren. Die McDavishes hatten in *Lambeth* keine Vergangenheit, darum verwunderte die Tatsache, dass sie keine Zukunft hatten, niemanden. Nachdem Archibald von zwölf verschiedenen Personen fast immer das Gleiche gehört hatte, akzeptierte er schließlich die Wahrheit.

„Ein Pfund und ein Schilling", murmelte er. „Wir sind ausgeraubt worden! Ich weiß wirklich nicht, wie weit wir gekommen sind, wenn ein Mann einfach verschwinden kann, ohne seine Schulden zu begleichen. Verdammte Einwanderer mit ihren dreckigen Münzen. Ich finde, man sollte sie zwingen, sich anzupassen."

*****

Es war ein harter Schlag für Onkel Raymondo:

„Ich verstehe das nicht. So benimmt man sich nicht in *Lambeth Marsh*."

Raymondo verbrachte einen ganzen Tag damit, seinen Bart zu kratzen, zu fluchen und zu spucken. Dann ging er schlafen, erwachte und machte, überzeugt davon, dass die ganze Sache so bizarr sei, dass sie unmöglich ein zweites Mal passieren könne, weiter, als sei nichts geschehen.

Es passierte ein weiteres Mal.

Während die Donaldsons ihre Pläne auszuwandern aufgaben, taten die Browns genau das: Den Ort verlassen, ohne ihre Schulden zu begleichen. Als dann die Erntezeit begann, hörten die Davenports auf, bei Raymondo im Geschäft einzukaufen. Statt Raymondo zu bezahlen, gingen sie in die neuen Geschäfte, die in *Lambeth* eröffnet worden waren.

Diese Geschäfte nahmen nur Münzen an. Ladenbesitzer und Kunden wickelten ein Geschäft ab, ohne Verpflichtung, sich wiederzusehen. Es war unpersönlich, aber es bewahrte die Ladenbesitzer vor unbezahlten Schulden. Ihre Geschäfte liefen gut, während es bei Raymondo bergab ging.

So war die Lage, bis die Eisenwerke ein neues Entlohnungssystem einführten. Statt ihre Angestellten mit Münzen zu bezahlen, gaben sie ihnen *Token*, die nur in fabrikeigenen Geschäften ausgegeben werden konnten. Über Nacht verlor Raymondo hunderte von Kunden, von denen viele ihre Schulden nicht zurückzahlten.

Um die Buchhaltung auszugleichen, musste Ruthie den einzigen Tisch, den einzigen Stuhl und den einzigen Vorhang der Familie verkaufen.

„Wenn das so weitergeht, mein Lieber, werden wir unsere Zimmerdecke und unseren Fußboden verkaufen müssen!"

Archibald zuckte zusammen.

„Oh, sieh mich nicht so an. Was auch immer passiert, du wirst immer uns haben; wir werden dich immer lieben, mein kleines Wunderkind."

*****

„Sei ein guter Junge. Geh und hol mir wie-nennt-man-die-Dinger von wie-heißt-der noch."

„Ein paar ‚wie-nennt-man-die-Dinger'?"

„Ja, zwei Schachteln sollten genug sein. Und bring ein paar „Doohickeys", „Doodahs" und „Dojiggers" mit, wenn du schon da bist. Hier hast du eine Münze."

Archibald nickte.

Er hatte verstanden, dass „wie-nennt-man-die-Dinger" Kerzen waren, da Raymondo in Richtung des leeren Platzes genickt hatte, an dem die Kerzen gewöhnlich aufbewahrt wurden. Auf die gleiche Art fand er heraus, dass „Doohickeys" Bleistifte und „Doodahs" Seifen waren. All das konnte man an den Docks kaufen.

„Archibald wusste nicht, was „Dojiggers" sind, aber er entschloss sich, nicht zu fragen, da er glaubte, dass es seinen Onkel mehr aufregen würde, als es wert war. Raymondo kämpfte eine verlorene Schlacht gegen die Zeit. Jede Stunde schlief er ein, manchmal mitten im Satz und um zum Laden zu laufen, brauchte er fünfzehn Minuten.

Archibald zog seine Lammfelljacke an und ging zu den Docks, um Jim McGraw zu treffen.

McGraw war ein alter Familienfreund, dessen Whiskey legendär war. Sein modischer Blazer hatte eine einzelne Tartan-Tasche, als ob er damit seinen schottischen Wurzeln Ehre erweisen wollte. In seiner grauen Mähne war eine einzige rote Haarsträhne zu sehen.

„Ja, Junge", sagte er zu Archibald. „Wir haben alles, was du gerne haben möchtest und es wäre mir eine Freude, dir etwas zu verkaufen. Aber wir können unsere Artikel nur gegen Bargeld verkaufen und darum, musst du sofort bezahlen. Das tut mir leid, aber was soll ich machen?"

Archibald nickte und machte kehrt, um zu gehen.

„Oh, noch ‘ne winzige Kleinigkeit", rief McGraw. „Sei bitte so gut und bring deinen Alten dazu, seine Schulden zu zahlen, das wäre großartig. Dann kann so ‘n alter Knacker wie ich in seinem Haus bleiben."

Diese Bitte überrumpelte Archibald, der sich nicht erinnern konnte, dass McGraw jemals auf diese Art und Weise eine Zahlung verlangt hatte. McGraw und Raymondo hatten immer nach der Ernte den Boden zusammengefegt; danach gab es ein großes Familienessen und abends trank man eine Menge Scotch. Aber Archibald war nicht wohl dabei, McGraw darauf anzusprechen. Er war so erzogen worden, die Älteren zu achten. Darum lächelte er nur, nickte und ging zum Geschäft zurück.

Als er mit leeren Händen zurückkam, gab er seinem Onkel einen sanften Kuss. Dann erzählte er ihm, was passiert war.

„Ich hole die Sachen morgen", schloss er. „Ich denke, es wird eine Möglichkeit geben."

Aber Archibalds Leichtherzigkeit hatte so gut wie keine Wirkung auf seinen Onkel.

Raymondos Finger zitterten, eine trockene Träne bildete sich in seinem Auge und die verbleibende Farbe wich aus seiner Haut. Er sprach schleppend:

„McCraw. Mein alter Freund McCraw? Er möchte, dass ich meine Schulden bezahle? Um unsere Beziehung zu beenden? Um Himmels Willen. Warum haben sich alle gegen mich verschworen?"

Raymondos Hauptschlagader zog sich um sein Herz zusammen, das sich widerstandslos ergab. Ohne die Kraft aufzubringen, sich an die Brust zu fassen, sackte sein Kopf über seine Knie und sein Körper fiel vornüber. Als sein Kopf auf den Fliesen aufschlug, war er bereits tot. Er schrumpfte in sich zusammen. Puff! Und das war's. Das Buch seines Lebens klappte zu.

Archibald erstarrte.

Die Zeit erstarrte.

Als Ruthie hereinkam und fragte, wie lange Raymondo bereits in diesem Zustand sei, konnte Archibald die Frage nicht verstehen.

„Es ist Freitag, der dreizehnte", antwortete er. Paralysiert und unfähig zu reagieren, als Ruthie sich eine Flasche klaren Schnaps schnappte, sie in sich hineinschüttete und sich dann in den Hals stach. Als Archibald ihre letzten Worte hörte, war er bereits mit Blut bedeckt und Ruthie war schon auf Raymondo gefallen.

Diese Worte glitten in Zeitlupe durch die Luft, bevor sie in Archibalds Ohr eindrangen:

„Ich liebe dich Archie, das werde ich immer tun."

Die Kirchenglocken läuteten: ‚Ding Dong, Ding Dong, Ding Dong.'

Ruthies Worte echoten: ‚Ich liebe dich, ich liebe dich, ich liebe dich.'

Archibald fiel in ein paar Regale und musste sich über seine Jacke übergeben.

*****

Archibald war traumatisiert, todtraurig, untröstlich, verzweifelt und deprimiert.

Seine Lieben waren auf furchtbare Weise vor seinen eigenen Augen gestorben. Er hatte seine Gemeinde auseinanderbrechen sehen und er selbst war gehänselt worden.

Diese Ereignisse sollten sich auf prägnante Weise auf Archibald auswirken und dafür verantwortlich sein, dass sich seine Persönlichkeit auf eine völlig andere Weise entwickelte, als die von Hugo und Mayer.

Er sollte niemals mehr der Gleiche sein.

*****

Von all den Emotionen, die Archibald damals plagten, waren es zwei, die ihm mehr als alle anderen zusetzten: Angst und Schuld.

Er fürchtete um sich selbst.

Er hatte Raymondos Schulden geerbt, ohne jedoch dessen Bereitwilligkeit geerbt zu haben. Er wusste daher, dass er ganz kurz davorstand, ins Schuldnergefängnis geworfen zu werden. Schuldnergefängnisse waren gefürchtet. Sie waren überfüllt und wenn nicht durch Krankheit, raffte der Hunger einen hin. Die Gefangenen mussten so hart arbeiten, dass sie vor Erschöpfung zusammenbrachen und die Aussicht auf Freilassung war nicht viel mehr, als eine vorübergehende Fantasie.

Mit diesen Gedanken im Sinn, verkaufte Archibald das Haus seiner Familie und beinahe alles, was er besaß. Er zog in den Laden; dort arbeitete er tagsüber und schlief nachts auf dem Boden. Er beglich seine Schulden. Aber er verharrte in einem Zustand angstvollen Missbefindens; er war beunruhigt darüber, dass die Preise steigen und seine Kunden ihn verlassen würden und er gezwungen wäre, das Geschäft zu verkaufen.

Er gab sich die Schuld an Raymondos und Ruthies Tod:

Ich hätte meine Unterhaltung mit McCraw für mich behalten sollen.

Ich hätte McCraw zur Rede stellen sollen, als ich die Chance dazu hatte.

Ich hätte meinen Onkel davon abhalten sollen, den Einwanderern Kredit zu gewähren.

Ein Paar Eltern zu verlieren war Pech, aber zwei Paare zu verlieren, war wie absolute Nachlässigkeit.

*****

Geschwächt und isoliert stolperte Archibald durch diese grauen Tage der Trauer.

Die anderen Dörfler versuchten ihn zu trösten, aber Archibald verhielt sich abweisend und war ihren Worten gegenüber gleichgültig. Er tat seine Arbeit, aber er war lustlos dabei. Ihm war so, als hätte die Welt ihren Glanz verloren. Seine Füße verloren ihre Leichtfüßigkeit und seine Haut ihren Schimmer.

Archibald ging immer noch in die Kneipe „Zu den drei Hufeisen", wo er sich zu den anderen Einheimischen gesellte. Aber in den Gesängen war weniger Melodie, im Ale weniger Teuflisches, in der Verrücktheit weniger

Bewegung, in jedem Impuls weniger Geheimnisvolles, weniger Leidenschaft in jedem Lied, weniger Lust in jedem Tanz, weniger Wärme in jedem Körper, weniger Hunger in jedem Bauch, weniger Überzeugung in jedem Streit, weniger Sex in jeder Umarmung, weniger Liebe in jedem Händeschütteln, weniger Magie in jedem Kuss und weniger Salz in jeder Träne.

Weniger, weniger, weniger. Weniger von allem. Weniger Herz, weniger Seele, weniger Geist. Alles erschien wässerig. Alles erschien hohl.

Das Einzige, was es in Hülle und Fülle zu geben schien, war Zeit. Archibald nahm sich vor, sie totzuschlagen. Er zog sich in sich selbst zurück und wurde der Welt gegenüber so gleichgültig, dass er beinahe über einen Hahn gestolpert wäre und strauchelte dann wirklich über einen Zigeuner, der Handflächen las. Seine Existenzwäre wahrscheinlich beendet gewesen, wenn ihn ein konstanter Kundenstrom nicht gezwungen hätte, weiterzuleben; es kamen die Bügelfrau, die Frau, die nach Sardellen roch, die Bettler, die nach Abwasserkanälen stanken, die Nonnen, die so gerne klatschten, der Orgelpfeiffenmacher, der im Schlaf summte, der Mann, der leere Flaschen sammelte und der Lumpensammler, der den Abfall durchsuchte. Da Archibald die Fähigkeit zu sprechen verloren hatte, öffnete Archibald den Mund, sobald diese Leute kamen, gab aber selten einen Ton von sich. Seine Gedanken waren so laut, dass sie ihn hatten verstummen lassen.

*****

Nachdem ein paar Monate vergangen waren, verspürte Archibald eine plötzliche Entschlossenheit, aus seiner Trübsinnigkeit auszubrechen. Er nahm den knochigen Fisch, den er sich zum Abendessen gekauft hatte, packte ihn mit seinen Fingernägeln am Schwanz und schlug den Fischkopf gegen die Stelle, wo sich seine Augenbrauen trafen. Er schüttelte den Kopf, gab ein undeutliches Geräusch von sich öffnete seine Augen so weit, dass sie hervortraten und schlug sich erneut.

Er wiederholte diesen Prozess, bis sein Fisch flach und seine Stirn voller Schuppen war.

„Aha!" rief er. „Ich fühle, dass ich es schaffen könnte."

Er schnappte sich seine mit Erbrochenem verkrustete Jacke und machte sich auf den Weg zu den täglich stattfindenden Hinrichtungen, da er überzeugt davon war, dass nichts seine Leiden so gut beenden könne, als Zeuge der Leiden von jemandem zu sein, der noch heruntergekommener war als er selbst.

In dieser Stimmung freudiger Morbidität machte er sich auf den Weg zur *Newgate Street*.

Als Archibald ankam, war der Platz bereits hoffnungslos überfüllt. Edelmänner und Edelfrauen saßen auf gepolsterten Thronen, die auf hastig errichteten Tribünen standen, während das gemeine Volk sich in der Straße darunter drängte; ein Ort, an dem das Zuschauen nichts kostete, an dem allerdings auch die Luft zum Atmen knapp war. Als Archibald ankam, war das erste, was er sah, der halb erstickte Körper einer jungen unverheirateten Frau, die bewusstlos weggeschleift wurde.

Um diese Schlägerei herum verkauften Händler alles, man essen konnte an alle, die essen konnten. Ihre wackeligen Fässer flossen über vor eiskalten Austern und glühend heißen Aalen; Torten und Puddings, Gebäck und Hustenbonbons, Ingwerbier und Lebkuchen; Erbsensuppe, paniertem Fisch, Schafshaxen, eingelegten Muscheln, gebackenen Kartoffeln, Eis am Stiel, Kakao und Pfefferminzwasser.

Auf der anderen Straßenseite war die hohe Ziegelsteinmauer des Gefängnisses von Newport. Vor dieser Wand befand sich eine hohe gemauerte Bühne, auf der die Galgen aufgestellt worden waren. Und an einem dieser Galgen hing der Körper von Thomas White, einem sechzehn Jahre alten Jungen, der schuldig gesprochen worden war, homosexuelle Handlungen ausgeführt zu haben. Sein Körper schien der Menge Grimassen zu schneiden.

Das ständige Gemurmel tausender lauter Unterhaltungen erfüllte die Luft. Das Geschreie und Gekreische wurde immer lauter. Dann war auf einmal Ruhe; eine tödliche Stille. Zwei große Fenstertüren öffneten sich quietschend und ein in Ketten gelegter Mann stolperte hinaus; den Rücken gebeugt, auf wackligen Beinen, mit ungekämmtem Haar, ungewaschenem Gesicht und unrasiert.

Die Menge stöhnte einstimmig auf und sog die letzten Tropfen Luft ein. Über ihnen öffnete sich ein Vakuum. Der Boden unter ihnen bebte.

,Schnapp!'

Ein brüllender Donner erschütterte die glasige Atmosphäre.

„Buh! Abschaum! Mistkerl! Ausgeburt des Teufels! Stirb! Stirb! Stirb! Stirb! Stirb! "

Von dem kollektiven Wutausbruch aufgepeitscht, konnte Archibald nicht anders als mitzumachen; bei jedem Buh, mitzubuhen, bei jedem Stampfen, mitzustampfen, mitzuschreien, zu kreischen, zu heulen, zu pfeifen und zu verspotten.

Der verurteilte Mann stolperte auf die Fläche der Empore, wo er seine letzten Worte stammelte:

„Ihr da, ihr Leute, ihr seid meine Leute, ja, das seid ihr. So ist es. So ist es wirklich. Also die Sache ist so: Alles, was ich je getan habe, alles was ich vom ersten, vom zweiten Tag und so weiter je getan habe, habe ich für euch getan.

Buhrufe! Gepfeife! Beschimpfungen: *„Dreckskerl! Stirb! Stirb! Stirb! Stirb! Stirb!"*

„Ihr könnt ruhig Buh rufen. Ich werde euch nicht sagen, dass ihr nicht Buh rufen sollt. Buhuuuu! Es stimmt, dass ihr buht! Hehe! Aber alles, was ich je gemacht habe, habe ich für euch getan. Dann werde ich hier eben sterben. Und Tschüss! Trara! Aber ich werde als euer treuester Diener sterben. Ein dienender Diener, das bin ich. Ich erzähle keine Lügen. Ich verkaufe euch keinen toten Hund. Ich bin genau das, was ihr aus mir gemacht habt. Juchhu! Buh! Huh, huh, huh!"

„Lügner! Betrüger! Falscher Hund! Simulant! Stirb! Stirb! Stirb! Stirb! Stirb!

Die Bösartigkeit hatte etwas Melodiöses. Die Vorwürfe klangen wie ein Lied. Archibald grölte nicht mit der Menge, sondern summte ihre makabre Hymne leise mit.

Der verurteilte Mann wurde zum Galgen geführt.

Archibald summte ihm eine Serenade

Die Schlinge lag wie eine Krone um seinen Hals.

Archibald stimmte in den Chor bittersüßer Beleidigungen ein.

Die Falltüren öffneten sich.

Archibalds Schreie erreichten ein episches Crescendo.

Das vom Hals des Verurteilten erzeugte Geräusch ließen Archibalds Schuldgefühl und seine Angst verschwinden und ersetzten diese schrecklichen Emotionen mit einer Welle der Euphorie, die er sich nur schwer erklären konnte. Als würde er über Wolken aus leichtem Dunst gleiten, fühlte er sich schwerelos, hohl und frei. Ekstase besiegte seine Misere und Euphorie verdrängte sein Unbehagen.

So wie der verurteilte Mann hin und her schwang, erstickt, aufgedunsen und blau, so schwankte Archibald, überwältigt von einem gemeinsamen Gefühl des Entzückens, im Delirium.

*****

Archibalds Euphorie dauerte immer noch an, als er in die *Warwick Lane* zurückkam.

Lange sollte das aber nicht so bleiben. Ein harter Griff an seiner Schulter nahm seinem Schritt die Leichtigkeit. Ein Faustschlag in den Magen erstickte seinen Stolz und ein Schlag mit dem Handrücken zwangen ihn, die letzten Reste seiner Euphorie auszuspucken.

Bevor er wusste, wie ihm geschah, wurde er umgedreht und mit dem Rücken gegen eine Wand gepresst. Gesicht zu Gesicht und Nase zu krummer Nase stand er, den nach Austern und ranzigem Fleisch riechenden Atem des Jungen einatmend, Donald Donaldson gegenüber.

Zwei andere Jugendliche traten aus dem Schatten und ließen mit knirschenden Zähnen die Knöchel ihrer Fäuste knacken. Jeder von ihnen hatte seinen eigenen schlechten Geruch.

„Waisenjunge", hänselte Donaldson mit einer Stimme, die beides war, weinerlich und eitel zugleich. „Hast du diese Woche noch ein paar Eltern umgebracht?"

Archibald antwortete nicht.

Seinen Kehlkopf quetschend krallten sich die Fingernägel seines Angreifers um seinen Hals und gruben sich in seine Haut. Archibald verspürte einen teuflischen Schmerz, der sowohl physischer als auch emotionaler Art war. Während sein Hals gewürgt wurde, wich die letzte verbleibende Freude aus seiner Seele:

„Zwei Elternpaare war nicht gut genug für dich, was?"

Die anderen zwei Einwanderer stimmten ein:

„Mistkerl!"

„Elternmörder!"

Donaldson schüttelte seinen Kopf:

„Ich denke, du wirst schon bald selbst am Galgen baumeln. Nun ja, falls wir dich nicht schon vorher fertigmachen sollten."

Er versetzte Archibald einen derart starken Faustschlag in die Magengegend, dass seine Knöchel die Lungen trafen und Luft aus Archibalds Mund entwich. Kurzatmig schnappte Archibald nach Atem. Und während er nach Luft schnappte, traten zwei Jugendlichen in das dämmerige Licht.

„Drei gegen drei", sagten sie selbstsicher. „Das ist ein fairer Kampf, was meinst du?"

Donaldson erschauerte.

Archibald blinzelte. Er sah den ersten Jugendlichen an und dann den zweiten:

,Sind sie ich? Sie sehen aus wie ich. Aber das können sie nicht sein – oder? Nein, das ist einfach nicht möglich. Ein Geist! Hugo! Mayer? Nein. Das glaube ich nicht. Das kann einfach nicht wahr sein!'

ALLE ZUSAMMEN

„Ein Geist, stärker als Krieg, war am Werk in jener Nacht,
Dezember 2014 kalt, klar und hell, Landesgrenzen waren außer Sicht,
Als sie sich zusammentaten, entschieden sie, nicht zu kämpfen,
Alle zusammen im Niemandsland."

DIE FARM

Zeit und Raum scheinen zueinander in gegensätzlicher Beziehung zu stehen: In dem Maße, wie die Zeit sich ausdehnt, scheint sich der Raum zusammenzuziehen.

Das war wenigstens bei unseren drei Helden der Fall. Entwurzelt aus der Erde, der sie entstammten, waren sie an drei ganz verschiedene Orte gepflanzt worden. Obwohl nur wenige Kilometer zwischen ihnen lagen, waren sie trotzdem durch die Weitläufigkeit Londons und viele Häuser, Kanäle, Werkstätte, Schneidereien und Tavernen getrennt.

Diese Idee ihrer Wiedervereinigung schien mehr als absurd zu sein.

Aber im gleichen Maße, wie die Zeit sich ausdehnte, schien sich der Raum zwischen ihnen zusammenzuziehen. Je älter sie wurden, desto kleiner erschien ihnen London.

Wie drei schwere Objekte, die von der Kraft ihrer Gravitationsfelder angezogen wurden, war es ihnen bestimmt, zu kollidieren...

*****

In dem Gasthaus, in dem Hugo wohnte, lebte ein Junge, den alle „Biba" nannten, weil er so viel sabberte. Er benutzte nie eine Serviette, um die Spöttern nicht noch mehr anzufeuern, aber hätte er es getan, wäre es auf jeden Fall besser gewesen. Sein Kragen war mit den Überresten getrockneter Spucke bedeckt und auch sein Hals war voller Speichel.

Was Biba an Hygiene fehlte, machte er mit seiner Unschuld wett. Wie Hugo war er gegen seinen Willen gezwungen worden, das Leben eines Diebes zu führen. Im Gegensatz zu Hugo, hatte er nie Gefallen daran gefunden.

Nach nur drei Wochen Arbeit, betrat Biba ein Geschäft, verließ es mit einem Satz Gabeln, lief direkt in den Ladenbesitzer hinein und wanderte geradewegs in das Gefängnis von Newgate.

Hugo brauchte recht lange, um dies gegenüber Mayer zu erwähnen. Als er in den Karren seines Freundes gekracht war, konnte er keinen klaren Gedanken fassen und nur stammeln:

Mayer! Hugo! Waisenhaus. Lastenkahn. Seil. Dann wurde ich von dem Dieb-Fänger General geschnappt. Tut mir leid. Wir haben in St. Mary Magdalen nur Haferbrei gegessen. Aber Messingschrauben sind mehr wert als dreckige Fasern. Darum habe ich einmal eine Ratte gegessen. Aber meistens war ich von oben bis unten mit Schlamm bedeckt. Und wenn es regnete, war es so ein feiner Regen. Aber dafür sind Freunde ja da."

„Mach langsam", antwortete Mayer, während er so viele Brotlaibe rettete, wie er konnte.

„Tut mir leid."

„Ist schon gut, Bruder. Hör zu, ich muss dieses Brot ausliefern, aber ich hätte nichts gegen etwas Gesellschaft. Warum kommst du nicht mit und erzählst mir unterwegs alles?"

Hugo nickte, atmete tief durch und begann, Mayer von seinem Leben zu erzählen.

*****

„Und was ist mit Biba passiert?" fragte Mayer.

„Er ist gegangen und ist niemals mehr zurückgekehrt. Heute Morgen habe ich jedenfalls Wild belauscht. So habe ich erfahren, dass man Biba in den Knast gesteckt hat. Wild schmiedete Pläne, ihn ‘rauszuholen."

„Ihn ‘rauszuholen?"

„Ja, das ist nicht so unwahrscheinlich. Wild hat eine Menge Kontakte in *Newgate*; er beherrscht das System aus dem Eff Eff."

Mayer kratzte sich am Kinn.

„Wann soll dieser Gefängnisausbruch stattfinden?"

„So ungefähr um Mitternacht."

„Hmm, in dem Fall, Bruder, möchte ich, dass du um halb zwölf draußen vorm *Old Bailey* auf mich wartest. Ich glaube ich kann dich von diesem Kerl Wild ein für alle Mal befreien."

*****

Sobald Hugo die beiden Personen an Mayers Seite sah, verzog sich Hugo schnell zurück in den Schatten.

Zu Mayers Rechten ging die rundliche Figur von Herrn Justice, dem jovialen Richter, dem Mayer Brot brachte. Herr Justice war eine gelungene Mischung aus Fettleibigkeit und Pompösität; eine altmodische Mischung aus Schwabbelfett und Raffinesse, der über die vokale Reichweite eines Opernsängers verfügte und den Bauchumfang eines Sumo-Ringers hatte.

Als er Bibs Geschichte hörte, hatte er darauf bestanden, einen zweiten Mann, Herrn Strong, mitzunehmen, einen Nachtwächter, der nicht zum Scherzen aufgelegt war und der breit wie ein Schrank und so finster wie eine mondlose Mitternacht war. Der schwarze Regenmantel, der ihn umhüllte, reichte von seinem öligen Bart bis an seine Lederstiefel.

Der Ruf, der Herrn Strong vorauseilte, erklärt vielleicht, warum Hugo sich so schnell versteckte.

„Pssst", flüsterte Mayer. „Keine Sorge, wir sind hier, um zu helfen."

Hugo kam auf Zehenspitzen hervorgeschlichen.

„Komm Bruder, dort bist du uns nicht von Nutzen."

Hugo stieß ein nervöses Lachen aus.

Mayer führte ihn an der Hand.

Sie nahmen ihre Positionen ein; Mayer mit Herrn Justice an einem Ende der *Limburne Lane* und Hugo zusammen mit Herrn Strong an der Kreuzung von *Bishop's Court*.

Zwischen zwei Gebäuden versteckten sie sich und warteten in der Stille. Hugo hatte Angst, etwas Unrechtes zu tun und Herr Strong hatte keine Lust, sich mit einem verschreckten Kind zu unterhalten.

Die Luft war trocken. Sie blieben in der stoischen Stille der Nacht versteckt. Ungestört durch das Fiepen der Ratten und das Rascheln der Blätter, gleichgültig gegenüber dem fahlen Lampenlicht und den weit entfernten Sternen.

Sie warteten: Die Augen fokussiert. Die Füße bereit. Klopfende Herzen. Unterdrücktes Atmen.

Sie warteten: Haut mit Frostbeulen. Aufgeplatzte Lippen. Taube Finger. Trockene Augen. Steifes Haar.

Sie warteten.

Ein Geist sang ein trauriges, reuevolles Lied.

Sie warteten.

Eine Katze schoss hinaus auf die Straße. So schnell, wie sie erschienen war, blieb sie, einer Statue gleich, ruhig stehen. Ihre Augen fixierten den Abwasserkanal; die Beine bereit zum Absprung.

Sie warteten.

Plötzlich kam, springend, laufend mit stampfenden Füßen, hochfliegenden Beinen und gesengten Köpfen, Bewegung in sie.

Verfolgt von Mayer und etwas abgeschlagen dahinter Herr Justice rannten, Wild und Biba keuchend und nach Luft schnappend die *Old-Bailey-Street* entlang.

Strong und Hugo blockierten die Straße.

Biba schlug eine Richtung ein, Wild die andere.

Strong und Hugo versperrten ihnen gemeinsam den Weg.

Biba konnte entwischen.

Wild drehte um, stieß Mayer zu Boden und rannte schnell davon. Er machte sich bereit, die massige Figur von Herrn Justice zu umgehen. Dadurch zögerte er einen winzigen Augenblick. Es war einen Augenblick zu lang.

Strong warf sich durch die Luft und warf Wild zu Boden.

Hugo schmiss sich oben auf die beiden.

„Angriff!" schrie Herr Justice mit weit ausgestreckten Armen, bereit, seinen riesigen Körper auf den Haufen Fleisch vor sich zu werfen.

„Neiiiiiiiin!!!!" schrien Wild, Strong und Hugo.

Herr Justice sah ernsthaft verärgert aus.

Hugo und Strong wirkten sichtlich erleichtert.

Mayer hinkte auf sie zu. Als er näherkam, sah er, wie Herr Strong Wild die Arme fesselte und ihn abführte. Er fühlte sich euphorisch.

Hugo fühlte sich mesmerisiert.

Herr Justice meinte, seine Lungen müssten gleich implodieren.

*****

Eine Verhaftung ohne Schuldspruch ist nichts und ein Schuldspruch ist überhaupt nicht sicher, wenn man über einen Mann mit so viel Cleverness redet, wie Jonathan Wild. Darum ruhte Mayer sich nicht auf seinen Lorbeeren aus, als Wild vor den *Old Bailey* geschleppt wurde, sondern marschierte schnurstracks in den Gerichtssaal und verlangte, einen Zeugen präsentieren zu dürfen.

Nachdem der Richter diese unverschämte Anfrage von so einem klapperdürren Jungen gehört hatte und Fußgetrampel und schrille Stimmen laut wurden, erstarrten die Lippen des Richters. Er war nicht in der Lage zu antworten.

Herr Bronze trat mit vorgereckter Brust, leicht geöffneten Lippen und locker an seinen Seiten hängenden Armen, einen Schritt vor:

„Ich bin hier, um als ehrlicher Zeuge aufzutreten. Dieser Mann, der, wie mir gesagt wurde, Jonathan Wild heißt, hat mir gestohlene Juwelen zurückgebracht und dafür eine Belohnung verlangt. Die besagten Juwelen waren: Zwei rote Rubine, ein geschliffener Diamant und ein Ring aus Gold."

„Und warum sollte das Unrecht sein?" fragte der Richter. „Dieser Mann ist ein Diebfänger. Es ist Teil seiner Arbeit, gestohlene Sachen zurückzugeben."

Auf Herr Bronzes Gesicht erschien ein bescheidenes Lächeln. Seine Augen öffneten und schlossen sich, wie bei einer siamesischen Katze und sein Gesichtsausdruck zeigte klösterliche Bescheidenheit. Er sah weder perplex noch unruhig, nervös oder dumm aus.

„Ich habe den Dieb, der diese Sachen gestohlen hat selbst gesehen", sagte er mit nachdenklichem Gesichtsausdruck, jedes Wort abwägend und langsam von seiner Zunge tropfen lassend. „Ich habe ihn an dem Tag, nachdem mir die Sachen zurückgegeben worden waren, gesehen. Das war an der Ecke der *Stanhope Street* und er wurde gerade von Jonathan Wild bezahlt."

„Warum, ähm, haben Sie ihn nicht da und dort zur Rede gestellt?

„Ah, das wäre zu schön gewesen. Ich gebe zu, das hätte ich gerne getan, aber sie waren schneller als der geölte Blitz und sind schnell im Nirgendwo untergetaucht. Eine Festnahme, das bedauere ich, zu sagen, lag nicht in meinen bescheidenen Möglichkeiten.

„Der Richter nickte.

Herr Bronze ging, um sich einen Tasse Tee zu besorgen. Es war zwölf Minuten nach zehn, genau die Zeit zu der Herr Bronze immer eine Tasse Tee trank.

Wild schrie seinen Schatten an:

„Unsinn! Schwachsinn! Idiotie! Die Worte dieses Mannes sind wie Pisse aus einem gespaltenen Penis; sie spritzen überall herum, hinterlassen jedoch auf ihrem Ziel keine Markierung. Lasst ihn quatschen. Aber ich bitte darum, seinen ungeheuren Anschuldigungen keinen Glauben zu schenken; dieser Pyramide von Scheiße, diesem Riesenhaufen von faulen Plattitüden."

Hugo schluckte.

Mayer strich ihm über den Rücken.

Sie wussten beide, dass man Wilds Ausbruch eventuell hätte Glauben schenken können, wenn dies das Ende der Geschichte gewesen wäre. Glücklicherweise für sie, war es alles andere als das Ende der Geschichte. Es war der Moment, indem das Fass zum Überlaufen voll war, der Moment, indem der Stöpsel herausgezogen wurde und ein Strom von Zeugen eine Flut von Anschuldigungen hervorbrachte.

Auf der Galerie sitzend, staunten Hugo und Mayer verwundert, wie diese Leute in das Gericht strömten. Darunter waren Männer mit Zylindern und Frauen mit Kopftüchern. Ältere Menschen mit Krückstöcken und Leute mittleren Alters. Reiche und nicht so reiche, respektable Personen und nicht so respektable, schöne Menschen und hässliche.

Sie sprachen von gestohlenem Silber und Gold, geklauten Haarkämmen und Spangen, Erinnerungsstücke, die man verloren hatte und langverlorene Antiquitäten, die plötzlich wiederaufgetaucht waren. Sie redeten von Gebühren, Bestechungen und Kosten.

Da ihnen Immunität zugesichert worden war, sprachen die Gefängniswärter von Wilds Doppelspiel, Bandenmitglieder erzählten von seinen Drohungen und Diebe davon, wie er sie erpresst hatte. Alle zusammen bildeten sie eine Schlange, die um den ganzen Häuserblock reichte.

„Ehm", schloss der Richter, nachdem er alle Zeugenaussagen angehört hatte. „Schuldig!"

Er ließ seinen Hammer auf seinen Schreibtisch niedersausen und hustete danach volle sieben Minuten lang.

*****

Hugo musste Wilds Hinrichtung mit eigenen Augen ansehen, bevor er glauben konnte, dass er wirklich frei war.

So kam es also, dass er sich mit dem Geruch von gebratenem Fisch in den Nasenlöchern, und der Berührung tausender sich an seiner Haut reibender Körper, durch die Menschenmenge in der *Newgate Street* schob; mit Mayer an seiner Seite, mehr aus einem Pflichtgefühl als aus dem ehrlichen Wunsch heraus, Zuschauer des morbiden Ereignisses zu sein:

„Das möchte ich mir für nichts in der Welt verpassen, mein Bruder. Da stecken wir beide drin!"

Als Wild endlich erschien, hatte er schon versucht, sich selbst das Leben zu nehmen. Sein Körper hatte das meiste des Laudanums, das er heruntergestürzt hatte, wieder erbrochen, aber es war genug in seine Blutbahnen gelangt, dass man es seiner lallenden Aussprache anmerkte:

„So soll ich also hier sterben, auf Wiedersehen! Trarahhh! Aber ich sterbe hier als euer treuester Diener, ja das bin ich. Kein einziges Wort von mir ist gelogen. Ich verkaufe euch keinen toten Hund. Ich bin in jeder Beziehung der, zu dem ihr mich gemacht habt. Juchhu! Buhhh! Huh huh huh!"

„*Lügner! Betrüger! Verbrecher! Halunke! Stirb! Stirb! Stirb! Stirb! Stirb!*"

Begleitete von dieser Serenade blutrünstigen Geheuls, führte man Wild zum Galgen, legte ihm die Schlinge wie eine Krone um den Hals. Die Falltüren schwangen auf, Wild fiel hindurch.

Das Knacken von Wilds Nacken versetzte Hugo in eine Art exquisite Euphorie, die zu erklären er nicht schwer fand. Als würde er auf Wolken aus feinem Dunst surfen, fühlte er sich schwerelos, hohl und frei.

Im Geiste brüderlicher Liebe fühlte Mayer genau die gleichen Gefühle zur exakt selben Zeit. Er fühlte Hugos Erleichterung, als wäre es er selbst gewesen, dem man seine Freiheit zurückgegeben hätte. Er freute sich und sang mit Hugo zusammen. Überwältigt von ihrem gemeinsamen Glücksgefühl, feierten sie zusammen.

„Danke!" jubelte Hugo. „Ich bin dir 'was schuldig. Ich hoffe bloß, dass ich das bei dir eines Tages wiedergutmachen kann. Das wäre eine Ehre und Pflicht für mich.

Mayer lächelte, legte seinen Arme um Hugos Schulter und brachte ihn weg.

*****

Innerhalb von Augenblicken fühlten beide einen teuflischen Schmerz. Es war ein körperlicher Schmerz, der durch ihren Magen schoss, und es war ein emotionaler Schmerz, der das letzte bisschen Glück aus ihren Seelen vertrieb.

Wie von einer sanften Kraft angezogen, bogen beide in die *Warwick Lane* ein. Sie gingen weiter, nicht wissend warum sie liefen und sie sprachen, ohne zu wissen, warum sie sprachen:

„Drei gegen drei. Das ist ein fairer Kampf. Was meinst du?"

Hugo und Mayer waren zwischen das Opfer eines Angriffs und seine drei Angreifer getreten. Sie sahen die Jungen an; ihren Anführer, dessen Nase derart gebogen war, dass man schwer glauben konnte, dass sie echt war; und seine beiden Handlanger, die beide nach verfaultem Fisch stanken.

Dann sahen sie das Opfer an:

Ist er ich? Er sieht aus wie ich. Aber das kann er nicht sein. Archibald? Nein, das kann doch einfach nicht wahr sein.

Der Junge mit der krummen Nase verpasste Mayer einen Schlag in den Magen.

Mayer blieb stehen.

„Bin ich 'dran?"

Die Angreifer traten einen Schritt zurück.

Mayer scheuchte sie mit einer verächtlichen Handbewegung weg:

„Und wehe, ihr vergreift euch nochmal an diesem Jungen."

„Er drehte sich um und sah das Opfer an:

„Archibald? Bist du es wirklich?"

Archibald lächelte.

Hugo lachte.

Mayer umarmte sie beide.

BUCH ZWEI
LIEBE, LUST UND SPIEL

HIER STEHEN WIR VEREINT

„Wir waren alle Menschen, bis Rassen uns getrennt,
Religionen uns geteilt, Politik uns auseinandergerissen
und Reichtum uns klassifiziert hat."

ANONYM

Die Jahre, die folgten, waren glückliche Jahre. Es waren kämpferische Jahre. Was jedoch am Wichtigsten war, es waren lehrreiche Jahre. Unsere drei Helden wurden älter und weiser, aber im Allgemeinen entwickelten sich die Dinge auf unspektakuläre Weise. Wie das beim Rhythmus des Lebens oft so ist, sind die meisten Jahre Wiederholungen der vorangegangenen Jahre. Man lebt diese Jahre, man liebt sie, aber was Höhepunkte betrifft, gibt es meist nur wenige davon.

Wenn es etwas gab, dass diese Jahre definierte, so waren es die Beziehungen, die zwischen Hugo, Mayer und Archibald entstanden. Mindestens einmal im Monat trafen sich die drei.

Gemeinsam waren sie sich darüber einig, dass, nachdem sie so lange Zeit getrennt gewesen waren, vor allem zwei Dinge klar waren: Wie ähnlich sie sich sahen und wie verschieden sie geworden waren.

Sie hatten alle schulterlanges braunes Haar, braune Augen, eckige Schultern, Schulterblätter in der Form von Engelsflügeln, Brustkörbe, die breiter als ihre Taillen waren und Augenbrauen, die in der Mitte fast zusammenwuchsen. Sie alle neigten sich leicht nach rechts und alle hatten asymmetrische Nasenflügel.

Sie hatten alle eine verblüffende Ähnlichkeit mit Hugos Vater, obwohl keinem der drei diese Tatsache auffiel, da sich keiner von ihnen an diesen Mann erinnern konnte.

Aber während ihr Aussehen sie vereinte, unterschieden sie sich durch ihre unterschiedliche Erziehung. Ihre verschiedene Beziehung zu Macht und Geld hatte dafür gesorgt, dass ihre Leben anders verlaufen waren.

Archibald war das Opfer großer Macht gewesen; der Macht der Regierung, die Massenimmigrationen zugelassen hatte; und der Macht der Industrialisierung, die *Lambeth Marsh* verändert hatte. In eine Welt hineingeboren, in der Beziehungen zwischen Gläubigern und Kreditgebern bestanden, war Bargeld eingeführt worden, was das Auseinanderbrechen der Gemeinde zur Folge hatte. Das hatte bewirkt, dass Archibald sich in sich selbst zurückzog und so zu einer schwächlichen Imitation seiner selbst wurde.

Auch Hugo war ein Opfer der Macht; der Macht des Individuums. Gefangen gehalten von den Launen eines Sklaventreibers und Diebfängers, hatte ihm sein Leben kaum selbst gehört. Geld war immer knapp gewesen. Aber Hugo war wiederauferstanden. Sein Peiniger war hingerichtet worden und in der Zwischenzeit hatte er gelernt, genauso gerissen wie Wild zu sein; genauso gemein wie der Sklaventreiber und so opportunistisch wie Wilkins.

Zu guter Letzt haben wir da noch Mayer. Mayer hatte mit der Macht der Umstände Erfahrungen aus erster Hand; damit, wie es ist, wenn man in die High Society erhoben und dann wieder zurück an seinem Ursprungsort fallengelassen wird; damit, ein Netzwerk von Kontakten zu haben, die zu bekommen er nichts beigetragen hatte und damit, hart zu arbeiten ohne eine Belohnung zu verdienen. Er hatte alles über Kerbhölzer, Münzen und Gold erfahren. Und er hatte gelernt, das Spiel zu spielen; die gesellschaftlichen Regeln zu befolgen, sich anzupassen und der Welt gegenüber ein respektables Gesicht aufzusetzen.

Wenn also Geld und Macht unsere drei Helden auseinandergebracht hatten, was war dann mit der Liebe? Liebe hatte sie vereint. Liebe würde sie zusammenbringen...

*****

„Liebe" ist ein unbefriedigendes Wort. Es kann so viele Dinge in so vielen Situationen bedeuten, dass es fast überhaupt keine Bedeutung hat.

Das wussten die Griechen nur allzu gut. Statt sich nur auf das eine Wort „Liebe" festzulegen, benutzten sie verschiedene Wörter für die verschiedenen Arten von Liebe.

Wir werden ihnen beim Lesen dieses bescheidenen Buches begegnen, aber an dieser Stelle unserer Geschichte, wäre es nicht angebracht, mehr als eine zu nennen: *Philia*.

Philia, einfach ausgedrückt, ist die kameradschaftliche Liebe, die zwischen Familienmitgliedern und engen Freunden besteht. Auf dem Schlachtfeld des Lebens zur Welt gekommen, mit gemeinsamen Wurzeln der Erfahrungen, ist ihr Merkmal Loyalität, d.h. erst an seinen Bruder und dann an sich selbst zu denken.

Es war *Philia*, die unsere drei Helden vereinte; die Mayer dazu bewegte, Hugo vor Jonathan Wild zu retten und die beide dazu bewegte, Archibald vor seinen Peinigern zu bewahren. Auf drei nebeneinanderstehenden Betten von Müttern geboren, die den gleichen Geburtsschmerz erlitten hatten, hatten auch sie den Schmerz der anderen gespürt und ebenso den unwiderstehlichen Drang, ihren lang verlorenen Freunden zu helfen.

Philia hatte sie vereint und je weiter die Zeit fortschritt, desto näher brachte *Philia* sie zusammen, so dass einer für den anderen da war...

*****

Mayer half Hugo.

Nachdem er Hugo vor einem Leben als Krimineller bewahrt hatte, fühlte Mayer sich verpflichtet, Hugo ein besseres Leben zu bieten. Zum Glück hatte er ein Netzwerk von Kontakten aufgebaut, das ihm ermöglichte, genau das zu tun.

Als Erstes stellte er Hugo Herrn Orwell vor.

„Und wen haben wir denn da?" fragte der pensionierte Lehrer, als sie ankamen.

„Das ist Hugo."

„Und was verschafft mir den Genuss seiner Gesellschaft?"

„Wir hatten gehofft, dass sie die Freundlichkeit haben würden, ihn zu unterrichten."

„Ich verstehe. Und warum, ich bete zu Gott, dass du es weißt, hast du das gedacht?"

„Weil Sie so gerne unterrichten und er gerne lernen würde."

Orwell lächelte. Mayer lächelte. Hugo sah verwirrt aus.

Ihre Beziehung sollte für beide gleichermaßen von Vorteil sein. Herr Orwell erhielt die so sehr benötigte Gesellschaft und Hugo die sehr benötigte Ausbildung. Mit der Zeit wurde aus Hugo ein Musterschüler mit überdurchschnittlichen Fähigkeiten, wenn es um Naturwissenschaften ging.

Herr Orwell weigerte sich, bezahlt zu werden, aber Mayer wusste, dass er es brauchte. Seine Schränke waren beinahe leer. Darum bat Mayer Zebedee, Herrn Orwells Kerbholz als Teil seines Lohns abzurechnen; so bekam Herr Orwell für seine Unterrichtsstunden kostenloses Brot.

Mayer fühlte sich deshalb großartig und das wiederum hatte zur Folge, dass Hugo sich großartig fühlte und Herr Orwell hundert mehr Fragen stellte.

Hugo hatte andererseits Mühe, seine Dankbarkeit zu zeigen:

„I... i... Ich weiß nicht, was ich sagen soll. I... i... i..."

„Mach dir deswegen keine Gedanken", antwortete Mayer. „Das ist nicht der Rede wert."

„Es bedeutet mir alles; du hast mich vor Wild gerettet und dafür gesorgt hast, dass man ihn gehängt hat. Und du hast dich darum gekümmert, dass ich eine Ausbildung bekomme. Ich stehe in deiner Schuld."

„Hmm. Nun, vielleicht bist du eines Tages so freundlich, es mir zurückzuzahlen."

„Es wäre mir eine Ehre. Ein Schuldner hat die Pflicht, seine Schulden zu begleichen."

„Vielleicht. Aber auch Kreditgeber haben ihrem Schuldner gegenüber eine Pflicht, und zwar die Pflicht sicherzustellen, dass ihre Schuldner über die

Mittel verfügten, zu bezahlen."

„Wie bitte?"

„Komm mit mir. Es gibt da noch jemanden, den ich dir gerne vorstellen möchte."

*****

Londons Straßen waren ein Potpourri verschiedener Lebensstile, die Hugo zurückließ; eine Mischung aus beeindruckendem Dreck und industriellem Opportunismus.

Ein Junge in braunen Lumpen verdiente sich einen halben Penny, indem er die Pferde hielt, während ihr Kutscher zu Mittag aß. Jugendliche mit flachen Kappen verkauften Zeitungen und riefen:

„Lesen Sie alles darüber! Lesen Sie alles darüber!" Eine Mutter und ihr kleines Kind sammelten Hundehaufen, die sie an eine Gerberei weiterverkauften. Eine junge Frau sammelte Zigarrenstummel, um aus ihnen neue Zigarren zu machen.

Mayer und Hugo begegneten einer Siebenjährigen mit aschfahlen Gesicht, deren Kleidung mehr aus Löchern als aus Stoff bestand. Sie fegte einen Weg durch den Staub, Dreck und Pferdedung auf der Straße und erbat sich dafür ein paar Pennis.

Diebe klauten.

Kinder bettelten, alte Menschen bettelten und Frauen mit Babys im Arm, die sie für den Tag ausgeliehen hatten, bettelten. Einige waren geblendet, andere verletzt worden, um mehr Mitleid zu erregen und mehr Geld bei den Leuten locker zu machen.

Mayer und Hugo gingen an all diesen Menschen vorbei, betraten einen Friseurladen und marschierten direkt in Hugos neues Leben; ein Leben inmitten von scharfen Scheren und noch schärferen Rasiermessern; Haare schneiden, Nägel schneiden und ein Barbier, der mehr wie ein Bär als wie ein Mann aussah.

Dieser Barbier war ein Koloss, ein Berg von einem Mann aus Muskeln und Sehnen, dessen Kopf beinahe an die Decke stieß und dessen Schatten fast den ganzen Boden bedeckte. Seine Mähne schimmerte im Sepialicht. Seine Schulterblätter standen aus seinem Rücken hervor und seine schwärzliche Nase stach aus seinem Gesicht heraus.

„Das ist Baer", sagte Mayer. „Er ist einer meiner besten Kunden."

„Ich wette, das ist er", murmelte Hugo.

„Was?"

„Nichts."

Baer und Mayer umarmten sich.

Mayers Haut wurde aus den unmöglichsten Stellen gequetscht:

„Es regnet wie verrückt."

„Es regnet nicht einfach nur so. Es schüttet."

Baer drehte sich zu Hugo um:

Du bist also der Junge, der eine Lehrstelle sucht?"

„Bin ich das?"

„Das bist du."

„Ich verstehe."

„Du bist alles, was Mayer gesagt hat, dass du bist."

„Bin ich das?"

„Das bist du. Kommen wir jetzt zu unserer Abmachung. Sie garantiert mir sieben Jahre deiner Arbeit. Als Gegenleistung kannst du bei mir wohnen, du bekommst Essen und Kleidung. Ich werde dir alles beibringen, was ich weiß und du kannst die Trinkgelder behalten. Ha! Trinkgelder! Aber außerdem werde ich dir nichts zahlen, hörst du, Jungchen?"

Hugo nickte. Er sackte körperlich in sich zusammen. Ein Teil von ihm dachte, dass ihn ein anderer bösartiger Meister gefangen halten wollte. Ein anderer Teil von ihm fand, dass er nichts Besseres verdient hätte.

„Es ist alles in Ordnung", flüsterte ihm Mayer ins Ohr. „Mach dir wegen ihm keine Sorgen, Bruder; er ist mehr ein Teddybär als ein Grizzlybär. Er bellt schlimmer, als er beißt."

Hugo war nicht sehr überzeugt, aber er unterschrieb den Vertrag trotzdem. Er hatte viel zu viel Angst, sich zu weigern.

*****

Hugo half Archibald.

„Box mich!" schrie er.

Archibald schüttelte seinen Kopf.

„Box mich, du Muttersöhnchen!"

Archibald biss sich auf die Lippen.

„Box mich, du verrückter Bauernflegelarsch, sonst hau ich dir selber eine rein."

Archibald blieb ruhig stehen.

Hugo stupste ihn.

„Schlag mich! Schlag mich! Schlag mich! Oder ich werde dich so lange schlagen, bis du entweder zurückschlägst oder umfällst! Und dann werde ich dich auf dem Boden schlagen und danach schlage ich dich *in* den Boden."

Archibald zuckte zusammen. Er atmete kaum und musste einen noch härteren Schlag einstecken.

„Nochmal", schnauzte Hugo. „Stell dir vor, ich wäre dein Peiniger. Schlag mich! Stell dir vor, ich sei die alte gebogene Nase. Schubs mich! Stell dir vor, dass ich dich beschimpfe. Mach mich fertig! Wehr dich! Schlag zurück, du mickriger, nichtsnutziger Weichling. Hab verdammt noch mal etwas Selbstrespekt!"

Archibald bearbeitete Hugos Körper mit ein paar leichten Boxhieben.

„Feigling! Schlappschwanz! Milchbubi!"

Archibald fand seinen Rhythmus. Vorsichtig, ohne Hugo verletzen zu wollen, versetzte er Hugo aus Taillenhöhe Schläge auf die Brust. Sein Kopf ging hin und her, seine Füße tänzelten, ein Schauer lief seine Wirbelsäule entlang und sein Gesicht bekam wieder Farbe.

„Das ist schon besser. Jetzt sprichst du meine Sprache!"

„Archibald grinste.

Hugo führte Archibald hinaus:

„Ich bringe dich zum Ringer-Training. Bald kannst du mit deinen Bullies den Boden wischen. Niemand wird wagen, Archibald, den großen König Archibald von *Lambeth Marsh* zu provozieren!"

*****

Archibald half Mayer:

„Ich finde, du solltest lieber mit mir kommen."

„Warum?"

„Oh, einfach nur, weil ich gerne möchte, dass du jemanden in der Kneipe kennenlernst."

„In der Kneipe?"

„In der Kneipe!"

Archibald nahm Mayer „Zu den drei Hufeisen" mit, wo er ihm eine ein kühles Ale kaufte. Mit gerade mal einem Prozent Alkoholgehalt, war es kaum alkoholisch und wurde von Kindern und Erwachsenen gleichermaßen getrunken. Es war das beliebteste Getränk in der Stadt, wenn man in Betracht zog, dass es, im Gegensatz zu dem sogenannten „Trinkwasser", frei von Dreck war.

Mayer hatte nie zuvor eine Kneipe wie „Zu den drei Hufeisen" gesehen. Sicherlich, die Kneipe sah genauso aus, wie alle anderen Pubs in der Stadt; die Bar war aus dem gleichen polierten Holz gemacht und der Boden mit dem gleichen Gemisch aus Spucke und Sägemehl bedeckt; von ihm ging ein unangenehmer Geruch nach abgestandenem Ale aus; er klang nach wilden Feiern und unbegründeter Angst. Aber der Platz hatte etwas Einmaliges; eine kollektive Energie, ein wunderbares Gefühl der Kameradschaft.

„Das hier ist Sammy", sagte Archibald. „Und das ist Mayer."

Mayer schüttelte Sammy auf seine enthusiastische Art die Hand.

„Sammy hier leitet die Fabrikbäckerei. Ich glaube, er hat das letzte Wort, wenn es darum geht, Mehl zu kaufen."

Archibald sah Mayer durchdringend an, was Mayer nicht ganz verstand. „Hmm", antwortete er. „Darauf trinke ich einen. Prost!"

Die Krüge stießen aneinander, dann wurde Bier getrunken. Mayer behandelte Sammy genauso, wie er alle neuen Bekannten behandelte. Er stellte Augenkontakt her, um Selbstsicherheit, Menschlichkeit und seinen Stand zu demonstrieren; er setzte sein breites, ausdrucksvolles Lächeln ein; und er tauchte in sein Unterhaltungsrepertoire ein. Er redete über die Kneipe, das Ale, *Lambeth*, das Leben in der Fabrik und im Dorf, das Familienleben und das Leben im Allgemeinen. Er beschwerte sich darüber, wie es immer entweder zu trocken oder zu nass war, zu heiß oder zu kalt, zu windig oder zu windstill und er fragte Sammy nach seinem Leben.

Sammy war der Sohn von Frau Harding, der Frau, die Archibalds Geschäft Honig lieferte. Ihre Familie hatte ihren Gemüsegarten verloren, ihre Bienen aber behalten, und ihre Bienenstöcke auf das Dach gestellt. Das hatte zur Folge, dass ihr Cottage jeden Tag in der Morgendämmerung von einer Wolke aus Honigbienen eingehüllt wurde. Es war ein unglaubliches Schauspiel. Manche Leute machten Umwege, nur um es zu sehen. Andere machten Umwege, um nicht daran vorbeigehen zu müssen.

Schließlich zog Archibald seinen Freund beiseite:

„Es ist nur so… ich glaube du hast mir mal erzählt, dass du in deinem eigenen Zuhause ein Ausgestoßener bist, nicht wahr?"

„Das stimmt."

„Ich nehme also an, dass du dich bei deiner Familie beliebt machen musst, richtig?"

„Richtig."

„Nun ja, dein Alter verkauft im Norden des Flusses Mehl. Dieser Junge hier braucht im Süden des Flusses Mehl. Vielleicht könntest du das arrangieren. Wenn du deinem Vater hilfst, bessern sich die Dinge zuhause vielleicht."

Mayer legte seinem Freund die Handflächen auf die Schultern:

Das ist ein netter Gedanke, Bruder, aber es ist nicht meine Aufgabe, mich in Abes Geschäfte zu mischen."

Archibald zuckte mit den Schultern:

„Oh, vielleicht nicht, aber ich nehme an, du könntest es zu *deiner* Aufgabe machen, wenn du wolltest."

DIE ZEIT VEGEHT WIE IM FLUG

„Schnee und das Jünglingsalter sind die
einzigen probleme, die vergehen, wenn
man sie lange genug ignoriert."

EARL WILSON

Wie wir also bereits wissen, half jeder Freund dem anderen und die darauffolgenden Jahre waren unspektakulär, auch das haben wir bereits erwähnt. Was wir jedoch noch erfahren müssen, ist, welche Fortschritte unsere drei Helden machten.

Statten wir zuerst Hugo einen Besuch ab.

Hugo begann seine Lehrzeit auf den Knien; den Boden schrubbend fegte er abrasierte Bartstoppeln weg. Aus dieser unvorteilhaften Position, war er darauf bedacht, mit gebeugtem Rücken und Nacken, die anderen Barbiere zu beobachten. Er sah, wie Giovanni einen spektakulären Tanz aufführte; wie dieser Mann seine Kunden umkreiste und dabei große und kleine Schritte machte, wobei er seine Finger über ihren Häuptern ausgestreckt hielt. Er studierte die Fingerfertigkeit von Randolphs Händen, während sein Rasiermesser Stoppeln von einem Kinn schabte. Er beurteilte Felix' Gebaren, während er zwischen dramatischen Pausen und Ausbrüchen frenetischer Aktivität hin-und-herwechselte. Er beobachtete Stuarts Körperhaltung und Sergios Kopfhaltung.

Als dann seine Chance kam, war er gut vorbereitet, um sie zu ergreifen. Er konnte mit Rasiermesser, Kamm, Schere und Bürste umgehen. Er rasierte, schnitt und frisierte Haare mit der unerschütterlichen Ruhe eines Meisters und schlug so seiner Unerfahrenheit ein Schnippchen. Und bevor er dessen gewahr wurde, hatte er sich, sehr zum Verdruss der weniger beliebten Barbiere, seinen eigenen Kundenstamm geschaffen.

„Na, dann macht eure Arbeit besser", sagte Baer zu ihnen, wenn sie sich beschwerten. „es ist nicht meine Schuld, wenn ihr weniger beliebt seid als ein Straßenjunge."

Baer machte diese Ausbrüche wett, indem er seine Angestellten umarmte, was die Sache nur noch schlimmer machte. Es hat niemals jemand gelebt, der eine von Baers Umarmungen ungeschoren überstand. Aber der große Mann war nie unfreundlich zu Hugo. Tatsächlich war er richtig stolz auf seinen jungen Lehrling. Aus diesem Grund führte er Hugo, entgegen seines besseren Wissens, in die andere Sparte seines Gewerbes ein: die Chirurgie.

Die Evolution von Barbieren in Chirurgen war ebenso natürlich wie althergebracht. Da sie scharfe Messer und die benötigten Fertigkeiten besaßen, sie zu benutzen, war es nur natürlich für Barbiere, mehr zu tun, als nur Haare zu schneiden. Sie manikürten Hände, schnitten eingewachsene Fußnägel heraus und kürzten lange Fingernägel. Dann erweiterten sie ihren Wirkungskreis, öffneten Abszesse und Vereiterungen im Kiefer, zogen Zähne, kastrierten Haustiere, ließen zur Ader und verabreichten Klistiere.

Hugo lernte, wie man all diese Operationen ausführte, wobei ihm Herrn Orwells Biologiestunden und eine Anzahl von Demonstrationen der *Worshipful Company of Barbers* nicht wenig halfen.

Als Hugo mit dem Skalpell gewandter wurde, verbrachte er weniger Zeit beim Haareschneiden und wurde mehr zum Chirurgen als zum Barbier. Mit der Zeit wurde er mehr Arzt als Chirurg und behandelte alles von der Ruhr zu Venenerkrankungen und von Windpocken zu Hämorriden.

Hugos Fortschritte wurden von seiner einzigartigen Fähigkeit unterstützt, blind Krankheiten diagnostizieren zu können, in dem er nur den Geruch der Haut des Patienten wahrnahm. Er erkannte den scharfen, süßlichen Geruch von Salpeteroxyd, den Asthmakranke ausströmten; den moosigen Geruch der Parkinson-Krankheit, Skrofeln, die nach abgestandenem Bier rochen und Gelbfieber, das den Geruch eines Metzgerladens ausströmte. Es war ein Talent, das genauso schnell verschwand, wie es aufgetaucht war, aber nicht bevor Hugo genügend Erfahrungen gesammelt hatte, dass er auch ohne es auskommen konnte. Zu dieser Zeit neigte sich seine siebenjährige Lehrzeit dem Ende zu. Er hatte bereits ein neues Archivierungssystem eingeführt, verwaltete den Medizinschrank, und hatte angefangen, darauf zu bestehen, dass seine Patienten zu den Nachuntersuchungen kamen. Baer hatte ihm eine eigene Wohnung besorgt und er verdiente mit den Trinkgeldern eine beachtliche Summe Geld.

*****

Nehmen wir uns nun Zeit, um Archibald einen Besuch abzustatten.

Archibald nahm die Änderungen vor, die für sein Überleben unerlässlich waren. Er kehrte der Tradition, Kredit zu gewähren und Schulden zu machen den Rücken und verlangte als Bezahlung von seinen Kunden Münzen. Die Immigranten machten immer noch einen Bogen um ihn und die Arbeiter der Eisenwerke kauften weiterhin in den fabrikeigenen Läden ein, aber die anderen Einheimischen machten ihre Besorgungen in seinem Geschäft. Seine Ausgaben waren bescheiden, darum schaffte er es, zu überleben.

Trotzdem, Archibald war mental ein Wrack. Geschwächt durch den Verlust von allem, was ihm lieb war, hielt ihn sein eigener Geist gefangen. Bilder von Raymondos Tod und Ruthies Selbstmord tauchten vor ihm ebenso auf wie die Verspottungen seiner Peiniger. Seine Persönlichkeit schaffte es nicht, sich zu entfalten.

Es gab eine einzige Sache, die Archibalds psychischer Erkrankung Linderung verschaffte: *Cumberland und Westmorland Wrestling*. Bei diesem Sport nahmen die Wrestler ihre Ausgangsstellungen ein; Brust an Brust, die Kinne auf den Schultern, die Arme unterhakt. Der Schiedsrichter rief: „Kämpft!" und die Wrestler versuchten sich gegenseitig auf den Boden zu drücken.

Archibald liebte es, sich so zu zeigen, dass seine schwellenden Muskeln zur Geltung kamen. Er liebte seine engen Hosen, die seine Oberschenkel umschmeichelten und seine bestickte Weste mit der er grandios aussah. Er liebte es, sich mit seinen männlichen Gegnern zu messen. Er liebte es, nach ihnen zu greifen, ihre Haut zu spüren und ihren Atem zu inhalieren. Er liebte es, gehalten, herumgewirbelt und zu Boden geworfen zu werden.

Genau in dem Moment, als sich dieser Sport zur Massenattraktion entwickelte, wurde aus Archibald ein erfahrener Wrestler. Hunderte von Zuschauern besuchten die Veranstaltungen im neuen Theater von *Lambeth*, wo Archibald beinahe genauso oft gewann, wie er verlor. Er nahm an Wettkämpfen im gesamten Süden Londons teil. Zum Höhepunkt seines Jahres wurde jedoch das „Good Friday Festival" in *Kensington Common*.

Zu dieser Veranstaltung kamen tausende von Schaulustigen, die feierten und glücklich waren. Pöbelnd drängten sie sich wie im Rausch auf den vorübergehend aufgebauten Zuschauertribünen. Sie grölten, heulten und brüllten.

Als Archibald das erste Mal am Hauptwettbewerb teilnahm, wurde er in Sekundenschnelle geschlagen. Die Menge bewarf ihn mit verfaulten Kohlköpfen.

Ohne sich entmutigen zu lassen, trat er im darauffolgenden Jahr wieder an und schaffte es in die zweite Runde. Bei seiner dritten Teilnahme gewann er drei Kämpfe. Beim vierten Mal bekam er vier Schilling Preisgeld. Seine Brieftasche wurde etwas voller und seine Muskeln immer grösser.

Zu dieser Zeit hörten die Belästigungen durch seine Peiniger endlich auf. Vielleicht geschah es deswegen, weil Archibald stärker geworden war als seine Peiniger. Vielleicht war er aber auch nur reifer geworden.

Da Archibald mit seinem Arbeitsplatz verheiratet zu sein schien, bot sich Archibalds Peinigern keine Gelegenheit mehr, ihn zu quälen.

Tatsächlich wurde Archibald derart muskulös, dass er bei seiner fünften Teilnahme an einem Wettkampf beschuldigt wurde zu viel Gewicht für den Kampf zu haben. Er entledige sich seiner Kleider und stand splitternackt wie

Adam vor Eva auf der Waage, die jedoch trotzdem zu viel anzeigte. Darum borgte er sich kurzerhand ein paar Pelzmäntel vom Publikum, drapierte sie um seinen Körper und sprintete volle acht Kilometer. Bei seiner Rückkehr hatte sein Körper derart viel Wasser ausgeschwitzt, dass er unter dem zulässigen Höchstgewicht lag. Von seinen neun Kämpfen gewann er in dem Jahr acht, was ihm die fürstliche Summe von fünf Schillingen einbrachte.

Sein durchtrainierter Körper brachte ihm ein wenig Bewunderung der Damen ein, seine Finesse verschaffte ihm ein wenig Respekt bei den Männern und seine Erfolge verdienten ihm ein wenig Geld zum Ausgeben. Das gefiel ihm, aber es gefiel ihm nur ein wenig. Er vermisste immer noch seinen Onkel und seine Tante. Immer noch fühlte er sich wie losgelöst und immer noch lebte er wie ein Gefangener, gefangen in seinem Geist und unfähig, er selbst zu sein.

*****

Statten wir nun Mayer einen Besuch ab.

Nach vielen schlaflosen Nächten und ruhelosen Tagen sprach Mayer schließlich Abe an. Es war nicht die Angst vor dem Ärger, die er gefürchtet hatte. Abe reagierte freundlich auf seinen Vorschlag und war an der Gelegenheit, südlich des Flusses Geschäfte zu machen, interessiert. Aber es war auch nicht die revolutionäre Entwicklung, die Mayer sich vorgestellt hatte. Zuhause blieb er ein zweitklassiger Bürger. Abe, der zwar dankbar war, war niemals da, um seine Dankbarkeit zu zeigen. Sadie lag inzwischen immer auf der Lauer, um Archibald in seine Schranken zu verweisen.

Auch das Leben in Zebedees Bäckerei ging weiter wie bisher. Mithilfe der Ausbildung von Herrn Orwell, konnte er die Verantwortung für ein paar weitere Bereiche übernehmen: die Buchführung, Lagerverwaltung und die Bestellung von Nachschub. Die meiste Zeit verbrachte er jedoch Brot ausliefernd und Kerben in Kerbhölzer schneidend auf der Straße. Obwohl er die frische Luft genoss und sich über die Gelegenheit freute, neue Bekanntschaften zu machen, fühlte er sich unerfüllt.

Einem Mann jedoch fiel Mayers brillante Arbeit auf: Herrn Bronze. Der Juwelier bemerkte, dass Abes Goldsack über die Jahre hinweg immer praller wurde und erfuhr bald, welche Rolle Mayer dabei spielen musste.

Abes Goldsack war nicht der einzige, der in den Jahren immer fetter wurde; Herr Bronze scheffelte so viele Goldmünzen, dass er einen zweiten Tresor kaufen musste. Das erregte Mayers Interesse. Da er erpicht darauf war, das Erfolgsgeheimnis dieses Mannes herauszufinden, tat er alles Mögliche, um sich bei Herrn Bronze beliebt zu machen. Jedes Jahr kaufte er ihm ein Weihnachtsgeschenk, er erkundigte sich nach seinen Töchtern und er besuchte seine Frau, wenn sie krank war. Aber niemals wollte er etwas dafür haben und darum bekam er auch niemals etwas dafür. Sein Leben verlief weiter wie bisher.

DIE MACHT DER LIEBE

„Liebe wird uns auseinanderreißen.“
JOY DIVISION

Unsere drei Helden trafen sich an ihrem gewohnten Ort, auf dem Platz von *Covent Gardens*; umgeben von Häusern mit überdachten Terrassen, bogenförmigen Arkaden, Marktständen und jede Art von Bürgern, die man sich nur vorstellen kann. Sie nippten an ihren Getränken, unterhielten sich und bewunderten die Damen, die an den Nebentischen saßen.

Es war später Frühling, die strahlende Jahreszeit, wenn junge Damen erblühten, ihre Winterroben abstreiften und sich der Sonne und anderem preisgaben.

Drei Freunde, mit drei Sekunden Zeitunterschied nacheinander geboren, sahen drei Sekunden einer nach dem anderen eine solche Dame. Sie verliebten sich jedoch in genau dem gleichen Moment in sie, als sie sich umdrehte und in ihre Richtung schaute. Diese unerwartete Geste markierte den Anfang einer verzehrenden Liebe, die selbst viele Jahrzehnte später noch Chaos verursachen sollte.

Diesmal war es nicht die brüderliche Liebe „Philia“, die unsere drei Helden zusammengebracht hatte. Dies war „Eros“; sexuelle Leidenschaft und Verlangen; eine feurige, angstmachende, irrationale Liebe, die alle drei befiel, Besitz von ihnen ergriff und sie in Feinde verwandeln sollte.

Ihre Liebe war ein und dieselbe: an den gleichen Stellen empfunden; tief unten in der Magengegend und in den Fußballen; in den Fingern, den Lungen und den Zehen. Auf die gleiche Weise empfunden; sie nahm ihnen den Atem und vernebelte ihren Geist, machte sie ruhelos und rasend vor Lust. Empfunden wie eine einzige unglückliche Liebe von einer einzigen Person, die drei verschiedene Körper besaß.

Sie liebten sie, in dem Moment, als sie sie sahen. Und sobald sie sie liebten, hatten sie das Gefühl, sie zu kennen.

Aber was genau kannten sie?

Sie wussten, sie ist diejenige, der besondere Mensch, auf den sie gewartet hatten; ihre Seelenverwandte. Außergewöhnlich. Unvergleichbar. Wie kein anderes Mädchen. Mehr Engel als Mensch. Göttlicher. Raffinierter.

Das wussten sie. Sie waren sich sicher. Sie konnten es mit ihren eigenen Augen sehen.

Was genau konnten sie also sehen?

Mayer, dessen Erziehung ihn in der materiellen Welt verankert hatte, sah ihren Körper; ihre leuchtende Haut, ihre üppigen Kurven, die geschwungenen Augenbrauen und das glänzende Haar, die Art, wie eine einzelne Locke über ihre Schulter fiel und sich dort ringelte; das perfekte Oval ihres Gesichts, ihrer Augen, Nase, Brüste und ihres Hinterns; die Feinheit ihres federleichten Kleides, dass auf verborgene Geheimnisse schließen ließ; der Hauch von Feuchtigkeit, der ihre Lippen benetzte und die Perle, die ihr Ohr schmückte.

Hugo, der gelernt hatte, hinter die äußere Erscheinung zu schauen, glaubte, ihr inneres Wesen sehen zu können. In der Art wie sie mit den Augen blinzelte, meinte er, ihre Nachdenklichkeit zu erkennen; in der Weise, wie sie den Kopf neigte, glaubte er, ihre Neigungen zu sehen und in ihrer Haltung dachte er, ihre gesamte Persönlichkeit zu erfassen; ihre Träume und Wünsche, ihre Fröhlichkeit und ihre Anmut, ihre Freundlichkeit und ihre Leidenschaft. Ihr Ausdruck verriet sie. Ihre pantheistische Strenge, mutig und vielversprechend, sprach Bände. Sie verrieten Hugo, dass sie Aussergewöhnlichkeit erwartete, das Fantastische wünschte und jedes Quäntchen weltlichen Glanzes absorbierte.

Archibald, der im Reiche seiner Fantasie lebte, war sicher, die Seele des Mädchens gesehen zu haben; ihre platonische Form, losgelöst von ihrem sterblichen Selbst. Nicht an Wahrheit oder Realität gebunden, war seine Liebe metaphysischer Art. Wie ein Stich ins Herz, war sie einem Erdbeben gleich. Er saugte sie in sich auf, verzehrte sie, ohne sich sicher zu sein, was genau es war, dass er da verzehrte.

*****

Drei junge Männer empfanden zur gleichen Zeit die gleiche Liebe, aber sie hatte ihre Liebe in drei verschiedenen Weisen gesehen, daher reagierten sie auch verschieden.

Archibald hatte das Gefühl, als ob sich ihre Seelen bereits vereint hätten. Er hielt es weder für nötig noch war er fähig zu handeln. Er war viel zu schwach und unentschlossen. Er saß einfach da, jenseits der Hoffnung hoffend, dass seine bloße Gegenwart genügen würde, um das Herz des Mädchens zu gewinnen.

Hugo wusste, dass er handeln musste. Er sah jedoch nicht die Notwendigkeit, sofort zu handeln. Er entschloss sich, das Mädchen zu studieren, so wie er Wissenschaften studierte, und seine Gelegenheit zu nutzen, als wäre er wieder ein Dieb oder ein Schlammgräber. Um dies zu tun, brauchte er Zeit zum Planen. Er glaubte nicht an seinen Erfolg. Sein niedriges Selbstwertgefühl machte ihn für solche Träumereien zu bescheiden. Trotzdem fühlte er sich versucht, es zu probieren. Dieses Mädchen hatte sein Herz gestohlen und er fühlte, dass er es sich selbst schuldete, wenigstens zu versuchen, auch *ihr* Herz zu stehlen.

Für Mayer war, sie gesehen zu haben, gleichbedeutend mit sie haben zu wollen, zu ihr zu gehen und sie sich zu holen.

Im Gegensatz zu Archibald wusste Mayer, dass er handeln musste. Und, im Gegensatz zu Hugo, fühlte er sich versucht, es sofort zu tun. Lust überkam ihn. Testosteron überwältigte ihn und seine Emotionen gingen mit ihm durch. Seine Beine ließen ihn auf das Mädchen zugehen.

Als er vor ihr stand, war ihm nicht ganz klar, wie er dorthin gekommen war.

Da er niemand war, der eine Gelegenheit ungenutzt verstreichen ließ, setzte er die Kraft seines gesamten Repertoires ein. Er schaute dem Mädchen tief in die Augen. Er ertrank beinahe in ihnen. Er versuchte ihre Hand zu schütteln, aber sie zog sie zurück. Er versuchte zu lächeln, brachte aber nur ein Grinsen zustande.

Die Nerven! So etwas hatte Mayer noch nie erlebt. Er öffnete seinen Mund, bereit, sein ganzes Repertoire wunderbarer Unterhaltungsthemen einzusetzen, aber seine Zunge versagte ihm den Dienst. Er schaffte nur, drei mickerige Worte hervorzubringen:

„Sei mein Mädchen.“

„Nein“, erwiderte das Mädchen, ohne überhaupt nachzudenken. Es war eine Abwehrreaktion; ein erhobenes Schild, um Amors Pfeil abzuschmettern. „Wie geschmacklos! Ich habe kein Interesse an einem schäbigen Mitgiftjäger, wie du einer bist.“

„Also gut“, schoss Mayer zurück. „Ich habe kein Interesse an einer pompösen Prinzessin wie dir!“

Theatralisch drehte er sich um und ging zurück zu seinen Freunden.

*****

Die Szene aus der Entfernung beobachtend, bemerkten Hugo und Archibald, ihre gemeinsamen Intentionen. Trotzdem waren sie nicht schadenfroh über Mayers fehlgeschlagenen Versuch; sie fühlten seinen Schmerz, tätschelten seinen Rücken und behielten ihre Gefühle für sich.

Archibald, seinerseits, bewunderte Mayer dafür, dass er so draufgängerisch war. Er hätte das Mädchen gerne selbst angesprochen, aber dazu war er viel zu schüchtern. Als sie in ihre Richtung schaute, hatte er den Kopf gesenkt; sein Herz war übervoll, seine Augen blind, seine Lippen stumm und seine Füße unbeweglich.

Hugo dagegen, war durch sein Leben auf der Straße an schwierige Situationen gewöhnt. Er war durch eine harte Schule gegangen. Er war ein Intrigant, ein Träumer, ein Spieler und jemand, der handelte und wusste, was er zu tun hatte.

„Keine Angst", beruhigte er Mayer. „Ich werde ein gutes Wort für dich einlegen. Du wirst sie mit der Zeit für dich gewinnen. Ich meine, sieh dich an. Wie könnte dir irgendein Mädchen widerstehen?"

Er kicherte und Mayer stimmte ein. Dann drehte er sich zu dem Mädchen um, fing ihren Blick auf, tippte sich an seine Kappe und schlenderte zu ihr hinüber:

„Es ist eine Ehre und ein Vergnügen, Sie kennenzulernen."

Das Mädchen errötete.

„Bitte seien Sie gnädig mit meinem Freund, meine Dame. Er ist wirklich ein guter Kerl. Ich bin mir sicher, dass Sie es merken würden, wenn Sie die Freundlichkeit hätten, ihm eine Chance zu geben.

Das Mädchen neigte ihren Kopf zur Seite, sah Mayer an und lächelte.

Hugo ging zu seinen Freunden zurück, legte seine Hände auf ihre Schultern und gab ihnen ein Zeichen zum Aufbruch:

„In die Kneipe?"

„In die Kneipe."

NACH DEN SPIELREGELN SPIELEN

„Der junge Mann kennt die Regeln, aber der
alte Mann kennt die Ausnahmen."
OLIVER WENDELL HOLMS JUNIOR

Als Mayer alleine in seinem Zimmer war, konnte er über die Ereignisse des Tages nachdenken. Er wurde sich klar darüber, dass er seine Flamme nicht behandeln konnte als wäre sie eine professionelle Dirne; er konnte sich wegen seiner Nervosität und Unsicherheit kein zweites Mal blamieren. Er würde seinen Einsatz erhöhen müssen und völlig neue Regeln lernen müssen: Die Regeln der Liebe. Oder, um es genauer auszudrücken, die Regeln des Umwerbens.

Diese, so fand er schnell heraus, waren eindeutig festgelegt...

Junge Damen, „Debütantinnen" genannt, suchten auf Londoner Sommerbällen passende Partner. Bei diesen Bällen konnte ein Junggeselle, der einem niedrigeren Stand angehörte, sich einem Mädchen nur nähern, wenn er dazu eingeladen wurde. Wenn er ihr ebenbürtig war, konnte er sie kennenlernen, aber nur mit der Erlaubnis ihrer Anstandsdame. Die Debütantin benutzte ihren Fächer, um ihre Absichten zu signalisieren. Hielt sie ihn in der rechten Hand, wurde ein Mann hergewinkt und weggewinkt, wenn der Fächer mit der linken Hand gehalten wurde. Indem sie den Fächer öffnete, zeigte sie ihr Interesse, ein Fächer, der geschlossen wurde, demonstrierte hingegen Gleichgültigkeit. Schnelles Fächern bedeutete, dass sie Single war, langsames Fächer hieß, dass sie verlobt war.

Mayer hatte in der Handtasche seiner Angebeteten eine Eintrittskarte zu so einer Veranstaltung gesehen. Goldfarben und goldumrandet, gab sie ihre Absicht preis, an dem Eröffnungsball in den *Almack Rooms* in *St. James* teilzunehmen.

Mayer hatte alles, was er dafür brauchte.

Er wandte sich an Big Bob, einen seiner Kunden, der bei einem Weinhändler, der die Almack Rooms belieferte, als Träger arbeitete. Er war auf jeden Fall nicht groß. Weit davon entfernt, Big Bob maß gerade einmal eins sechzig. Er war untersetzt und daher stark aber es war leicht, ihm auf den Kopf zu spucken und noch leichter, ihn in einer Menge zu verlieren.

Big Bob mochte Mayer. Als seine Frau krank wurde, hatte Mayer seinen Kreditrahmen erweitert und ihn volle zwei Jahre mit Brot beliefert, bevor er dafür Bezahlung verlangte. Als seine Frau starb, hatte er Zebedee überredet, dem Armen kostenloses Essen zu geben.

Big Bob fühlte sich Mayer verpflichtet. Als Mayer ihn als darum bat, ihm eine Eintrittskarte zu besorgen, war er mehr als erfreut, ihm den Gefallen zu tun.

Mayer brauchte nur noch eine andere Sache: Einen Abendanzug. Einen maßschneidern zu lassen, hätte ihn fast fünf Pfund gekostet; Geld, das er einfach nicht hatte. Er kannte auch keine Schneider. Darum wandte er sich an Abe, dessen gelber Tailleur so knallig war, dass es ihm beinahe ein Loch in seine Netzhaut brannte:

„Kann ich mir bitte dein Dinner-Jackett leihen?"

Abe war versucht, „nein" zu sagen. Wenn Sadie ihn erwischt hätte, dass er Mayer diese Jacke lieh, die sie eigenhändig ausgesucht hatte, hätte sie wochenlang nicht mehr mit ihm gesprochen. Aber Abe hatte dank Mayer tausende Pfund verdient und fühlte sich verpflichtet, etwas für diesen Gefallen zurückzuzahlen.

Abe legte eine Pause ein, bevor er antwortete. Dann antwortete er zu Mayers völligen Überraschung, in einem Flüsterton. Mayer war so gewöhnt an Abes normale Stimme, die laut genug war, eine ganze Kompanie aufzuwecken, dass Abes Geflüster ihn die Zähne zusammenbeißen und erzittern ließ:

„In Ordnung, aber nur, wenn du versprichst, deiner Mutter nichts zu sagen. Sie würde uns an den Eiern aufhängen, sollte sie es jemals herausfinden."

Mayer lachte.

„Ok, abgemacht!"

*****

Unsere Heldin musste sich mit keinerlei dieser Probleme herumschlagen. Sie brauchte sich kein Kleid zu leihen. Sie war bereits mit Kleidern aus Seide und Spitzen, Schuhen in allen Farben und Accessoires aus aller Welt beschenkt worden. Auch um eine Eintrittskarte brauchte sie sich nicht zu kümmern. Ihr Terminkalender war proppenvoll mit Einladungen zu Dinner-Partys, Gesellschaftsessen, Brunchs, Bällen, Konzerten und Opern.

Unsere Heldin war für diese Zeit erzogen worden, seit sie laufen konnte. Man hatte ihr Singen und Tanzen beigebracht und sie kannte alle Anstandsregeln. Sie war gut ausgebildet worden in der Kunst der Konversation und der Kunst des Schweigens. Sie verfügte über eine große Mitgift und eine noch größere Garderobe, um einen Bewerber zu verführen.

Sie brauchte nur zu träumen.

Sie träumte davon, dem Druck der Erwartungen ihrer Eltern zu entfliehen. Sie träumte von ihrem charmanten Prinzen; dem Romeo zu ihrer Julia. Sie träumte von Mayer; sich für seine unschuldige Idiotie am helllichten Tag erwärmend. Und sie träumte von seinem Freund, Archibald, dessen schwellende Muskeln ihrer Aufmerksamkeit nicht entgangen waren.

Während sie sich für den Eröffnungsball ankleidete, träumte sie vor sich hin. Dabei malte sie ihre Lippen mit einem verführerischen Rotton an. Sie benutzte ein Parfüm, dessen Duft die Nasen der Männer verführen sollte und kleidete sich auf eine Weise, von der sie hoffte, dass sie die Blicke der Männer anziehen würde. Ihr Korsett ließ ihre Brüste viel grösser und ihre Taille schmaler erscheinen, als sie in Wirklichkeit waren. Ihr Hut warf einen Schatten auf ihr Gesicht, was ihr etwas Mysteriöses verlieh aber nichts anderes als das Werk reiner Fantasie war. Ihre ganze Person war unecht, eine einzige glorreiche Lüge; ein Netz des Betrugs, gewebt, um den perfekten Mann zu umgarnen, für den sie die pflichtbewussteste aller Ehefrauen zu sein hatte.

Sie stieß ein kokettes Gekicher aus, nahm die Hand ihrer Mutter und stieg in die Kutsche ein.

*****

Mayer war selbst ein betrügerisches Bild seiner selbst.

Sein Abendanzug, der nichts mit seinem üblichen Kleidungsstil zu tun hatte, erweckte den Eindruck von Reichtum und einem gesellschaftlichen Stand, der weit über seinem wirklichen Stand lag. Er hatte mehrere Stunden vor dem Spiegel verbracht und seine Haare wieder und wieder gefettet, um sie dann in die Form eines Helms zu bringen, die einem Herzog alle Ehre gemacht hätte. Seine Augenbrauen hatte er so beschnitten, dass sie nicht mehr so buschig wirkten. Mit Damen-Make-up hatte er seine asymmetrischen Nasenlöcher kaschiert und von seinem Rücken hatte er die Haare abrasiert.

Seine Fassade war eine Lüge. Hätte man ihn jedoch auf diesen Punkt angesprochen, hätte er gesagt, dass es eine ehrliche Lüge sei. Er hätte gesagt, dass auch Pfauen ein Rad schlagen, Tukane ihre Schnäbel in die Höhe recken und Chamäleons ihre Farbe verändern, wenn sie um ein Weibchen werben. Für Mayer war es die natürlichste Art des Betrugs. Falls er ein Betrug war, dann war er ein ehrlicher Betrug, weil er nach den Regeln der Natur gehandelt hatte.

Solche Gedanken lagen ihm jedenfalls fern, als er bei den *Almack Rooms* ankam. Mayer war zu nervös, als dass er überhaupt etwas denken konnte. Sein Magen rebellierte und sein Herzschlag war unregelmäßig.

Als Ausgleich setzte er eine Miene unerschütterlichen Selbstvertrauens auf. Er lief, zwei Stufen auf einmal nehmend, die Treppe hinauf, übergab dem Türsteher seine Einladung und durchquerte den Saal.

Sein Bild wurde von hundert Kronleuchtern reflektiert.

Er erreichte die gegenüberliegende Ecke und blieb wie angewurzelt stehen. Einfach bewegungslos so stehenzubleiben, hätte idiotisch ausgesehen. Darum schlenderte Mayer weiter, an ein paar Vorhängen vorbei bis zum Spielsalon, wo er den halben Abend verbrachte und fast sein ganzes Geld verspielte.

Als er wieder zurückging, wurde im Saal Musik gespielt und getanzt. Die Luft war von dem Duft nach Tulpen, schlüpfrigen Frauen, dem Gestampfe der Junggesellenfüße und dem Liebesgeschnatter der Heiratsverhandlungen erfüllt.

Mayer sah seine Angebetete, nahm Augenkontakt zu ihrer Mutter auf und verbeugte sich in der Hoffnung, dass sie ihn herüberbitten würde. Das tat sie nicht.

Er sah das Mädchen, in der Hoffnung, dass sie ihren Fächer öffnen würde, selbst an. Das tat sie nicht.

Mayer suchte die Toiletten auf, um sich herzurichten, bevor er zurück in die Halle ging. Er sah erneut die Mutter an. Sie ignorierte ihn wieder. Er sah das Mädchen an. Sie klappte den Fächer zu.

Mayer zog sich in den Speisesaal zurück, nahm sich ein Stückchen Kuchen und ging dann wieder in den Saal, wo er ihn so langsam wie möglich aß und aus der Entfernung ein Auge auf seine Liebste warf. Der Kuchen reichte ihm neunzig Minuten, in denen er hilflos zusehen musste, wie unsere Heldin nicht weniger als vier anderen Bewerbern vorgestellt wurde. Die Tatsache, dass sie mit keinem von ihnen viel Zeit verbrachte, tröstete Mayer etwas und sein Herzschlag beschleunigte sich, als er sie tanzen sah. Aber alles was er tun konnte, war aus der Entfernung stumm dazusitzen und zuzusehen, wobei er seinen Kuchen Krümel für Krümel aß.

Endlich verließ die Mutter des Mädchens den Saal. Mayer, der seinem Herzen erlaubte über seinen Kopf zu bestimmen, sauste quer über den Teppich.

Er keuchte, als er sprach:

„Meine Augen haben sich an Ihrem wunderschönen Gesicht gelabt und mögen meine Arme Ihr Heiligtum sein. Vergeben Sie mir, meine Unverfrorenheit, ich bitte um Verzeihung, aber meine Pflicht gebietet mir, Ihnen für immer ergeben zu sein."

Der Kopf des Mädchens schnellte, überwältigt von Mayers Glut, zurück: „Was?"

„Kommen Sie und ermutigen Sie mich, denn jetzt bin ich in Festtagsstimmung und geneigt, Ihnen meine Zustimmung zu geben."

„Woher stammen diese Zeilen?"

„Von Shakespeare."

„Nein, sind sie nicht, Dummkopf."

„Sind sie doch! Und ich kenne noch mehr von ihm: Ich werde deine Lippen mit dem rosigen Tau meiner Küsse benetzen. Ich werde deine Tugenden preisen. Ich werde dir den Tribut meiner Liebe zahlen. Lass mich in deiner Gegenwart aus diesem Leben scheiden. Lass mich auf deinen Lippen meinen Schwur der Treue versiegeln."

„Huch, ist das wirklich so?"

„Ich könnte fortfahren…"

„Sie könnten es nochmals versuchen? Haben Sie kein eigenes Gehirn zum Denken? Oder einen eigenen Mund zum Sprechen?"

„Ich habe eigene Augen, mit denen ich Ihre Schönheit sehe."

„Was für ein Blödsinn!"

„Ich habe eigene Ohren, mit denen ich höre. Sagen Sie mir, wie heißen Sie?"

„Ich heiße Lola. Und Sie?"

„Lola! Niemals hat man einen schöneren Namen gehört."

„Sie reden, wie ein Buch."

„Ich heiße Mayer."

„Nun Mayer, es war, hmm, *interessant*."

„Lola drehte sich, um zu gehen.

„Ich möchte Ihnen nur schnell noch sagen, dass ihre Augen wie Quellen sind. Und was kann ich zu Ihrem Haar sagen? Warten Sie! Wohin gehen Sie? Kommen Sie zurück, ich habe noch etwas Besseres für Sie. Ihr Gesicht sieht aus wie ein Gesicht! Schreiben Sie mir. Buckingham Towers, Camden. Hmm, auf Wiedersehen, verdammter schrecklicher Engel. Auf Wiedersehen!"

Die ganze Unterhaltung hatte weniger als zwei Minuten gedauert.

Mayer blieb noch für zwei weitere Tänze.

Lola sprach noch mit zwei weiteren Männern.

STILLES LEIDEN

„Die unergründlichsten Seelen sind oft die,
denen am meisten wehgetan wurde."

SHANNON L. ALDER

Schönheit und Hässlichkeit können beide Hindernisse für die Liebe sein; Hässlichkeit kann abstoßen und Schönheit überwältigen.

Mayer war von Lolas Schönheit derart überwältigt, dass er hastig und nervös gehandelt hatte. Archibald, hingegen, war so überwältigt gewesen, dass er unfähig gewesen war, überhaupt zu handeln.

Was konnte er also tun, wenn er zu erbärmlich war, sich Lola zu nähern? Er konnte sie sich vorstellen.

Er sah Lola in den vorbeigehenden Passanten und in den Formen neckischer Wolken, in den Spiegelungen der Pfützen und Fenster. Wo immer er auch hinsah, dort war sie schon. Wann immer er seine Augen schloss, sah er sie. Er sah ihre feingeschwungenen Augenbrauen und ihr üppiges Haar; die perfekten Rundungen ihres Gesichts und ihrer Nase.

Aber er sah Lola nicht leibhaftig und darum begann das Bild vor Archibalds geistigem Auge zu verblassen. Es fiel ihm schwer, sich an den Schnitt ihres Gesichts und die Tiefe ihrer Augen zu erinnern. Er konnte sich nicht mehr die Anzahl der Löckchen in ihrem Haar oder die Linie ihres Halses am Übergang zur Schulter in Erinnerung rufen. Dann begann er, sie zu skizzieren. Er fertigte tausende Zeichnungen an, eine weniger lebensecht als die andere und jede engelsgleicher. Er bedeckte eine ganze Wand mit diesen Skizzen und deckte sie, jedes Mal, wenn er sein Geschäft eröffnet, mit einem Laken ab.

Er verlor den Verstand in einem See aus Dopaminen und Testosteron, in dem kein Gedanke zu sublim oder zu verzweifelt war, kein Gefühl zu mächtig oder pathetisch.

Seine Gedanken wurden von der süßen Schwere unmöglicher Träume vergiftet.

Diese unmöglichen Träume verursachten eine gewisse Traurigkeit.

Archibald stellte sich Lolas Persönlichkeit vor. Im Geiste baute er Paläste für eine Königin, die er selbst erfunden hatte. Er lernte sie kennen, ohne sie überhaupt kennengelernt zu haben. Er erinnerte sich an ihre Verlobungszeit, die Hochzeit, Ehe, Kinder, an das Alter, das Totenbett und den gemeinsamen Aufstieg in den Himmel. Es war glorreich. Archibalds ganzes Wesen war von Freude erfüllt. Er wollte durch die Straßen rennen und seine Leidenschaft mit ekstatischen Schreien herausbrüllen.

Aber zur genau gleichen Zeit fiel er in ein Loch von Selbstmitleid; er hasste sich selbst wegen seiner Unfähigkeit zu handeln und sah der Tatsache ins Auge, dass Lola niemals ihm gehören würde.

Es war ein unvorstellbarer Schmerz. Er hatte das Gefühl als seien seine Adern verschlossen und seine Gedärme zu tausenden kleinen Knoten verschlungen worden.

GEBROCHENE REGELN

„Der Drang zu zerstören ist auch ein kreativer Drang."

MIKHAIL BAKUNIN

Zwei Dinge wusste Hugo genau:

Erstens: Er war es nicht wert, ein Mädchen wie Lola zu besitzen.

Zweitens: Er musste sie haben, ganz gleich wie.

Er glaubte nicht, dass er Lola verdiente. Er war ein armer Lehrling ohne sozialen Status; ein ehemaliges Bandenmitglied, ein Schlammgräber und Junge aus dem Waisenhaus.; ein Dieb und ein Elternmörder. Sie hingegen stammte aus einer höheren Gesellschaftsschicht. Es gab keine Möglichkeit, sie mit fairen Mitteln für sich zu gewinnen; er würde ein paar faule Tricks anwenden müssen.

Er *wollte* kein dreckiges Spiel treiben, er *musste* es tun; er hatte keine andere Wahl.

Und so wurde aus ihm ein echtes Schlitzohr, beides, clever und skrupellos...

*****

Es begann an diesem Tag in *Covent Garden*. Nachdem er seine Freunde berauscht von Gin und Bier in der Kneipe zurückgelassen hatte, ging Hugo liebestrunken zurück in das Café. Er beobachtete Lola aus der Entfernung, wartete darauf, dass sie ihren Tee austrank, winkte eine Pferdekutsche herbei und befahl dem Kutscher Lolas Kutsche zu folgen.

Er dachte nur noch an Lola. Er konnte sein Spiegelbild in einem Schaufenster sehen und sah, dass es auch von ihr besessen war.

Sein Pferdewagen rumpelte an halbfertigen Plätzen und Gebäuden, Müll und Schutt vorbei, bevor er vor ein hohes Reihenhaus auf der *Hill Street* in *Mayfair* fuhr. Das aus Bath-Steinen gebaute Haus war ein majestätisches Beispiel für Prunk und Pomp mit in verschiedenen Nischen hockenden geschnitzten Putten und vergoldeten Mustern, die sich über die Vorderseite des Hauses zogen. In perfekte Zapfen geformte Miniaturtannenbäume zierten enge Balkone. Jedes Fenster war mehr als zweieinhalb Meter hoch.

Hugo kam am nächsten Morgen zurück.

Getrieben von dem gnadenlosen Drang, über seine Unwissenheit zu triumphieren, wartete er. Er bespitzelte Lolas Vater, der, wie er herausfand, ein Arzt war; ihre Mutter, die, wie es schien, recht nichtssagend war; ihre zwei Brüder und ihr Dienstbotengefolge.

Als sie auftauchte, folgte Hugo ihr, eingehüllt in Londons undurchdringlichen Nebel. Der allesdurchdringende aus Aschepartikel bestehende Nebel war ätzend, dicht und grau. Es war kaum möglich, weiter als zehn Meter zu sehen und sehr gut möglich, eine nichtsahnende Zielperson zu verfolgen.

Lola war tatsächlich ahnungslos. Sie wirkte besorgt, allein mit ihren Gedanken; mehr in ihrem Innersten, als mit sich selbst. Sie nahm nichts um sich herum wahr und bemerkte darum nicht, dass sie bemerkt worden war.

Aber Hugo hatte sie bemerkt. Er spielte seine eigene Version von „Verstecken". Er suchte Lola, um sich dann vor ihr zu verbergen. Er versteckte sich hinter Büchern, unter Bäumen, neben Laternenpfählen, vor Brücken und an Kreuzungen; ein Regenschirm und ein langer Regenmantel halfen ihm, sich in den Schatten unsichtbar zu machen.

Wann immer es ihm möglich war, kam er in der Morgendämmerung zu ihrem Haus, verfolgte sie, während sie die Serpentinen herunterschlenderte und beobachtete sie, wie sie auf ihrer Lieblingsbank Platz nahm, die Enten fütterten und las.

Nie war seine Liebe tiefgehender, als wenn Lola an diesem See saß, weil ihn immer die Angst überkam, dass sie wegtreiben könnte. Er hatte eine starke Abneigung gegen Wasser; die weit zurückliegende Erinnerung seiner Gefangennahme durch Jonathan Wilde vermischten sich mit seinem früheren Leben an den Ufern der Themse.

Wenn Hugo nicht früh genug dort sein konnte, betete er, dass Lola abends wieder zuhause sein würde, damit er ihr und ihren Freunden bei ihren abendlichen Streifzügen durch Geschäfte und zum Theater oder Ballett folgen konnte.

Das hatte zur Folge, dass Hugo Lola auf eine Weise kennenlernte, von der Archibald und Mayer nur träumen konnten. Er lernte sie bei ihren unbewusst ausgeführten Verhaltensweisen kennen: bei der Art, wie sie sich mit fröhlicher Ausgelassenheit auf die Zehenspitzen stellte. Er fand heraus, dass sie eine geübte Turnerin war. Er bemerkte, wie sie ihre Freunde bei der Begrüßung umarmte. Er entdeckte, dass sie tanzen konnte. Er beobachtete die Art, wie sie ihr Haar hinter die Ohren schob und lachte, wenn es sich löste. Er entdeckte ihre Unartigkeiten. Durch die Weise, wie sie ihre Beine übereinanderschlug und dann ihren Schuh an ihrem Zeh baumeln ließ, entdeckte er, dass sie viel zu unbedarft war, um Erfahrungen in der erotischen Liebe zu haben.

Als er sie beim Lesen beobachtete, entdeckte Hugo Lolas Geschmack für romantische Romane, insbesondere die Werke von Fanny Burney. Einmal sah er sie das Buch „Die Rechtfertigung von Frauenrechten" lesen. Er sah, wie sie Bücher auf Französisch und Spanisch las.

Als er ihre Handtasche sah, entdeckte er ihren Namen, der auf ein rosafarbenes Taschentuch gestickt war. Ein Teil von ihm glaubte, dass es ihre Absicht gewesen war, es ihm zu zeigen.

Und als er sie beim Einkaufen beobachtete, entdeckte er ihre Anmut; die Art, wie sie durch den Tumult glitt, während ihre Freundinnen sich mit anderen Kundinnen zankten; die Art, wie fischgesichtige Marktschreier ihr zuriefen: „Süßes für deine Süßen!" „Leckeres für deinen Bauch!" Die Art, wie sie sich bei lustigen Darbietungen amüsierte, wie sie sich in den Kuriositätengeschäften neugierig umschaute und wie unbändige Freude sie überkam, wann immer sie einen Hut entdeckte.

Lolas Vorliebe für Hüte grenzte an eine Sucht.

Es hatte den Anschein, als befinde sie sich auf einer Mission, alle Hüte der Stadt zu kaufen. Sie kaufte hohe Hüte und breite Hüte, Kappen und Sonnenhüte, Hüte mit Dekorationen, Broschen, Umrandungen, Bändern, Federn und Blumen. Immer, wenn sie einen Hut sah, war es beinahe unvermeidlich, dass sie ihn kaufte.

Es gab jedoch eine einzige Ausnahme. Hugo sah, wie Lola beinahe jeden Abend an einem kleinen Geschäft nahe der *Oxford Street* anhielt. Minutenlang betrachtete sie, ganz in ihre eigene Welt versunken, zu der es nur Zugang über den einzigen Hut in der Auslage gab, das Schaufenster; sein rosafarbenes Material war so rosig, dass es beinahe durchsichtig wirkte, sein gewellter Rand so groß, wie ein Wagenrad.

Hugo dachte sich, dass sie für alle Ewigkeiten vor diesem Geschäft stehenbleiben würde, sollte sie dort jemals alleine vorbeikommen.

*****

Sich über Hugo eine Meinung zu bilden, wäre einfach. Im Gegensatz zu Mayer, richtete er sich nicht nach Regeln. Er weigerte sich, zu akzeptieren, dass es solche Regeln überhaupt gab. Seiner Meinung nach war in der Liebe und im Krieg alles erlaubt.

Einige Leute hätten ihn einen „Stalker" oder eine „Nervensäge" genannt. Aber zum ersten Mal in seinem Leben ging Hugo nicht so hart mit sich selbst zu Gericht. Seiner Meinung nach, benahm er sich nicht unehrlicher, als die Art und Weise, wie Leute vom Schlage Mayers und Lolas ihre äußere Erscheinung herausputzten. Diese Leute verliehen sich selbst ein falsches Image, um einen Partner zu bezirzen. Er stalkte. Das machte jeder. Hugo glaubte einfach, dass er es besser machte.

Die Alternative, ehrlich und bescheiden zu sein, zog er nicht in Betracht. Hugo erschien es idiotisch; ein sicherer Weg zum Misserfolg.

Darum hatte Hugo kein Schuldbewusstsein. Tatsächlich machte er Lola für sein Verhalten verantwortlich:

‚Wer ist sie denn, mich derart zu verführen? Was gibt ihr das Recht, mein Herz zu stehlen, mein Verhalten zu beeinflussen und meine Gedanken zu kontrollieren? Warum kann sie nicht wie andere Mädchen sein; bescheiden und zurückhaltend? Warum musste sie mich verzaubern, mich verhexen, mich dazu treiben, ihr zu folgen?'

Hugo glaubte, dass er Lola diente; nach ihrer Pfeife tanzte, jede Stunde des Tages, dass er sie *ihretwillen* und nicht seinetwillen verfolgte.

Er hatte keine Angst davor, sich selbst zu widersprechen. Er hatte vor überhaupt nichts Angst.

*****

Hugo wurde sich in der Tat seiner selbst so verdammt sicher, dass er sich Lola von Tag zu Tag mehr näherte. Er lernte, die verschiedenen Geräusche zu unterscheiden, die sie machte, wenn sie über Erdboden, mit Steinplatten belegte Wege oder Kopfsteinpflaster ging. Er schaffte es, ihre verschiedenen Parfüms zu unterscheiden und ihre Gegenwart mit geschlossenen Augen zu spüren. Er erlaubte Lola sogar, einen Blick auf sein Spiegelbild in einer Pfütze zu erhaschen.

Er kam ihr nicht immer so nah. Einmal verlor er Lola in der Menge aus den Augen. Als er sich beeilte, ihr nachzujagen, stieß er einen Krug Bier aus der Hand eines betrunkenen Konstrukteurs und musste ihm als Wiedergutmachung zwei neue Krüge kaufen. Als er wieder zurückkam, war Lola längst verschwunden.

Bei anderen Gelegenheiten, wenn der Smog nicht dicht genug war, musste er sich zurückhalten, aber er machte trotzdem weiter. Hugo sammelte immer mehr Informationen und wurde zusehends selbstsicherer.

Schließlich ergriff er die Gelegenheit.

Lola stand vor dem Geschäft in der Nähe der *Oxford Street*. Sie trug ein lilafarbenes Kleid mit rosafarbigen Punkten und einen Hut, der einen Schatten auf ihr Gesicht warf. Zum ersten Mal war sie alleine dorthin gegangen und, genau wie Hugo es vorausgesehen hatte, sah es nicht so aus, als würde sie jemals wieder weitergehen.

Sie hatte dort fünfzehn Minuten gestanden, als es anfing, zu regnen. Sie stand dort mit stolzer Arroganz, mit hochgerecktem Kinn, die Augen den Preis fixierend. Sie hatte dort weitere zehn Minuten gestanden, als eine Pferdekutsche an ihr vorbeifuhr und ihr ganzes Kleid mit Schlamm bespritzte.

Hugo trat aus dem herunterprasselnden Regen hervor, der seine Hosen durchweichte. Vertikal fallender Regen weichte die Straße ein. Er bemühte sich, eine beiläufige, fast apathische Miene aufzusetzen; die Haltung seiner

Schultern war abweisend und als sei ihm Lolas Anwesenheit völlig gleichgültig, sah er über ihren Kopf hinweg als er sprach:

„Wie schrecklich."

Lola klopfte sich den Dreck ab und beantwortete Hugos Anteilnahme mit leicht geneigter Kopfhaltung.

„Nein, nein", fuhr Hugo fort. „Das geht ja wirklich gar nicht. Bitte nehmen sie den. Oh, und der ist für ihren Weg bis nach Hause."

Hugo gab Lola seinen Regenmantel und einen Schirm.

„Nein danke, das kann ich wirklich nicht annehmen."

„Ich bestehe darauf, meine Dame. Etwas Anderes kommt gar nicht in Frage."

„Nun, dann müssen Sie mir versprechen, dass sie ihre Sachen abholen kommen."

„Wie Sie wünschen."

„Das tue ich."

„Dann werde ich es tun. Ich wünsche Ihnen noch einen guten Tag, meine Dame."

Lola räusperte sich.

Hugo drehte sich um.

„Haben Sie nicht etwas vergessen?"

„Etwas vergessen, meine Dame?"

„Meine Adresse?"

„Wie bitte, meine Dame?"

„Um Ihren Mantel abzuholen, Dummkopf."

„Ach ja, natürlich."

„Meine Adresse ist *303 Hill Street*."

„Gut, Lola, dann werde ich Sie in der *303 Hill Street* wiedersehen."

Hugo wandte sich ab, aber Lola rief hinter ihm her:

„Einen Moment! Woher kennen Sie meinen Namen?"

Hugos Brust zog sich zusammen. Er konnte kaum seinen Mund zum Sprechen öffnen:

„Oh, Ihr... Ihr... Ihr Taschentuch, meine Dame. Ich ha... ha... habe Ihren Namen auf Ihrem Taschentuch gesehen."

„Oh", säuselte Lola, als sei das die natürlichste Sache der Welt. „Wie fantastisch!"

Dann ging sie weiter.

*****

Hugo wartete fünf Tage, bevor er wieder in die *Hill Street* zurückkehrte. Nicht, dass er keine Zeit oder keine Lust gehabt hätte, aber er wollte ganz einfach die Ruhe bewahren.

Vielleicht hatte er es damit etwas übertrieben.

Als er die *Oxford Street* hinunterging, sah er Lola auf sich zukommen. Ihr Gesichtsausdruck wurde weich, mehr aus Freundlichkeit, als aus Liebe, aber trotzdem mit einem gewissen Grad an Wärme.

„Hallo", sagte sie. Hugo reagierte nicht. Er ging wie steifgefroren und mit einem Ausdruck völliger Gleichgültigkeit an ihr vorbei. Er versuchte, sich mit einer mysteriösen Aura zu umgeben; damit Lola ihn begehrte und er die Führung übernehmen konnte. Es war ein Machtspiel, einfach und schlicht.

Aber aufgrund dieses Vorfalls, entschied Hugo, vor seinem Besuch in der *Hill Street* zu warten.

So ging er also am nächsten Morgen zu Lolas Haus. Er stieg die imposante Treppe hoch und klopfte mit seiner Faust an die Tür. Dem Türklopfer vertraute er nicht; er sah einfach etwas zu groß aus, zu viel Messing und zu unwirklich.

Ein Butler öffnete die Tür. Er wirkte auch etwas zu groß, zu viel Messing und zu unwirklich. Allein die Idee, einen Butler zu haben, machte Hugo schwindelig.

Hugo trat in die Eingangshalle, einen großen Raum, der grösser war, als jede Wohnung, die er jemals sein Heim genannt hatte. Er fühlte sich völlig verloren. Da er sich aber unbedingt zurechtzufinden wollte, ging er mit forschem Schritt weiter und schüttelte Lolas Vater die Hand, während er Lola selbst ignorierte.

Lolas Vater sah aus wie der Nikolaus. Er lachte auch wie der Nikolaus. Er roch sogar nach Fleischküchlein, Glühwein und Orangenschalen:

„Ah, Sie müssen Hugo sein. Ho! Ho! Ho! Unsere Lola hat uns bereits alles über Sie erzählt."

„Nun, ich wüsste nicht, was es da viel zu erzählen gäbe. Tut mir leid, ich bin nur ein bescheidener Chirurg."

„Ein Chirurg, he?"

„Ja, mein Herr."

„Bei meiner Perücke; ich möchte behaupten, dass man von uns Ärzten erwartet, euch Chirurgen zu verachten."

„Von uns Chirurgen wird erwartet, dass wir Ärzte verachten."

„Ist das so? Ich verstehe. Und tun sie das?"

„Tue ich was?"

„Verachten Sie vielleicht Ärzte?"

„Nein, mein Herr."

„Sehr gut."

„Und Sie?"

„Ich was?"

„Verachten Sie Chirurgen?"

„Nun, ich denke, das hängt von dem Chirurgen ab."

„Oh."

„Was für eine Art von Chirurg sind Sie?"

„Ein guter. "

„Ho! Ho! Ho! Und was macht aus Ihnen einen so guten Chirurgen?"

„Ich kümmere mich um meine Patienten."

„Und ist das genug?"

„Manchmal."

„Wirklich?"

„Nun, vielleicht nicht. Tut mir leid."

„Ho! Ho! Ho! Und was tun Sie sonst noch?"

„Ich rette Leben, mein Herr."

„Das ist eine stolze Behauptung."

„Ja, mein Herr."

„Retten Sie viele Leben?"

„Nun, vielleicht nicht."

„Ho! Ho! Ho!"

„Ich würde gerne mehr retten."

„Ehrgeizig, was?"

„Nein, mein Herr, ich meine, ja. Ich meine, ich tue mein Bestes."

„Sie tun Ihr Bestes?"

„Nun, vielleicht nicht. Ich meine, ich nehme an, ich könnte es besser machen. Es tut mir leid. Aber ich versuche immer, es besser zu machen, das meinte ich damit."

„Ho! Ho! Ho! Das ist ein prima Kerl. Es würde vielen Ärzten guttun, solch eine Einstellung zu haben."

Lolas Vater machte eine Pause, tippte sich an die Lippen und führte Hugo in das Frühstückszimmer.

„Kommen Sie, unterhalten wir uns."

Er stellte sich als „Nicholas" vor, schenkte zwei Weinbrände ein und bestellte zwei Gläser Milch beim Butler. Dann sprach er über das Leben, London und die Medizin.

Hugo beobachtete seine Umgebung.

Er bemerkte, dass die Fenster an der Rückseite des Hauses alle geöffnet waren, er bemerkte das Hausmädchen, das Lola wie ein Schatten folgte und er bemerkte Lola selbst. Sie belauschte ihr Gespräch, während sie die

Topfpflanzen wässerte.

Es gab eine Menge Pflanzen. In jedem Gefäß war eine Pflanze und in jeder Hausecke stand eine Topfpflanze. Schlangenartige Pflanzen füllten die Lücken zwischen den Kübeln aus. Ein Philodendron mit herzförmigen Blättern stand auf dem Tisch, Gummibäume umgaben den Kamin. Neben der Tür standen Aspidistras und die Fensterbänke waren voller Begonien, Margeriten, Lilien und Orchideen.

Durch die Art und Weise, wie sie sich um diese Pflanzen kümmerte, wurde klar, dass sie alle Lola gehörten. Hugo dachte, sie könne vielleicht mehr Pflanzen als Hüte besitzen, obwohl ihm widerstrebte, es zuzugeben. Es schien einfach zu lächerlich um wahr zu sein.

Wer war diese verrückte Lady?

Hugo fand ihre Eigenarten anziehend. Er fand sie absolut absurd. Er wollte sich von Lola distanzieren, aber er schaffte es einfach nicht. Zu sehen, wie sie sich um diese Pflanzen kümmerte, machte sie für ihn nur noch begehrenswerter. Ihre Verrücktheit nährte seine verrückte Liebe. Er war von ihren Obsessionen besessen. Ihr Irrsinn machte ihn irre.

Er pflückte ein Blütenblatt von einem von Lolas Rosenbüschen, damit er es essen und etwas über ihren Geschmack erfahren konnte, sagte Nicholas „Lebewohl" und ging.

KREATION UND VEREDLUNG

„Das Schwierigste überhaupt ist, eine schwarze
Katze in einem dunklen zimmer zu finden,
besonders, wenn es keine Katze gibt. "
KONFUZIUS

Mayer befand sich in einem Zustand kontinuierlicher Bewegung; er versuchte seine Arbeit zu erledigen, versuchte zu lernen und versuchte Beziehungen zu Leuten wie Herrn Bronze aufzubauen. Immer versuchend. Immer weitermachend mit gebeugtem Haupt und gebücktem Rücken.

Immer versuchend aber nicht immer mit Erfolg. Er vergaß beinahe alles außer Lola. Mayer vergaß Lieferungen, ging gedankenlos mit den Kerbhölzern um, verspätete sich, kam zu früh, verwechselte Brotlaibe und Brötchen. Er war besessen. Hätte man ihn gefragt, hätte er es nicht abgestritten. Er hätte einem in die Augen gesehen und drei einfache Worte gesagt: „Liebe ist Obsession."

Verhext durch diese schlimme Besessenheit, vernachlässigte Mayer seine anderen Pflichten, um Zeit für Lola zu gewinnen.

Er näherte sich ihr bei drei verschiedenen Gelegenheiten...

*****

Sein erster Versuch war damals in *Covent Garden* gewesen. Mayer hatte, mit der vagen Hoffnung, Lola dort wiederzusehen, das Café aufgesucht, in dem er Lola zuerst gesehen hatte. Das war, ehrlichgesagt, ein idiotischer Fehler. Mayer vergeudete zahllose Stunden in dem Etablissement; er trank unzählige Tassen Tee und sah sich unendlich viele Gesichter an.

Er wollte gerade aufgeben, als Lola endlich erschien. Sie trug Strümpfe, die bis an ihre Knie reichten und einen scharlachroten Hut, der ihr kaum bis zur Stirn ging. Wieder wurde sie von ihren Freundinnen begleitet. Und wieder war es Mayer egal.

Wie zuvor fühlte er, wie es ihn zu ihrem Tisch zog:

„Meine Liebe zu Ihnen ist wie Aeolus, der griechische Gott der Winde, der seine Söhne in einer Höhle gefangen hielt. Denn ich bin in einer Höhle gefangen und sie sind meine Ariadne; hier, um mich zu befreien!"

Lolas Gefährtinnen kicherten mit schulmädchenhafter Albernheit.

Mayer fuhr fort.

„Ich liebe Sie."

Wieder einmal von Mayers Heißblütigkeit überwältigt, antwortete Lola abrupt:

„Pffft. Ich mache mir nichts aus Liebesschwüren, viel weniger als aus Gesprächen über richtige Sachen. Und überhaupt, ich denke, Sie haben sich da etwas eingebildet. Ihre Liebe ist aus keinem natürlichen Grund entstanden; sie haben sie aus dünner Luft erschaffen."

„Das habe ich und es ist die beste Art und Weise. Etwas, das auf natürliche Weise entsteht, ist banal. Jedes Mal, wenn man erwacht, wird man in einen neuen Tag geboren. Jedes Mal, wenn man um eine Ecke biegt, wird man in eine neue Szene versetzt. Das ist nichts. Aber eine Situation zu kreieren ist wundervoll. Etwas, das vorher nicht existierte ins Leben zu rufen; etwas aus purem Verlangen entstehen zu lassen, aus reiner Willenskraft; es nicht passieren zu lassen, sondern dafür zu sorgen, dass es passiert; nun, das ist exquisit. Es ist das größte Kompliment, dass Sie mir hätten machen können. Und darum sage ich es laut und voller Überzeugung: Ich habe meine Liebe zu Ihnen kreiert!"

„Pffft!" zischte Lola. „Nun, ich schlage vor, Sie ent-kreieren sie. Ihre Liebe verursacht mir Magenschmerzen."

Mayer beugte seinen Kopf. Wie bereits zuvor, glaubte er, sich wie ein Idiot benommen zu haben.

Wie zuvor hatte sich Lola tatsächlich für Mayers unschuldige Idiotie erwärmt. Ihr gefiel sein Enthusiasmus und wie er ihr nachjagte. Aber wie zuvor, war sie nicht in der Lage, es zu zeigen.

*****

Mayers zweite Annäherung war komischerweise dem ersten Treffen sehr ähnlich. Fairerweise sollte man erwähnen, dass es ihm an Originalität fehlte.

Andererseits, wiederum, war Mayer davon überzeugt, das Ausdauer wichtiger als Kreativität war. Seine Ausdauer, glaubte er, würde Lola zeigen, wieviel sie ihm bedeutete. Das allein würde genügen, um ihr Herz zu gewinnen. Falls nicht, würde es sie mit der Zeit erweichen. Lolas Widerstand war seiner Meinung nach lediglich ein Teil des Spiels

Gleichzeitig überzeugte Mayer sich, dass seine Hartnäckigkeit ein Zeichen wahrer Liebe war:

Aus welchem Grund sonst sollte ich so festentschlossen sein, wenn ich sie nicht wirklich lieben würde?'

Es passierte folgendermaßen:

Wie zuvor, sah Mayer eine Einladung zu einem Ball in Lolas Handtasche. Und wie zuvor, gelang es Mayer eine Einladung für diesen Ball zu bekommen. Wie zuvor lieh er sich Abes Abendanzug und richtete sich so her, dass er vorzeigbar war, während Lola das Gleiche tat.

Eine Sache war jedoch anders. Im Gegensatz zu vorher war dies ein Maskenball. Mayer trug eine dunkelblaue Maske mit Silberglitter und einem langen Schnabel, der dort wo seine Nase war, hervorstand. Lola trug eine elegante lilafarbene Maske mit einem Federbüschel an einer Seite.

Und so begann die Scharade.

Mayer folgte Lola, während Lola Mayer folgte. Sie umkreisten sich, tanzten eng zusammen und wirbelten wieder auseinander. Mayer dachte, dass er sich ohne die Einwilligung von Lolas Anstandsdame nicht weiter vorwagen sollte. Lola dachte, dass der Mann den ersten Schritt tun sollte.

Schließlich brachte sie die Musik wieder zusammen.

„Hallo", sagte Mayer.

„Huh", mokierte sich Lola, die Mayers heftiges Atmen störte. „Noch ein Verehrer?"

„Sie haben so viele."

„Ein steter Strom. Nicht mehr, wie alle anderen auch."

„Und gab es welche, die Ihnen gefallen haben?"

„Einer hat mir Magenschmerzen bereitet."

„Erzählen Sie mir."

„Ein junger Mann namens ‚Mayer'."

„Hmm."

„Er ist unmöglich."

„Warum?"

„Er spricht so gekünstelt, kleidet sich wie ein Clown und riecht nach Urin. Sie müssen mein Französisch entschuldigen, aber er ist ein richtiger Dummkopf. Ich würde ihn nicht mit der Kneifzange anfassen."

„Lola stieß ein mädchenhaftes Gekicher aus.

Mayer fasste sich:

„Solche Typen kenne ich."

„Wirklich?"

„Ja, ein Mädchen namens Lola, die ist genauso."

„Ist sie das?"

„Ja. Sie versteckt sich hinter ihrem affektierten Gehabe und behandelt Liebe mit grausamer Gleichgültigkeit."

„Nun, dann werden Sie ja sicherlich entzückt sein, wenn Sie sie nie wiedersehen werden."

„Vielleicht."

„Nur vielleicht?"

„Vielleicht."

„Lässt sie Ihr Herz schneller schlagen?"

„Jedes Mal, wenn ich an sie denke."

„Denken Sie oft an sie?"

„Jede Minute des Tages."

„Das ist süß."

„Das ist es. Und sind Sie etwa anders?"

„Absolut."

„Sie denken doch nicht an diesen Kerl Mayer?"

„Niemals!"

„Sie finden ihn nicht attraktiv?"

„Attraktiv? Nein, Dummkopf, ich würde lieber ein Schwein lieben."

„Aber trotzdem haben Sie ihn sofort erwähnt."

„Das habe ich."

„Also muss er ja Ihre Gedanken beschäftigen."

„Muss er das?"

„Er muss."

„Oh, man stelle sich das vor!"

Lola stieß einen kurzen Gluckser aus, wirbelte herum und schwebte davon. Mayer folgte ihr. Immer, wenn sie sich aus den Augen verloren, verharrte Lola, um Mayer Gelegenheit zu geben, wieder näher zu kommen. Immer, wenn er ihr zu nahekam, tanzte sie davon. Immer wenn er sie ansprechen wollte, redete sie mit einem anderen Mann. Immer, wenn ihn der Mut verließ, tauchte sie an seiner Seite auf.

Sie war vollkommen unfähig, Mayer zu zeigen, dass seine Annäherungen ihr schmeichelten. Wann immer er sich ihr näherte, wurde sie von seiner Anwesenheit vollkommen überwältigt.

Während des ganzen Balles verfolgte Mayer Lola. Er ging ihr sogar nach, als sie eine Kutsche anhielt.

„Zur *303 Hill Street*", sagte sie und verschwand.

*****

Ein paar Tage später bat Abe Mayer, sich im Esszimmer zu ihm zu gesellen. Er trug eine derart grelle Weste, dass sie die gesamten Nippesfiguren in dem Raum erhellte. Auf seinem Seidenblazer kämpften weinrote Muster gegen goldene Speere.

Er setzte sich und begann zu schreien:

„May, du bist jetzt ein Mann."

„Bin ich das?"

„Ja, das bist du."

„Hmm."

„Und ein Mann muss sein Geld verdienen."

„Muss er das?"

„Ja, er darf einfach keine Schulden haben."

Nachdem Abe sich selbst heiser geschrien hatte, machte er eine Pause, um Luft zu schnappen. Nach seinem Wortschwall schob er dann allerlei Papiere über den Tisch.

Eine ganze Anzahl von Eintragungen waren dort in Sadies schnörkelloser Schrift aufgelistet:

Sechzehn Jahre Unterkunft - £320

Sechzehn Jahre Verpflegung - £103 15s 10 1/2d

Buchbenutzungen - £1 2s 5 1/2d

Bekanntmachung mit Herrn Zebedee – 3d

Es stand alles bis zur Anzahl der Kartoffeln, die Mayer jemals gegessen hatte, dort, ebenso wie jedes Kleidungsstück, dass er jemals getragen hatte. Dort war sogar eine Leihgebühr für die ausgeliehene Abendjacke aufgeführt.

Am Ende der letzten Seite stand in großen roten Buchstaben:

Geschuldeter Gesamtbetrag - £453 7s 9 1/2d

Mayer schaute zu Abe auf:

„A… a… aber…"

„Nichts aber. Du kannst es in monatlichen Raten von £5 abzahlen."

„A… a… aber, was ist mit dem Geld, das du mit meiner Hilfe im Süden Londons verdient hast?"

„Du kannst hier noch zwei Jahre bleiben, dann wirst du ausziehen müssen. Du wirst zu alt für Fürsorge."

*****

Mayer entschied, seine Schulden bei Abe und Sadie zu begleichen.

‚Man muss seine Schulden zurückzahlen', sagte er zu sich selbst. *‚Es ist ehrenhaft, das zu tun.'*

Das hatte zweierlei Konsequenzen.

Erstens: Mayer musste mehr verdienen. Zuerst schaffte er das, indem er Überstunden machte. Mit der Zeit würde er eine Lohnerhöhung bekommen.

Zweitens: Mayer musste seine Ausgaben einschränken. Er konnte es sich nicht mehr leisten, in *Covent Garden* Tee zu schlürfen, während er darauf hoffte, Lola zu sehen. Er konnte es sich auch nicht mehr leisten, Bälle zu besuchen.

Er konnte Lola nicht mehr sehen, aber er konnte auch nicht aufhören, an sie zu denken:

‚Was, wenn ich zu lange warte und sie jemand anderen findet? Was, wenn sie mich vergisst? Was, wenn ihr Vater einen anderen Verehrer anspricht? Oder ihre Mutter? Oder ihre Katze?'

Mayer riss sich seine Haare aus. Wörtlich genommen. An beiden Seiten seines Kopfes bildeten sich kahle Stellen.

‚Aber', sagte er zu sich selbst, ‚das Glück gehört den Mutigen.'

Er zog seinen Anzug an und machte sich auf den Weg zur *Hill Street*, bereit, die Würfel noch ein letztes Mal rollen zu lassen...

*****

‚Klopf! Klopf! Klopf!'

Mayer hatte keine Probleme mit dem Türklopfer, noch hatte er irgendwelche Probleme mit dem Butler, der die Tür öffnete.

Ich bitte darum, den Hausherrn sprechen zu dürfen", sagte er, als wäre es die natürlichste Sache der Welt.

Der Butler zeigte Hugo den Weg zum Esszimmer, wo er zwischen einer Peperomia und einer Dracanea wartete. Duftende Geranien kitzelten seine Nase und afrikanische Veilchen zogen seinen Blick auf sich.

Nach mehreren Minuten gesellte sich Nicholas endlich zu ihm. Mayer stand aufmerksam dort, stellte Augenkontakt her, schüttelte auf seine eifrige Weise die Hand, ließ sein gewinnendes Lächeln sehen und versuchte eine Unterhaltung anzufangen:

„Es ist kalt draußen. Ich glaube, es braut sich ein Sturm zusammen."

Nicholas ignorierte diese Bemerkung.

„Und wen haben wir denn da?"

„Mayer."

„Und was, falls ich mir die Frage erlauben darf, ist ein Mayer?"

„Ein Mayer ist ein Bewerber."

„Ein Bewerber?"

„Ja, mein guter Mann, ein Bewerber!"

„Ho! Ho! Ho!"

Ich verstehe nicht."

Jedermann ist dieser Tage ein Bewerber. Alle denken, sie wären geeignet, auch wenn es herzlich wenig gibt, für das sie geeignet sind. Die meisten Leute eignen sich zu gar nichts. Für einen Gerichtsprozess vielleicht, aber für nicht viel Anderes."

„Hmm, ja. Sie haben die Weisheit einer Eule. Aber sehen Sie, ich bin wirklich ein geeigneter Bewerber."

„Ein geeigneter Bewerber? Das ist ja 'ne tolle Sache."

„Ja, ich bin eine tolle Sache."

„Ho! Ho! Ho!"

„Im Ernst, ich wäre die feinste Sache, die Lola jemals passieren könnte."

„Für Lola? Für *meine* Lola?"

„Ja, für Ihre Lola."

„Sie sind hierhergekommen, weil Sie um die Hand meiner Tochter anhalten wollen?

„Ja, guter Mann, so ist es."

„Sie? Sie kommen hier unangekündigt an, angezogen, wie ein Händler, ohne Referenzen und Sie sind hier, um nach *meiner* Tochter zu fragen?"

„Ja, ich…"

„Wie vulgär! Wie unangemessen. Wie… wie… wie unangebracht!"

„Aber…"

„Nichts aber! In meinem ganzen Leben habe ich niemals etwas so Unerhörtes gehört."

„Wenn Sie mir nur die…"

„Hinaus! Hinaus mit Ihnen, junger Mann. Kommt hier in diesem Anzug für Arme an und nennt sich selbst einen Bewerber. Was für eine Schande. Himmel noch mal! Mach, das du rauskommst, Junge!"

„Aber…"

Mayers Proteste waren vergeblich. Nicholas war schon gegangen. Man hörte sein Lachen bereits aus einem anderen Zimmer herüberschallen: „Ho! Ho! Ho!"

*****

In der Woche passierte etwas Seltsames: Eine an „Master Mayer" adressierte Karte kam an.

Niemand bemerkte es, außer Maggs, die etwas Besseres zu tun hatte, als zu schnüffeln und so konnte Mayer sie alleine lesen.

Sie war von Lola! Sie wollte, dass er sie zum Abendessen ausführte!

Mayer konnte nicht verstehen, was passiert war, dafür gab es keine rationellen Erklärungen, und so ergriff ihn eine besondere Art von Übelkeit. Als hätte er Seewasser eingeschnauft, fühlte sich Mayers Hals krank an. Seine Nasenlöcher verstopften sich und sein Kopf schmerzte. Er musste sich beinahe übergeben. Aber er beschwerte sich nicht.

Wo der Verstand aufhört, regiert der Glaube.

Meine Hartnäckigkeit hat sich gelohnt. Das habe ich gewusst. Ich hab's ganz einfach gewusst!

Mayer schlug wie wild mit den Fäusten durch die Luft und umarmte sein Kissen, bis es platzte.

AUSSERHALB DER KOMFORTZONE

„Ich glaube, Kunst kommt von dem Gefühl, mit
der welt nicht im Einklang zu sein.

YANN MARTEL

Wir haben Archibald verlassen, als er versuchte, mit seiner Schwäche zurechtzukommen. Jetzt kommen wir zurück zu ihm und er versucht immer noch seine Schwäche zu überwinden.

Nichts hat sich geändert. Andererseits, warum sollte es? Untätigkeit ruft keine Reaktion hervor. Für eine Person, die im Stillen leidet, dreht die Welt sich nicht.

Fassen wir zusammen.

Archibalds Liebe zu Lola war mehr als rein; ein nicht durch Fakten beflecktes Ideal, nicht reduziert durch die Wahrheit und nicht forciert durch eine schäbige Realität.

Gleichzeitig war sie lähmend. Sie übernahm die Kontrolle über Archibalds Gedanken und hielt ihn in einer imaginären Welt gefangen. Dort blieb er, unfähig, sich fortzubewegen und, das sollten wir betonen, unfähig, einen Ausweg zu finden.

Archibald kannte Lolas Namen nicht, noch wusste er, wo er sie finden konnte. Wie hätte er um sie werben können? Es war nicht einfach nur eine Sache des Willens sondern auch eine Frage der Möglichkeiten. Archibald erschien die Idee, Lola den Hof zu machen, absurd.

*****

Archibald ergab sich der Allmacht seiner Vorstellungskraft und verlieh Lola kapriziöse Eigenschaften und fantastische Leidenschaften. Er gab ihr den imaginären Namen „Angela Gabriella" und schlief, geschwächt durch die ermüdendste alle Arten der Liebe, in den ungünstigsten Momenten ein.

Schlaf brachte jedoch keine Erleichterung. In Archibalds Träumen erschien Lola öfters als in seinen Gedanken, wenn er wach war; manchmal erschien sie ihm als eine Dorfbewohnerin, als eine Fremde, eine Bekanntschaft, eine Lieferantin oder eine Kundin. Als also Lola und ihre Mutter seinen Laden *wirklich* betraten, nachdem sie gerade den botanischen Garten besucht hatten, zweifelte Archibald nicht daran, dass er träumte. Denn er träumte so oft davon, mit Lola zusammen zu sein. Die Leute vor ihm standen nicht vor ihm, sie waren nicht aus Fleisch und Blut und konnten daher nicht real sein.

Lola konnte ihren Augen auch kaum trauen. Sie musste sie reiben, blinzeln und Archibald anstarren, bevor ihr Gehirn die Informationen, die ihre Augen lieferten, verarbeiten konnte.

Da war er; dieser schöne Mann, den sie in *Covent Garden* gesehen hatte. Sie hatte seine muskelbepackten Arme und seine breite Brust nicht vergessen. Sein Bild war in den Tiefen ihres Gedächtnisses wie ein hartnäckiger Geist hängengeblieben.

Und da war sie, die Frau aus Archibalds Träumen; mit über die Schultern fallendem Haar, ihrer geraden Nase und ihrem schief sitzenden rosafarbenen Hut.

Lola und Archibald fühlten augenblicklich die gleiche, fast schmerzliche Anziehungskraft. Sie fühlten es nicht in ihrem Unterleib, das wäre zu klischeehaft gewesen, sondern vielmehr in ihren Armen, die nacheinander greifen wollten; in ihren Zehen, die kribbelten; und in ihren Haaren, die vor statischer Aufladung nur so knisterten.

Ihre Augen glänzten, ihre Zähne klapperten und ihre Nasen füllten sich mit dem Duft von Zimt; dem Aroma, dass für sie die einzige Essenz wahrer Liebe war.

Lolas Mutter kam an die Ladentheke:

„Zwei Dosen von Ihrem berühmten Honig."

Archibald reichte ihr eine Dose Honig.

„Zwei!"

Archibald gab ihr noch eine Dose:

„Vier Pence bitte."

Lolas Mutter drehte sich, um zu gehen.

Lola fühlte, dass sie etwas tun musste, irgendetwas, um diesen wunderbaren Moment hinauszuzögern. Darum gestikulierte sie in Richtung von Archibalds Puppe, die ihre Aufmerksamkeit auf sich gezogen hatte.

„Ist die Puppe auf ihrer Garderobe zu verkaufen?"

„Ich denke schon, sie gehört mir, seit ich ein kleiner Junge war, aber Sie können sie haben, wenn sie möchten."

Lola kicherte, legte ihren Kopf schräg, bedeckte ihren Mund und beugte ein Knie:

„Sie können sie mir nicht einfach geben, Dummerchen."

„Kann ich nicht? Ich befürchte, ich verstehe nicht."

„Nein! Sie ist Teil Ihrer Kindheit."

„Oh."

Lola zog ihre Augenbrauen hoch.

„Ich nehme an, ich könnte Ihnen eine machen lassen, wenn Sie möchten."

„Das wäre super toll."

Archibald lächelte.

Lola klimperte mit den Augenlidern.

„Haben Sie nicht etwas vergessen?"

„Keine Ahnung."

„Meine Adresse?

„Ihre Adresse?"

„Damit Sie die Puppe liefern lassen können, Dummerchen."

„Oh ja, natürlich."

„Es ist die *303 Hill Street, Mayfair* und ich heiße Lola."

Archibald errötete.

Lola errötete.

„Und?"

Archibald zog die Augenbrauen hoch

„Wieviel sollte ich zahlen?"

„Bezahlen?"

„Ich muss etwas bezahlen."

„Müssen Sie das?"

„Ja."

„Okay"

„Also, wieviel soll ich bezahlen?"

„Etwas."

„Wieviel, Dummerchen?"

„Irgendetwas."

„Machen Sie keine Witze!"

„Oh, ich wollte Sie nicht ärgern. Ich hoffe, Sie werden mir das glauben."

„Nun?"

„Vielleicht einen Penny. Einen Pence. Zwei halbe Pennies."

„Das ist nicht genug."

„Oh."

„Oh?"

„Nun, ich denke, Sie können irgendetwas zahlen, das genug ist."

Lola kicherte.

„Da, bitte", sagte sie und legte drei Silberschillinge auf die Theke.

„Ich hoffe, Sie wiederzusehen."

Lola ließ ihre Augenlider klimpern.

Archibald nickte wie ein Hund.

*****

Lola!

Allein der Klang ihres Namens faszinierte ihn:

,Lola! Low-lah! Loe-la! Loo-lah! Lola!'

Er ließ das Wort eintausend Mal über seine Zunge rollen und flüsterte es dem Wind zu als sei es ein köstliches Geheimnis:

,Lola! Lola! Lola!'

Für Archibald war es ein magisches Wort. Es war Perfektion. Es war Glückseligkeit.

*****

Als Archibald an der *303 Hill Street* ankam, war er so nervös, dass er umdrehte und wieder ging. Er umkreiste *Berkeley Square Gardens* volle fünf Mal, bevor er zurückkam.

Lolas Puppe zitterte in seiner unruhigen Hand.

Gekleidet in Raymondos Anzug, der ihm in der Taille zu weit und an der Brust zu eng war, sah Archibald lächerlich aus. Und das wusste er auch.

Seine Entschlossenheit ließ ihn an Lolas Tür klopfen und seine Bescheidenheit ließ ihn davonrennen.

Hinter einer Ecke versteckt, sah er wie Lola ihre Puppe, die er auf die Fußmatte gelegt hatte, an sich nahm. Er hörte ihre Schritte, wie Hufe auf Stein und glaubte, ihr Parfüm riechen zu können. Aber das war's; Lola bekam ihn nicht zu Gesicht; Archibald ging mit leeren Händen nach Hause.

*****

Archibald trat, schlug und beschimpfte sich selbst:

,Wie konnte ich nur so dämlich sein? So willenlos? So zimperlich? So schwach? Grrrrr! Archibald, Archibald, Archibald!'

Er beschloss, den Schaden wiedergutzumachen und so kam er am nächsten Tag mit einem seiner Portraits wieder. Abermals brauchte er mehrere Versuche, um den Mut zu finden, um an Lolas Tür zu klopfen. Und wieder rannte er davon, sobald er seine Skizze auf ihre Treppenstufe gelegt hatte.

Er versuchte es noch einmal am nächsten Tag und es passierte genau das Gleiche. Und auch am nächsten und übernächsten Tag war es so.

Entschlossen, nicht aufzugeben, versuchte Archibald es am nächsten Tag zweimal, viermal am darauffolgenden Tag und viele Male mehr während der folgenden Tage und Wochen. Er kam beinahe jede Stunde zu Lolas Haus und durchstreifte in der Zwischenzeit *Berkeley Square Gardens*.

Das hatte zur Folge, dass Archibald sein Geschäft schließen musste, was bedeutete, dass er so viel Geld verlor, dass er gezwungen war Mahlzeiten ausfallen zu lassen. Bis zum Ende des Monats hatte er kein Geld mehr. Er hatte hunderte Male an Lolas Tür geklopft und ihr alle seine Skizzen gebracht, aber er hatte Lola kein einziges Mal gesehen.

*****

Archibald stellte seinen Stuhl so hin, dass er in die Richtung von Lolas Haus zeigte, das, quer über Plätze hinweg, die eines Tages von Bäumen bewachsen sein würden, so viele Kilometer und Straßen weit entfernt und voller verwirrender Töne war.

Er zog Raymondos Anzug an, verschönerte seine Handgelenke mit gestärkten Manschetten, nahm seine Feder in die Hand und begann zu schreiben:

,Seit ich Sie gesehen habe, wusste ich, dass wir für einander bestimmt sind.'

Das war genug. Archibald unterschrieb es noch nicht einmal. Er legte es einfach, genauso, wie er es mit seinen Portraits gemacht hatte, auf Lolas Treppenabsatz.

So begann die Routine erneut.

,Wir sind die lange verlorene Hoffnung der Liebe', schrieb er am nächsten Tag. *,Wir sind unbändige Freude.'*

Dann: *,Wir sind Samen und Erde: Zusammen lassen wir Wälder entstehen.' ,Wir sind Raupen: Zusammen werden wir zu Schmetterlingen.' ,Wir sind Sternenstaub: Zusammen werden wir die Sterne erreichen.'*

Wie ein Kleinkind, das vom Licht seines ersten Frühlings überwältigt ist, hatte Archibald auf Lyrik gesetzt und daraus war Rhetorik geworden; jede Zeile war banaler als die vorherige und jede Nachricht war noch verzweifelter.

DER LETZTE SCHLIFF

„Wissen ohne Gerechtigkeit sollte statt
Weisheit Berechnung genannt werden."
PLATON

Hugo trank regelmäßig Weinbrand mit Nicholas. Beide waren erpicht darauf, ihre Beziehung zu pflegen. Hugo war begierig zuzuhören und Nicholas brannte darauf, zu reden; Hugo wollte etwas lernen und Nicholas wollte lehren. Sehr zu seinem Verdruss waren Nicholas' Söhne Rechtsanwälte geworden und so sah er in Hugo, einem Mediziner wie er selbst, den Sohn, den er nie gehabt hatte. Hugo hingegen fühlte sich, als hätte er endlich einen Vater gefunden.

Lola belauschte ihre Unterhaltungen während ihre Augen auf die Aspidistras gerichtet und ihre Ohren in Hugos Richtung gedreht waren. Auf diese Weise lernte sie Hugo kennen; durch Diskussionen, an denen sie niemals teilnahm, Handlungen, die sie nie ausführte und Kameradschaft, die sie niemals erfuhr.

Hugo beachtete Lola niemals, was zur Folge hatte, dass sie sich danach sehnte, beachtet zu werden. Sie wollte Hugo anlächeln, hochspringen und ihm zuwinken. Sie wollte all die Beachtung, die Hugo ihr vorenthielt.

Sie war deswegen wütend auf sich. Hugo war nicht so lebhaft wie Mayer oder so gutaussehend wie Archibald oder so reich wie ihre anderen Verehrer; sein Gesicht war eher durchschnittlich und für ihren Geschmack haftete ihm zu viel Arbeiterklassenmief an. Trotzdem fand sie ihn faszinierend. Warum? Es ergab keinen Sinn.

Alternativ beschuldigte Lola sich deshalb, vergab sich, beschuldigte Hugo und vergab Hugo. Sie zweifelte an der Realität und bemerkte ihre Zweifel. Sie konnte niemanden ins Vertrauen ziehen, weil sie nicht wirklich etwas anzuvertrauen hatte. Was hätte sie sagen sollen? Dass sie sich zu einem Jungen hingezogen fühlte, der weder interessant noch reich war und der nicht an ihr interessiert zu sein schien?

Aber genau das war die ganze Zeit Hugos Plan gewesen. Hugo wusste, dass er gewöhnlich war. Er wusste aber auch, dass Gewöhnlichkeit unwiderstehlich sein konnte, wenn sie außer Reichweite war.

War Adam wirklich wegen des Apfels der Schlange in Versuchung geraten? Natürlich nicht! Im Garten Eden gab es tausende andere Äpfel, die genauso saftig waren. Aber verboten war nur einer dieser Äpfel. Wie hätte Adam widerstehen sollen?

Arm, bescheiden und gewöhnlich; Hugo war nur ein Apfel in einem riesigen Obstgarten. Aber er hatte sich selbst zu einer verbotenen Frucht gemacht; Lola konnte nicht anders, als in Versuchung zu geraten. Darum lauschte sie, wenn Hugo von Operationen und Medizin sprach und sie hörte zu als er Nicholas von einem Mädchen erzählte, auf das er ein Auge geworfen hatte.

„Ich glaube, ich bin verliebt."

„Das ist wunderbar, mein Junge!"

Hugo zuckte mit den Schultern.

„Was ist los?"

„Dieses Mädchen. Nun, sehen Sie. Die Sache ist die..."

„Ja?"

Es tut mir leid. Es ist nur so, dass sie ein bisschen zu hoch für mich ist."

„Was? Ho! Ho! Ho! Ich bin so sicher wie Christus heilig ist, dass sie sich glücklich schätzen könnte, Sie zu bekommen."

Hugo lächelte:

„Ich hoffe es, Sir."

„Ich wage, zu behaupten, dass ich es weiß."

„Ich wünschte, ich könnte Ihre Überzeugung teilen. Es tut mir leid, wirklich leid, aber ich bin nur ein armer Mann ohne Bedeutung. Sie streicht Butter auf ihren gebratenen Speck; Sir, sie ist ein Mitglied ihrer eigenen Gesellschaftsschicht. Ich würde mir ein Bein ausreißen, nur um sie glücklich zu machen, aber ihre Eltern würden unserer Verbindung niemals ihren Segen geben."

„Um Himmels Willen, was für ein Dilemma! Ho! Ho! Ho! Kann dieses Mädchen überhaupt so großartig sein?"

„Großartig wird ihr noch nicht einmal gerecht. Sir, sie erhellt die Sterne am Nachthimmel. Sie gibt der Sonne einen Grund aufzugehen. Sie ist so außerordentlich couragiert! Ich schwöre, sie ist stärker als die meisten Männer und grösser als das Leben selbst."

„Ho! Ho! Ho! Nun, fragen Sie mich, falls ich etwas tun kann. Vielleicht könnte ich bei ihrem Vater ein gutes Wort für sie einlegen, von Mann zu Mann sozusagen?"

„Vielleicht", lachte Hugo. „Ihr Wort könnte unter Umständen genau den Ausschlag geben."

„Drücken wir die Daumen. Ho! Ho! Ho! Schnell auf Holz klopfen!"

*****

Hugo hatte sich vergewissert, dass Lola diese Unterhaltung hörte. Er konnte jedoch nicht sicher sein, wie sie reagieren würde:

Da ich in Bezug auf die Aufmerksamkeit ihres Vaters ein Rivale bin, muss sie mich hassen. Da sie in eine sozial höhergestellte Familie geboren wurde, muss sie auf mich herabblicken. Da sie romantisch ist, muss sie mich anhimmeln. Da sie exzentrisch ist, muss sie mich lieben.'

Pessimismus tanzte mit Optimismus. Hoffnung tanzte mit Verzweiflung.

Hugo wusste, dass er nur eine arme Waise war; ein Dieb und ein Elternmörder, der ein Mädchen wie Lola wahrscheinlich nicht hätte beeindrucken können. Er wusste, dass wenn er eine Chance haben wollte, irgendeine Chance überhaupt, würde er sein Spiel perfektionieren müssen...

*****

Lola bog wie jeden Tag in die Gasse ein, welche die *Farm Street* mit der *Hill Street* verband. Hugo war ihr dorthin bei über dreißig Gelegenheiten gefolgt.

Bevor sie das Ende der Gasse erreicht hatte, trat eine zerlumpte Gestalt aus der Dunkelheit. Seine Kleidung war sehenswert. Sein königsblauer Blazer war voller Wurmlöcher, seine Hosen vom Staub verblichen und sein Hut verdunkelte sein Gesicht.

Wilkins erhob seine Hand:

„Nun nun, meine Liebe. Du musst Wegzoll zahlen. Wenn du vorbeiwillst, musst du dem König Steuern bezahlen. Das goldene Armband da würde reichen. Ja, das wäre genau richtig!"

Lola trat zurück; halb entrüstet, halb amüsiert.

„Also gut", lachte sie. „Ich werde nicht vorbeigehen."

„Sie drehte um und ging den Weg zurück, den sie gekommen war.

„Also gut!" mokierte sich Wilkins. "Und Ihnen einen schönen Tag, Ma'am. Ich hoffe er bringt Ihnen allen Segen in dieser Welt."

Sobald er aufgehört hatte, zu reden, trat eine zweite Gestalt vor Lola. Sein Kragen war voller Speichel und ein Halstuch bedeckte sein Gesicht.

„Nein... nein... nicht so weit", stotterte Bib. „Sehen Sie, sie müssen Zoll zahlen, wenn Sie... Sie... passieren wollen. Ich bedanke mich herzlich. Danke schön!"

Lola wich zurück und prallte genau in Wilkins herein, der ihr durch die Gasse gefolgt war.

„Wenn Sie in dieser Richtung weitergehen wollen", wiederholte er, „werden Sie mit Ihrem Goldarmband bezahlen müssen."

„Und wenn Sie in diese Richtung gehen mö... möchten", kam das Echo von Bib. „Dieses Goldarmband wäre wirklich se... sehr nett."

Lola geriet in Panik.

Bisher war sie trotz Wilkins Unverschämtheit bemerkenswert ruhig geblieben. Es überraschte sie daher, als ein plötzliches Gefühl der Angst Besitz von jedem Atom ihres Körpers ergriff. Ihr Herz raste, ihr Atem kam stoßweise und ihre Muskeln verhärteten sich. Sie stand da; wie gelähmt; unfähig, mit der Situation umzugehen.

„Das goldene Armband würde reichen."

„Da... da... das Armband da. Danke Ihnen!"

„Hey!" Hugo schrie, während er die Gasse hinunterlief. „Oh nein, das wird es nicht! Wer zum Teufel glaubt ihr zu sein. Haut ab ihr kleinen Gauner. Macht, dass ihr weiterkommt, ihr Tagediebe! Kriecht zurück in das Loch, das euch ausgespuckt hat."

Wilkins rannte in die entgegengesetzte Richtung.

Bib rannte in Hugo hinein.

Hugo drückte ihn auf den Boden herunter.

„Du hast ni... ni... nichts gesagt, hast mir aber verdammt weh getan", murmelte Bib unhörbar. „So war das nicht abgemacht."

Hugo versetzte Bib einen Tritt in den Magen, um ihn so loszuwerden.

Bib humpelte davon.

Lola schlang ihre Arme um Hugo und umarmte ihn stürmischer als sie je jemanden umarmt hatte.

„Alles in Ordnung, Ma'am, alles in Ordnung."

„Ich bin so froh, Sie zu sehen."

Hugo lachte:

„Nun, Sie können Ihrem Vater dafür danken. Er ist der Grund, warum ich hier vorbeikam."

„Nein, seien Sie bloß nicht so bescheiden. Sie und niemand anders sind mein Ritter in schimmernder Rüstung.

Lola glaubte das auch wirklich. Sie wusste nichts davon, dass Hugo die Szene inszeniert hatte. Aber andererseits ist strahlendes Licht oft täuschender als die Dunkelheit. Die meisten Menschen glauben eher eine akzeptable Lüge als eine unbequeme Wahrheit.

*****

„Kommen Sie", sagte Hugo zu Lola. Ich werde Sie nach Hause begleiten."

„Danke, Sie sind ein Gentleman. Und werden Sie mit mir reden?"

„Mit Ihnen reden, Ma'am?"

„Ja, Dummerchen, Sie reden nie mit mir. Wenn Sie zu Besuch kommen, tun Sie so, als wäre ich ein Geist."

„Es tut mir leid, Ma'am, aber uns Sterblichen ist es nicht erlaubt, mit Engeln zu reden."

Lola errötete, nahm Hugos Hand, ging mit ihm nach Hause und erzählte ihrem Vater, was passiert war.

„Wirklich Hugo Crickets! Sie sind vielleicht von gesellschaftlich geringerem Stand, aber mit Ihren Taten stehen Sie deutlich höher als wir. Ich wäre stolz, Sie meinen Sohn nennen zu dürfen."

Hugo errötete.

„Kommen Sie, lassen Sie uns das begießen. Ich habe gerade eine Flasche alten Brandy geöffnet und ich erlaube mir zu bemerken, dass Sie sie verdient haben. Ho! Ho! Ho! Lassen Sie uns fröhlich sein."

Nicholas führte Hugo in das Frühstückszimmer wo sie zwei Minuten lang redeten, als es an der Haustür klopfte. Nach weiteren fünf Minuten, ging Nicholas, um seinen Besucher zu begrüßen.

Hugo wartete eine Zeitlang in absoluter Stille und eine Zeitlang bei absolutem Lärm.

„Sie? Sie kommen unangemeldet hierher, gekleidet wie ein Händler, ohne Referenzen und erzählen mir, dass Sie gekommen sind, weil Sie um die Hand meiner Lola anhalten möchten?"

Pause.

„Wie vulgär! Wie unangemessen. Wie… wie… Wie unpassend!"

Pause.

„Hinaus! Hinaus mit Ihnen, junger Mann. Kommt daher in seinem ärmlichen Anzug und nennt sich selbst einen Bewerber. Eine Schande ist das, verdammt noch mal! Hauen Sie ab, Junge."

*****

Nicholas war außer sich. Sein Gesicht hatte die Farbe zerdrückter Beeren angenommen und sein Bart war zerzaust. Sein normaler Duft nach Hackbällchen war dem Geruch von unbändiger Wut gewichen, der nach Samen, Huhn und verbranntem Zucker roch:

„Das gibt's nicht!"

„Was ist passiert?"

„Das stinkt zum Himmel, das ist, was es ist. Irgend so ein dahergelaufener Dieb ist gekommen, um meiner Lola den Hof zu machen. Können Sie das glauben?"

„Ja, mein Herr."

„Ja?"

„Sie ist eine sehr verehrungswürdige junge Dame."

„Ho! Ho! Ho! "

Lola kam herein:

„Oh, Daddy. Sei nicht so gemein. Er ist harmlos."

„Ich wage zu behaupten er ist dämlich."

„Er ist freundlich."

„Du magst ihn?"

„Ich habe nichts gegen ihn."

Nicholas rutschte unruhig hin und her als säße er auf einem stacheligen Igel.

„Was sagen Sie dazu, Hugo?"

„Ich denke, man sollte es Lola überlassen. Sie ist eine starke Frau und starke Frauen bekommen am Ende immer ihren Willen."

„Ho! Ho! Ho! Aber er ist wirklich völlig ungeeignet, denken Sie nicht?"

„Ich denke, Lola hat an diesem Nachmittag genug mitgemacht; sie ist so scharfsinnig, wie eine Stahlfalle. Sollte dieser Bewerber unangemessen sein, wird sie das mit Sicherheit merken."

Lola lächelte, warf ihrem Vater einen wissenden Blick zu und wollte gerade etwas sagen. Sie machte eine Pause, zog die Stirn kraus und wendete sich Hugo zu:

„Kenne ich Sie nicht irgendwo her?"

Ja, Ma'am, ich habe Ihren Vater bei mehreren Gelegenheiten besucht."

„Nein, Dummerchen, das ist es nicht."

„Ist es nicht, Ma'am?"

„Nein, ich kenne Sie von anderswo."

„Das Geschäft, wo ich Ihnen meine Jacke geliehen habe?"

„Nein, das ist es auch nicht."

„Die Gasse?"

„Nein, hören Sie auf, so viel Falsches zu sagen."

„Ich bitte um Entschuldigung. Ich glaube, wir haben uns zuerst in *Covent Garden* getroffen."

„Ja, genau! Sie sind Mayers Freund. Sie sind damals für ihn eingesprungen und jetzt tun sie es wieder. Oh mein Gott, sie sind wirklich ein fantastischer Freund!"

GUT AUSGEARBEITETE PLÄNE

„Selbstbetrug ist, wenn man am Ende glaubt,
was man immer glauben wollte. Auf diese
Weise verlieben sich viele von uns."
CLANCY MARTIN

Mayer war verwirrt. Nicholas war recht deutlich gewesen: Er sollte Lola nicht den Hof machen. Lola hatte seine Avancen bei mehreren Gelegenheiten abgewiesen. Warum also hatte sie ihn darum gebeten, sie auszuführen?

Mayer war sich nicht sicher.

Das war jedoch sein kleinstes Problem. Eine viel dringendere Frage beschäftigte ihn:

‚Wohin soll ich mit ihr gehen? Was soll ich machen?'

Mayer wusste, dass er nur eine Chance hatte, aber er wusste nicht, wie er sie nutzen sollte...

*****

Seit Mayer sich dazu entschlossen hatte, seine Schulden bei Abe und Sadie zu beleichen, hatte er sich darauf beschränkt, zum Mittagessen nur noch drei Stücke Brot zu essen. So kam es, dass er auf einer Bank in *St. Martin's Garden* saß, ein Taschentuch auf seinen Knien ausbreitete und begann, an einer Brotkruste zu kauen.

Zwei Männer, die er nicht wiedererkannte, Wilkins und Bib, setzten sich und fingen an, sich zu unterhalten:

„Du riechst nach Fi... Fi... Fisch!"

„Wirklich?"

„Du streitest es nicht ab?"

„Wie könnte ich das?"

„Aus Sto... Sto... Stolz."

„Sto... Sto... Stolz? *Du* sprichst zu *mir* über Stolz, Rotznase? Sprich von etwas, wovon du Ahnung hast!"

„Oi."

„Nichts da, oi. Morgen werde ich nicht nach Fisch riechen. Du, du Depp wirst immer noch herumlaufen und über Mist reden."

„Also warum riechst du dann nach Fi... Fi... Fisch? Tust du doch sonst nicht."

„Das rätst du nie."

„Oh."

„Ich habe Meeresfrüchte getragen."

„Oh."

„Bist ein verdammtes Genie, he?"

„Nicht wirklich."

„Nein."

„Also, warum hast du Fi... Fi... Fisch getragen?"

„Meeresfrüchte."

„Meeresfrüchte."

„Ich habe einen Job von dem alten *Fish Breath* bekommen, da unten an den Docks. Er bezahlt mich dafür, dass ich Auslieferungen mache, so von Tür zu Tür, so ist das. Nur wenn seine anderen Arbeiter zu viel zu tun haben."

„Ah."

„Da wohnt dieses Mädchen, drüben in *Mayfair*. Sie nennen sie Lola. Eine richtige Prinzessin. Nun ja, diese Lola hat eine Schwäche für Austern. Und was sie haben will, bekommt sie auch. Also musste ich eine ganze Kiste von den Dingern quer durch die ganze Stadt schleppen und das habe ich gemacht.

„Und darum riechst du so?"

„Darum rieche ich so."

„Oh."

„Es ist nicht so schlimm. Diese Lola Schickse hat auch 'ne Schwäche für Federn und Gedichtbände. Ich habe ihr das Zeug säckeweise gebracht."

„Sie sti... sti... stinken nicht."

„Nein, tun sie nicht."

Mayer lächelte. Er fühlte sich, als ob der Himmel ihm zur Hilfe kam; als wäre das die Art und Weise, wie das Universum ihm sagen wollte, dass er und Lola für einander bestimmt waren.

Er aß sein Brot fertig und ging mit lockerem Schritt zurück zu seiner Arbeit. Bib und Wilkins zogen los, um Hugo zu suchen, der sie dafür bezahlte, dass sie diese Unterhaltung inszeniert hatten.

*****

Lola hatte aus dreierlei Gründen zugestimmt, Mayer zu sehen:

Erstens: Sie tat es, um ihren Vater zu ärgern. Sie war eine starke Frau, die patriarchische Interferenzen hasste.

Zweitens: Sie war Mayers Charme verfallen. Von all ihren Verehrern, war Mayer ihr Favorit.

Drittens: Sie dachte, dass Archibalds Botschaften von Mayer kamen. Er war die einzige Person, die sie kannte, die so aufdringlich sein konnte.

Als Archibald geschrieben hatte ‚*Wir sind Samen und Erde: Zusammen werden wir Wälder entstehen lassen*', hatte er gedacht, dass es die schönste Sache der Welt war. Als Lola diese Zeilen las, konnte sie einfach nur lachen:

,*Wir werden Wälder sein? Oh Mayer, du bist so ein Trottel!*'

Trotzdem, jeder Mann, der eine Frau zum Lachen bringen kann, hat eine halbe Chance und darum erwärmte Lola sich für Mayer. Sie dachte, ein Abend in seiner Gesellschaft, könnte ihr sogar Spaß machen.

*****

,*Rat-ta-ta, rat-ta-ta*'.

Lola schob den Butler zur Seite. Ihr Körper war in ein magentafarbenes Gewand gehüllt, ihr Kopf mit Silber gekrönt und ihre Nase keck vorgestreckt.

„Hallo", sagte sie freudig.

„Hallo", antwortete Mayer. Ist das nicht wunderbar? Immer scheint die Sonne für Sie!"

„Oh, benehmen Sie sich, Dummerchen. Es ist nur ein durchschnittlicher Wintertag."

„Oh, dann müssen Sie es sein, die so hell leuchtet."

„Pffft! Sie haben den Kopf zwischen den Wolken."

Mayer überreichte Lola einen Strauß von Federn, die von Fasanenschwänzen, Gänseschultern und Hahnenschweifen stammten. Sie waren in verschiedenen Goldtönen gefärbt worden und steckten in einem Schaft. Alle hatten gesagt, er sei eine Mischung aus Luxus und schlechtem Geschmack. Bei seiner Zusammenstellung gab Mayer Geld aus, das er nicht hatte, um einen Eindruck zu machen, der nicht anhalten würde, auf ein Mädchen, das er nicht kannte.

Er bereute es nicht.

„Federn?" fragte Lola?

„Federn."

„Federn... *Hatschi*!"

„Gesundheit."

„Da... danke...*Hatschi*!"

„Geht es Ihnen gut?"

„Ent... entzückend... *Hatschi*!"

Bevor ihre allergische Reaktion noch schlimmer werden konnte, übergab Lola die Federn dem Butler. Ihre Nasenlöcher vibrierten bereits und ihre Nase stand kurz vor dem nächsten Ausbruch:

„Sie sind wunderschön. Kommen Sie, gehen wir. Ich sehe, Sie haben eine Kutsche, die auf uns wartet."

Mayer nahm Lolas Hand und führte sie die Treppe hinunter, öffnete die Kutschentür und half Lola, beim Einsteigen.

„So", sagte er, sobald sie sich in Bewegung setzten.

„So", antwortete Lola.

Sie fuhren schweigend weiter, wobei sich ihre Knie berührten, bis Mayer den Mut aufbrachte, zu reden:

„Sie läuft so schön wie die Nacht; wolkenloses Wetter und sternenübersäte Nächte. Und das Beste von hell und dunkel ist in ihrem Aussehen und in ihren Augen.

„Was tun Sie da?“

„Ich rezitiere Byron.“

„Bitte nicht.“

Lola drückte Mayers Oberschenkel leicht.

Sie setzten ihre Fahrt fort, stiegen aus, betraten ein Restaurant, gingen die Treppen hoch und traten hinaus auf eine abgeschirmte Dachterrasse. Auf beiden Seiten standen dicht aneinandergedrängt Gebäude, verwandelten sich in Dunst und wurden wieder zu Stein. Ein Sternenzelt schwebte über ihnen. Es warf Londons Vibrationen als Echo zurück. Die Luft streichelte ihre Haut.

Nach einem Moment unangenehmer Stille folgte ein Moment unangenehmer Unterhaltung. Dann kam ein Kellner, der eine Platte mit Austern über seinem Kopf trug.

„Das Essen der Liebe!“ kündigte Mayer an. „Kommen Sie! Essen Sie! Aus Liebe zum Essen und für die Liebe aller Lieben: Unserer! Essen Sie, meine Liebste, essen Sie.“

Lolas Nase zuckte hoch, ihre Augen schauten nach links und ihr Magen krampfte sich innerlich zusammen. Der Geruch verursachte ihr Übelkeit. Es gab wirklich nichts, das sie mehr hasste als Meeresfrüchte; allein der Gedanke daran löste in ihr den Wunsch aus, sich zusammenzukauern und zu zerschmelzen.

Sie stand auf;

„I… i… ich kann das einfach nicht. Sehen Sie, sie sind liebenswürdig, Sie haben sich wirklich Mühe gegeben; das ist wunderbar. Ich dachte, Sie wären ‚der Eine‘ gewesen, aber dieses Treffen hat mir gezeigt, wie falsch ich lag. Ich meine: Federn? Gedichte? Austern? Ugh! Es ist ganz klar, dass wir nicht füreinander bestimmt sind. Wi… wi… wir passen nicht zusammen.“

Lola stahl die Stille von Mayers Lippen:

„Vergeben Sie mir.“

Sie straffte ihre Wangen, hob ihre Schultern und ging.

Mayer erstarrte.

*****

Mayer war gezwungen seine Niederlage zu akzeptieren. Aber die Wahrheit zu akzeptieren weigerte er sich.

Er war sich im Klaren darüber, dass er aufhören musste, sich um Lola zu bemühen. Er brauchte eine Auszeit, um zu sich selbst zurückzufinden. Aber er würde sie weiterhin lieben müssen; er sah es als seine Pflicht an.

Er war sicher, dass Lola die Auserwählte war:

,*Unsere Liebe ist ewig. Ich meine, sie hat zugestimmt, mit mir auszugehen. Sie muss mich mögen. Ja, sie liebt mich! Ich muss einfach nur Vertrauen in diese Liebe haben.'*

SCHWANENSEE

„Wenn du Zweifel hast, sei komisch."
SHERWOOD SMITH

Archibald gab sich einen Stoß.

Er wusste, dass er Lola sagen musste, wie er sich fühlte. Er wusste, wenn er an ihre Tür klopfte, würde er wegrennen. Und so entschied er, sie auf neutrales Terrain zu locken. Er griff nach einem seiner Notizzettel und faltete ihn entlang seiner Diagonalen, entfalteten ihn und legte seine Ecken aufeinander. Er faltete und entfaltete den Zettel so lange, bis aus ihm ein Origami-Schwan wurde.

Bevor er sich dessen bewusstwurde, hatte er alle seine Notizzettel in Origami-Schwäne verwandelt.

Dann kam ihm eine Idee.

*****

Lola trat hinaus auf ihre Treppe. Sie trug einen Hut, dessen Krempe so breit war, dass er vier Quadratmeter Boden beschattete. Neben ihren Zehen erblickte sie einen Papierschwan, hob ihn auf, entfaltete ihn und las die Nachricht auf der Innenseite:

,Dies ist der erste Tag vom Rest unserer Leben!'

,Oh Mayer', dachte sie. ,Gibst du denn niemals auf?'

Sie sah einen zweiten Schwan:

,Ignoriere die Liebe nicht, deiner Gesundheit zuliebe. Triff die RECHTE Wahl, ergreife die GELEGENHEIT.'

Lola drehte sich nach rechts, wo sie einen weiteren Schwan fand und dann einen vierten. Sie bildeten einen Pfad, der sie an großen Häusern, großen Kutschen, großen Leuten und großem Dreck vorbeiführte.

Bäume raschelten unruhig in der Vorahnung von Regen. Vögel flatterten fröhlich voller Vorfreude auf sanften Wind. Wasserringe tanzten auf verdunstenden Pfützen, Schlamm wurde fest und allerlei Zeug wirbelte mit fröhlicher Wildheit herum.

Lola hüpfte; sorglos, ungebunden und ganz in das Spiel vertieft.

Ein Schwan sagte ihr: ,ÖFFNE dein Herz und hoffe, zu lieben. DIE STRASSE unter und den Himmel über dir.'

Ein anderer: ,FREUE DICH auf die Zukunft, vergiss die Vergangenheit. Zeit verflüchtigt sich aber wir werden bleiben.'

Dann: ,Iss mit einer GABEL oder iss mit einem LÖFFEL. Nichts bleibt ÜBRIG, sehr bald werden wir uns treffen.'

Lola folgte weiterhin der *Deanery Street*, überquerte die *Park Lane* und sprang durch den *Hyde Park*.

Milliarden Grashalme vereinten sich, um einen weichen Teppich zu bilden und ein einzelner Baum spreizte seine Krone zu einer Galaxie aus Blättern.

Lola lief einen Weg hinunter, um dann einem anderen zu folgen; immer diesen Schwänen nach, deren Botschaften sie las und die sie dann in ihre Bluse steckte.

Mit rostfarbenen Blättern, die ihre Knöchel liebkosten und Löwenzahnflaum in ihrem Haar kam sie zu einem Café gegenüber der *Serpentine*.

Auf einem der Tische saß ein Schwan:

*,Da sind wir nun, das ist unsere Verabredung. Der Beginn unserer Liebesgeschichte und keine Sekunde zu spä*t.'

Lola sah prüfend die anderen Gäste an; den älteren Gentleman und seine sehr junge Frau, die Dame in einem Kleid, das bessere Tage gesehen hatte; den Lord mit Frack und Zylinder, die Männer mit Schnurbärten und die Frauen mit unruhigen Augen:

,Wo ist er? Ich erkenne hier niemanden.'

Sie trank eine Tasse Kamillentee. Danach trank sie noch eine.

Sie wartete. Und wartete noch etwas länger.

*****

Archibald saß, versteckt hinter einer Zeitung, an einem nahestehenden Tisch und hatte nicht den Mut, sein Gesicht zu zeigen. Etwas hielt ihn zurück. Es war ihm egal.

Lola war da, er war da. Sie waren zusammen dort! Nach Archibalds Vorstellung hatten sie eine Verabredung. Sein Herz pulsierte, seine Augenbrauen glänzten vor imaginärem Schweiß und in seinen Nasenlöchern kitzelte es vor tantrischem Verzücken. Dieser süßliche Duft nach Zimt, für ihn *die* Essenz reiner Liebe, stieg aus seiner dampfenden Teetasse auf.

Lola roch den Zimt. Er spielte mit ihrer Nase, lies sie kitzeln, sich kräuseln und nießen.

Lola lächelte.

Archibald hatte es geschafft, dass Lola lächelte! Er gefiel ihr! Er wusste es, er wusste es einfach!

Er wusste, es war der Beginn von *für immer*. Sie würden nicht länger zwei Seelen sein, sondern eine. Sie würden sich miteinander in der Ehe, im Leben und in der Liebe vereinen. Sie würden zusammenleben, sich lieben, zusammen schlafen, gemeinsame Kinder bekommen und zusammen für immer und immer eins sein. Amen.

Archibald fühlte sich, als würde er über Wolken laufen; leicht, frei und unbesiegbar. Er hielt es nicht für nötig, sich zu zeigen. Er hielt es nicht für nötig, überhaupt etwas zu tun.

*****

Lola war verwirrt:

,*Warum sich so anstrengen und mich dann im Stich lassen? Pffft! Männer sind eine seltsame Rasse: überraschender als Nebel und viel weniger vorhersehbar.*'

Ihr Tee wurde kalt.

Sie wartete, weil sie warten wollte. Sie wollte, dass ihre Stimmung anhielt und sie wollte, dass sich ihr Verehrer zeigte. Aber er zeigte sich nicht und so verlangte sie widerstrebend die Rechnung.

Die Rechnung kam nicht.

„Ihre Rechnung wurde bereits bezahlt", sagte der Kellner zu ihr. „Das ist für Sie."

Er übergab Lola einen Schwan. Voller Knicke und Falten hatte er nicht die Ästhetik der anderen Schwäne, aber das war Lola egal. Das Spiel ging weiter.

Neu beflügelt, mit unregelmäßigem Puls tappten ihre Füße ohne Rhythmus; ihr Körper schwankte ohne Grund. Sie las die gekritzelten Worte und schritt zur Tat.

UNANSTÄNDIGES ANGEBOT

„Es ist einfacher Leute zu betrügen, als sie davon zu
überzeugen, dass sie betrogen wurden."

MARK TWAIN

Zu lieben, heißt riskieren.

Archibald war zu schüchtern, um dieses Risiko auf sich zu nehmen.

Hugo war es nicht.

Er kletterte in Lolas Garten, als wäre er wieder ein Schlammgräber und schlüpfte dann durch ein unverschlossenes Fenster in ihr Haus.

Alles war still.

Auf Zehenspitzen schlich Hugo durch die riesige Halle, ging dann die breite Treppe hinauf und direkt in Lolas Schlafzimmer; das Herz ihres inneren Heiligtums: Vier Pfosten an ihrem Bett, vier Regale an jeder Wand. Vier Pflanzen auf jedem Regal. Magnolienduft, süß und frisch. Der Duft von Jungfräulichkeit. Der Duft von Fleisch.

Hugo fiel mit seinen Augen über den Raum her; er entdeckte ein Tischchen voller Kosmetikartikel, aufgereihte Stapel von Skizzen.

Er fühlte die Liebe in jedem Pinselstrich, als wäre es seine eigene. Sein Herz setzte einen Schlag lang aus und sein Magen drehte sich um; sein Diaphragma zog sich zusammen, seine Lungen weiteten sich, sein Körper kribbelte und sein Ohr klingelte. Er riss sich zusammen und dann entdeckte er einen Stapel von Notizen, die zwischen ein paar Zeezee-Pflanzen steckten.

Er sah Schönheit in ihrer Naivität. Er sah reine, unbeschmutzte Menschlichkeit. Die Angst, Schwäche und Hoffnungslosigkeit; das Zittern von Obsession, die Mischung aus Hoffnung und Verzweiflung; all das sprach zu ihm. Es erweckte ein Gefühl, dass er einst gekannt hatte; ein Gefühl, das er gespürt hatte, als man ihn aus St. Mary Magdalen's hinauswarf und als er von Jonathan Wild gefangen wurde. Ein einziges, komplexes Gefühl: Angst.

Er fühlte die Angst des Autors, als wäre es seine eigene:

,Aber wer hatte solche Dinge schreiben können? Wer konnte etwas derart Kunstvolles zustande bringen?'

Hugo suchte nach Antworten. Er sah Lolas Veilchen, Rosen, Fuchsien und Begonien; er betrachtete die Weichheit ihres Bettes, die Härte ihrer Möbel und die Tapeten, die überall waren.

Dann sah er sie zwischen vier Kakteen. Er erkannte die Puppe sofort:

,Archibald. Oh lieber, gottgesegneter Archibald.'

Er hatte Mitleid mit seinem Freund und er wusste, dass er ihn ausschalten musste.

Archibald war, dank Hugos eigener Ermutigung, ein so prächtiges

Mannsbild geworden, dass es nur natürlich war, dass er Lolas Favorit war. Das konnte Hugo nicht zulassen. Er liebte seinen Freund, aber Lola liebte er mehr. Eros zerquetsche Philia. Hugo war entschlossen, seinen Gegner zu zermalmen.

Er nahm ein Portrait und schlich auf Zehenspitzen davon.

*****

Ein ehrlicher Mann folgt seinem Herzen. Ein sensibler Mann folgt seiner Frau. Hugo folgte Lola im wahrsten Sinne des Wortes und sah deshalb, wie Archibald seine Schwäne aussetzte. Er hob einen hoch:

‚Gehe in unsere Zukunft, GEHE GERADEAUS. Vorbei an grünen und an roten Blättern.‘

Hugo zog eine Grimasse. Dann folgte er Lola zu einem Café, wo er Archibald sah.

‚Vorbei‘, dachte er. ‚Ich komme zu spät.‘

Während er darauf wartete, dass Archibald hervortreten würde, ließ Hugo seine Fingernägel an der Seite eines Baums entlangkratzen, während er sich auf die Oberlippe biss.

Archibald rührte sich nicht.

Hugo konnte sein Glück nicht fassen. Er nahm ein Stück Papier und schrieb seine eigene Botschaft, faltete sie, wobei er den Schwan, den er aufgehoben hatte, als Anleitung nahm:

‚Genug Tee, genug Kuchen. Lass uns die SCHWÄNE unten am See füttern.‘

Hugo beglich Lolas Rechnung, gab dem Kellner ein großzügiges Trinkgeld und bat ihn, Lola den Schwan zu geben. Dann machte er sich auf den Weg zu der Bank, die Lola jeden Morgen besuchte.

*****

Hugo stand auf und lächelte.

Lola erblasste.

„Sie?" fragte sie.

„Ich."

Lola klappte der Mund auf.

Hugo gab ihr die Skizze, die er gestohlen hatte.

„Sie?"

„Ich."

„Nun, also wirklich, ich bin schockiert."

Lola erzitterte.

Auf einmal fiel es ihr wie Schuppen von den Augen. Hier stand ein edler Ritter, der sie vor dem Regen und vor dem Gesindel bewahrt hatte; ein

Gentleman, der sich für seinen Freund eingesetzt hatte, bevor er zur Tat schritt; ein Romantiker, der ihr Botschaften geschrieben und Bilder gezeichnet hatte und der sie auf eine Schatzsuche geschickt hatte; ein respektabler Mann, der die Zuneigung ihres Vaters gewonnen hatte; ein Mann ihrer Wellenlänge, der sich mit ihr an ihrer Lieblingsbank getroffen hatte.

Hätte sie auf mehr hoffen dürfen?

„Sie?"

„Ich."

Lola fiel auf ihre Knie.

„Heiraten Sie mich", forderte sie.

„Nein", lachte Hugo. „So geht das nicht. So macht man keinen Heiratsantrag."

„Oh, bitte verzeihen Sie mir. Ich habe sehr wenig Erfahrung, wenn es um Heiratsanträge geht."

„Das macht nichts."

Hugo ging hinunter auf ein Knie.

„Heiraten Sie mich", sagte er.

„Nun, wieso ist das jetzt besser?"

„Weil ich es getan habe. Es steht dem Mann zu, den Heiratsantrag zu machen."

„Nun, das ist mir ziemlich egal. Ich habe zuerst gefragt, also verdiene ich es auch, zuerst eine Antwort zu bekommen. Also, Hugo Crickets, werden Sie mich heiraten?"

„Ja!" lachte Hugo. „Natürlich werde ich das. Und jetzt erlauben Sie mir bitte, dass ich dran bin:

Lola, möchten Sie mich heiraten?"

„Ich werde darüber nachdenken."

„Oh."

Die Unterhaltung kam ins Stocken. Die Wolken zogen nicht weiter. Ein Strahl rosafarbenen Lichts erhellte die Staubpartikel in der Luft, die offensichtlich auch aufgehört hatte, sich zu bewegen, als ob sie auch auf eine Antwort warteten.

„Ich habe darüber nachgedacht."

„Und?"

„Ich denke, ich möchte es wagen. Ich bin sicher, es wird so süß sein wie Erdbeeren mit Schlagsahne und falls es nicht klappen sollte, können wir uns darüber mit unseren Freunden amüsieren. Ich bin sicher, wir werden uns kaputtlachen."

„Großartig!"

„Aber du musst mir Eines versprechen."

„Alles, was du willst."

„Zwing mich nie dazu, Austern zu essen."

„Ich verspreche es."

„Gut. Jetzt bring mich nach Hause."

ENDE GUT, ALLES GUT

„Wer das Glück nicht zu nutzen weiß, wenn es zu
ihm kommt, hat kein Recht, sich zu beschweren,
wenn es an ihm vorbeigeht."
SANCHO PANZA

Nicholas war mit der Verbindung einverstanden.

Ein Teil von ihm neigte dazu, abzulehnen; Hugo war standesmäßig unter seiner Familie, sowohl, was seinen Stand betraf als auch sein Einkommen. Aber er mochte den Jungen und die Art, wie Lola reagierte, als er ihr einen riesigen rosafarbenen Hut schenkte, sagte ihm alles, was er wissen musste: Lola war verliebt. Sie hatte angefangen unter plötzlichen Attacken von Dauerlächeln zu leiden, sie zappelte mit den Füßen, wann immer sie sich hinsetzte und sie liebte den Duft von Blumen sogar noch mehr als zuvor.

„Ich habe eine Bitte", sagte Nicholas zu Hugo.

„Ja, Sir."

„Sie müssen studieren, um Arzt zu werden. Ich möchte keinen Chirurgen niedrigen Standes in meiner Familie haben."

„Oh."

„Oh?"

„Es tut mir leid, aber ich kann es mir wirklich nicht leisten, zur Universität zu gehen."

„Nun, dann werde ich das wohl bezahlen müssen."

„Das würden Sie tun?"

„Das werde ich."

„Hugo schlang seine Arme um Nicholas.

„Ho! Ho! Ho! "lachte Nicholas. Ich habe drei Ratschläge für Sie."

„Ja, Sir."

„Heiraten Sie eine Frau, die Sie nicht verdienen und kaufen Sie ein Haus, das Sie sich nicht leisten können. Auf diese Weise werden Sie einen Grund haben, jeden Morgen zur Arbeit zu gehen und einen Grund, jede Nacht nach Hause zu kommen."

„Ja, Sir."

„Geben Sie es entweder zu, wenn Sie nicht recht haben, auch wenn Sie es eigentlich haben oder diskutieren Sie über die Sache und geben Sie *dann* zu, dass Sie Unrecht haben."

„Ja, Sir."

„Es ist der Gedanke, der zählt. Es ist hilfreich, wenn es ein kostspieliger Gedanke ist."

„Und denken Sie daran, Ihrer Frau jeden Tag zu sagen, dass Sie sie lieben.

Sorgen Sie dafür, dass Ihre Kinder es hören."

„Das sind vier Dinge."

„Und hier kommt das Fünfte: Stellen Sie niemals Ihren Schwiegervater infrage."

„Wie bitte, Sir? "

„Ho! Ho! Ho! "

*****

„Ich werde heiraten", erzählte Hugo Archibald und Mayer als sie sich das nächste Mal trafen.

Sie gingen in Richtung des Pubs „Zu den drei Hufeisen", nachdem sie Archibald vorher beim Wrestling zugesehen hatten. Alles war ruhig in *Lambeth*; Tau glitzerte im Dämmerlicht und Bienen eilten zurück zu ihren Bienenstöcken.

„Glückwunsch!"

„Sie heißt Lola."

Hugo lächelte. Er konnte nicht anders, als sich im siebten Himmel zu fühlen. Archibald und Mayer schnitten Grimassen. Sie konnten nicht anders, als sich enttäuscht zu fühlen. Hugo nahm ihre Verzweiflung wahr und sie fühlten Hugos Begeisterung. Alle empfanden daher diese schöne Widersprüchlichkeit. Überschwängliche Freude neutralisierte Verzweiflung, Liebe neutralisierte Hass. Zusammen gingen sie in die Kneipe, wo sie ihren Schmerz ertränkten und ihren Erfolg feierten, ohne sich ganz darüber im Klaren zu sein, ob sie feierten oder trauerten.

„Ihr werdet beide meine besten Freunde bleiben", sagte Hugo als sie gingen. Ich wollte nicht, dass es anders wäre."

Archibald griff Hugos Schultern und Mayer zerstrubbelte sein Haar. Sie warteten darauf, bis er gegangen war dann sahen sie sich gleichzeitig an und stießen beide die exakt gleichen Worte hervor: „Trinken wir etwas, um zu vergessen."

*****

So endete die Jagd.

Für Archibald und Mayer war Lola die Frau *ihrer* Träume gewesen. Aber Hugo hatte sie beiseite gefegt. Er war der Mann von *Lolas* Träumen geworden.

Mayer war hartnäckig und Archibald poetisch gewesen aber Hugo hatte mit Einfachheit triumphiert. Er heiratete Lola, studierte, um Arzt zu werden und zog mit seiner jungen Frau zusammen.

Archibald und Mayer waren gezwungen, ihre Leben weiterzuleben.

BUCH DREI
KONSEQUENZEN

WEITERMACHEN

„Die einzig konstante Sache ist Veränderung.“
HERACLITUS

Archibald fühlte immer noch Hugos Liebe für Lola als wäre es seine eigene. Er hasste sich selbst dafür. Er hasste die Art und Weise, wie er Lola hatte davonkommen lassen, ohne dass er überhaupt den Mut gehabt hätte, sie anzusprechen.

,Wie konnte ich nur so schwach sein? So unentschlossen? So verdammt erbärmlich?‘

Die Tatsache, dass dies nichts Neues war, machte die Sache nur noch schlimmer. Wie sein Onkel war Archibald immer schwach gewesen. Und genau wie bei diesem Mann, sah er ein ähnliches Schicksal auf sich zukommen; zerstört von seinen Zeitgenossen, während die Welt raubeinig über seinen Körper stampfte.

Er war wirklich eine Memme! Seine Lästerer hatten damals wirklich recht gehabt.

Das war im verhasst, er hasste sich selbst und er war entschlossen, etwas dagegen zu tun.

,Was fehlt mir?“ fragte er sich. *,Macht! Was brauche ich? Macht! Wonach werde ich streben? Macht Macht, Macht, Macht!‘*

Es war ein tränenreicher Moment; der Tod seiner Unschuld und die Geburt eines neuen, aggressiveren Archibalds. Er beschloss, niemals mehr ein Feigling zu sein, seine Instinkte nie mehr zu bremsen und niemals mehr jemanden in seine Quere kommen zu lassen.

Wie ein Bulle, der den Umhang des Matadors gesehen hatte und mit den Hufen im Staub scharrte, war Archibald bereit zu kämpfen.

*****

Archibald war entschlossen, Macht über zwei verschiedene Menschengruppen zu erlangen: Männer und Frauen.

Er würde versuchen, Männer im Ring zu besiegen, jeden mit Muskelkraft wegzuräumen, der in seinem Weg stand und so zum stärksten, respektiertesten und brutalsten Kämpfer Londons werden.

Frauen würde er versuchen, im Schlafzimmer zu besiegen…

*****

London war die Sex-Hauptstadt Europas. Einer Schätzung nach wohnten dort fünfzigtausend Prostituierte.

Hunger zwang einige Frauen, ihre Körper zu verkaufen. Das brutale Benehmen von Zuhältern und Glücksrittern zwang andere. Einige Frauen wurden bereits sehr jung angelernt. Andere legte man mit dem Versprechen einer respektablen Arbeit rein und schleuste sie dann von Frankreich aus ein. Einige wurden von reichen Männern ausgehalten, andere wohnten alleine und manche lebten in Bordellen.

Archibald konnte sich solche Damen jedenfalls nicht leisten. Wie ein Fischer, der Sardinen fischen musste, wenn es keinen Kabeljau gab, musste er Liebe in den Armen der niedrigsten aller leichten Mädchen suchen: Den Park-Ladies.

Zu hässlich, um sich bei hellem Tageslicht zu zeigen, versteckten die Park-Ladies sich in der Dunkelheit, hinter Büschen oder im Wald. Sie waren dafür bekannt, dass sie für einen Schilling bereit waren, alles zu tun. Einfach alles...

*****

Archibald erblickte seine Beute.

Schäbig, in ihrem dreckigen Rock, dem verblichenen Hut und den alten Schuhen; aufgedunsen, verlebt, verbraucht durch Armut und Leiden; diese Dame war nicht gerade schön anzusehen. Sie roch auch nicht besonders gut. Ihr Körper schien sich gegen den Gebrauch von Wasser und Seife zu wehren.

Sie war alt, geschwächt und schlampig, genau die Art von Frau, die Archibald suchte.

Je hässlicher die Frau war, so dachte er, desto besser würde er im Vergleich aussehen. Je wertloser sie schien, desto wertvoller würde er wirken. Je schwächer sie war, umso leichter konnte sie überwältigt werden.

Diese Frau, Maggie Fletcher, war nicht immer so tief unten gewesen. Als Tochter eines Pfarrers, hatte sie als Gouvernante gearbeitet und zwei junge Mädchen unterrichtet, bevor sie mit dem Sohn der Familie durchbrannte. Als ihr Schwiegervater starb wurde ihrem Ehemann der Unterhalt gestrichen. Seine Erbschaft verlor er in einem Pariser Kasino, kehrte nach Hause zurück und blies sich das Gehirn weg. Am nächsten Tag fand Maggie einen Brief, in dem stand, dass ihre Heirat eine Scheinehe gewesen sei.

Maggie wäre zu ihrer Familie zurückgekehrt, aber das gestattete ihr Stolz nicht. Stattdessen fiel sie auf einen Freund ihres Mannes herein, der ihr den Hof machte und ihr versprach, sie zu heiraten, sie dann aber fallen ließ. Zehn Jahre lang wurde sie von einem Mann an den anderen weitergereicht und teilte ihren Körper mit jedem, der danach verlangte. Krankheit raffte sie dahin, Verfall stahl ihre Schönheit und eine Behinderung stahl ihre Freude.

Maggie weigerte sich, ins Armenhaus zu gehen und war zu hässlich, um

Arbeit zu finden. Sie dachte daran, Nonne zu werden, aber sie hatte das Gefühl, dass sie zu viel gesündigt hatte, um gerettet zu werden und darum wurde sie stattdessen eine Park-Lady. Sie arbeitete, wenn sie Geld brauchte und war sparsam, damit sie nicht allzu oft Geld brauchte.

Archibald zog sie hinter einen Busch.

„Schhhsch", sagte er, als sie versuchte, etwas zu sagen. „Hier sage ich, was geschieht."

Er hielt ihr den Mund zu, zog seine Hosen herunter, penetrierte Maggie, dachte dabei an Lola und warf seine Unschuld fort.

Sobald Maggie anfing, zu stöhnen, sorgte Hugo dafür, dass sie verstummte. Als er zum Höhepunkt kam, zog er sich in panischer Eile zurück und warf vier Pence in Maggies Richtung. Tatsächlich waren es genau die vier Pence, die er von Lolas Mutter erhalten hatte.

Er drehte sich um und wollte gehen.

„Werde ich Sie wiedersehen?" fragte Maggie.

„Sicherlich nicht. Ich kam, sah und siegte. Ich habe andere Schlachten zu schlagen."

„Danke für Ihren freundlichen Dienst, Sie sind wirklich ein wunderbarer Mann."

*****

Archibald war ein guter, aber kein großartiger Wrestler. Er schlug seine Gegner, aber er überwältigte sie nie.

Das änderte sich.

Archibald war voller Selbsthass, wütend darüber, dass er Lola seine Liebe nicht gestanden, sich nicht gegen seine Peiniger aufgelehnt und Ruthie und Raymondo nicht beschützt hatte.

Er ließ seine Wut an seinen Gegnern aus. Wenn er in den Ring trat und alles, was er hatte gab, warf sich Archibald auf diese Männer. Er packte sie hart, grub seine Finger in ihr Fleisch, hob sie so schnell hoch, und warf sie mit solcher Gewalt nieder, dass der Boden unbehaglich erzitterte.

Die Menge schnappte kollektiv nach Luft.

Archibald dominierte, besiegte beinahe jeden Wrestler, der in seinem Weg stand. Es war atemberaubend; Adrenalin schoss durch seine Venen. Es war berauschend, höher und höher zu steigen. Es war belebend. Aber es war nicht genug.

Archibald wollte mehr. Mehr Macht, mehr Kontrolle, mehr Preise.

Mehr! Mehr! Mehr!

Er gewann beinahe jeden Wettbewerb, an dem er teilnahm und erhielt jedes Mal ein kleines Preisgeld, aber er schlief immer noch auf dem Boden seines Geschäfts. Er überlebte aber er wurde nicht reich.

Dann passierte es. Er wurde von dem Agenten eines Buchmachers angesprochen, dessen Gesicht von dem Schatten seiner heruntergebogenen Hutkrempe versteckt wurde. Seinen Nacken konnte man wegen des hohen Kragens nicht sehen und seine Stimme war durch eine leichte Erkältung belegt.

„Ich kann dich reich machen", knurrte er beinahe unhörbar wie eine schnurrende Katze.

Archibald runzelte die Stirn:

„Wie reich?"

„Reicher als du jetzt bist."

„Das ist nicht schwer."

„Ich verlange nicht, dass du etwas Schwieriges tust."

Archibald sah den Mann von oben bis unten an.

Alles an ihm war verhärtet. Seine Fingerknöchel sahen einfach ein bisschen zu knöchern aus und seine Knochen stand etwas zu viel hervor. Sandpapierartige Stoppeln bedeckten sein Kinn, seine rauen Lippen waren mit Rissen bedeckt und krauses Körperhaar bedeckte seine Hände. Dadurch sah er bedrohlich aus, auch wenn er klein gewachsen war und einen leichten Körperbau hatte. Er wirkte gealtert, sogar erfahren, obwohl er London niemals verlassen hatte.

„Was willst du?" fragte Archibald.

Der Mann lächelte beinahe:

„Ich will, dass du verlierst."

Archibald schüttelte seinen Kopf.

„Niemals!" stieß er hervor. Und damit stürmte er davon.

*****

Wieder einmal war Archibald ein Gefangener seiner Gedanken:

‚Warum sollte ich das Geld nicht nehmen? Ich arbeite hart und kämpfe gut, ich verdiene dieses Geld. Spielt es wirklich eine Rolle, wie ich es bekomme? Warum sollte ich nach den Regeln spielen? Mächtige Leute befolgen nicht die Regeln anderer; sie machen ihre eigenen Regeln. Sie würden sich nicht mit einem miesen Preisgeld begnügen; sie würden alles Geld nehmen, das sie bekommen könnten.'

Zuerst war Archibald bei dem Mann mit Hut vorsichtig gewesen. Er traute weder ihm, noch seinem Geld oder seinem Angebot. Aber je länger er darüber nachdachte, desto mehr kam er zu dem Schluss, dass ihm hier eine Gelegenheit geboten wurde, Macht zu erlangen.

Er fühlte sich verpflichtet, diese Gelegenheit zu ergreifen…

*****

Der Mann mit Hut erschien bei Archibalds nächstem Wettkampf.

An Archibalds stählernem Blick konnte er erkennen, dass er interessiert war. Dieser Blick sagte: „Lass mich in Ruhe." Er sagte aber auch: Komm schon, was hält dich zurück?"

Der Mann kam auf ihn zu:

„Du bist bereit?"

„Was zahlst du?"

„Einen Schilling, um das Finale zu schmeißen."

„Ein Pfund."

Der Mann ließ seine Zunge kreisen:

„Zwei Schillinge."

„Ich bin der Boss, ich lege den Preis fest: ein Pfund."

Der Mann machte eine Pause, sah zur Seite und dann zurück zu Archibald:

„Drei Schillinge."

„Nein."

Der Mann zuckte mit den Schultern und ging weg.

Archibald machte Hackfleisch aus seinen Gegnern und erreichte ohne Mühe das Finale.

Der Mann kam wieder zu ihm:

„Sechs Schillinge."

„Zehn. Nächstes Mal werden es zwölf sein."

„Abgemacht."

Sie gaben sich die Hand.

Archibald verlor den Kampf.

Die Menge heulte höhnisch. Ihre schrillen, aggressiven Buhrufe hallten vom Dachgebälk zurück und vibrierten tief in Archibalds Brust. Es war ihm egal. Er hatte Macht über diese Menge; die Macht, nach Gutdünken zu gewinnen oder zu verlieren; die Macht, zu unterhalten oder zu langweilen, zu begeistern oder zu enttäuschen, zu überraschen und zu verblüffen.

Es gab ihm ein majestätisches Gefühl, aber es befriedigte ihn nicht. Er wollte immer noch mehr.

*****

Zum ersten Mal in seinem Leben hatte Archibald etwas Geld zum Ausgeben. Es war nicht viel, aber es war genug für ihn, um anzufangen, Freudenhäuser aufzusuchen; jene Lusthöhlen mit schlechtem Ruf, in denen Huren Kost und Logis gegen einen hohen Anteil an ihrem Verdienst erhielten, wo die Zimmer so billig waren und die Laken nur einmal wöchentlich gewechselt wurden und wo die Puffmütter sich zurücklehnten und reich wurden, während ihre Mädchen flachgelegt und missbraucht wurden.

Wenn er wenig Bargeld hatte, erlaubte Archibald Perversen, ihn durch Gucklöchern in den Wänden zu beobachten und erhielt als Gegenleistung einen Preisnachlass. Bei anderen Gelegenheiten beobachteten ihn diese Spanner durch die Wandlöcher, ohne dass er davon wusste. Einmal, als Archibald Verdacht schöpfte, stieß Archibald seinen Finger durch ein Loch in der dünnen hölzernen Trennwand, wobei er beinahe einen Mann erblinden ließ und als er seinen Finger zurückzog, entdeckte er darauf eine kristallisierte Träne. Ein anderes Mal war er so überzeugt davon, dass Leute zuschauten, dass er seine Faust durch die Wand schlug.

Archibald wurde für den Ärger, den er verursacht hatte, hinausgeworfen, aber nicht bevor er die andere Seite dieser Trennwand gesehen hatte, wo, wie sich herausstellte, keine Perversen waren, sondern nur eine Nutte mit ihrem Kunden; einem spindeldürren Missionar, dessen Eier nicht grösser als Rosinen waren.

Hypnotisiert von dem Geräusch klappernder Absätze und quietschender Betten, stolperte Archibald von *Shadwell* nach *Spitalfields*. Ihm gefielen ein Mädchen namens Brenda, die all ihre Männer bestahl, außer ihm; ein Mädchen namens Ariel, das kahlköpfig war, weil die Puffmutter ihre Haare verkauft hatte; und ein Mädchen namens Wendy, die kurz darauf einen anderen Mann kennenlernte, den sie am selben Tag heiratete und ihr Unterhöschen für ein besseres Leben an den Nagel hing.

Jeden Dienstag besuchte Archibald das „Queens", ein richtiges Museum, voller langverlorener Besitztümer. Archibald entdeckte dort alle möglichen seltsamen Dinge: Ein Eidechsenskelett, ein Wachssiegel, eine Gerichtsverfügung, eine Militärmedaille, ein falsches Bein, ein Toupet und ein paar komische Klammern. Er besuchte auch ein Lokal namens „The Venue", das dann geschlossen wurde weil ein Mann alle Mädchen abwarb und ein eigenes Bordell eröffnete. Sein bevorzugtes Hurenhaus war jedoch das „Paddy's Goose" und sein Lieblingsmädchen hieß Peg.

Peg war verheiratet. Sie liebte ihren Mann mehr als alles andere in der Welt, aber er war arbeitslos und darum musste Peg ihren Körper verkaufen, um Geld für sie beide zu verdienen. Immer wenn Archibald mit Peg schlief, wartete Archibald darauf, dass ihr Ehemann sie abholte, damit er ihm die Hand schütteln konnte. Das gab ihm einen kleinen Vorgeschmack von der Macht, nach der er sich so sehr sehnte.

*****

Und das war dann Archibalds Welt.

Wenn er eine Münze springen ließ, konnte er jede Frau haben, die er aussuchte. Er konnte sie dominieren, von ihr verlangen, dass sie vorgab, Lola zu sein und er konnte sogar darauf bestehen, dass sie ihn liebte.

Er konnte allmächtig sein solange sein Geld reichte.

Geld. Macht. Liebe.

Kurz gesagt, ein turbulenter Strudel aus Münzen, Kontrolle und Sperma.

Archibalds Geld kaufte ihm Sex, sein Sex imitierte Liebe und all das diente dazu, ihm ein überwältigendes Gefühl der Macht zu geben.

Aber war das genug? Nein. Archibald wollte mehr.

Es reichte ihm nicht, Liebe in der vorübergehenden Umarmung einer bezahlten Dirne zu finden. Er wollte wahre Liebe. Oder zumindest etwas, das ihr ähnelte.

Aus diesem Grund brauchte Archibald eine ganz andere Art von Hure: Das Matrosenliebchen.

Matrosenliebchen waren, wie Sie vielleicht schon vermutet haben, Prostituierte, die Matrosen zu Diensten standen; Männer, die mit viel Geld, aber nur wenig Zeit zum Ausgeben, von der See zurückkehrten. Wie Archibald wollten diese Männer etwas, das einer Beziehung ähnelte; ein monogames Verhältnis, das weit über das Schlafzimmer hinausging. Und wie Archibald waren sie bereit, dafür zu zahlen.

*****

Archibald brachte Raymondos Anzug zum Schneider, um ihn ändern zu lassen und machte sich dann auf den Weg zu einem Tanzsaal am *Ratcliff Highway*, einem Ort mit Orchestern, Samtsesseln, Walzern und Polkas, Matrosen und Matrosenliebchen.

Diese Frauen hatten im Allgemeinen ein selbstsicheres Auftreten, waren hochgewachsen und in auffälligen Farben gekleidet. Von germanischer oder irischer Abstammung tanzten und drehten sie Pirouetten auf fantastische Weise; aufs äußerste herausgeputzt und mit bescheidener Mine.

Ihre Männer sahen unerfüllt und bierselig aus.

Archibald machte sich auf die Suche nach dem Matrosenliebchen, das Lola am meisten ähnelte. Dann sah er sie, alleine in einer Ecke; leuchtende Haut und üppige Kurven, runde Augen und Brüste, knackiger Hintern. Sie sah ihn mit einem so vielversprechenden Blick an, dass er davon überzeugt war, dass Lola in anderer Gestalt zu ihm gekommen war, um ihm zu gehören.

„Lola", flüsterte er. „Lola?"

Er lehnte sich zu ihr hinüber:

„I...i...i..."

Mehr konnte er nicht sagen,

„Du?"

„I... i... i..."

„Möchtest du, dass ich dein Mädchen werde?"

Archibald nickte.

„Sechs Schillinge pro Tag und du wirst mich wie eine Dame behandeln. Keine faulen Tricks, verstanden?

Archibald schüttelte seinen Kopf und lächelte:

„Ja! Ich sage hier, was gemacht wird: Ich bin derjenige, der die Regeln festlegt."

Die Frau lachte.

„Okay! Es wird mir mehr als eine Freude sein, dein Spiel zu spielen, solange die Kohle stimmt."

*****

Sie hieß Ursula.

Im Gegensatz zu den meisten Matrosenliebchen war sie Britin.

Sie war nicht mehr ganz jung. Aber wie sie einmal zu Archibald sagte: „Eine alte Fidel macht die beste Musik."

Sie war auch nicht so alt. Aber wie sie einmal zu Archibald sagte: „Ich bin die Älteste, die ich je war."

Wie ein Stern, der vom Himmel gefallen war, leuchtete sie mit vorübergehender Herrlichkeit und verblasste mit spontaner Gleichgültigkeit. Ihr Lächeln blitzte auf und ihre Wangen erröteten, aber ihre eisigen Augen unterdrückten jedes Mal diese Ausbrüche verlorener Unschuld.

Als sie ein Mädchen war, hatte Ursula in einer Nacht, die nach Rindfleischsuppe und Feuerwerk roch, die Hauptstadt durchstreift. Sie verlief sich und fragte einen gutaussehenden Mann nach dem Weg.

„Kenne ich Sie nicht?" hatte der gefragt.

„Das glaube ich nicht. Ich bin ziemlich fremd in London."

„Wohnen Sie bei jemandem?"

„Bei meiner Tante."

„Beim Tantchen, nicht wahr? Wie heißt sie noch gleich?"

„Lottie. Lottie Smithson."

„Na, wenn das kein glücklicher Zufall ist! Glauben Sie mir, das ist wirklich Glück. Ich bin ja so froh, weil ich Ihre Tante Lottie sehr gut kenne. Sie und ich sind gute Freunde, das waren wir jedenfalls, jetzt habe ich sie seit Monaten nicht mehr gesehen. Sie ist krank, nicht wahr? Nun ja, es geht uns allen manchmal schlecht. Es ist die Grippe, nicht wahr? Gott segne uns, die Grippe! Nun, Sie sind wirklich sehr weit von Ihrem Zuhause entfernt. Sie werden über Nacht bei mir bleiben müssen. Morgen früh werde ich Sie zu Ihrer Tante bringen. Sie wird sich sehr freuen, mich zu sehen. Ihre Freunde haben ihr immer sehr am Herzen gelegen."

Für die junge, unerfahrene Version Ursulas, ergab diese Erklärung Sinn, darum folgte sie dem Mann in sein Haus.

Sobald sie angekommen waren, fühlte sie sich unwohl dabei, darum bat sie ihn, ihr eine Kutsche zu rufen.

Der Mann hatte nichts dagegen:

„Trinken Sie einen ‚White Satin', während sie warten. Ich bin gerne fröhlich und möchte gerne, dass es die anderen auch sind."

Er reichte Ursula ein Glas Gin:

„Ganz austrinken, meine Liebe. Zum Wohl."

Dieser Drink war das Letzte, an das Ursula sich erinnern konnte.

Sie erwachte, ihrer Jungfräulichkeit von der Nacht beraubt, mit einem schlimmen Kater.

Tagelang weinte sie und bat darum, sterben zu dürfen. Sie konnte sich nicht vorstellen, dermaßen entehrt zu ihrer Familie zurückzukehren.

So kam es, dass sie zu einem Matrosenliebchen wurde. Sie ertränkte ihre Trauer in Gin; ihre Leidenschaft für Eleganz verwandelte sich in eine Vorliebe für das Ordinäre und die blühende Jugend ihrer Wangen wurde von giftiger französischer Schminke übertüncht.

Trotzdem erschien ab und zu ein Funken Freude auf ihrem Gesicht. Auch wenn er blitzschnell wieder verschwand, konnte Archibald ihn jedes Mal sehen. Er sah Lola in Ursula, selbst dort, wo sie nicht existierte.

*****

Archibald behandelte Ursula als wäre sie seine feste Freundin. Er ging mit ihr zu Tanzveranstaltungen und Matineen, nahm sie mit auf Reisen und zu Spaziergängen. Aber gleichzeitig bemühte er sich sehr, die Kontrolle zu behalten. Er sagte Ursula, wo und wann sie sich mit ihm zu treffen hatte und was sie tun würden. Er schrieb ihr vor, wie sie sich zu kleiden hatte und kaufte ihr solche Kleider, wie Lola sie gerne trug. Er nahm sie mit in sein Geschäft, wo er sie peitschte, versohlte, sie fesselte, ihr die Augen verband und sie dann stundenlang alleine ließ. Dann liebten sie sich. Er brachte Ursula kurz vor den Orgasmus, um sich dann plötzlich zurückzuziehen.

Ursula klimperte mit ihren Augenlidern, nahm Archibalds Arm und dann sein Geld. Solange Archibald bezahlen konnte, hatte sie nichts dagegen, sein Spiel zu spielen.

Aber Archibald merkte, dass er es war, mit dem gespielt wurde, und nicht sie. Darum versuchte er Ursula lieber mit Freundlichkeit statt mit

Grausamkeiten unter Kontrolle zu halten. Er streichelte jeden Teil ihres Körpers und brachte sie so zu multiplen Orgasmen. Er war sicher, dass wenn er ihr absolute Lust bereitete, er absolute Kontrolle über sie gewinnen würde. Sie würde zu ihm zurückkehren, um mehr zu bekommen und würde ihm gehören, solange er das wollte.

Archibald war sich seiner so sicher, dass er Ursula erobert hatte, dass es ihm nichts ausmachte, sich ihr gegenüber zu öffnen. Er erzählte ihr von dem Feuer, in dem seine Eltern umgekommen waren, vom Aufstieg der Fabrik, dem Untergang seines Dorfes, seinen Spöttern, Raymondos und Ruthies Tod, seiner Liebe für Lola und auf welche Weise sie ihm entwischt war. Er weinte und lächelte und sank in Ursulas Arme.

Ursula hörte mit der Geduld einer Heiligen zu. Sie rieb Archibalds Rücken, hielt ihn fest und schnüffelte an seinem Haar. Sie weinte, wenn er weinte, nickte, wenn er nickte und inhalierte seinen feuchten Atem.

Wie Achille in der Iliade war Archibald dabei, sich in seine Konkubine zu verlieben. Er träumte sogar von Ursula, wenn sie nicht beisammen waren, genauso wie er von Lola geträumt hatte. Er träumte von ihr als *wäre* sie Lola. Er stellte sich ihre Heirat, Kinder, ihr Alter, das Totenbett und den gemeinsamen Aufstieg in den Himmel vor.

Für Archibald war es wunderbar.

Für Ursula war es Arbeit.

Ihre Beziehung dauerte etwas länger als drei Monate. Dann endete die Wrestling-Saison. Archibalds Einkommen versickerte und Ursula verließ ihn, ohne ein zweites Mal darüber nachzudenken. Für sie war es die natürlichste Sache auf der Welt aber für Archibald war es eine Katastrophe. Er verfluchte Ursula, er verfluchte die ganze Welt, aber am meisten verfluchte er sich selbst:

,*Wo ist meine Macht geblieben? Kann ich noch nicht einmal eine Hure unter Kontrolle halten? Komm schon, Archibald, reiß dich zusammen. Übernimm die Kontrolle! Sie zu, dass du endlich wirkliche Macht bekommst!*'

ÜBER GELD

„Kapitalismus ist Religion. Banken sind Kirchen. Bankiers sind Priester. Reichtum ist der Himmel. Armut ist die Hölle. Reiche Leute sind Heilige. Arme Menschen sind Sünder. Besitztümer sind Segnungen. Geld ist Gott."

MIGUEL D LEWIS

Für einen Menschen ist es natürlich, sich Dinge zu wünschen, die er nicht von Geburt an gehabt hat.

Ein reicher Mann kann einen armen Mann um seinen Gemeinschaftssinn beneiden. Ein armer Mann kann einen reichen Mann um seinen Reichtum beneiden.

Lassen Sie uns nun mit diesem Gedanken zu Mayer zurückkehren.

Mayer war ein armer Mann aber er war von Reichtum umgeben aufgewachsen. Er war immer nur gerade so außer Reichweite gewesen, weswegen Mayer sich nur umso mehr danach sehnte.

„Geld!" sang er vor sich hin. „Es zu wollen heißt, es zu kennen. Es zu kennen, bedeutet, es zu lieben. Es zu lieben heißt, ihm nachzujagen. Ihm nachzujagen bedeutet, sich ihm zu unterwerfen. Sich ihm zu unterwerfen heißt, seinem Leben einen Sinn zu geben."

Mayer war überzeugt davon, dass ihn Lola, hätte er mehr Geld gehabt, geheiratet hätte. Wenn er mehr Reichtum anhäufen könnte, würde sie es vielleicht immer noch tun. Er war durch die kleine Nebensächlichkeit von Lolas Ehe mit Hugo nicht beunruhigt, weil er sicher war, dass Hugo sterben würde. Er war sicher, dass er nur auf seine Gelegenheit warten musste.

Nachdem er erkannt hatte, dass er zu schnell vorgegangen war, als er Lola den Hof gemacht hatte, übte er sich nun darin, die Dinge langsam anzugehen. Da es in seiner Natur lag, alles zu übertreiben, ging er zu langsam vor und versäumte es, Lola irgendeinen Hinweis zu geben, dass er immer noch an ihr interessiert war. So wartete er mit unerschütterlicher Geduld, auf den richtigen Zeitpunkt zum Handeln.

Er nutzte diese Zeit, um den Reichtum anzuhäufen, von dem er glaubte, dass er Lolas Herz gewinnen würde.

*****

Auf den ersten Blick erschien Mayers Logik Sinn zu machen. Schließlich hatte Lola einen Mann geheiratet, der weniger Geld besaß als er selbst. Andererseits jedoch scheinen wir Menschen in uneingeschränktem Maße zu Widersprüchen zu neigen.

Vielleicht war es ein Fall kognitiver Dissonanz. Mayer weigerte sich schlichtweg, die Wahrheit zu akzeptieren, auch wenn diese offensichtlich war. Sein Verstand wurde von seinen Überzeugungen beeinflusst und er war nicht in der Lage, etwas daran zu ändern. Aber vielleicht war Mayers Verhalten auch gar nicht so unvernünftig. Lolas Fall, sagte er sich, sei eine Ausnahme. Wenn er sich umschaute, sah er graumelierte Lords mit verführerisch jungen Geliebten und übergewichtige Millionäre mit ganzen Harems von Mädchen; arme Männer mit hässlichen Frauen und arme Frauen mit überhaupt keinem Mann. Reichtum, so schloss er daraus, war eine Vorbedingung für Liebe.

Er war überzeugt davon, dass seine Taktiken nicht das Problem darstellten; dass seine Arroganz, sein Selbstvertrauen und seine Impertinenz alles nützliche Werkzeuge seines Arsenals waren. Er war sicher, dass sein Benehmen falsch gewesen war; dass er eher so wie die feinen Herren hätte sein sollen, die er auf den Bällen beobachtet hatte.

Er war entschlossen, so reich wie Abe und so respekteinflößend wie Herr Bronze zu werden...

*****

Mayers ganze harte Arbeit, seine Genialität und seine Freundlichkeit zahlten sich aus. Die freundlichen Unterhaltungen, das Interesse, das er an Herrn Bronzes Familie zeigte, Abes alljährlicher Goldstapel in Herrn Bronzes Tresor und die Weihnachtsgeschenke, die er Herrn Bronze jedes Jahr gab, all diese Dinge trugen Früchte. Dieses hartverdiente soziale Kapital generierte eine Riesendividende: Eine viel bessere Arbeit.

Mayer verließ Zebedes Bäckerei und begann für Herrn Bronze zu arbeiten.

*****

Mayer wusste bereits, dass Herr Bronze vertrauenswürdig, verstandesbetont und zuverlässig war und dass man nach seinem Tagesablauf die Uhr stellen konnte. Mayer kannte das goldene Monokel, das an Herrn Bronzes Blazer befestigt war, den Fleck auf seinem rechten Eckzahn und seine struppigen Augenbrauen. Mayer wusste Dinge *von* Herrn Bronze aber er wusste nur sehr wenig *über* ihn, bis zu dem Tag, als er anfing, für den Mann zu arbeiten.

So erfuhr Mayer Herrn Bronzes Geschichte.

Herr Bronze war, genau wie Dick Whittington vor ihm, als Junge in dem Glauben in die Hauptstadt gezogen, dass die Straßen mit Gold gepflastert seien. Er hatte nach Ruhm und Reichtum gestrebt war jedoch mehr an Letzterem interessiert.

Herr Bronze trat eine Lehrstelle bei einem Goldschmied namens John Silver an. Es war Herr Silver, der ihm beibrachte, die Reinheit von

Edelmetallen und Juwelen festzustellen, Gold zu verschiedenen Formen zu verarbeiten und eine große Auswahl von Ringen, Ohrringen, Armbändern, Ketten und Manschettenknöpfen herzustellen.

Herr Bronze betrachtete sich in erster Linie als Handwerker und dann erst als Ladenbesitzer. Obwohl er die meiste Zeit mit seinen Kunden beim Gold- und Silberhandel verbrachte, war er in seinem Herzen immer noch ein Künstler.

Nach einiger Zeit verließ er seinen Meister, um sein eigenes Geschäft zu eröffnen. Schnell verdiente er sich den Ruf, Qualitätsarbeit zu leisten, zuverlässig und integer zu sein. Das sprach sich herum, das Geschäft blühte. Er heiratete, kaufte ein Haus und stellte zwei Dienstboten ein.

Es war dieser Aufstieg, der Mayer inspirierte. Er wünschte sich das Geld und die Reputation seines Meisters.

Glücklicherweise für Mayer, war Herr Bronze immer noch der Meinung, dass er der Gesellschaft etwas schuldete. Er glaubte, dass er sein Können an die nächste Generation weitergeben müsse, genauso wie Herr Silver seine Fähigkeiten an ihn weitergegeben hatte. Aus diesem Grund stellte er Mayer ein. Und auch weil Mayer lesen konnte, was bedeutete, dass er sich um die Buchführung kümmern konnte.

*****

Mit seiner neuen Arbeit begann ein neues Leben.

Mayer verließ Buckingham Towers und zog in ein Zimmer in Mornington Palace, ein unpassender Name für ein heruntergekommenes Mietshaus. Die Vermieterin, Frau Bradbury, meinte, es sei ‚spottbillig‘. Mayer fand, es sei einfach nur dreckig.

Das Teppichmuster war schon vor langer Zeit verblichen, die Fransen mit Schlamm verklebt, das Bücherregal mit Staub bedeckt und die Vorhänge hatten die Farbe von Dreck. Das ganze Haus stank nach abgestandenem Tabakrauch. Obwohl die Miete ‚spottbillig‘ war, musste Mayer für Kohle, die noch mehr Dreck machte und für Essen, das oft wie Dreck schmeckte und auch so roch und aussah, extra bezahlen.

Draußen litt das Haus an monotoner Stille, innen litt es an unaufhörlichem Lärm. Mayer kam es vor, als verginge kein einziger Moment, in dem keine Münder schnatterten oder Füße scharrten.

Der Dienstbote war dauernd in Bewegung; er eilte in eine Richtung, um Lebensmittel zu liefern und in die andere, um Möbel zu verschieben; immer gehetzt von dem Ruf einer schrillen Klingel. Durch die Wände hörte man elefantöses Geschnarche.

Trotzdem mochte er Mornington Palace. Frau Bradbury war nett und die anderen Bewohner der Residenz waren freundlich, jedoch auch etwas gleichgültig. Mayer verbrachte jedenfalls seine meiste Zeit bei der Arbeit oder mit Freunden.

So kam es, dass er Archibald besuchte und so kam es, dass Archibald ihm Jim McCraw vorstellte.

„Der Winter war zu Besuch", meinte Mayer während er ihm vehement die Hand schüttelte. „Es ist kälter als die Titte einer Hexe."

„Stimmt, alter Junge", antwortete McCraw. „Ist ziemlich frostig."

Mayer nickte.

McCraw fuhr fort:

„Ich habe gehört, du bist ein Goldschmied?"

„Ja, mein lieber Freund, das bin ich."

„Na, das trifft sich ja gut, wir könnten einen Goldschmied brauchen."

„Wirklich?"

„Ja, könnten wir. Suchst du nicht gerade 'ne Arbeit?"

„Tue ich das?"

„Ja, mein lieber Junge, tust du."

„Mayer kippte den Whiskey herunter, den McCraw in die Kneipe geschmuggelt hatte:

„Warum braucht ihr denn einen Goldschmied?"

„Wir haben angefangen, Wein aus Frankreich zu importieren. Die Leute werden ihn mit britischen Münzen kaufen, aber wir selber brauchen französische Münzen, um ihn zu kaufen. Das ist das Problem, wir stecken in Schwierigkeiten."

„Ich verstehe."

„Und? Sei ein guter Kerl und tu uns den Gefallen, ok?"

Mayer tippte sich an die Lippe:

„Überlass das mir, guter Mann, überlass es mir."

*****

Mayer hatte eine Idee. Es wäre falsch zu behaupten, es sei eine originelle Idee, aber dann wiederum, wie viele Ideen sind das schon? Die Idee kam Mayer während seiner Unterhaltung mit McCraw, aber sie war inspiriert worden durch ein vorheriges Gespräch mit ein paar Mitgliedern seiner Gilde: „The Worshipful Company of Goldsmiths".

Diese Männer waren zu Mayer wie liebe Onkel. Ihnen gefiel die Art und Weise wie er zu ihnen aufsah; ein ehrgeiziger Waisenjunge, der Vaterfiguren brauchte. Diese Verehrung löste bei ihnen selbst Zuneigung aus, *Quid pro quo*. Während also Herr Bronze Mayer alles über Gold und Schmuck beibrachte, brachten ihn diese Männer auf den neuesten Stand mit den moderneren Aspekten ihres Gewerbes. Unter all dem Wissen, das sie an ihn weitergaben, war auch das Wissen über das Wechseln ausländischer Währungen...

*****

Mayer entdeckte in Herrn Bronzes zweitem Tresor einen Haufen französischer Münzen. Wie das meiste Silber und Gold in dem Koloss, schienen sie dort einfach wie verlassen herumzuliegen.

Nach kurzer Nachfrage, nahm Mayer an, dass diese Münzen einem gewissen Herrn Harmer gehörten, einem Tuchhändler aus *Norfolk*.

„Ah, Herr Harmer", seufzte Herr Bronze. „Ja, Herr Harmer, man hat mir gesagt, er komme aus *Norwich*. Hat eine respektable Abstammung; gehört zu den Webern, Spinnern und Färbern aus *Worstead*; Wollkämmer und Garnhersteller und ordentliche Mitglieder der Kabeljau-Aristokratie.

Mayer sah Herrn Bronze an, als wolle er noch mehr fragen.

Herr Bronze sah Mayer an, als wolle er sagen, mehr gibt es nicht zu sagen.

„Und ein Exporteur, Herr Bronze?"

„Nun ja, man weiß, dass er gerne etwas Neues probiert. Wie mir aus zuverlässiger Quelle gesagt wurde, kommt das meiste, mit dem er handelt aus *Yorkshire, Lancashire, Humberside* und anderen verschiedenen Regionen im Norden."

„Aus Frankreich nicht?"

„Nein."

„Hmm."

„Ah, hmm?"

„Hmm!"

„Sollte ich aufgrund deiner „Hmms" annehmen, dass du mich darum bittest, ihm vorgestellt zu werden?

„Das sollten Sie, Herr Bronze, das sollten Sie."

„Und warum, wenn ich fragen darf, möchtest du seine Bekanntschaft machen?"

„Zum Wohle unserer Unternehmen. Er könnte genau der Mann sein, der uns hilft, diesen Laden in das moderne Zeitalter zu katapultieren."

Herr Bronze runzelte die Stirn, sagte jedoch kein Wort. Es war dreizehn Minuten nach drei, die Zeit, zu der Herr Bronze immer seinen Nachmittagsspaziergang machte. Er nahm seinen Stock und ging.

*****

„Duuuu, Junge willst miiiir saaagen, wo ich meiiiine Stoffe verkaufen soll?" kreischte Herr Harmer und zog dabei die Vokale unmöglich in die

Länge. „Duuuu, Junge, erzählst miiiir, dass ich nach Frankreich exportieren soll? Wie verrückt ist das denn? Duuuu, Junge würdest einen ausgestopften Vogel zum Lachen bringen. Was für ein Schwachsinn!"

Was für Verdienstmöglichkeiten", antwortete Mayer.

Herr Bronze blieb schweigsam. Ein normaler Chef hätte in Anbetracht einer solchen Ungeheuerlichkeit vielleicht wütend reagiert, aber ein normaler Chef hätte auch über eine volle emotionale Bandbreite verfügt. Über die verfügte Herr Bronze nicht.

Während also nie zuvor ein Angestellter auf diese Weise mit einem Kunden umgesprungen war, während *er* niemals zuvor einen Kunden so behandelt hatte, zuckte Herr Bronze nicht einmal. Er blieb ein Beispiel an Neutralität, weder wütend noch verstört, sicherlich nicht verwirrt. Er lächelte wie ein Buddha und ermöglichte Herrn Harmer zu antworten:

„Profitabel, sagst duuuu? Profitabel für wen?"

„Für uns alle, guter Mann, für uns alle."

„Wie das?"

„Wir werden garantieren, alle Münzen umzutauschen, die Sie aus Frankreich mitbringen. Das wird Ihre Profite in dem Markt schützen."

„Schützen? Profit? Jetzt sprichst du meine Sprache."

Er sah Herrn Bronze an:

„Wo haben Sie den denn gefunden?"

„Er ist in einem Brotkarren angekommen."

„In einem Brotkarren?"

„Einem Brotkarren."

*****

So kam es, dass Herr Harmer Stoffe nach Frankreich exportierte, wo er dafür französische Münzen bekam, die Mayer in britische Münzen umtauschte. Mayer nahm Herrn Harmers französische Münzen und wechselte sie bei Jim McCraw.

Mayer, der seine neu erworbenen Fähigkeiten nutzte, prüfte den Silber- und Goldgehalt in diesen Münzen; Herr Bronze setzte seinen Namen unter die Transaktionen, um ihnen den Anschein von Seriosität zu geben. Dann berechneten sie Harmer und McCraw eine Provision.

Das sprach sich schnell herum. Andere Importeure und Exporteure kamen zu ihnen, wechselten Münzen und bezahlten Provisionen.

Die Provisionen addierten sich. Ein neuer Haufen Gold entstand im zweiten Tresor. Im Gegensatz zu den anderen Goldhaufen, gehörte dieser nur ihnen allein. Und im Gegensatz zu den anderen Goldhaufen, wurde er von Tag zu Tag grösser.

„Ah, ich frage mich, was wir damit tun sollen", murmelte Herr Bronze, als spräche er zu sich selbst.

„Hmm", antwortete Mayer. „Das frage ich mich tatsächlich…"

*****

Mayer blieb mit seinen alten Arbeitskollegen in Zebedees Bäckerei in Verbindung. Er war fest davon überzeugt, dass man Bekanntschaften, die man einmal gemacht hat, immer beibehalten sollte. Es war eine Überzeugung, die fast an Religiosität grenzte. Mayer besaß sogar ein Notizbuch, in das er die Namen und alle Details, die er für wichtig hielt, von allen Personen, die er jemals getroffen hatte, schrieb. Jedes Jahr durchforstete er dieses Buch und machte sich die Mühe, jeden, den er in den vorangegangenen zwölf Monaten nicht gesehen hatte, aufzusuchen.

Aus diesem Grund nahm Mayer Davey Boy mit in die Kneipe:

„Kannst du den Wind da draußen hören? Ein Sturm zieht auf!"

„Es ist ungemütlich."

„Das ist es. Nun zu dir, guter Freund, du siehst aus, als ob du auf die Brise schießen willst. Komm! Erzähl's mir und sei fröhlich."

Davey Boy trommelte auf die Kante eines wackeligen Tischs, dessen Platte bei einer Schlägerei halb Betrunkener in zwei Hälften zerlegt worden war und dessen Tischbeine durch die dauernde Benutzung wackelten:

„Kann ich dich etwas fragen?"

„Brauchst du eine Erlaubnis?"

„Musst du jede Frage mit einer Gegenfrage beantworten?"

„Musst du?"

„Touché!"

„En Garde!"

Sie lachten, stießen mit den Krügen an und stürzten ihr Ale herunter.

„Ich würde etwas dafür geben, wenn ich wüsste, was du denkst, lieber Freund. Erzähl mir, was du auf dem Herzen hast."

„Ich habe genug."

„Genug?"

„Ja, genug. Ich habe mein Leben für den Laden geopfert. Ich würde durch die Hölle gehen, für Zebedee, aber das hat mich nie weitergebracht.

„Hat es nicht?"

„Nein."

„Mayer nickte verständnisvoll.

„Ich arbeite achtzehn Stunden pro Tag. Die Hitze erschöpft mich und das Mehl reizt meine Haut. Ich habe gesehen, wie eine ganze Reihe von Bäckern an Krankheiten und Verletzungen leiden und denke mir, ich könnte der Nächste sein.

Ich habe gerade ein paar Wochen in St. Thomas verbracht. Bei solchem Wetter.

Mayer nickte erneut.

„Es ist ok. I…i…ich denke nur, dass ich mehr verdiene. Die Sache ist so, ich arbeite hart, ich sehe Ergebnisse aber ich werde nicht dafür belohnt. Verstehst du?"

„Ich weiß, du verdienst einen Kredit."

„Ich will keinen Kredit, ich will, dass es sich für mich auszahlt."

„Ich verstehe."

„Wirklich?"

Nein mein Freund, ich befürchte, nicht."

„He?"

„Nun, ich verstehe dein Problem, aber ich verstehe nicht, worum du mich bittest."

Davey Boys Gesicht wurde weich:

„Ich bitte dich darum, mir zu helfen, dir einen Ruck zu geben; einem alten Kerl etwas Gutes zu tun. Was meinst du?"

„He?"

„Ich werde nicht viel benötigen. Ich brauche nur genug, um einen Laden kaufen zu können, ihn auszustatten und die Löhne für ein bis zwei Monate bezahlen zu können. Ich werde dafür sorgen, dass der Laden Gewinn abwirft, bevor du ‚Abrakadabra' sagen kannst."

„Wirklich?"

„Ja, das werde ich. Komm schon! Du kennst mich, wir beide sind doch dicke Freunde."

„Ja, wir sind gute Freunde."

„Was meinst du also dazu?"

„Wozu?"

„Mir das Geld zu leihen."

„Ich habe kein Geld."

„Hast du nicht? Ich dachte, du wärst Goldschmied."

„Das bin ich."

„Und Goldschmiede sind reich."

„Nur die Bosse."

„Oh. Ich nehme nicht an, dass du deinen Boss um das Geld bitten könntest? Ich würde es ihm eins zwei drei zurückzahlen."

„Natürlich."

„Also?"

„Das Geld hätten wir."

„Und?"

„Wir würden Zinsen von dir verlangen müssen, um deinen Kredit zu sichern."

„Dann ist es abgemacht?"

„Ich werde sehen, was ich tun kann."

Davey umarmte Mayer so feste, dass Mayer die Luft wegblieb:

„Du bist ein Schlitzohr, Mayer. Ein Macher!"

Mayer rang um Atem.

*****

Es war Mayers Grundsatz, nie mehr als vierzig Stunden wöchentlich zu arbeiten. Er war davon überzeugt, dass, wenn es um Arbeit ging, Qualität wichtiger war als Quantität.

Das unterschied Mayer von Personen wie Archibald; die Art von Menschen, die all die Stunden, die Gott ihnen schenkte, in einem Geschäft oder einem Büro arbeiteten und die glaubten, dass harte Arbeit an sich irgendwie ehrenhaft sei.

Mayer arbeitete nicht hart. Jeder arme Schlucker konnte hart arbeiten. Für Mayer war das eine Philosophie des Leidens, nicht eine Philosophie des Gewinns. Mayer wusste, dass der Weg zu Reichtum nicht darin bestand, selbst hart zu arbeiten, sondern darin, andere Leute dazu zu bringen, hart für ihn zu arbeiten.

Mayer verkaufte den Franzosen keine Stoffe, noch importierte er französische Weine. Das überließ er McCraw und Harmer, während er sich zurücklehnte und ihre Provisionen einstrich.

Mayer hatte Davey Boys Bäckerei nicht ausgesucht, um sie zu kaufen, mit Material auszustatten, Personal einzustellen, dieses Personal anzuweisen, Brot zu verkaufen oder neue Kunden anzulocken. Er hatte einfach nur Herrn Bronze dazu ermutigt, Davey Boy ein paar von den Münzen zu leihen, die sie durch die Wechselgeschäfte verdient hatten und überließ Davey Boy, sich um den Rest zu kümmern.

Davey Boy arbeitete härter als je zuvor. Mayer nahm Zinszahlungen für seinen Kredit ein und Herr Bronzes Goldsack wurde sogar noch praller. Es war, als würde Mayer Geld aus dem Nichts schaffen. Er konnte es nicht wirklich verstehen. Ein Teil von ihm sah es als unehrlich an, aber dem überwiegenden Teil von ihm war es egal.

Mayer hatte sein Leben lang die Spielregeln befolgt und man sehe sich nur an, wohin ihn das geführt hatte! Während er Lola den Hof machte, hatte er ihr offen und ehrlich gesagt, dass er sie liebte und ihr Mann sein wolle. Hatte sich das ausgezahlt? Nein. Lola wies ihn ab, kam nicht zu ihrem Treffen und heiratete Hugo. Wohin hatten all die Liebe, Bemühungen, sein Verlangen, sein Bitten, seine Verehrung und all die Geschenke ihn gebracht? Nirgendwohin. Was hatte es ihn gekostet? Seine Unschuld. Mayer begann, Ehrlichkeit als Last und Offenheit als Schwäche anzusehen.

Es war die veränderte Mentalität, die Mayer ermutigte, sich mit Wechselgeschäften und Krediten zu beschäftigen.

Es war die veränderte Mentalität, die Mayer ermutigte, seine äußere Erscheinung auf Vordermann zu bringen. Er ließ sich einen maßgeschneiderten Anzug anfertigen, befestigte eine Goldkette an einem Knopfloch, trug Krokodillederschuhe, einen mit rotem Satin gefütterten Hut und eine Lesebrille, die er nicht brauchte. Er ließ sich einen Kinnbart wachsen, wachste sich die Spitzen seines Schnurbarts und benetzte sich mit Deodorant, das nach Holzspänen roch. Das ließ ihn zwanzig Jahre älter aussehen als er war, was ihm zwanzig Jahre mehr Respekt einbrachte, als er verdiente.

Und es war dieser Mentalitätswandel, der Mayers Vorgehensweise in der Liebe ermutigen sollte...

*****

Einige Frauen scheinen oft attraktiver zu sein als andere. Sie wirken einfach nur deswegen schöner, weil sie lächeln. Ein Lächeln kann eine einfache Frau hübsch und eine hübsche Frau göttlich aussehen lassen.

Als Mayer Ruby singen hörte, als er durch *Hanpstead Heath* schlenderte, hatte ihre Stimme einen ähnlichen Effekt.

Ruby selbst war in der Tat schön, in gewisser Weise. In ihren Defekten lag eine gewisse Art von Perfektion. Die kleine Biegung ihrer Nase hatte etwas Verlockendes und die Asymmetrie ihrer Augen verlieh ihr einen unerklärlichen Charme. Trotzdem, hübsch war sie eigentlich nicht. Sie war in einer merkwürdigen Zusammenstellung aus verschiedenen Farben gekleidet und auf ihrem Gesicht lag ein öliger Film als wäre es mit Fett glatt gerieben worden. Die meisten Männer wären an ihr, ohne einen zweiten Blick zu verschwenden, vorbeigegangen.

Nicht Mayer. Rubys Stimme faszinierte ihn, ihr Rhythmus erwärmte seine Seele und ihr Timbre ließ ihn erzittern. Es ließ Ruby schöner aussehen, als sie in Wirklichkeit war und ließ Mayer sie mehr begehren als das eigentlich der Fall gewesen wäre.

Er näherte sich ihr, blieb stehen, nahm seinen Hut ab, verbeugte sich und beschrieb mit der Hand einen Kreis in der Luft:

„Es ist mir eine Freude, Ihre Bekanntschaft zu machen."

Ruby errötete.

„Bitte erlauben Sie mir, mich vorzustellen; ich bin ein reicher Mann mit Geschmack."

Ruby legte ihren Kopf auf ihre Schulter.

Mayer warf mit dem Fuß Schmutz an ihr Bein:

„Ich bin Goldschmied und Banker, einer der besten in der Gegend. In wenigen Jahren werde ich berühmt sein."

Ruby schaute hoch.

„Aber heute wünsche ich nur, zu dienen. Ihr Kleid ist verschmutzt und es wäre wirklich nicht recht, einer feinen jungen Dame zu gestatten, so herumzulaufen."

„Oh wirklich, ich bin gar nicht so ‚fein'."

Mayer lachte:

„So ist der Lauf der Welt! Das Problem mit den Männern ist, dass sie immer denken, sie sähen gut aus, auch wenn das nicht der Fall ist. Das Problem der Frauen ist, dass sie nie glauben, dass sie schön sind, auch wenn es so ist.

„Nun, ich kann Ihnen versichern, dass Sie entzückend sind. Jetzt erlauben Sie mir bitte, dass ich Ihnen meinen Mantel gebe und bitte geben Sie mir Ihre Erlaubnis, Sie wiedersehen zu dürfen."

Ruby lächelte:

„Erlaubnis erteilt."

*****

Ohne dass Mayer es wusste, hatten seine Taten eine überwältigende Ähnlichkeit mit den einst von Hugo angewandten Methoden. Und das waren nicht alle Ähnlichkeiten. Er ließ Ruby auch überwachen, wodurch er die Informationen erhielt, die er brauchte, um sie zu beeindrucken. Er stahl auch Rubys Herz auf eine zweiseitige Weise.

Aber Ruby stahl Mayers Herz nicht. Mayer liebte immer noch Lola, fühlte immer noch Hugos Liebe zu Lola und glaubte immer noch, dass Lola ihm gehören würde. Er war überzeugt davon, dass Lola seine Seelenverwandte war und so fand er, dass es falsch wäre, jemand anderen zu lieben oder zu heiraten.

„Möchtest du mich heiraten?" fragte er Ruby, nachdem drei Monate vergangen waren.

„Ja", rief sie mit unbändiger Freude. „Ja, Liebling, ja! Bei Georg, wie aufregend!"

*****

Mayer hatte sich ohne irgendeine Heiratsabsicht mit Ruby verlobt. Einfach nur wegen der Vorteile, die eine Verlobung mit sich brachte. In der Georgianischen Gesellschaft war es gesellschaftlich akzeptabel, sich mit seiner Verlobten in der Öffentlichkeit Hand in Hand und ohne Anstandsdame zu zeigen. Verlobte Paare konnten einen flüchtigen Kuss austauschen oder sich gegenseitig zu Hause besuchen.

Nach seiner Verlobung konnte Mayer Ruby daher in ein Restaurant ausführen, wo er sie mit Rotwein abfüllte.

„Ich glaube, ich habe genug", sagte sie. „Ich fühle mich beschwipst."

„Unsinn, liebes Mädchen, du musst einfach nur weitertrinken. Hier, trink noch etwas."

Mayer schenkte Ruby noch ein Glas Wein ein. Und dann noch eins. Als sie gingen, war Ruby so betrunken, dass er sie stützen musste. Er rief nach einer Kutsche, fuhr mit ihr zurück nach Mornington Palace, trug sie die Treppe hinauf, legte sie auf sein Bett und zog sie aus.

Es war das erste Mal, dass Mayer eine nackte Frau sah und der Anblick erregte und ängstigte ihn gleichermaßen. Rubys Weiblichkeit überwältigte ihn, ihre Menschlichkeit beschämte ihn und ihre Fleischlichkeit stieß ihn ab.

Ruby wurde ohnmächtig.

Mayers Augen wanderten von der zarten Wölbung der Innenseite ihrer Schenkel zu ihrem Venushügel, zu ihren Rippen und zu ihren Brüsten.

Er beugte sich über ihren bewusstlosen Körper.

Er hielt inne:

,Mayer! Was ist aus dir geworden? Du bist etwas Besseres als das. Zeig etwas Anstand. Mayer, verdammt noch mal, Mayer. Reiß dich zusammen!'

Er verfluchte sich selbst, beschimpfte sich, sprach sich gut zu, schrie sich an, kniff, knuffte und schlug sich. Dann bedeckte er Rubys Körper, blies die Kerze aus und schlief ein.

Als sie am nächsten Morgen erwachte, glaubte Ruby fest daran, ihre Unschuld verloren zu haben:

„Meine Güte, Liebling, jetzt solltest du mich lieber heiraten."

Sie küsste Mayer, kletterte auf ihn und ritt ihn wie ein Pferd.

*****

Ruby hatte sich genauso sehr gewünscht, mit Mayer zu schlafen, wie Mayer mit ihr hatte schlafen wollen. Sie hasste die gesellschaftliche Regel, die besagte, dass Frauen sich für die Hochzeit aufsparen mussten und betrachtete es nicht als unmoralisch, mit ihrem zukünftigen Ehemann zu schlafen. Sie fuhr fort, es weiterhin regelmäßig zu tun.

Ruby und Mayer sprachen oft über Heirat, aber sie machten niemals

Pläne. Mayer war viel mehr darauf bedacht, Geld zu verdienen, als Versprechungen zu machen. Er scheffelte eine Menge Geld für Herrn Bronze und behielt eine kleine Provision für sich selbst. Alles lief gut, bis Herr Hammer mit hochrotem Gesicht und blutunterlaufenen Augen, klappernden Zähnen, zerzaustem Haar und offenem Hemd in den Laden gestürmt kam. Er schob die anderen Kunden beiseite und begann zu schreien:

„Mein Mann wurde auf seiner Rückreise von Frankreich ausgeraubt. Sie haben gesagt, Sie würden unsere Gewinne in dem Markt schützen."

„Ah, eigentlich", begann Herr Bronze.

Aber Mayer unterbrach ihn kurzerhand:

„Nein, nein, Wir haben versprochen, Herrn Harmer zu schützen und genau das werden wir tun.

„Werden wir das?"

„Werden Siiiie das?"

„Das werden wir, mein guter Mann, das werden wir!"

„Ah."

„Hmm. Und wieviel haben Sie verloren?"

„Sieben Pfund, zwölf Schillinge und fünf Pence."

„Wir werden für alles aufkommen."

„Werden wir das?"

„Werden Siiiie das?"

„Das werden wir."

„Und ein halber Penny."

„Und ein halber Penny!"

„Nun, dann werden wir weiterhin zusammen Geschäfte machen."

„Das wäre uns eine Freude."

„Und wir werden unseren Kunden sagen, wie vertrauenswürdig Sie sind."

„Das wäre großartig, guter Mann."

„Guten Tag."

„Ihnen auch einen guten Tag, Herr Harmer."

Damit drehte sich Herr Harmer um und ging.

Auch Herr Bronze drehte sich zu Mayer um:

„Was hast du dir bloß dabei gedacht?"

„Den nächsten Schritt zu tun."

„Den nächsten Schritt?"

„Ja, Herr Bronze, ich hatte eine Idee."

*****

Mayers Idee sollte ihn viele Jahre lang beschäftigt halten, Herrn Bronze eine Menge Geld einbringen und Mayer ermutigen, selbst einen Goldschmiedeladen zu eröffnen.

Inspiriert durch die Männer seiner Gilde, die den Pfad, auf dem er unterwegs war, bereits gegangen waren, reiste Mayer nach Frankreich, wo er Beziehungen zu einem Netzwerk von Goldschmieden aufnahm. All die Stunden, die er, von seiner Familie ignoriert und alle Bücher über Finanzen, Handel und Französisch lesend, alleine auf seinem Zimmer verbracht hatte, fingen an sich auszuzahlen. Mayer begann, ein Mann zu werden.

Aber es war der alte Mayer, der wirklich glänzte. Sein entschlossener Händedruck und sein gewinnendes Lächeln hatten auf der anderen Seite des Kanals den gleichen Effekt wie das zuhause der Fall gewesen war.

Die Tatsache, dass er Referenzen von einigen der angesehensten Goldschmiede seiner Gilde vorweisen konnte, war seiner Sache nur förderlich.

Mayer kehrte nach London zurück, wo er Jim McCraw in Herrn Bronzes Geschäft traf:

„Sie haben die Sonne eingefangen."

„Ja, mein Freund, das habe ich."

„Sie sehen nach einer Millionen Dollar aus! Aber deswegen wollte ich Sie nicht treffen. Lieber Freund, ich möchte Ihnen etwas vorschlagen: Wenn Sie britische Münzen gegen französische eintauschen, um in Frankreich Wein zu kaufen, werden wir sie auch weiterhin umtauschen. Aber dann, statt Ihnen die französischen Münzen auszuhändigen, werden wir Ihnen die Option geben, sie in unserem Tresor aufzubewahren. Für eine kleine Gebühr werden wir Ihnen einen Schuldschein ausstellen, ein offizielles Dokument, in etwa wie eine Quittung, auf dem Ihr Name und die bei uns hinterlegte Summe stehen werden.

„Sie müssen sich das wie ein Kerbholz vorstellen. Ihr Schuldschein wird wie ein Kerbholz sein, das Ihr Guthaben bei uns repräsentiert. Wir werden einen Nachweis unserer Schulden Ihnen gegenüber haben. Das Gold in unserem Tresor wird wie der andere Teil des Kerbholzes sein."

McCraw schüttelte seinen Kopf:

„Verstehe ich nicht. Warum sollte ich für einen Fetzen Papier bezahlen und mein Gold bei euch lassen, wenn ich doch mein Gold mitnehmen kann, ohne etwas zu bezahlen?"

Mayer lächelte.

„Weil Ihr Gold auf dem Weg gestohlen werden könnte."

„Stimmt, Junge! Aber die Schuldscheine könnten unterwegs auch geklaut werden."

„Das ist wahr, hmm. Aber wenn das passieren würde, müssten Sie uns nur Bescheid sagen. Wir würden sie ersetzen und die Originale für ungültig erklären. Letztendlich ist es ja nur Papier."

„Tja, das ist wahr."

„Das ist es."

„Und Gold kann man nicht so einfach ersetzen."

„Nein, kann man nicht."

„Aber was habe ich von einem Schuldschein in Frankreich? Meine Händler dort wollen Gold, kein Papier."

„Stimmt."

„Also?"

„Also geben Sie ihnen Gold, lieber Freund, geben Sie ihnen Gold!"

„Wie das? Du machst mich wahnsinnig, Mayer. Du bist ein richtiges Schlitzohr!"

Mayer lachte

„Ich glaube, das ist Teil von meinem Charme."

„Ist es nicht."

„Trotzdem lächeln Sie."

„Ich lächele, damit ich nicht ‚in die Luft gehe'!" Erklär's mir, Junge! Was habe ich von einem Schuldschein in Frankreich?"

„Man bekommt dafür Gold."

„Wirklich?"

Ja. Wir haben dort ein Netzwerk von Goldschmieden aufgebaut, die unsere Schuldscheine anerkennen werden. Sie werden sie gegen die französischen Münzen eintauschen, die Sie in unserem Tresor aufbewahren."

„Gegen eine Gebühr?"

„Selbstverständlich."

McCraw lachte:

„Okay, Sonnyboy. Die Überfälle werden immer mehr. Ich werde das also mal probieren und sehen, wie es läuft."

„Ich denke, Sie werden angenehm überrascht sein."

Ich tue das nur, weil ich deinem Verstand vertraue. Du bist zwar ein verrückter Hund, aber ich vertraue dir."

McCraw und Mayer lächelten.

Herr Bronze klopfte mit seinem Fuß. Es war vier Uhr und um vier Uhr klopfte Herr Bronze immer mit seinem Fuß.

*****

Hätte man es so gelassen, wäre den Goldschmieden in Frankreich das

Gold bald ausgegangen. An dieser Stelle halfen Exporteure wie Herr Harmer, die Balance zu halten. Mayer überzeugte die Männer, das Gold zu nehmen, wenn sie Waren in Frankreich verkauften und es bei seinem französischen Goldschmied aufbewahren zu lassen. Im Gegenzug erhielten sie die Schuldscheine, die Männer wie McCraw hinterlassen hatten.

Das half den französischen Goldschmieden, ihr Gold aufzufüllen und dabei erneut eine Kommission zu verdienen. Es gewährleistete, dass Exporteure, wie Herr Harmer, nach London zurückkehren konnten, ohne Angst haben zu müssen, dass ihnen auf dem Weg ihr Gold gestohlen würde. Und es bedeutete natürlich, dass Mayer eine weitere Gebühr berechnen könnte, wenn diese Exporteure kämen, um ihre Schuldscheine einzulösen.

Wie die anderen Goldschmiede seiner Gilde, hatte Mayer ein ausgefeiltes System aufgebaut, mit dem er zusätzliche Service anbot für die er zusätzliche Gebühren verlangte, ohne viel zusätzliche Arbeit leisten zu müssen.

Und das war nicht alles.

Nachdem er in Frankreich ein Netzwerk aufgebaut hatte, baute er auch eines in den Niederlanden auf. Und da er den Goldschmieden in diesen Ländern zu neuen Geschäften verholfen hatte, revanchierten sie sich für den Gefallen, indem sie französische und niederländische Händler seines Weges schickten.

Mayer berechnete diesen Männern für seine Dienste Gebühren, verdiente mehr Geld, verlieh dieses Geld, berechnete Zinsen auf diese Kredite und verdiente noch mehr Geld. Der größte Teil dieses Geldes wurde reinvestiert, aber Herr Bronze behielt seinen Anteil und Mayer behielt eine kleine Provision.

ÜBER LIEBE

„Vielleicht müssen einige von uns auf dunklen und
Steilen Pfaden wandeln, bevor wir den Fluss des
Friedens finden können."

JOSEPH CAMPELL

Drei Freunden, von Natur aus vereint und durch Erziehung getrennt, war es vom Schicksal bestimmt, drei sehr verschiedenen Zielen nachzujagen. Wir haben Archibald Macht und Mayer Reichtum nachjagen sehen. Bliebe nur noch Hugo und damit die Liebe.

Aber welcher Art von Liebe jagte Hugo nach?

Philia, die Liebe zu seinen Freunden, hatte ihn bereits bewegt, und *Eros*, seine Lust auf Lola. Nachdem er sie geheiratet hatte, kamen zwei neue Arten der Liebe ins Spiel.

Fangen wir bei der ersten an: *Philautia*.

Philautia ist, einfach ausgedrückt, die Liebe zu sich selbst. Oberflächlich betrachte mag sie wie eine egoistische Art der Liebe erscheinen. Und exzessiv erlebt, kann sie verheerend sein. Sie erinnern sich vielleicht an Narziss, den griechischen Jäger, der sich in sein eigenes Spiegelbild verliebte. Als er erkannte, dass seine Liebe niemals erwidert werden würde, schlitzte Narziss sich mit einer Klinge die Kehle auf.

Eigenliebe kann zu einem selbstsüchtigen Verlangen nach Vergnügen, Ruhm, Bewunderung, Respekt, Reichtum und Hingabe führen, auch wenn solche Dinge schädlich sind.

Aber ist das alles schlecht?

Fragen Sie sich Folgendes: Kann jemand wirklich einen anderen lieben, wenn er nicht zuerst sich selbst liebt? Welche Art von Liebe könnte ein Mensch, der sich selbst hasst, geben?

Etwas Selbstliebe kann der Vorläufer für andere, höhere Formen der Liebe sein.

Das war bei Hugo der Fall.

Hugo hatte sich seit dem Tag, als sein Zuhause abgebrannt war, gehasst. Er machte sich selbst für den Tod seiner Familie verantwortlich und glaubte, die schweren Zeiten, die er durchmachte, seien karmische Strafen für diese ursprüngliche Sünde. Er glaubte, dass er verdientermaßen ins Armenhaus geworfen und später dort hinausgeschmissen worden sei und auch, dass er obdachlos und von Jonathan Wild gefangen worden war. Er machte sich selbst für seine Armut verantwortlich, hasste sich, weil er ein Dieb geworden war und bedauerte sich, weil er Mayers Hilfe benötigt hatte. Er wurde zu einem dunklen Schatten seines ursprünglichen Selbst; ein Junge, der vom

Leben gestohlen und in der Liebe betrogen hatte.

Ihm fehlte *Philautia*.

Bis er Lola heiratete…

*****

Lola liebte Hugo aber von allen Arten der Liebe, war ihre die gedankenloseste: Liebe ohne Tiefgang. Sie kannte Hugo gar nicht, darum begleitete sie ihn zur Arbeit, um ihn etwas besser kennenzulernen.

Lola schaute fasziniert zu, als Hugo einen eingewachsenen Zehennagel mit einem einzigen schmerzlosen Ruck entfernte:

„Das war fantastisch.“

„Wirklich?“

„Ja, Liebling, du bist ein Künstler. Ein Meister deines Fachs!“

Hugo war perplex. Niemand hatte seine Arbeit jemals ‚fantastisch‘ genannt. Das Lob löste in ihm ein komisches Gefühl aus, aber es war ein gutes Gefühl, gleichermaßen beruhigend wie auch beunruhigend.

Er lächelte und setzte seine Arbeit fort; diagnostizierte Krankheiten, führte Operationen durch, verschrieb Arzneien und stellte diese auch her.

„Du bist eine Intelligenzbestie“, sagte Lola. „Ich wünschte, ich wäre so schlau wie du.“

„Wirklich?“

„Ja, das tue ich.“

Hugo konnte sich nur schwer vorstellen, dass eine Frau wie Lola, die eine der besten Schulen des Landes besucht hatte, ihn um *sein* Wissen beneidete. Sein Gesicht brannte vor Schamesröte und seine Ohren schienen sich in seinen Schädel zurückziehen zu wollen.

Lola errötete:

„Du hast so viel erreicht.“

„Habe ich das?“

„Ja, Dummerchen! Sieh dir nur all die Leute an, denen du geholfen hast.“

Hugo sah sich um. Er sah einen Jungen, der vorbeikam, um sich zu bedanken, weil er seine Mutter gerettet hatte; ein Mädchen, das gekommen war, um sich retten zu lassen; ein älteres Ehepaar, das in Hugo seine letzte Hoffnung sah. Eine Prostituierte schaute Hugo mit dankbaren Augen an, da sie wusste, dass sie ohne Hugos Hilfe zum Krüppel geworden wäre. Und eine Waise sah ihn, inspiriert durch seinen Werdegang, mit Zuneigung an.

„Siehst du?“

Hugo machte eine Pause:

„Ja, ich glaube schon.“

„Ich weiß es. Du bist im wirklichen Leben ein richtiger Superheld, Hugo

Crickets.

„Nun, soweit würde ich nicht gehen."

„Ich doch! Du bist *mein* Held und ich lasse nicht zu, dass du etwas Anderes sagst. Wenn du mich jetzt bitte entschuldigen würdest. Ich muss jetzt wirklich gehen, um ein paar Kleinigkeiten zu essen.

*****

Ihr kleines Haus war, verglichen mit Lolas vorherigen Behausungen, bescheiden und verglichen mit Hugos ehemaliger Bleibe, palastartig. Gekauft mit Lolas Mitgift, hatte es oben zwei Schlafzimmer, ein Wohnzimmer, unten eine Küche und im Keller ein Dienstbotenzimmer. Mitten im Wohnzimmer stand ein Felsbrocken, Hugo setzte sich in einen Sessel und Lola setzte sich auf seinen Schoß.

„Lola?"

„Ja."

„Darf ich dir etwas erzählen?"

Lola nickte. Sie merkte, dass Hugo es ernst meinte. Er sprach mit einer nachdenklichen, beinahe schüchternen Stimme. Seine Augen schienen um Mitgefühl zu betteln, um Verständnis zu bitten und Mitleid abzulehnen.

Aus der Küche wehte ein Duft nach Zimt. Er erinnerte Lola an Liebe. Er erinnerte Hugo an Zimtrollen.

Lola griff nach Hugos Knie.

„Das hier ist schlimm", sagte er.

„Ich werde dir verzeihen."

„Das wirst du nicht."

„Ich habe jedes kleine Stückchen von dir geheiratet, Hugo Crickets, die Guten und die Schlechten."

„Ich bin einfach so unvollkommen."

„Es sind unsere Unvollkommenheiten, die uns zu dem machen, was wir sind."

„Ja, tut mir leid, aber…"

„Unsere Unvollkommenheiten machen uns menschlich."

„Ich denke ja. Aber…"

„Ich liebe dich trotzdem, Liebling. Du wirst immer mein Augapfel sein."

„Nun, die Sache ist die. Die Sache… Was passiert ist… Tut mir leid. Die Situation… also…"

Lola streichelte Hugos Bein.

Hugo holte tief Luft:

„Die Sache ist… weißt du… Ich habe meine Eltern und Geschwister umgebracht."

Lola öffnete ihren Mund, sah ihren Mann an, runzelte die Stirn, unterdrückte ein Lachen, unterdrückte ihre Tränen, drückte ihren Rücken durch und zog ihre Schultern hoch. Dann entspannte sie sich, atmete ein, atmete aus, wollte sprechen, hielt inne und gab Hugo die Zeit, die er brauchte:

„Ich war damals drei Jahre alt, vielleicht vier. Es ist alles etwas verschwommen, aber ich weiß, dass ich es getan habe."

„Was getan?"

„Mein Haus niedergebrannt. Meine Familie. Sie… sie… sie sind alle gestorben."

Lola riss ihre Augen weit auf:

„Was für ein Drama! Wie konnte ein Dreijähriger ein Haus niederbrennen?"

„Weiß ich nicht."

„Das weißt du nicht?"

„Nein."

„Du weißt es nicht, weil du es nicht getan hast, Dummkopf!"

„Doch, habe ich."

„Hast du nicht."

„Was?"

„Es ist nicht wahr, was du sagst."

„Ist es doch, für mich macht das Sinn."

„Unsinn erscheint dem Idioten einleuchtend."

„Was, du nennst mich einen Idioten?"

„Ich nenne dich verrückt."

„Oh!"

Lola lachte.

„Dann mach weiter, mach dich selber fertig.

„Wie bitte?"

„Wie hast du es getan?"

„Ich habe das Feuer in der Küche angezündet. Ich habe Lampen und Fackeln, Öfen und Herde angezündet."

„Als du drei Jahre alt warst?"

„Ja."

„Nachts?"

„Ja."

„Wie hast du es aus deinem Bettchen geschafft?"

„Weiß ich nicht."

Wie hast du diese Feuer angezündet?"

Hugo zuckte mit den Schultern.

„Warum hat dich niemand aufgehalten?"

Lola sah Hugo an:

„I… i… i…"

"Komm schon, Dummerchen."

„I… i… ich weiß einfach nur, dass ich es gemacht habe."

„Und dennoch - du hast es nicht."

„Habe ich nicht?"

„Nein. Es ergibt keinen Sinn. Du überschätzt dich."

„Oh, tut mir leid."

„Wenn wir das also geklärt hätten, gehe ich dann jetzt. Ich habe Lust auf schottische Eier und die muss befriedigt werden."

Hugo schaute überrascht hoch."

Lola gab ihm einen Kuss.

*****

Diese beiden Szenen verwandelten Hugo. Er hörte auf, sich mit anderen zu vergleichen und „es tut mir leid" zu sagen und dabei negative Gedanken zu haben. Sein Selbsthass machte Selbstliebe Platz. Lola hatte nicht versucht, Hugo in einen anderen Mann zu verwandeln, aber sie hatte dafür gesorgt, dass der wahre Hugo, der so viele Jahre lang verborgen gewesen war, neu geboren wurde.

Hugo verfügte über grenzenlose Fähigkeiten, um wiedergeboren zu werden. Das war damals nichts Neues. Und doch war es das, weil Hugo deswegen zum ersten Mal aus Liebe geboren wurde.

*****

Fähig sich selbst zu lieben, war Hugo auch fähig, andere zu lieben.

Mit der Zeit sollte er beginnen, seine Frau wirklich zu lieben. Aber zuerst musste er sie kennenlernen. Denn die wahre Lola hatte Hugo trotz seiner ständigen Verfolgung von Lola niemals entdeckt. Es lag natürlich auch daran, dass sie in der ersten Zeit ihre Beziehung nicht dadurch gefährden wollten, einander zu gut zu kennen.

Nachdem sie jedoch verheiratet waren, wollten sie ihre Beziehung nicht durch etwas aufs Spiel setzen, das ihnen verborgen geblieben war. Aus diesem Grund hatte Lola Hugo zu seiner Arbeit begleitet und darum redeten sie jeden Abend miteinander.

Hugo sah zu, wie Lola ihren kleinen Garten in ein urbanes Paradies verwandelte; Steine wurden ins Haus gebracht und durch Pflanzen ersetzt.

„Pflanzen sind wie Menschen", erklärte sie. „Wenn ihre Umgebung geeignet ist, wachsen sie. Wenn du sie pflegst, werden sie dich lieben."

Dieser Satz ließ auf einen starken Mutterinstinkt schließen, von dem Lola niemals sprach. Warum sie sich zum Thema Kinder niemals äußerte, konnte man unmöglich wissen. Wie die meisten Frauen hatte sie ihre kleinen Eigenarten, aber es sollte bemerkt werden, dass sie die Ausnahme und nicht die Regel waren. Bei beinahe jedem anderen Thema war Lola mehr als gesprächig. Manchmal sagte sie Dinge, die Hugo verwundert innehalten ließen:

„Ich habe gewusst, dass etwas nicht stimmt. Meine Zehennägel sind heute Morgen überhaupt nicht gewachsen."

„Ich kann kein Grün tragen, Liebling! Die Leute sagen, ich sähe darin aus wie eine Schildkröte."

„ Es ist schlimm genug ein Mädchen zu sein, wo ich doch den Zeitvertreib von Jungen vorziehe. Ich komme einfach nicht darüber hinweg, kein Junge zu sein. Und jetzt ist es schlimmer denn je, denn ich würde alles tun, um mit Papa auf die Jagd zu gehen, aber ich bin gezwungen, wie eine faule alte Jungfer zu Hause zu bleiben."

Man hätte Lola eine Feministin nennen können, hätte ein solches Wort bereits existiert.

Nicholas nannte sie „meinen Sohn". Das tat er in aller Ernsthaftigkeit. Und Lola akzeptierte es ihrerseits als Kompliment. Sie *war* der Sohn ihres Vaters; sie zitierte ihn Wort für Wort und oft gab sie seine Ansichten als die ihren aus.

Das fiel Hugo auf.

Er bemerkte, in welcher Weise Lola Klavier spielte. Sie gab etwas von ihrer Seele preis, wie das bei Musik oft der Fall ist. Die schnellen Noten offenbarten ihr feuriges Temperament und die Leichtigkeit ihres Anschlags offenbarte ihre innere Anmut.

Er bemerkte Lolas Essgewohnheiten; wie sie auf den Tisch haute, wann immer sie plötzlich eine neue Idee hatte, wie sie immer zuerst ihr Fleisch vor den Kartoffeln aß, wie sie immer dann, wenn sie eine Unterhaltung beenden wollte, aufstand, um Essen zu holen und wie sie niemals zunahm, obwohl sie dieses Essen aß.

Er bemerkte, wie Lola im Schlaf lächelte, den Seufzer, wenn sie aus dem Bett aufstand und das Theater das sie machte, wenn sie sich anzog.

Und er bemerkte, wie Lola im Haus seine Hemden trug. Hugo gefiel, wie sie ihre Oberschenkel umspielten; geheimnisvolle Kurven ahnen ließen und den Rest seiner Fantasie überließen. Diese Männerhemden offenbarten Lolas Weiblichkeit *und* ihre Männlichkeit.

Lola war ein Widerspruch und Hugo hätte sie nicht anders haben wollen.

*****

Je näher Hugo und Lola sich kamen, desto stärker wurde ihre Liebe.

Aber das waren weder *Philia, Eros* oder *Philautia*. Das war *Pragma*.

Pragma ist pragmatisch. *Pragma* ist die unerschütterliche Liebe, die entsteht, wenn sich zwei Liebende kennenlernen und gegenseitig, einschließlich Warzen und allem anderen, akzeptieren. Wenn sie sich nicht so sehr trotz ihrer Fehler, sondern wegen ihrer Fehler lieben, indem Sie in ihren Unvollkommenheiten Vollkommenheit sehen.

Pragma basiert auf Verständnis, Toleranz, Arbeit und Geduld. Dabei geht es nicht darum wegen der Liebe den Kopf zu verlieren, sondern vielmehr darum, auch bei der Liebe einen kühlen Kopf zu bewahren.

Hugo und Lola erlebten eine solche pragmatische Liebe. Als sich die rosaroten Wolken romantischer Leidenschaft verzogen hatten, wurden ihre verbleibenden erotischen Gefühle von etwas weitaus Schönerem in den Schatten gestellt: echter Übereinstimmung.

Es war so, als hätten sie alle Hürden überwunden und den wahren Kern der Liebe erreicht. Sie waren in der Lage, das Schweigen des Ehepartners zu schätzen, ihre Gedanken zu lesen und ihre Worte voraussagen zu können. Vielleicht waren sie, trotz all der Lust und Lügen, wirklich Seelenverwandte. Vielleicht hatten sie sich aber auch bloß in einem so jungen Alter getroffen, dass ihre Persönlichkeiten noch flexibel genug waren, sich den Bedürfnissen ihres Partners anzupassen…

*****

Hugo veränderte sich; vom Chirurgen zum Arzt, vom Handelsmann zum Profi, von der Arbeiterklasse zur Mittelschicht, vom Verführer zum Liebenden, vom Junggesellen zum Ehemann, vom Jungen zum Mann.

Er mochte die Person, die aus ihm geworden war; geformt durch das Feuer des Unglücks, zurechtgebogen durch die Leichtigkeit der Berührung einer Frau und abgekühlt durch die eisige Georgianischen Gesellschaft.

Lebte er eine Lüge?

Hugo stellte sich diese Frage regelmäßig. Ein Teil von ihm sagte „Ja"; er fühlte sich unehrlicher als damals, als er Lola verfolgte. Ein Teil von ihm sagte „Nein"; es gehörte auf natürliche Weise zum Erwachsenwerden.

Bei einer Sache war sich Hugo jedoch sicher: Seiner Liebe zu seiner Frau.

Wegen dieser Liebe hatte Hugo das Verlangen, ein besserer Mensch zu werden; jemand, der Lola verdiente.

Wie viele Männer hatte Hugo eine Eigenart; er liebte seine Privatsphäre und die Zeit, die er allein verbrachte, war ihm wichtig. Man hätte meinen können, sie war ihm etwas zu wichtig. Vor seiner Heirat hatte er Lola alleine verfolgt, er hatte alleine studiert und unzählige Nächte alleine in seiner Wohnung verbracht.

Lola wollte, dass er etwas mehr Interesse am Gesellschaftsleben zeigte: „Wir gehen tanzen, Liebling. Ich möchte *Banjitar* hören."

„Nun, Süße, tanzen ist nicht so meine Sache."

Sie saßen im Wohnzimmer; Hugo im Sessel und Lola auf seinem Schoß. Zwei Steine lagen auf der Bartheke und in ihren Händen hielten sie zwei Drinks.

„Hugo?"

Hugo antwortete nicht.

Lola tat, was sie immer tat, wenn ihr Mann eigensinnig war: Sie kräuselte ihre Nase und lächelte mit den Augen. Hugo konnte dieser Mischung aus Drohung und Liebreiz kaum widerstehen, süß und sauer.

„Du siehst heute Abend bezaubernd aus", sagte er.

Lola zog ihre Augenbrauen hoch.

„Du siehst ohne Make-up toll aus, aber auch mit."

Lola drückte sein Knie.

„Ich liebe dich."

Lola musste beinahe lächeln.

„Okay, okay. Ich werde meinen Mantel holen."

Lola lächelte.

Hugo nahm ihre Hand und führte sie an einem Haufen Steine vorbei, öffnete die Tür für sie, rief eine Kutsche herbei und half ihr beim Einsteigen.

Sie kamen bei der Tanzhalle an, traten ein und begannen zu tanzen.

Hugo fühlte sich genauso verloren, wie Mayer, als er das erste Mal die *Almack Rooms* betrat. Lola fühlte sich umso besser. Sie tanzte auf die absurdeste Art; hüpfend und rutschend mit der Grazie eines dreibeinigen Hundes. Trotzdem fühlte sie sich großartig; losgelöst durch die Liebe und unbelastet durch den Wunsch, einen guten Eindruck zu machen.

Hugo liebte Lolas sorglose Ausgelassenheit. Er fand noch nicht einmal, dass sie so schlecht tanzte. Ungebildet in solchen Dingen fand er, dass Lola majestätisch war und alle anderen es falsch machten, indem sie affektiert tanzten, mit viel zu steifen Schritten und zu eckigen Bewegungen.

Hugo fand, dass seine Frau so sehr ohne Anmut tanzte, dass es faszinierend wirkte. Bei jedem falschen Tanzschritt und unangebrachten Hüpfer funkelten ihre Augen vor Freude. Jeder unbeabsichtigte Hüftschwung hatte eine natürliche Eleganz; in der High Society nicht angebracht, aber im Einklang mit einem höheren Daseinszustand.

Je mehr also ihr Getanze vom Gewohnten abwich, desto mehr Zeilen schrieb Lola in Hugos Herz. Ihre Abneigung gegen den zeitgenössischen Stil spiegelte sich in Hugos Abneigung gegen genau die gleiche Sache. Es vereinte sie. Und darum kam Hugo aus sich heraus; er tanzte genau wie Lola und sah genauso komisch aus.

*****

Hugo, der niemals zuvor getanzt hatte, wurde zum regelmäßigen Tänzer. Lola nahm ihn mit zum Theater, zu Konzerten, zum Ballett und zu Banketten. Mit der Zeit lernte er, sich bei diesen Events zu amüsieren. Außer in der Oper. Hugo hatte nie Verständnis für die Oper aufgebracht.

Ein neuer Hugo wurde geboren, dieses Mal von der High Society. Er wurde mit steigender Regelmäßigkeit wiedergeboren.

Lola stellte ihren Ehemann ihren Freunden vor und führte ihn so in einen neuen Gesellschaftskreis ein.

Hugo, andererseits, verbarg Lola vor Typen wie Bib und Wilkins. Das war nicht schwer, da Bib und Wilkins sowieso nicht beim Ballett auftauchten. Tatsächlich hatte Hugo bei diesen Veranstaltungen nur bei einer einzigen Gelegenheit jemanden gesehen, den er kannte. Er befand sich auf einem Ball, als er Mayer entdeckte, der mit Ruby tanzte.

Hugo fühlte Mayers Stolz und Mayer empfand wie unbehaglich Hugo sich in seiner Haut fühlte.

Hugos Unbehagen war aus dem Schuldgefühl heraus entstanden, seinen alten Freund ausgetrickst zu haben. Während er damals gefunden hatte, dass das, was er tat, gerechtfertigt sei, belasteten ihn nun tausend nagende Zweifel. Mayer konnte Hugos Unbehagen empfinden, dachte jedoch, es sei die Tanzerei und nicht seine Schuld, die ihn sich so fühlen ließ.

Mayers Stolz war durch das Gefühl entstanden, dass er Ruby besaß, als wäre sie eine Trophäe. Hugo fühlte Mayers Stolz, nahm jedoch an, es sei Liebe, nicht Eitelkeit, die ihn sich so stolz fühlen ließ.

Trotzdem, Hugo und Mayer waren erfreut, sich zu sehen. Sie fühlten jeweils die Freude des anderen, umarmten sich, redeten stundenlang miteinander, tanzten zusammen und waren bei bester Laune, als sie gingen.

Als Mayer Ruby in dieser Nacht mit ins Bett nahm, sah er Lolas Gesicht auf ihrem Körper.

Als Lola diese Nacht zu Bett ging, verbrachte sie Stunden damit, darüber nachzudenken, was hätte sein können.

*****

Hugo erkannte zwei Dinge...
Erstens: Er liebte Lola wirklich.
Zweitens: Sein Haus war voller Steine.

Das war so passiert:

Sobald sie sich verlobt hatten, hörte Lola auf, Hüte zu kaufen. Sobald sie zusammengezogen waren, verschenkte sie all ihre Hüte. Als Hugo ihr gemeinsames Haus das erste Mal betrat, war er von dem bloßen Gewicht ihrer Abwesenheit überwältigt.

Lola fand für ihre Sammelsucht ein anderes Ventil.

Von dem Tag an, sammelte sie Steine; Steine aller Arten: kleine Steine, große Steine, runde und quadratische Steine; Steine jeder Art und in allen Formen. Sie begannen mit einer Geschwindigkeit von etwa einem pro Tag anstelle der Hüte aufzutauchen.

Hugo war so mit seinem Studium und seiner Arbeit beschäftigt und so sehr auf Lola selbst konzentriert, dass er diese Steine nicht bemerkte, bis es unmöglich wurde, sie nicht zu sehen. Sie waren überall.

Er hatte das Gefühl, etwas sagen zu müssen:

„Wofür all diese Steine?"

„Steine zu sammeln ist einfach toll: Ein Riesenspaß! Sie haben alle verschiedene Formen und Größen."

„Aber warum?"

„Steine sind wie Menschen."

„Sind sie das, mein süßes Häschen?

„Ja, sie haben alle verschiedene Persönlichkeiten."

„Aber warum so viele? Ich kann mich ja kaum bewegen."

„Ich nehme an, ich kann nicht anders. Ich weiß nicht mehr, welcher Stein welcher ist und habe angefangen, ihre Namen zu vergessen, aber ich liebe sie trotzdem alle."

„Könnten wir ein paar von ihnen nach draußen bringen?"

Das glaube ich nicht. Meine Steine sind wie Kinder für mich und man lässt doch nicht seine Kinder draußen. Jetzt musst du mich bitte entschuldigen; ich muss jetzt wirklich etwas „Kedgeree" essen."

Lola ging in die Küche, wo sie sich den Mund mit Reis, Sahnesoße und geräuchertem Fisch vollstopfte.

Hugo sah auf die Steine zwischen seinen Füßen, neben seinem Sessel, entlang der Anrichte und auf dem Café-Tischchen. Es kam ihm vor, als ob jeder Quadratzentimeter seines Hauses von einem Stein oder einer Pflanze besetzt war.

Er lächelte und lachte vor sich hin:

Meine Frau ist perfekt. Total, total perfekt!'

MISSVERSTANDENE GRANDIOSITÄT

„Es gibt nur sehr wenige Menschen, die in den Spiegel
sehen und sagen ‚die Person, die ich sehe, ist ein
wildes Ungeheuer.' Stattdessen erfinden sie eine
Erklärung, die rechtfertigt, was sie tun.
NOAM CHOMSKY

Archibald war geschlagen, verletzt und beinahe gebrochen. Er konnte
einfach nicht fassen, wie er sich Ursula untergeordnet hatte:

*‚Wie konnte ich bloß so schwach und erbärmlich sein. Habe ich denn gar
nichts gelernt?'*

Er fühlte sich wie ein Boxer in den Seilen, der einen Schlag nach dem
anderen einstecken musste; zusammengekrümmt kauernd, aber immer
noch stehend. Er brauchte Stärke, die er nicht besaß und Energie, die er
bereits verbraucht hatte.

Er atmete tief ein.

‚Was ist es, das mir fehlt?' fragte er sich. *‚Macht! Was brauche ich?
Macht! Wonach werde ich streben? Macht! Macht, Macht, Macht!'*

*****

Jedes dahergelaufene Genie kann die Wahrheit glauben. Um eine Lüge
zu glauben, braucht es eine besondere Art von Dummkopf.

Archibald war eine besondere Art von Dummkopf. Er dachte über seine
Schritte nach und sagte sich selbst, dass er *hartnäckig* sein und es *weiterhin
versuchen* müsse, *nie aufgeben* dürfe. Er glaubte daran, dass die Dinge
besser werden würden.

Alles blieb beim Alten.

Archibald benutzte Park-Ladies, die ihm den Machtschub gaben,
nachdem ihm so verlangte, ihn aber danach in Selbstmitleid versinken ließ.
Wenn die Wrestling-Saison begann, füllte er seine Taschen und zog zu einer
besseren Klasse von Prostituierten weiter. Danach fühlte er sich high aber
auch ernüchtert.

Manchmal ging er mit einer Straßenhure, Damen, die alles tun würden,
um einer befreundeten Prostituierten zu helfen und alles, um ihre Männer
zu befriedigen. Er konnte diese Damen mit geschlossenen Augen an dem
Geruch ihrer Parfüms wittern.

Er suchte die billigen Gasthäuser auf, welche die Straßen von
Whitechappel, Wapping und *Ratcliffe Highway* säumten. Sie wurden von

jüdischen Unternehmern geführt, die ihren Kunden zu viel Geld abknöpften. Die Gasthäuser waren voller Nutten, die selten ihre Mieten zahlten. Archibald hörte sie ihre Vermieter „Christusmörder" und „Häretiker" schimpfen.

Und er besuchte auch Nachtlokale, in denen Mondschein-Schnaps verkauft wurde, und deren Betreiber immer Ausschau nach den lokalen Nachtwächtern hielten.

Archibald suchte nach Huren, die wie Lola aussahen. Aber letztendlich schlief er selten mit diesen Frauen. Normalerweise nahm er sich einen Frauentyp, den man den „rustikalen" Typ hätte nennen können; muskulöse Damen mit haarigen Achselhöhlen, deren Oberschenkel einen Mann zerquetschen konnten und deren Schweiß nach Hühnerbrühe schmeckte.

Archibald weigerte sich zuzugeben, dass er diese Frauen attraktiver als feminine Frauen fand, aber er war überzeugt davon, dass sie bessere Liebhaberinnen waren. Er glaubte, dass sie sich anstrengten, ihre Männer zu befriedigen, um ihr nicht so gutes Aussehen zu kompensieren, während schöne Frauen oft faul waren und sich aufspielten, als wenn die Welt ihnen etwas schuldete.

Er nahm sich Frauen jeden Alters und aller Rassen. Einmal hatte es ihn gereizt in ein Haus für Homosexuelle zu gehen, aber dann wollte er die Grenze, mit einem Mann zu schlafen, doch nicht überschreiten.

Irgendeinen Standard muss ich doch haben', sagte er sich und stürmte hinaus, suchte sich eine muskulöse Frau, nahm sie mit ins Bett und stellte sich vor, sie sei Lola.

*****

Archibald fühlte Hugos Liebe für Lola, als wäre es seine eigene. Er konnte fühlen, als Lola Hugo von seinem Selbsthass befreite, als Hugo Lola beim Tanzen beobachtete und wann immer Lola Hugo zum Lächeln brachte.

Diese extreme Form der Empathie hatte eine extreme Form von Leidenschaft zur Folge.

Archibald stellte sich vor, was Lola gerade tat und wie sie es tun würde, wie ihre Ehe auseinanderbrach, wie sie Hugo verließ und wie sie sich ihm in die Arme schmeißen würde.

Er zeichnete auch weiterhin Lolas Bildnis, wobei er den Stift so sehr kratzen ließ, dass streunende Hunde heulten und Katzen aufschrien, sodass die dadurch aufgescheuchten Vögel die Sonne verdunkelten.

Er begann jene vier harmlosen Buchstaben ‚L-O-L-A' auf Herbstblätter, in den Schaum seines Bieres und in die Falten seiner Handflächen zu schreiben. Er tat es, ohne dabei nachzudenken und ohne sich bewusst zu sein, wer ihn vielleicht beobachtete und wie diejenigen reagieren könnten.

Und er träumte weiterhin von Lola. Immer, wenn er schlief, erreichte er einen alternativen Bewusstseinszustand, in dem Lola und er verheiratet waren.

*****

Es wäre einfach, Archibald wegen seiner Art, wie er mit Frauen umging, zu verurteilen. Archibald verurteilte *sich selbst,* dafür, wie er Frauen behandelte, aufs Schärfste, aber es sollte bemerkt werden, dass er niemals eine unschuldige Jungfrau auf die Art austrickste, wie es Hugo mit Lola und Mayer mit Ruby gemacht hatte. Er *hatte* trotz allem einen Ehrenkodex: Er zeigte seine Intentionen immer offen und ehrlich, er zahlte für Sex immer einen angemessenen Preis, er schlief nie mit Mädchen unter achtzehn Jahren und er brauchte niemals Gewalt oder Lügen, um eine Frau ins Bett zu bekommen.

Trotzdem gab Sex Archibald nicht die Macht, nach der er sich sehnte. Wenn überhaupt, hatte Sex Macht über ihn. Sein Verlangen nach sexuellen Eroberungen wurde zu einer Sucht; entstanden aus der Notwendigkeit, der schwer zu ertragenden Realität zu entfliehen und in die Welt seiner Träume einzutreten.

Es wurde schlimmer.

Die Spielchen, die er einst mit Ursula getrieben hatte, befriedigten ihn nicht mehr. Frauen fallen zu lassen befriedigte ihn nicht mehr. Frauen zu befriedigen, befriedigte ihn nicht mehr.

Archibald erfand Scheinwelten: Er besorgte sich Prostituierte, die so tun mussten, als wären sie seine Peiniger aus der Kindheit. Dann fiel er über sie her, brachte sie zum Schweigen, ergoss sich in ihnen, riss seine Arme hoch und schrie mit unbändiger Freude. In dem Moment überwältigte er seine Peiniger, in dem Moment übernahm er die Kontrolle.

Es hielt niemals lange an.

Archibald brachte seine Frauen dazu, so zu tun, als seien sie die Fabrikbesitzer, die sein Dorf ruiniert hatten, die Händler, deren Verhalten Raymondos Tod verursacht hatte und die Ortsansässigen, die seine Familie nicht vor den Flammen gerettet hatten. Er warf sich auf diese Frauen, triumphierte, huldigte sich selbst und brach dann zusammen.

Ihm fehlten Grenzen. Er behandelte Frauen nicht als Personen, sondern als Gebrauchsgegenstände. Er fürchtete Unterdrückung, darum gab er vor, mächtig zu sein. Er hatte Angst vor Intimitäten, also ersetzte er sie durch Intensität. Er fürchtete sich vor Einsamkeit, darum schlief er jede Nacht mit einer anderen Frau.

Unfähig, mit seinen Emotionen umzugehen, fühlte er sich voller Scham, unfair, kompromittiert, grimmig, freudlos, distanziert, unehrlich, hoffnungslos und deprimiert. Dann versteckte er diese Gefühle, indem er ihre Existenz leugnete.

Bedingt durch sein moralisches Schwindelgefühl, waren seine Taten nicht seine eigenen; sie waren obsessiv und nicht Teil seines wahren Selbst.

Archibald war zu einem Sex-Besessenen geworden.

Wie jeder Süchtige, verlangte es ihn nach immer mehr. Noch eine Frau. Und danach noch eine.

Wie jeder Süchtige, setzte er alles aufs Spiel; seine Beziehungen, Finanzen, sein Geschäft und das Wrestling.

Und wie jeder andere Süchtige, bekam er keine Befriedigung; der nächste Triumph musste immer etwas grösser sein, als der letzte. Es war ein flüchtiges Gefühl, das ihm die Illusion von Liebe, Zärtlichkeit, Unterstützung und Zugehörigkeit verschaffte und seinen Schmerz für kurze Zeit betäuben aber seine tieferliegenden Probleme niemals lösen konnte.

Archibald schwankte zwischen vorübergehender Euphorie und permanenter Niedergeschlagenheit.

Für ihn ging es beim Sex nicht um Genuss. Es machte ihm gar keinen Spaß, mit Frauen zu schlafen.

Für Archibald war Sex die Sehnsucht nach Erniedrigung, nach der Liebe, die ihm gestohlen worden war, und nach so vielen widersprüchlichen Dingen, die jedoch Sinn zu machen schienen.

Schließlich gab er es sich selbst gegenüber zu:

‚Ich bin ein Sex-Besessener.'

Aber das konnte er keinem anderen gegenüber zugeben:

‚Was würden sie sagen? Die Leute haben Verständnis für Trunk- und Spielsucht. Aber Sex-Sucht? Sie werden sagen, „Ja klar! Wir sind alle sexsüchtig", und dann werden sie sich über mich kaputtlachen.'

*****

Archibalds Denken wurde von dem Gedanken an Sex gefangen gehalten. Er arbeitete, war aber nie richtig bei der Sache; Kunden kamen und gingen, ohne dass er sie wirklich registrierte. Er kämpfte im Wrestling Ring, aber seine Vorstellungen wurden immer schlechter. Ausgelaugt durch seine sexuellen Exzesse, weigerte sich sein Körper die Dinge zu tun, die er einst so leicht vollbracht hatte. Sein Gehirn reagierte nur noch langsam.

Immer öfter verlor er. Archibalds Macht entglitt ihm und der Mann mit dem Hut hörte auf, ihn fürs Verlieren zu bezahlen.

Dieser Buchmacher, der an Archibalds Kämpfen tausende Pfund

verdient hatte, verschwand, sobald die Leute aufhörten, auf Archibalds Sieg zu setzen. Erst dann merkte Archibald, dass er nichts über diesen Mann wusste, weil die durch seine Abwesenheit erzeugte Leere in Pfund und Pence, aber mit nichts Anderem, gemessen werden konnte.

Trotzdem, es war eine große Leere. Archibald hatte seine Hauptverdienstquelle verloren.

*****

Archibalds Sexsucht hatte ihn sein Geld, seine Gesundheit und seine Freunde gekostet. Um Sex zu haben vernachlässigte er regelmäßig seine gesellschaftlichen Pflichten. Seine Launenhaftigkeit war äußerst unerfreulich.

Er konnte nicht anders.

So kam es, dass er anfing „Soldatenfrauen" aufzusuchen; Prostituierte, die auf einer so niedrigen Stufe standen, dass sie ihren Beruf in Verruf brachten. Sie schliefen, wie Sie sich wahrscheinlich denken können, mit Soldaten. Da Soldaten aber nur einen Schilling pro Tag verdienten, waren sie gezwungen jede Nacht mit mehreren Männern zu schlafen, wodurch sie an Syphilis litten und voller Geschwüre waren.

Es war diese Art von Frau, zu der Archibald in jener kalten Sommernacht ging. Sie bot einen abstoßenden Anblick. Ihre Haut war voller Pickel und Unreinheiten, aber sie kannte keine Scham und dafür war Archibald dankbar.

Sie gingen auf ihr Zimmer, ein dreckiger, alter Verschlag, den sie sich mit zwei anderen Frauen teilte. Alles darin schien aus Holz zu sein, einschließlich der Fenster, Wände und Decken. Die einzige nicht aus Holz bestehende Sache war ein verdrecktes Handwaschbecken, aus dem dreckiges Wasser auf den verfaulten Boden tropfte. Der Geruch nach Feuchtigkeit vermischte sich mit Geruch nach Gin aus Archibalds Atem.

„Komm schon, mein Liebhaber", sagte die Frau. „Ich werde alles tun, was du willst, damit du einen hochbekommst."

In einer Ecke zusammengekauert dösten zwei Prostituierte.

Archibald hob die Frau hoch, warf sie zu Boden, kniff und drückte sie, schob und zog sie, dann schrie er vor Verzückung auf und brach auf ihrem schlaffen Körper zusammen.

Bis er wieder zu sich kam und aufschaute, waren die anderen beiden Frauen verschwunden, ebenso wie seine Kleider und sein Geld.

Archibald hatte einen glasigen Gesichtsausdruck; gleichzeitig schockiert und total gleichgültig. Sein Leben war so schlimm verlaufen, dass es ihn nicht überraschte, dass es nun weiter bergab ging. Wenn es überhaupt etwas gab, wofür er dankbar war, dann war es die Tatsache, dass man ihn nicht schon vorher ausgeraubt hatte. Es erschien ihm wie ein Wunder, als er darüber nachdachte.

„Ich werde dir ein paar Kleider besorgen", sagte die Frau zu ihm, als wenn das die natürlichste Sache der Welt sei.

Archibald knirschte mit den Zähnen.

*****

Seine Hure kam nicht zurück.

Dafür kam ein komischer Kauz.

Alles an dem Mann schien zu etwas Höherem hinauszuwollen. Seine Absätze machten ihn um rund 10 Zentimeter grösser, seine Haare standen ab und sein pinkfarbenes Hemd schien zu schreien, „Schaut mich an, schaut mich an!"

Er begann zu schreien:

„Schau dich an! Schau dich an!"

Selbst sein Ton war schrill:

„Oh, was bist du für ein Muskelprotz! Mit deinem kräftigen Rücken bist du vom Scheitel bis zur Sohle genau die Art von Mann, die wir gesucht haben. Ich wette, du bringst ein anständiges Gewicht auf die Waage!"

„He?"

„Was für ein Exemplar. Was für ein Exemplar! Ich wette, du bist ein Boxer!"

„Verdammt richtig, ich bin ein Wrestler."

„Oh, noch besser. Noch besser! Ich liebe Männer, die kämpfen können."

„Grrrrr, ja. Wer bist du?"

„Ich, junger Wrestler-Junge werde ,Der Gänserich' genannt. Sie nennen mich ,Gänserich'!"

„Gibt es hier ein Echo?"

„Echo! Echo? Nein, ich glaube nicht."

Archibald zog seine Augenbrauen hoch.

Der Gänserich legte einen Stapel Kleider auf das Bett:

„Die kannst du umsonst haben."

„Sicher."

„Nichts ist umsonst im Leben."

„Was?"

„Ich sagte, die kannst du umsonst haben."

„Danke."

„Aber du musst einen Preis dafür bezahlen."

„Was?"

„Für die Kleider. Du kannst sie behalten, sie sind unser Geschenk an dich. Wir fänden es nur gut, wenn du uns als Gegenleistung deine Dienste anbieten würdest."

„Meine Dienste?"

„Deine Dienste. Deine Dien… Ja. Beschütze und diene. Diene deinem Land. Dein Land braucht dich. Für König und Vaterland. Gott schütze den König. Möge er ihm Siege, Glück und Ruhm schenken. Bring dieses Opfer. Tu deine Pflicht, sei mutig. Nimm das Schwert der Gerechtigkeit. Werde ein besseres Du. Werde das Beste, was du werden kannst. Sei alles, was du sein kannst. Herrsche, Britannien! Britannien beherrscht die Meere. Vorwärts, Armee! Schreib dich jetzt ein!"

„Sie sagen also…"

„Beim Jupiter, ich glaube, er hat's. Gebt dem Jungen eine Knarre!"

„Nein, ich versteh's nicht."

„Nun, du bist beim richtigen Mann gelandet. Wir werden dich schon zurechtbiegen."

„Zurechtbiegen?"

„Dir alles geben, was du jemals gewollt hast; eine Ausbildung, Geld, Mädchen und Macht."

„Macht?"

„Massen von Macht!"

„Ich bin dabei!"

„Das ist mein Junge."

*****

Der Gänserich war ein Anwerber; ein Zivilist, der sich sein Geld verdiente, indem er für die Armee rekrutierte. Anwerber hatten den Ruf, den Männern etwas vorzugaukeln, sie auszutricksen und regelrecht unter Druck zu setzen. Es war ein völlig verdienter Ruf. Es hatte Anwerber gegeben, die Männer entführten, sie in eine Zelle schmissen, nackt auszogen und ihnen eine Armeeuniform verpassten, sie dann auf ein Schiff verfrachteten und ab in den Krieg schickten.

Der Gänserich war nicht so brutal.

Statt ein oder zwei schmutzige Tricks anzuwenden, zog er die „freundliche Art" vor. Seine Taktik war mit einem Dampfer die Themse herunterzufahren, Männer an Bord einzuladen, sie mit Alkohol abzufüllen und so lange freundlich auf sie einzureden, bis sie seinem Charme erlagen.

Er war einer der beliebtesten Leute bei den obersten Armeeangehörigen.

Er war auch bei Archibald beliebt, da er unserem Mann alles gab, was er wollte; Sex, Macht und Geld:

„Du wirst ein reicher Knacker werden; ein Mitglied der High Society, wie Robert Clive. Auf alles Geld, das du verdienst, bekommst du eine Provision. Du wirst um die Welt reisen. Um die Welt! Du wirst mit der Art von Frauen schlafen, die du dir nie hättest vorstellen können. Und denk nur an die Macht! Du wirst wie ein König sein. Mit Muskeln wie du sie hast, wird sich niemand in deine Nähe trauen."

Archibald lächelte. Er hatte weder Geld, Frauen noch Macht, aber er hatte diese Gelegenheit und er war entschlossen, sie zu nutzen. Er unterschrieb einen Zehnjahresvertrag und ging, um sich zu verabschieden.

Mayer stand auf, um ihn zu begrüßen:

Man kann nicht glauben, wieviel es in letzter Zeit regnet."

Archibald zuckte mit den Schultern:

„Wir sind in England, was hast du erwartet?"

„Regen, gemischt mit Schauern!"

„Huh, ja, jedenfalls bin ich hier, um dir zu sagen, dass ich in die Armee eingetreten bin."

„Was? Die Armee? Mein Bruder, du könntest sterben."

„Ein bisschen Tod hat noch niemanden geschadet."

„Bist du sicher?"

„Absolut! Der Tod ist gar nichts; es ist das Leben, dass knallhart ist."

„Nun gut, Bruder, dann muss ich dir wohl viel Glück wünschen. Ich bin sicher, dass du deinem Land dienen wirst."

Sie tranken ein paar Ale. Dann begann Hugo zu sprechen:

„Ich muss schon sagen, das kommt aus heiterem Himmel."

„Aus heiterem Himmel? Nein, es kam von dir."

„Von mir?"

„Erinnerst du dich nicht? Du hast mir mal erzählt, wie du Lolas Zuneigung gewonnen hast, weil du sie vor ein paar Strolchen gerettet hast. Nun, jetzt bin ich dran, dieser Kerl zu sein; der Ritter in der glänzenden Rüstung, der immer das Mädchen bekommt."

Archibald glaubte an das, was er sagte. Er glaubte, dass wenn er sich im Ausland bewährte, könne er mit hocherhobenem Kopf zurückkehren und das Mädchen seiner Träume für sich gewinnen. Er wurde für Lola zum Soldaten. Er glaubte nicht, dass ihre Ehe halten würde und war entschlossen, ihrer wert zu sein, bis sie wieder auf den Heiratsmarkt kam.

Während er daran dachte, dass Lola wirklich ihm gehören könnte, überkam ihn plötzlich eine Welle des Selbstvertrauens, die in seinem Bauch ein wohlig warmes Gefühl erzeugte. Vereint im Geiste brüderlicher Liebe fühlten auch Hugo und Mayer diese Wärme, was sie beruhigte.

Sie fühlten immer noch gegenseitig ihre Emotionen, weil sie tief im Innern immer noch dieselbe Person waren; eine Person, die einfach drei verschiedene Körper besaß. Während sie in ihrer Kindheit auseinandergerissen worden waren, verband sie etwas, das dicker als Blut war; eine gemeinsame Persönlichkeit. Sie fanden Trost in ihren äußerlichen Ähnlichkeiten, sie sahen alle aus wie Hugos Vater, und ihren gemeinsamen Anfängen. Immer, wenn sie zusammen waren, hatten sie das Gefühl in ein verlorenes Leben zu treten.

Hugo und Mayer sahen Archibald an und dachte genau das Gleiche:

,Das hätte ich sein können, wäre ich gezwungen gewesen, das aushalten zu müssen, was Archibald als Kind aushalten musste.'

Archibald nippte an seinem Bier:

„Ich werde nie wieder schwach sein. Der Krieg wird mich zurechtbiegen. Ich werde sadistisch sein! Ich werde auf jeden, der das Pech hat, mir in die Quere zu kommen einen Sturm des Zorns niederprasseln lassen!"

Mayer griff nach Hugos Oberschenkel.

Hugo antwortete:

„Pass einfach nur auf, ehrlich zu deinem merkwürdigen Selbst zu sein. Wir werden immer für dich da sein, wenn du uns brauchst."

„Archibald schubste Hugo von seinem Stuhl:

„Du alter Angsthase. Ich werde euch niemals mehr brauchen!"

*****

Archibald verkaufte sein Geschäft an die Eisenwerke, gab jeden Penny, den er erhielt für Prostituierte aus, packte seine Sachen und ging zur See.

GELD WÄCHST AUF BÄUMEN

„Die Art und Weise, mit der Banken Geld erschaffen, ist so
einfach, dass unser Gehirn ablehnend reagiert."
JOHN KENNETH GALBRAITH

Mayer sah Hugo und Lola bei mehreren Gelegenheiten; vor Spaß johlend bei der „Punch and Judy" Show in *Covent Garden*; mit verschmierten Gesichtern beim Verschlingen von Aalen an den *St. Katherine Docks*; händchenhaltend und bärtige Damen bestaunend bei einer Kuriositäten-Show im *Regents Park*, bei einer Kutschfahrt mit gegenseitig auf den Schultern liegenden Köpfen, und beschwingt, mit der Anmut wilder Tiger, spazierengehend.

Jedes Mal, wenn Lola Mayer sah, reagierte sie mit solcher Gelassenheit, dass es aussah, als hätte er bei ihr keinerlei Eindruck hinterlassen. Wenn sie mit ihm redete, tat sie es mit einer Beherrschung, die an Gleichgültigkeit grenzte; niemals machte sie auch nur die kleinste Andeutung, die Mayer hätte vermuten lassen, dass sie sich an sein Werben erinnerte.

Jedes Mal, wenn Mayer Lola sah, fühlte er Hugos Liebe. Und jedes Mal, wenn er diese Liebe spürte, überzeugte ihn sein grundlos klopfendes Herz, dass es seine eigene war. Da Hugos Liebe noch in den Anfängen war und von Tag zu Tag stärker wurde, war Mayer sicher, dass seine eigene Liebe für Lola wuchs und immer weiterwachsen würde.

Mayer hatte Lolas Bild ständig vor Augen und ihr Duft umwehte seine Nase. In jedem Ton, der mit seinem Ohr flirtete, vernahm er ihre Stimme.

Im Vergleich erschien Ruby zweitklassig: Ihr Hals war nicht so grazil, ihre Haltung nicht so graziös, ihr Haar nicht so glänzend, ihre Haut nicht so glatt und ihr Gang nicht so anmutig.

Ich liebe dich", sagte er zu ihr.

„Ich liebe dich auch."

Er gab Ruby ein paar Ohrringe.

Sie errötete:

„Meine Güte, Liebling, ich verdiene dich nicht."

Mayer zuckte mit den Schultern. Dann ging er zur Arbeit...

*****

Clarky gab eine seltsame Figur ab. Seine breiten Wangenknochen und das schmale Kinn ließen sein Gesicht wie ein Dreieck aussehen. Seine dünnen Knöchel und fetten Oberschenkel sahen irgendwie amphibisch aus und seine Füße waren zu groß für seine Beine.

Seine Erscheinung war, wie dem auch sei, keinesfalls besorgniserregend. Clarky sah so ungefährlich aus, das man ihm automatisch vertraute.

Als ihn Mayer also bei seiner Rückkehr mit Ruby vorfand, fiel es nicht schwer, ihm zu glauben, dass Ruby ihn angesprochen hatte.

Sie waren gerade dabei zu tanzen. Die Musik spielte und Paare glitten vorbei.

„Nein", protestierte Ruby. „Er war es, der mich angesprochen hat!"

„Hmm, dieser Mann? Er sieht gar nicht so aus."

Rubys Gesicht färbte sich rot:

„Aber Liebling, du musst mir einfach glauben!"

Clarky warf seine Hände in die Luft und verzog sich.

„Natürlich glaube ich dir", antwortete Mayer. „Jeder Mann mit zwei Augen und so etwas wie Libido würde mit dir sprechen wollen."

Ruby warf sich in Mayers Arme und bedeckte ihn mit Küssen:

„Danke! Dank! Danke!"

„Aber versprich mir etwas. Sprich nie wieder mit diesem Kerl. Ich möchte nicht, dass du mit Junggesellen tanzt. Ich… ich… ich glaube einfach nicht, dass ich dir das vergeben könnte."

Ruby schüttelte ihren Kopf:

Niemals! Große Güte, Liebling, ich gebe dir mein Wort."

*****

Es vergingen eine paar Wochen bis Mayer Ruby wieder zusammen mit Clarky sah. Sie hielt einen Diamantring, den ihr Clarky gerade in die Hand gelegt hatte.

„Ruby!" schrie Mayer. „Wie lange geht das schon so? Was habe ich dir gesagt?"

„Aber Liebling, es ist einfach nicht so, wie es aussieht. Dieser Mann…"

„Es ist genau das, wonach es aussieht. Glaubst du, ich sei blind?"

„Nun…"

„Ich hatte dir ausdrücklich verboten, mit ihm zu sprechen."

„Ja, aber…"

„Nichts aber. Ich habe dir gesagt, dass ich dir nicht verzeihen könnte und so ist es auch. Es ist aus. Fertig. Pack deine Sachen und geh."

„Aber Liebling!"

„Nichts aber."

„Ich…"

„Geh!"

*****

Ruby trat direkt in ein Kloster ein, wo sie sich schwor, nie mehr einem Mann zu vertrauen.

Sie lebte ihre Tage als Nonne, ohne je die Wahrheit hinter dem Vorfall zu erfahren. Clarky war einer von Mayers Kunden, der seine Rückzahlungen nicht pünktlich geleistet hatte. Mayer hatte ihm gesagt, er solle sich als Zeichen seines guten Willens an Ruby heranmachen. Als Gegenleistung passte er die Bedingungen von Clarkys Kredit an.

*****

Mayer verbrachte seine zwanziger Jahre damit, Herrn Bronze reich zu machen, indem er sich um dessen Geschäftsbeziehungen kümmerte, Münzen wechselte, Schuldscheine herausgab, Kredite gewährte und Zinsen kassierte. Ein Tag verging mehr oder weniger wie der andere, wie das bei Tagen so der Fall ist.

Es passierte langsam, aber es passierte.

Mayer bemerkte, dass die meisten seiner Schuldscheine nicht eingelöst wurden. Eine stetig grösser werdende Anzahl von Gold- und Silbermünzen lag verlassen in Herrn Bronzes Tresor. Herr Bronze musste einen dritten Tresor kaufen. Auch der füllte sich mit Gold. Herr Bronze musste einen vierten Tresor kaufen, dann einen fünften.

Nach vielen zermürbenden Gedanken und mehreren schlaflosen Nächten, entschied Mayer hinter Herr Bronzes Rücken ein Experiment zu machen.

Er legte einiges des nicht beanspruchten Goldes in einen Sack, den er mit einem geflügelten Schwein markierte und verlieh es an Damian Black, einen gewissenhaften ernsten Mann, der Bestattungsunternehmer werden wollte. Einen Monat später wurde derselbe Sack Gold von Herrn Grim, einem Bestattungsunternehmer, der sich zur Ruhe setzen wollte und sein Geschäft daher an Damian Black verkauft hatte, hinterlegt. Mayer stellte Herrn Grim für das hinterlegte Gold einen Schuldschein aus.

Mayer verlieh den Goldsack ein zweites Mal, diesmal an Baxter, einen Metzger, der sein eigenes Geschäft eröffnen wollte. Einen Monat später wurde derselbe Sack von Herrn Scrooge hinterlegt, einem Landbesitzer, der Baxter das erforderliche Land verkauft hatte. Mayer stellte Herrn Scrooge einen Schuldschein aus.

Mayer verlieh den Sack Gold ein drittes Mal. Dieses Mal an Claude, ein frischgebackener Ehemann, der sich ein Haus kaufen wollte. Einen Monat später wurde derselbe Sack Gold von Frau Feather, einer Witwe, die Claude ihr Haus verkauft hatte, hinterlegt. Mayer stellte Frau Feather einen Schuldschein aus.

Mayer hatte drei neue Kredite geschaffen, von denen alle Zinsen einbrachten. Er hatte drei neue Gläubiger, von denen jeder lieber einen Schuldschein als Gold verwahrte und er hatte immer noch das originale

Gold, für den Fall, dass einer von den Gläubigern es abheben wollte.

Er hatte irgendwie drei neue Verschuldungen und drei neue Kredite geschaffen; drei neue Sätze Geld

Als er der Meinung war, genug getan zu haben, beendete Mayer das Experiment. Er betrachtete es als besonnen, abzuwarten und zu sehen, was als Nächstes passieren würde.

*****

Fünfundsechzig Pfund, zwei Schillinge, acht Pence", sagte Mayer.

Abes Antwort war so laut, dass seine Tasse auf der Untertasse vibrierte und Tee auf Sadies bevorzugtes Tischtuch verschüttete:

„Wirklich? Das ist mehr als normal."

„Hmm."

Abe warf Mayer einen prüfenden Blick zu.

„Ich zahle meine Schuld in einem Mal ab."

„Oh, nun ja. Warte einen Moment, May, ich schaue in meinem Notizbuch nach."

Abe ging.

Er kam zurück und trug eine gelbe Weste, die noch einen Ton heller war, als die Weste, die er vorher getragen hatte.

Er begann zu schreien:

„Das hast du prima gemacht! Nun, das ist wirklich gut, sehr gut sogar. Lass uns darauf einen Champagner trinken."

Mayers Wangen spannten sich:

„Nein danke."

„Nein danke?"

„Ich habe keinen Grund, zu bleiben."

„Brauchst du einen Grund?"

„Ja."

„Nun…hmm…schließlich bin ich dein Vater."

„Bist du nicht."

„Nun, nein, aber…"

„Wir haben reinen Tisch gemacht."

„Ja, und…"

„Du brauchst mir also keinen Champagner anzubieten und ich brauche ihn nicht zu akzeptieren."

„Ich denke nicht, aber die meisten jungen Leute…"

„Die meisten jungen Leute sind den Menschen, die sie großgezogen haben, dankbar. Für sie ist es natürlich, zu versuchen ihre Schuld zurückzuzahlen, indem sie eine Beziehung aufrechterhalten und ihren Eltern in Zeiten der Not helfen. Ich hingegen habe meine Schuld voll und ganz zurückgezahlt. Ich schulde dir nichts und habe keinen Grund, unsere Beziehung fortzusetzen."

„May."

„Danke für das, was du in meiner Kindheit für mich getan hast. Es war mir ein Vergnügen, Geschäfte mit dir zu machen. Auf Wiedersehen."

Abe hatte einen leeren Gesichtsausdruck.

Mayer griff nach seiner Hand, schüttelte sie voller Enthusiasmus und verließ Buckingham Towers zum letzten Mal.

*****

Mayer hatte sich von Ruby und Abe befreit. Er hatte Geld, aber außerdem besaß er nicht viel. Ihm gehörten ein paar Dinge, aber er hatte keine Familie. Er hatte viele Freunde und Bekannte, aber auch in dieser Beziehung fühlte er sich einsam, nachdem er sich gerade von Archibald verabschiedet hatte.

Um die Leere in seinem Leben zu füllen, begann Mayer Gefallen an Geliebten zu finden. Nicht seine eigenen Geliebten, müssen Sie verstehen. Nein, Mayer fand Gefallen an den Geliebten anderer Männer.

Wenn ich nicht mit einer respektablen Dame wie Lola zusammen sein kann, muss ich mir einfach die Geliebte eines respektablen Mannes nehmen.'

Mayer war sich der Gemeinsamkeiten bewusst, die er mit diesen Damen hatte. Wie er kamen sie aus der Arbeiterklasse. Ohne die Hilfe einer formellen Ausbildung hatten sie sich mit all ihrer ihnen zur Verfügung stehenden Schönheit und viel Kreativität hochgearbeitet. Sie hatten sich den Anschein von Ehrwürdigkeit gegeben und gewannen sich einen Platz am Rande der gutbürgerlichen Gesellschaft.

Mayer hatte seinen Aufstieg mit genauso viel Kreativität aber weit weniger Schönheit geschafft.

Mayers erste Geliebte hieß Sal. Ein molliges Mädchen. Aus dreißig Schritt Entfernung sah sie wie eine Grapefruit zwischen Satsumas aus; aus zwanzig Schritt Entfernung wirkte sie wie eine Kriegerin aus vergangenen Zeiten; aber aus zehn Schritten Entfernung sah sie göttlich aus. Sie hatte eine auf das Auge verführerisch wirkende Anziehungskraft. Mayer konnte nicht anders als ihre Konturen, Kurven, Spalten und Rundungen zu erforschen.

Sal, die Tochter eines Händlers, hatte immer davon geträumt der Arbeit im Geschäft ihres Vaters zu entfliehen. Wie sie selbst sagte:

„Meine Eltern sind dumm, einfach und für mich extrem uninteressant. Mir gefallen Mode und auch das Theater und in meinem Dorf könnte ich beides nicht haben."

Ohne viel Widerstand hatte sie sich den Begierden eines Mannes aus dem Ort hingegeben und war mit ihm nach London gezogen. Als ihre Beziehung zu Ende war, wurde sie die Geliebte eines Gentlemans namens Raph.

Sie mochte ihr Leben:

„Ich habe alles, was ich will und meine Freunde lieben mich alle bis zum Exzess."

Raph ließ Sal in einem Stadthaus in der Nähe von *Regents Park* wohnen, indem es für sie bereits eine komplette Garderobe, ein Hausmädchen, einen Lehrer und den Duft nach frisch geschnittenem Gras gab. Sie bekam eine jährliche Unterhaltszahlung von fünfhundert Pfund, die sie für Pferde, eine Theaterloge, Schmuck und Schuhe ausgab.

Im Gegensatz zu Mayer lebte Sal für den Moment. Wie er hatte sie eine unüberwindbare Abneigung gegen Heirat und ein unendliches Verlangen nach Kopulation. Sie teilten die Meinung, dass sich die Welt in zwei Gruppen von Menschen aufteilte: Diejenigen, die 'rumfickten und diejenigen, die herumficken würden, wenn sie nicht so unterdrückt würden.

Das war vielleicht der Grund, warum Sal Mayers Avancen erlag.

„Ich glaube, dass mich all die hier anwesenden Damen lieben", sagte er ihr, als sie sich bei einer Tanzveranstaltung trafen. „Und ich weiß genau, dass ich keine von Ihnen liebe, außer Ihnen."

Sal wedelte mit dem Fächer vor ihrem Gesicht:

„Sie lieben mich?"

„Das tue ich."

„Dann lieben Sie mich."

„Sie lieben?"

„Lieben Sie mich die ganze Nacht lang."

Es war wirklich so einfach

Mayer besuchte Sal immer dann, wenn Raph bei seiner Frau war. Sie aßen das Essen von diesem Mann und vergnügten sich in seinem Bett, ohne auch nur die geringsten Gewissensbisse zu spüren und sich mit dem Wissen sicher fühlend, dass es nichts Dauerhaftes war, dass Sal Mayer jederzeit den Laufpass geben konnte und das Mayer Sal verlassen würde, falls er bei Lola jemals eine Chance bekäme.

*****

Endlich sah Mayer Jim McCraw wieder.

„Hallo, lieber Freund", freute er sich. „Wir haben uns lange nicht gesehen!"

„Stimmt Junge, dagegen lässt sich nichts einwenden."

„Das Wetter war scheußlich."

„Ja, voll vom Osten, nasskalt und stürmisch."

Mayer wechselte ein paar Münzen, stellte fünf Schuldscheine aus und erkundigte sich bei McCraw nach seiner Familie.

„Denen geht es prima", antwortete er bevor er sich umdrehte und gehen wollte.

„Noch eine Frage", rief Mayer ihm nach.

McCraw hielt inne und kam zurück an die Ladentheke:

„Ja?"

„Ihre Schuldscheine, lösen Sie sie in Frankreich ein?"

„Nee."

„Nein?"

„Nee, Sonnyboy, brauche ich nicht. Unsere Lieferanten akzeptieren sie schon seit Jahren.

„Tun sie das?"

„Ja, sie wissen, dass sie sie einlösen können, wenn sie müssen."

„Also lösen sie sie selbst gegen Gold ein?"

„Nee."

„Nein?"

„Sie bezahlen damit."

„Bezahlen?"

„Ja. Die Schuldscheine sind bei den Händlern bekannt, sie bezahlen damit, als wären sie Gold, ohne sie jemals einzulösen.

Mayer nickte:

„Hmm, ja. Ich hab's gewusst."

LIEBE DEINEN NACHBARN

„Rette einen Mann vor dem Ertrinken, auch
wenn du nicht schwimmen kannst."
IRENE SENDLER

Hugo qualifizierte sich als Arzt und begann für Nicholas zu arbeiten. Aber für Lola war das nicht genug:

Liebling, du solltest wirklich nicht bloß ein Arzt, sondern auch ein Mensch sein.

Hugo hob seine Augenbrauen.

„Es ist wirklich nicht genug."

„Was ist nicht genug, Kleines?"

„Ich sage dir, das wird es nicht. Jetzt wirst du mich entschuldigen müssen. Ich muss jetzt einfach eine Gemüse Frittate mit Broccoli essen."

Lola ging in die Küche, wo sie etwas Grünzeug verzehrte.

Hugo starrte eine von Lolas Puppen an, bis er die Bibel sah, die seine Frau offen auf dem Tisch liegengelassen hatte:

„Ein Dieb wird nicht verachtet, wenn er am Verhungern ist und stiehlt, um seinen Hunger zu stillen."

Es war der Vers, an den Hugo bei seinem ersten Diebstahl gedacht hatte.

Er las weiter:

„Aber, wenn er entdeckt wird, muss er seine Schuld siebenfach zurückzahlen. Er muss seinen gesamten Reichtum verschenken."

Das war durch und durch Lola. Sie schien zu wissen, was Hugo dachte, sogar bevor er die Möglichkeit hatte, es selbst zu denken. Es war, als würde sie für Hugo denken und ihn dann so leiten, dass sein Gehirn mit seinen Gedanken übereinstimmte.

In dem Moment fand Hugo die Verbindung wieder. Er fühlte sich wegen seiner Diebstähle nicht schuldig, weil die Tage seiner Negativität hinter ihm lagen, er fühlte jedoch eine Verpflichtung, seine Schuld der Gesellschaft zurückzuzahlen.

Er wartete auf Lolas Rückkehr, lächelte und sagte dann:

„Ich werde etwas zurückgeben."

Lola küsste seine Wange:

„Ja, Liebling. Ja, das wirst du."

*****

So kam es, dass Hugo, der von Geburt aus nicht nobel war, durch seine Taten nobel wurde.

Er ging zur Brown's Bäckerei, wo er ein paar Pennies gegen die Anzahl von Nägeln eintauschte, die er einst dort hinterlegt hatte. Der überraschte

Gesichtsausdruck von Frau Brown, war etwas, das man gesehen haben musste. Ihre Stirn zog sich weit hoch bis fast an ihre Schädeldecke, die Ohren legten sich flach an den hinteren Schädel.

„Und einundzwanzig Brotlaibe."

„Einundzwanzig?"

„Ja bitte."

„Das ist eine ganze Menge Brot."

„Es ist siebenmal so viel Brot, wie die Menge, die ich mit diesen Nägeln gekauft habe."

„Hugo hievte einen Jutesack voller Brot über seine Schulter und machte sich auf in Richtung der Docks, wo er nach dem Ehrlichen Jim fragte. Die meisten Leute beachteten ihn nicht. Manche lachten, andere seufzten. Schließlich antwortete ihm ein buckliger Alter:

„Ehrlicher Jim, sagst du? Ja, ich kannte den Ehrlichen Jim. Der war gar nicht so ehrlich. Bin mir auch nicht sicher, ob er wirklich Jim hieß. Wenn ich darüber nachdenke, kann ich eigentlich gar nicht sagen, dass ich ihn gekannt habe. Ich glaube nicht, dass überhaupt jemand den Ehrlichen Jim wirklich kannte. Nun, wo war ich stehengeblieben?"

„Ich habe nach dem Ehrlichen Jim gefragt."

„Ach ja, der Ehrliche Jim. Der war gar nicht so ehrlich. Bin mir nicht mal sicher, ob der wirklich Jim hieß."

„Wo ist er?"

„Schwimmt mit den Fischen. Wir haben ihm ein salziges Grab gegeben. Ein salziges Grab für einen salzigen Seemann."

„Er war kein Seemann."

„Nein, war er nicht. Ich bin mir nicht mal sicher, ob er wirklich Jim hieß."

Hugo schnappte nach Luft:

„Wo ist seine Mannschaft?"

„Das müssten die dort drüben sein."

„Danke, du bist ein Star!"

„Das bin ich. Jawohl! Wo willst du so schnell hin? Was meinst du dazu, einem alten Kerl ein bisschen Brot zu geben?"

Hugo drehte sich um, warf dem Mann einen Laib Brot zu und ging weiter. Er gab der Mannschaft vom Ehrlichen Jim die Nägel zurück und machte sich dann auf den Weg zum *East End*, wo er einer obdachlosen Mutter, einem verkrüppelten Veteranen, ein paar Taschendieben, die Hugo nicht ähnlich sahen und ein paar Waisenkindern, die ihm wie aus dem Gesicht geschnitten waren, Brot schenkte.

Als er dann zum *Old Bailey* kam, hatte er nur noch ein Stück Brot in seinem Sack.

Der große Schatten vom *Newgate Gefängnis* hing über ihm.

Eine Stimme, die ihn in eine andere Zeit zurückversetzte, flüsterte ihm zu:

„Hugo…"

Hugo blieb stehen.

„Hugo…"

Er schüttelte seinen Kopf.

„Hugo…"

Er drehte sich um.

„Pssst! Herr Ah Cricketty, hier herüber."

Hugo schaute in alle Richtungen:

„Dizzy?"

„Jiminy Crickets! Ich habe dich nicht gesehen, seit du so groß warst wie ein Grashüpfer."

„Dizzy? Fizzy Dizzy? Was ist denn mit dir passiert?"

„Ich stecke ganz schön tief im Schlamassel, stimmt's?"

„Kann man wohl sagen."

„Yep."

„Weswegen?"

„Keine Ahnung."

„Du weißt es nicht?"

„Nee."

„Wirklich?"

„Nun ja, irgendein alter Knacker hat gesagt, es sei deswegen, weil ich meinen Körper verkauft habe, aber ich weiß es nicht genau. Immerhin ist es ja mein Körper, den ich verkaufe. So sehe ich das."

Hugo nickte:

„Kann ich dir helfen?"

„Hast du etwas zu essen? Ich habe solch einen Hunger, ich könnte ein ganzes Schaf essen. Fühle mich wie etwas zwischen einer Ameise und einer Stangenbohne."

Hugo nahm seinen letzten Laib Brot, riss ihn in Stücke und stopfte sie zwischen den Gitterstäben durch:

„Ich meine, kann ich irgendetwas tun, dass du rauskommst?"

„Nee, ich denke, die lassen mich raus, sobald sie ihren Spaß hatten. Die haben immer einen Pick auf uns leichte Mädchen, aber es ist immer nur, weil sie uns an die Wäsche wollen. Wäre toll von dir, wenn du mir jeden Abend etwas Brot bringen könntest."

Hugo winkte:

„Du kannst dich auf mich verlassen. Wir sind schließlich Bruder und Schwester."

*****

Hugo rannte geradewegs in Lolas Arme:

„Ich hab's getan. Ich bin einfach gegangen und hab's getan!"

„Superfantatstisch!"

„Ich liebe dich, mein Honighäschen."

„Ich liebe dich auch."

„Ich habe Frau Brown ihr Geld zurückgegeben, habe Brot an die Armen verteilt und meiner alten Freundin Dizzy geholfen. Es war ein großartiges Gefühl, süßer als die süßeste Marmelade."

Lola lächelte:

„Gutes zu tun ist Luxus."

Hugo machte eine Pause. In dem Moment wurde er von der Liebe zu seiner Frau überwältigt. Einen Augenblick später überwältigten ihn drei Puppen. Eine mit dickem gelben Haar saß auf der Treppe. Die anderen, eine mit Sommersprossen, eine ohne Augen, standen an der Tür.

*****

Nachdem Hugo gelernt hatte, sich selbst zu lieben, konnte Hugo auch jemand anderes lieben: Lola. Jetzt begann er, alle anderen zu lieben.

Hugo hatte *Agape* entdeckt.

Agape ist wohltätige Liebe, die darauf basiert, der ganzen Menschheit Gutes zu tun. Bekannt bei den Buddhisten als liebende Güte und bei den Lateinern als Caritas oder Wohltätigkeit, ist es eine radikale Form der Liebe.

Je wohler sich Hugo in Lolas Gesellschaft fühlte, desto weniger hatte er das Gefühl, sie beeindrucken zu müssen. Immer noch sagte er, dass er sie liebe, brachte ihr Blumen mit, buk ihr Kuchen, öffnete Türen für sie und erzählte jedem, wie wunderbar sie sei. Er hatte jedoch nicht mehr das Bedürfnis, sie zu verfolgen, auszutricksen, sich für sie extravagant anzuziehen und vor ihr anzugeben. Es war ihm daher möglich, seine Energie für wohltätige Zwecke einzusetzen, wobei er sicher sein konnte, dass Lola auf seiner Seite war. Sie war sein größter Fan und zugleich seine schärfste Kritikerin. Sie war der Fels, auf den er seine Liebe baute.

*****

Jedes Jahr fragte Lola Hugo, was er sich zu Weihnachten wünsche und jedes Jahr wünschte er sich zwölf Bleistifte.

Das machte Lola etwas unzufrieden. Sie hätte Hugo gerne etwas Wertvolleres geschenkt. Aber so war ihre Liebe, sie respektierte Hugos

Wünsche und kaufte ihm nie etwas Anderes.

Hugo benutzte diese Bleistifte, einen für jeden Monat, bis nur noch ein Stummel übrigblieb. Er verwahrte diese Stummel in einer Schachtel. Er meinte, dass sie alle eine Seele besäßen, die aus den Geschichten beständen, die sie erzählt hatten und dass es falsch wäre, sie wegzuschmeißen.

Es war zu diesem Zeitpunkt, dass Hugo anfing, diese Bleistifte dafür zu benutzen, das ganze Elend zu dokumentieren, das er im *Londoner East End* sah, einem Ort, an dem sich alles mischte und nichts unverändert blieb; wo die Reichen die Armen verdrängten und Einwanderer die Ortsansässigen vertrieben.

Hugo sah die Saat des Guten und des Bösen, die Früchte harte Arbeit und die Masse unerfüllten Potentials. Er notierte seine Beobachtungen über all die verlassenen Kinder, die er in Hauseingängen oder in Armenhäusern sah. Er dokumentierte Betrüger, Faulpelze, Diebe, Huren und Zuhälter.

Sein Herz schwoll an, innere Wut stieg in ihm auf und sein Körper setzte seinen Marsch angetrieben von zwei Flammen fort: Der Flamme der Wut gegen Ungerechtigkeit und der Flamme der Hoffnung auf eine bessere Welt.

Er zog nach der Arbeit durch die Straßen; nähte Wunden, versorgte Verletzungen, heilte die Armen. Er gab den Hungrigen Brot, umarmte die Ungeliebten und leistete den Einsamen Gesellschaft. Dann öffnete er sein Notizbuch, fand die Personen, denen er geholfen hatte und strich deren Namen durch.

Es war eine verlorene Schlacht. Hugo sah so viel Leiden, dass sich seine Notizbücher schneller mit Eintragungen füllten, als er sie durchstreichen konnte. Darum litt er unter dem nagenden Gefühl, dass er mehr tun sollte. Viel, viel mehr.

*****

Zu allererst fühlte Hugo sich verpflichtet, denen zu helfen, die ihm geholfen hatten.

Er besuchte Dizzy jeden Abend im Gefängnis und stopfte ihr reichlich Leckerbissen durch die Gitterstäbe, während die anderen Gefangenen ihn mit Profanitäten und Lobeshymnen überschütteten. Als Dizzy entlassen wurde, nahm er sie zu jedem Dock der Stadt mit, bis er einen Kapitän fand, der bereit war, sie einzustellen. Endlich fuhr sie zur See, genau wie sie es sich als Kind erträumt hatte.

Hugo brachte Izzy zu Herrn Orwell, wo sie Lesen und Schreiben lernte und beschäftigte sie dann als Rezeptionistin. Er mietete für Jo einen Stand auf dem Fischmarkt von *Billingsgate*, er überzeugte Bear, Wilkins in die

Lehre zu nehmen und er kaufte Bib einen Wagen voller Äpfel, damit er ein Marktverkäufer werden konnte. Dann machte er sich auf den Weg zu den Docks.

Zu den Zeiten, als Hugo Schlammgräber gewesen war, hatte die Königliche Admiralität den Arbeitern der *Deptford Docks* zwölf Monate Lohn geschuldet. Aus diesem Grund hatte man den Männern erlaubt, so viele übriggebliebene Waren mitzunehmen, wie sie konnten. Hugo hatte Leute gesehen, wie Crafty Chris, der Kohl mitgenommen hatte, Kleidung, Sägespäne, kurze Holzstücke; allerlei Zeug, dass auf dem Boden herumlag; Hanf, Schrauben, Jute und natürlich die immer gegenwärtigen Eisennägel.

Als die Regierung anfing, diese Dockarbeiter pünktlich zu bezahlen, wurde das bisherige Arrangement abgeschafft und als „Diebstahl am Arbeitsplatz" bezeichnet. Ein Polizeistaat wurde eingerichtet; Arbeiter wurden von einem riesigen Wachturm aus überwacht und jeder, der Staatseigentum mitnahm, wurde bestraft. Einige Arbeiter wurden vor ihren Arbeitskollegen ausgepeitscht. Andere kamen ins Gefängnis.

Vor allem diesen Hafenarbeitern gegenüber fühlte Hugo sich verpflichtet. Ohne sie hätte er im Schlamm nichts finden können. Er hätte verhungern können.

Als Hugo also von ihren Problemen hörte, drängte ihn sein Pflichtgefühl, zu helfen. Er brachte allen Hafenarbeitern, die im Gefängnis saßen, Essen, kümmerte sich um ihre Familien und nähte ihre Wunden. Er half ihnen, profitierte aber auch selbst davon. Immer wenn er in die Augen eines Dockarbeiters schaute, sah er für einen kurzen Augenblick sein inneres Kind; still, durch Arroganz zum Schweigen gebracht, aber fähig, eine melodische Sprache voller Emotionen zu sprechen.

Die Liebe, die Hugo fühlte, gab ihm eine Art von Frieden, aber es war immer noch nicht genug; seine Notizbücher wurden immer dicker und er spürte weiterhin den Drang, mehr zu tun.

*****

Eines Tages musste Hugo der Realität ins Auge sehen und stellte fest, dass sein Haus von einer Armee von Porzellanpuppen eingenommen worden war. Er starrte in ihre unnatürlichen Gesichter ohne Wärme, mit glasigen Augen, unordentlichem Haar, Schmollmündern und prallen Wangen. Er starrte auf ihre steifen Glieder, unförmigen Körper und abgenutzten Kleider:

„Deine Steine sind alle verschwunden."

„Ja, Dummerchen."

„Danke Honighäschen. Ich liebe dich mehr, als Worte es ausdrücken können."

„Ich liebe dich auch."

„Aber was ist mit all diesen Puppen?"

„Ich mag Puppen einfach, nehme ich an. Sie machen mich glücklich. Man kann ihnen hübsche Kleider und Hüte anziehen. Ich hatte Puppen seit ich ein Baby war."

„Aber du bist eine erwachsene Frau."

„Ja, ich nehme an, dass ich das bin."

„Was hat es also mit all den Puppen auf sich?"

Lola kräuselte ihre Nase und lächelte mit ihren Augen. Das übte auf Hugo eine unwiderstehliche Anziehungskraft aus. Er sprach, ohne wahrzunehmen, was er sagte:

„Wir sollten ein Baby bekommen."

Lola nickte:

„Ja, das sollten wir. Und jetzt Liebling würde ich gerne Melassenkuchen essen."

„Wir haben keinen Melassenkuchen mehr."

„Nun, dann werde ich mit ein paar Plätzchen mit Erdbeeren und Sahne vorliebnehmen müssen."

Lola ging in die Küche, aß etwas Eton-Marmelade, kam zurück, nahm Hugo bei der Hand, führte ihn zum Bett und blieb solange dort, bis sie schwanger wurde.

*****

Das war dann Hugos Leben.

Im Laufe der nächsten neun Monate half Hugo neunzig weiteren Personen und Lola kaufte neunhundert weitere Puppen. Vorstehende Puppenaugen beobachteten Hugo in jeder Nische und jeder Ecke. Wohin er auch schaute, sah er Münder ohne Zähne, Füße ohne Zehen und Nasen ohne Nasenlöcher.

Vielleicht verbrachte Hugo deshalb mehr Zeit in der Stadt. Vielleicht wurde seine Haut deshalb rau und die ersten grauen Strähnen erschienen in seinem Haar. Vielleicht. Vielleicht war es der natürliche Alterungsprozess.

Dann gebar Lola ein Baby-Mädchen, das sie „Emma" nannten, nach Hugos Mutter. In dem Moment wurde Hugos Haar vollkommen grau.

Emma kam lachend aus dem Leib. Dann nieste sie. Dann bekam sie Schluckauf. Dann machte sie ein Bäuerchen.

Die Geräusche hörten nicht auf.

Selbst wenn sie schlief, schnarchte Emma, schmatzte mit den Lippen oder blies kleine Bläschen aus ihrem Mund. Sie war wie eine unaufhörlich sich bewegende und andauernd Geräusche verursachende Maschine. Manchmal waren es neue Geräusche, die sowohl Hugo als auch Lola noch niemals gehört hatten.

Ihnen erschien es magisch; ihr selbst erschaffenes Genie erfand eine ganz neue eigene Sprache. Für alle anderen war es unerträglich störend. Aber Hugo und Lola kümmerte es nicht, was andere denken mochte. Sie hatten ein neues Mäulchen zu füttern, einen neuen Körper zu knuddeln und einen neuen Menschen zu lieben.

WAS SOLLEN WIR MIT EINEM NÜCHTERNEN SEEMANN MACHEN?

„Diejenigen, denen es gelingt, jemanden Absurditäten glauben zu lassen, können einen auch dazu bringen, barbarische Taten zu begehen."

VOLTAIRE

Es gab viele neue Rekruten auf Archibalds Schiff. Viele von ihnen steckten sich an tropischen Krankheiten an. Einige davon waren noch nicht einmal daran interessiert gewesen, Soldaten zu werden. Ein fleckiger Mann namens „Biggins" gab offen zu, dass er erwartete, aus körperlichen Gründen ausgemustert zu werden, sobald sie Indien erreichten. Er wollte ein neues Leben anfangen und hatte wegen der kostenlosen Überfahrt angeheuert.

Nicht jeder auf dem Schiff war ein neuer Rekrut. Das Schiff war tatsächlich ein Handelsschiff, dass mit Soldaten gefüllt war und von mehr Kanonen beschützt wurde, als das bei einem normalen Kriegsschiff der Fall war. Auf der Rückreise von Indien würde dieses Schiff jedenfalls mit Baumwolle und Seide beladen sein. Die Grenzen zwischen Handel und Eroberung, Geld und Macht waren schon seit Langem verwischt worden.

Außer Soldaten transportierte dieses Schiff auch Arbeiter, Schiffsbauer und Nonnen. Köche waren dabei, um zu kochen, Krankenschwestern, um Kranke zu pflegen und Händler, um zu handeln. Ein Vikar mit winzigen Zähnen war dabei, um Leuten ihr Gewissen zu erleichtern und der jedem erzählte, der es hören wollte, dass sie alles tun könnten was sie wollten, so lange es dem Imperium diene, weil das Imperium Gott diente.

Archibald versuchte, mit all diesen Leuten zu reden. Er schaffte es nicht ganz. Er versuchte sich an das atemlose Geächze des Schiffes anzupassen. Er schaffte es nicht ganz. Oft sah man ihn mit ausgebreiteten Armen, wie er lilafarbene Kotze in den Ozean spie.

Mit seiner Uniform konnte Archibald sich jedoch identifizieren. Immer, wenn er sie anzog, fühlte er die gleiche Aufregung, wie damals, als er seinen Morris-Tanzanzug trug, den knappen weißen Anzug glattstrich und Glöckchen an seinen Knien festband. Genau die gleiche Aufregung verspürte er, wenn er sich für das Wrestling anzog; mit langen Leggins, die sich an seine Oberschenkel schmiegten und einer Weste, die ihn großartig aussehen ließ.

Er war stolz auf seinen langen roten Blazer, seine engen weißen Hosen und den hohen schwarzen Hut. Er reinigte, presste und bügelte seine Uniform jeden Tag. Er liebte es, wie sie seine Haut liebkoste. Er liebte es, sie anzuziehen und wie ein Modell auf dem Laufsteg auf dem Deck auf und ab zu gehen. Dabei trug er ein Parfüm, das nach Schuhwichse, Barbiergeschäft und Haarfett roch.

Es gab noch einen Soldaten, der auch stolz auf seine Uniform war und „Delaney" hieß. Dieser Mann lief und sprach auch wie Archibald. Das waren aber auch schon alle Ähnlichkeiten. Delaneys gut trainierte Muskeln waren nicht annähernd so groß wie Archibalds. Sein braunes Haar war nicht annähernd so lang. Er kam nicht aus London, sprach nicht mit tiefer Stimme, wrestelte oder tanzte nicht. Er hatte nie einen Elternteil verloren, in einem Geschäft gearbeitet oder mit einer Prostituierten geschlafen.

Ihre Ähnlichkeiten verbanden sie. Ihre Unterschiedlichkeiten verbanden sie ebenfalls. Sie redeten unzählige Stunden zusammen und wann immer sie anlegten, gingen sie Hand in Hand an Land.

Es dauerte nie lange, bis Archibald das nächste Freudenhaus aufsuchte.

An diesen Orten voller eingeborener Frauen, die man aus ihrer Heimat vertrieben hatte und denen nichts anderes übrigblieb, als ihre Körper zu verkaufen, lernte Archibald eine Art von Sex kennen, von der er vorher noch nie etwas gehört hatte. Sie war animalisch, leidenschaftlich und fast gewalttätig. Archibalds Orgasmen waren stärker als je zuvor und sobald es vorbei war, fühlte er sich noch unmoralischer als vorher.

Delaney selbst betrat diese Bordelle nie. Stattdessen wartete er draußen auf Archibald.

„Ich warte auf die Richtige", erklärte er.

Archibald nickte. Er betrachtete Delaneys Worte zugleich als wunderschön aber auch als äußerst naiv:

„Was, wenn du sie niemals findest?"

„Es beunruhigt mich mehr, sie zu finden."

Archibald warf Delaney einen wissenden Blick zu, als wolle er sagen, "Und?"

„Und ich habe Angst davor", antwortete Delaney, „dass meine Liebe vielleicht nicht erwidert wird."

Archibalds Wangen spannten sich, als er an Lola dachte:

‚Was, wenn sie mich niemals lieben wird?'

Er schüttelte seinen Kopf, schloss seine Augen, sah Lola, legte seine Hand auf Delaneys Oberschenkel und drückte ihn leicht.

*****

Jeder hat eine Schokoladenseite; einen Winkel, von dem aus betrachtet, man unvergleichlich aussieht. Selbst die hässlichsten Leute besitzen so eine Schokoladenseite. Werfen Sie einen kurzen Blick auf sie, wenn sie am richtige Ort im richtigen Licht stehen und Sie werden glauben, einen Engel gesehen zu haben. Dann werden sie sich drehen oder Sie werden sich bewegen oder das Licht wird sich verändern und Sie werden merken, dass Sie sich geirrt haben. Aber dieses Bild, dieser kurze Blick in den Himmel, kann in Ihrem Gedächtnis hängenbleiben. Wenn Sie nichts dagegen tun, kann die Resonanz dieser versteckten Schönheit für immer bei Ihnen bleiben.

Delaney hatte eine Schokoladenseite. Von hinten und von unten betrachtet im Zwielicht der Dämmerung erschien Delaneys Gesicht so glatt, scharfgeschnitten und sinnlich, dass es falsch erschien, es mit anderen Gesichtern zu vergleichen. Michelangelos David und da Vincis Mona Lisa besaßen keine derartige Anziehungskraft.

Aus jedem anderen Winkel betrachtet sah Delaney jedoch nur durchschnittlich aus. Es wäre genauso falsch zu sagen er sähe wunderbar aus, wie zu behaupten, er sei hässlich. Keines der beiden Extreme wurde ihm gerecht. Es gab nichts in seinem Gesicht, das nicht stimmte aber andererseits gab es auch nichts in seinem Gesicht, das stimmte.

Es war einfacher, Delaneys Gesicht mit dem zu beschreiben, was ihm fehlte. Es hatte keine Unreinheiten, Flecken oder Narben; seine Nase war nicht krumm, seine Lippen waren nicht schief. Es war beinahe unmöglich, an seinen Gesichtszügen etwas Störendes zu entdecken. Trotzdem fehlte seinem Gesicht etwas: Charakter. Es hatte keine Fältchen, besonderen Merkmale, Defekte oder Kriegsverletzungen. Einfach ausgedrückt war Delaneys Gesicht einfach ein Gesicht. Sein Körper war einfach ein Körper. Er hatte eine einzige Schokoladenseite, wie wir sie alles haben, und das war's.

Für Archibald war es jedoch eine großartige Sache. Für ihn war Delaneys Anonymität tröstend. Er hatte das Gefühl, dass er sich seinem neuen Freund anvertrauen konnte:

„Ich habe ein Problem."

Delaney nickte.

„Ich bin sexsüchtig."

Delaney drückte Archibalds Oberschenkel.

„Ich will aufhören. Mein Penis soll nicht länger Macht über mich haben. *Ich* werde Macht über meinen Penis haben!"

Es war leichter gesagt, als getan.

Jedes Mal, wenn sie irgendwo anlegten, schlief Archibald immer noch mit Huren, aber nicht mehr mit so vielen. Er wusste, dass er dem Sex vollständig entsagen musste, aber er musste für seine Suchterscheinungen auch ein alternatives Ventil finden.

Er versuchte es mit Laufen. Dann fand er, dass es zu sehr harter Arbeit ähnelte. Er versuchte, die schärfsten Chilischoten zu essen, die er finden konnte, zu lesen, Karten zu spielen, sich selbst auszupeitschen, seine Erfahrungen aufzuschreiben und mit Delaney zu sprechen. Dann kam er zu dem Schluss, dass Laufen gar keine so schlechte Idee gewesen war. Er rannte auf dem Deck herum, sprintete die Treppen hinauf, kletterte die Wanten und dann den Mast hoch.

Nachdem er sich völlig verausgabt hatte, merkte Archibald, dass er vorher recht gehabt hatte: Rennen war harter Arbeit zu ähnlich.

Stattdessen begann er zu masturbieren. Es war leichter; er brauchte dazu nicht einmal sein Zimmer zu verlassen. Und es war effektiver; es löschte sein Verlangen nach Sex aus.

Jedes Mal, wenn er masturbierte, dachte er dabei an Lola. Er sagte sich, dass wenn er Frieden finden wolle, er Lola gegenüber loyal bleiben müsse; dass es ein Betrug sei, mit anderen zu schlafen. Dann sprach er mit Delaney.

Archibald redete mit Delaney über alles, was ihn beschäftigte.; dieser Mann wurde sein Fels; sein größter Fan und bester Freund. Seine Abstinenz diente Archibald als glänzendes Beispiel, dem er folgen wollte. Und nach einiger Zeit, folgte er ihm auch; er wurde selber abstinent, genau wie Delaney.

*****

Vor der Ankunft in Indien war die Kleinigkeit von ein paar tausend Seemeilen zu bewältigen. Das gab Archibald ein paar hundert Stunden Zeit zum Denken.

Es war während dieser Stunden, dass Hugo seinen Freunden half. Immer wenn er eine gute Tat getan hatte, war er voller Liebe für Lola. Archibald fühlte diese Liebe, als wäre es seine eigene. Er öffnete sein Notizbuch und öffnete sein Herz. Er schrieb die Art von Liebesbriefen, die er unfähig gewesen war zu schreiben, als es vielleicht noch etwas genützt hätte. Er vergiftete sich selbst mit dem Rauch seiner Lampe, blieb die ganze Nacht lang wach, machte Konfetti aus seinen Briefen und streute dieses Konfetti in den Ozean.

Der Ozean reflektierte wie ein Spiegel der Sonne.

Archibald lebte eine Lüge. Er leugnete die Hoffnungslosigkeit seiner Situation mit Lola, seine Schwäche und sein aufgestautes sexuelles Verlangen. Aber dann wiederum lebten all die neuen Rekruten auf seinem Schiff eine Lüge. Sie hatten alle den Vorträgen eines wortgewandten Rekrutierungsoffiziers zugehört; einem Mann mit hohem Hintern, butteriger

Haut und einer kontrastierenden Aura von Pedanterie.

Sie alle hatten diesem Mann erlaubt, ihnen einzureden, sie würden einer höheren Sache dienen, „König und Königreich", und dass sie mit unvergleichlichem „Heldentum" und in „Ehren" handeln würden.

Tief im Innern wussten sie, dass sie von ihren eigenen egoistischen Motivationen angetrieben wurden, um neue Länder zu sehen, Abenteuer zu erleben, Macht zu gewinnen, Sex zu haben und Geld zu verdienen, um sesshaft zu werden und dann ein angenehmes Leben zu führen. Trotzdem, der Gedanke, dass sie für etwas Höheres kämpfen würden, schweißte sie zusammen.

Bis sie in Indien ankamen, hatten Archibald und seine Kameraden zugelassen, sich überzeugen zu lassen, dass sie sich auf einem moralischen Kreuzzug befanden, der Menschheit dienten und dass sie auf dem Schlachtfeld Ruhm erlangen würden. Sie waren bereit „keine Gefangenen zu nehmen", „keinen Zentimeter nachzugeben und „die Bedrohung zu neutralisieren."

*****

Als er indischen Boden betrat, fielen Archibald drei Dinge auf…

Erstens: Der Geruch. Er war widersprüchlich; beides, kränklich und sauer, heiß und feucht, widerlich und wunderbar. In einem Moment wollte Archibald ihn in die Tiefen seiner Lungen einsaugen. Im nächsten Moment packte ihn der Brechreiz.

Zweitens: Die Sprache. Für Archibald schienen die Einheimischen zwei verschiedene Sprachen fließend zu sprechen: Englisch und *Kauderwelsch*. Er zog es vor, Englisch zu sprechen. Sie zogen *Kauderwelsch* vor.

Drittens: Die berauschenden Farben und herrlichen Nuancen; die majestätischen Gelbs, Rots und Grüns; das funkelnden Silber und Gold.

Indien war weit von dem unzivilisierten Hinterland entfernt, das er sich vorgestellt hatte. Wohin er auch schaute sah er palastartige Häuser, psychodelische Tempel und bunte Kleider. Es gab aber auch viel Armut, aber nicht mehr als zu Hause in London.

Auch wenn Archibald es nicht wusste, war Indien viele Jahrhunderte lang eine der reichsten Nationen der Welt gewesen. Als die Briten dort 1608 zum ersten Mal an Land gingen, hatte das Imperium von Mughal fünfundzwanzig Prozent des gesamten Weltreichtums erwirtschaftet. Britannien hatte zum Vergleich nur zwei Prozent produziert. Die indische Bevölkerung schaute befremdet zu, wie ihre Nation langsam von einem Volk aus einem armen europäischen Hinterland erobert wurde, nur, weil sie viele Kanonen besaßen.

*****

Während der folgenden Wochen und Monate wurde Archibald gnadenlos gedrillt und in eine schlanke, gemeine Tötungsmaschine verwandelt. Er hatte Spaß an dem Prozess. Es erinnerte ihn daran, wie er trainiert hatte, um ein Wrestler zu werden.

Aber Archibald lebte nicht für dieses Training. Er lebte für seine Ausflüge mit Delaney.

Jeden Abend, kurz vor der Dämmerung, bahnten sie sich ihren Weg durch die labyrinthartigen Straßen, die um ihre Garnison herum verliefen. Sie ließen ihre Finger entlang der Mauern von Lehmhütten gleiten und malten etwas auf Palastmauern, atmeten die Düfte von Jasmin, Patschuli, Ginger, Knoblauch und Dung ein. Sie besuchten Hindutempel, warfen sich zu Boden und beteten zu dem christlichen Gott. Sie schlinderten Hand in Hand, schnitten kleinen Kindern Grimassen, liefen um Kühe herum, die herumwanderten wie Könige. Sie aßen Samoas und Pakoras, die so scharf waren, dass sie husten mussten. Die Eingeborenen lachten sie aus und sie lachten zurück. Dann gewannen sie gegen sie beim Kartenspiel, Schach und beim Trinken.

*****

Sobald das Mughal-Imperium im frühen 18. Jahrhundert anfing zu zerbrechen, begannen britische Generalgouverneure die Scherben aufzusammeln. Langsam aber sicher vereinten sie das Imperium wieder und schuf dabei eine eigene Nation.

Wo nötig, kämpften sie blutige Kriege. Wo möglich bildeten sie jedoch diplomatische Allianzen und gewannen das Recht, Steuern einzunehmen und den Außenhandel zu verwalten.

Englands Armeen wurden stark. Alle zusammen beschäftigten sie hunderttausende von Soldaten, meistens Einheimische und tausende von Offizieren, meistens Briten. Gekleidet in roten Mänteln sahen sie furchteinflößend aus. Bewaffnet mit einem riesigen Waffenarsenal und mit der Marine als Rückendeckung erweckten sie, überall, wo sie auftauchten, Angst und Bewunderung. Die Einheimischen sprachen von ihren magischen Fähigkeiten; einige sagten, dass sie dämonische Kräfte besäßen, während andere sie mit grausamen gefallenen Göttern verglichen.

Die meisten Einheimischen ergaben sich bei ihrem bloßen Anblick. Nur wenige leisteten Widerstand.

So kam es, dass Archibald sich in Delhi wiederfand. Er hatte schon dabei geholfen, ein paar kleine Dörfer zu erobern, aber eine Stadt bisher noch nicht.

Er inhalierte diese Metropole.

Moscheen mit Zwiebeltürmen, die aussahen, wie gigantische Knoblauchknollen erhoben sich über ein Meer aus wackeligen Hütten. Ganze Trauben von Händlern zogen durch die staubigen Straßen. Das Rote Fort, das stolz im Herzen der Stadt stand, schien alles andere beiseite zu drücken.

„Treue!" riefen die Einheimischen.

Französische Kommandeure und durcheinanderlaufende einheimische Soldaten griffen sie an, schwenkten antike Schwerter, Speere und Vorderlader Pistolen:

„Tod den Ungläubigen, Tod! Lasst uns diese schweinefressenden Diebe verjagen!"

Das Echo ihre Schreie hallte vom Wind getragen von jeder Oberfläche endlos wider.

‚Sterbt!' summte der Wind.

‚Sterbt!' pfiff er.

‚Sterbt!' sang er; wie ein Schlaflied, dass so süß klang, dass es ein weinendes Baby in den Schlaf gewiegt hätte.

Leichtfüßig tänzelten sie über den glänzenden Boden. Schwerter durchschnitten die würzige Luft. Speere stachen in den sepiafarbenen Himmel. Die Schreie!

„Tod den Ungläubigen, Tod!"

Archibalds Nerven lagen blank, seine Lippen zitterten, seine Augenbrauen zuckten und ein Rinnsal von Schweiß rann über seine Wangen. Sein Haar ergraute vollständig.

Ein einheimischer Mann rannte auf ihn zu; mit hervorstehenden Rippen, sich hin-und her bewegendem Kopf und gespannten Muskeln.

Der Dunst lichtete sich. Leuchtender Staub wirbelte auf beiden Seiten auf und tauchte alles in ein fantastisches Licht aus millionenfachen Schattierungen von Schwarz und Gold.

Die Füße des Mannes schienen sich in Zeitlupe zu bewegen und seine Schritte klangen wie eine gedämpfte Trommel:

‚Bumm'. Lange Pause. ‚Bumm'. Lange Pause. ‚Bumm'.

Archibalds Herz schlug im Rhythmus:

‚Bumm'. Lange Pause. ‚Bumm'. Lange Pause. ‚Bumm'.

Sein Feind hielt mit gebeugten Knien seinen Speer vor seinen Körper; gebückt, während er rannte; durch die Luft gleitend. Bereit, wild, selbstsicher. Er sprang hoch, hob seinen Speer sogar noch höher, bevor er ihn in Richtung von Archibalds Brust hinunterstieß.

Archibald erstarrte.

Die Spitze des Speers kam mit rasender Geschwindigkeit auf seinen Körper zu. Metall würde in Fleisch eindringen. Leben war bereit, sich dem Tod zu ergeben. Der Boden war bereit, zu beben, der Staub, zu explodieren und die Erde, sich zu spalten.

Bumm! Archibald dachte nicht einmal nach. Instinktiv hob sich sein Ellbogen und wehrte den Speer zu einer Seite ab. Sein Feind kam gleich danach und landete hinter Archibalds Schultern.

Archibald fand sich mit gespreizten Beinen und hoch über dem Kopf erhobenem Bajonett über dem Mann. Ein leiser Zweifel ließ ihn innehalten. Dann hallten die Worte des Rekrutierungsoffiziers in seinem Kopf:

„Tapferkeit. Heldentum. Vergesst eure Zweifel und tötet weiter."

Archibald sah, wie sein Bajonett an seinen Augen vorbeischoss, in die Brust seines Feindes stieß und dort in der wohligen Wärme seines zuckenden Körpers ein Heim fand.

Sein Herz schlug in Übereinstimmung mit dem Herzen seines Feindes:

‚Bumm'. Lange Pause. ‚Bumm'. Lange Pause. ‚Bumm'.

Er fühlte das Blut durch die Adern dieses Mannes pulsieren als würde es durch seine eigenen fließen.

Er fühlte eine Erregung, die jedes Atom seines Seins erreichte; eine Ejakulation reiner hedonistischer Fantasie; ein schreiender Orgasmus, der ihn auf eine Weise befriedigte, wie das weder beim Sex noch beim Wrestling je der Fall gewesen war.

Er stand über seinem Feind, der Herr über den Tod und das Leben selbst. Entscheider über Glück und Schicksal und Autor von Geschichten. Er hieß das ewige Jetzt willkommen, überschritt die Grenzen seiner Humanität und durchbrach seine körperlichen Grenzen:

„Halleluja! Lobet den Herrn!"

Sein Bajonett drehte sich im Fleisch seines Feindes; rein-raus, rein-raus, rein-raus.

Es fühlte sich warm, wohlig und richtig an.

DER PAPIERALCHIMIST

„Während herkömmliche Alchimisten versuchten, Blei in Gold zu verwandeln, machte man in der modernen Wirtschaft aus Papier Geld."

JENS WEIDMANN

Sie erinnern sich vielleicht daran, dass Mayer viele seiner Ideen von anderen Bankern seiner Gilde *„The Worshipful Company of Goldsmiths"* bekam. Diese onkelhaften Figuren überschütteten ihn mit Zuneigung und Ratschlägen.

Unter ihnen gab es zwei Männer, die den jungen Mayer ganz besonders in ihr Herz geschlossen hatten. Der erste, Bumble Blumstein, war ein behaarter Mann. Der zweite, Timothy Tyrrell, war ein unbehaarter Mann. Bumble hatte auch dort Haare, wo man sie nicht vermutet hätte; an den tiefsten Stellen seiner Ohrmuscheln, an den Unterseiten seiner Handgelenke und an seinen Fußsohlen. Timothy hatte keine Augenbrauen.

Beide waren Goldschmied-Bankiers. Beide bekleideten jedoch grundverschiedene Positionen. Bumble hatte seine Karriere in Goldsmith's Hall angefangen, wo er Edelmetalle prüfte und sie markierte, wenn sie den Anforderungen entsprachen. Das Hinzufügen einer solchen Markierung *in dieser Halle*, wurde „Hallmarking" genannt. Bumble verließ jedoch diese Arbeitsstelle, um seine eigene Bank zu gründen.

Timothy hingegen blieb bis 1793 Bankier, dann wurde er Chronist der Stadt. Es war die Arbeit des Chronisten, im Parlament zu sitzen und den Politikern ins Ohr zu flüstern, sie zu ermutigen, Gesetze zu bestätigen, die den Interessen der nationalen Finanzinstitute dienten.

Ungeachtet ihres verschiedenen Aussehens und des ungleichen Backgrounds, waren Bumble und Timothy beide für den gleichen Spruch bekannt:

„Was ich über das Bankwesen nicht weiß, muss man auch nicht wissen. Was die Öffentlichkeit über Bankwesen weiß, hat keinerlei Bedeutung."

*****

Immer dann, wenn Mayer eine seiner Funktionen bei der Gilde ausüben musste, gab er sich bewusst Mühe, Bumble und Timothy nicht zu begegnen, damit er zuerst mit den anderen Bankern plaudern konnte. Er wusste, wenn er erst einmal seine bevorzugten Mentoren treffen würde, wäre es unwahrscheinlich, noch Zeit für jemand anderen zu haben.

Nach zwei Gläsern Champagner, sprach er diese Männer schließlich an:

„Ein großartiger Tag! Keine Wolke am Himmel."

Sie lächelten, nickten, schlürften Champagner und wandten sich wieder ihrer Unterhaltung zu.

„Wir haben gerade über die Bank geredet", erklärte Bumble.

„Die Bank von England", korrigierte Timothy.

„Ja, die Bank von England. Nun, Sonny M., die Bank von England wurde 1694 gegründet, als ein Konsortium von Händlern König William £1,2 Millionen lieh, um den Krieg gegen Frankreich zu finanzieren."

„Und um seine Liebeleien zu bezahlen."

„Ja. Nun, der wahre Don Juan war Charles der Zweite. Er hatte mehrere Geliebte, die vierzehn uneheliche Kinder bekamen. Aber William übernahm Charles' Schulden. Also ja, er brauchte Geld für Frauen und auch für den Krieg."

„Für Liebe, wie auch für Macht."

„Ja, für Liebe und Macht." Und, im Gegenzug, bekam das Konsortium der Händler das Recht, offizielle Banknoten auszugeben."

„Und dem König acht Prozent Zinsen pro Jahr zu berechnen."

„Jawohl, acht Prozent. Aber das Allerwichtigste waren die Banknoten. Es waren Schuldscheine; genau wie unsere. Auf ihnen stand geschrieben, 'Ich verspreche dem Überbringer gegen Vorlage die Summe von x Pfund auszuzahlen'.

„Nun, Gesetze wurden erlassen, welche für die Fälschung dieser Banknoten die Todesstrafe vorsahen. Andere Gesetze traten in Kraft, die erlaubten, dass mit diesen Banknoten Steuern bezahlt werden konnten.

Noch bevor sie damit ihre Steuern zahlten, akzeptierten die Leute sie, wenn sie Sachen verkauften. Sie waren, wie vorher die Kerbhölzer, als Geld im Umlauf."

Mayer hob seine Hand:

„Also sind die Banknoten der Bank von England Schuldscheine, wie die, die wir herausgeben? Wie Kerbhölzer?"

„Ja."

„Und die Bank von England gehört Kaufleuten? Sie ist eine Privatbank, wie unsere?"

„Ja."

Mayer machte eine Pause. Er sah sich um, sah die Champagnerflöten, die über ihren Köpfen zu schweben schienen, die Männer in Fräcken, die wie Riesenpinguine aussahen, die Kanapees, Kronleuchter und das kristallklare Licht.

„Natürlich, Sonny M., waren es die Chinesen, die als erste Papiergeld herausgaben."

„Im Jahre 806."

„Ja, 806. Wie wir gaben sie Schuldscheine an Kaufleute heraus, die Angst hatten, mit Gold zu reisen. Aber in Europa tauchte diese Art von Geld nicht vor dem zwölften Jahrhundert auf."

„In Venedig."

„Ja, Venedig. Die venezianische Regierung stellte Obligationen aus, um einen Krieg zu finanzieren."

„Geld für Macht."

„Ja, nun diese Obligationen kamen auch als Geld in Umlauf. Darum waren wir nicht die ersten, die das gemacht haben."

„Aber wir waren die Besten."

„Ja, die Briten waren immer an der Spitze. Weswegen einige von uns sogar Banknoten ausstellen, ohne Gold dafür zu bekommen!"

„Banknoten ohne Deckung."

„Ja, ungedeckte Banknoten."

Mayer erhob seine Hand:

„Was wäre, wenn Leute diese Banknoten eintauschen wollten?"

Timothy und Bumble kicherten:

„Wir müssten ihnen das Gold auszahlen! Der Staat würde für uns garantieren müssen, nehme ich an. Es wäre sicherlich etwas Anderes für Macht, Geld zu retten.

„Das wäre es. Hahaha! Aber das würde nie passieren."

Nein, niemals. Den Leuten scheint es zu gefallen, ihr Gold in unseren Tresoren zu lassen und mit unseren Banknoten zu handeln. Sagen Sie mir, Sonny M., lassen sich die Leute von Ihnen das Gold auszahlen?

Mayer schüttelte seinen Kopf.

„Natürlich tun sie das nicht, Sonny M. Wir stellen dieser Nation einen Service zur Verfügung. Wir leiten Vermögen von den faulen Reichen zu den arbeitsamen Arbeitern. Wir sind Demokraten; wir helfen die Zahnräder der Industrie zu schmieren. Und wenn wir die Wirtschaft durch das Ausstellen von mehr Banknoten ankurbeln können, dann haben wir die Pflicht, das zu tun. Eine Pflicht, sage ich Ihnen! Wir befinden uns auf einem respektablen Kreuzzug!"

„Das ist eine wunderbare Sache."

„Ja, eine wirklich wunderbare Sache."

*****

Mayer dachte an sein Experiment; wie er Gold an Damian Black, Baxter und Claude verliehen hatte und wie das selbe Gold in Herrn Bronzes Geschäft zurückgebracht worden war. Dann kam ihm ein Gedanke:

‚Warum können wir keine Banknoten statt Gold verleihen? Die Leute

scheinen unsere Banknoten gerne zu verwenden, als wären sie Geld; das hat mir McCraw selbst erzählt. Wenn die Leute darauf bestehen, das Gold, dass wir verleihen, zu deponieren, um dann unsere Banknoten zu nehmen, könnten wir genauso gut Banknoten anstelle von Gold verleihen.'

Nach der Unterhaltung mit Timothy und Bumble war das Gehirn in seinem Kopf voller solcher Gedanken. Aber wie die meisten Männer hatte Mayer zwei Gehirne. Und wie bei den meisten Männern, war es das Gehirn in seiner Hose, dass die meisten seiner Taten kontrollierte.

So kam es, dass Mayer Sal zum *Haymarket Theater* mitnahm. Sie standen draußen zwischen zwei Säulen, als Raph auf sie zukam.

Sal ergriff die Initiative.

„Mein Liebster!" schrie sie, während sie sich in Raphs Arme warf. „Das ist mein Cousin Mayer."

Raphs Gesichtsausdruck war halbwegs zwischen Verdacht und Überraschung:

„Freut mich sehr, Sie zu treffen, altes Haus!"

Mayer setzte sein Gewinnerlächeln auf.

Raph fuhr fort, ehe Mayer die Möglichkeit hatte, etwas zu sagen:

„Nun gut, ihr beiden, macht euch noch einen schönen Abend, ich muss weg."

Danach ging er. Und danach ergrauten Mayers Haare vollständig.

In den folgenden Wochen ließ Raph Sal von einem Team von Spionen beobachten. Als einer von ihnen Mayer dabei erwischte, wie er Sal im *Regent's Park* küsste, machte Raph mit Sal Schluss, gab ihr fünfhundert Pfund Schweigegeld und warf sie aus ihrem Stadthaus.

Mayer warf Sal aus seinem Leben.

*****

So begann eine Zeit, in der Mayer von einer Frau zur anderen wechselte. Er liebte sie alle, aber er liebte sie auf die oberflächlichste Weise von allen.

Er wurde Stammkunde in den Speisesälen von Frau Hamilton. Ein Ort voller „Primadonnen"; Mädchen, die den Anschein von Charakter und Anmut erwecken wollte, um erfolglosen Männer zu gefallen. Frau Hamiltons Preise sorgten dafür, dass der Pöbel draußen blieb. Allein für den Eintritt musste Mayer fünf Pfund bezahlen, aber ein Mädchen bekam er immer, indem er den gleichen Charme spielen ließ, wie dann, wenn er Kunden für sich gewinnen wollte. Er hatte ein Talent dafür, leichtfertige Frauen zu entdecken und dabei wegen seiner altmodischen Ansichten einen so bescheidenen Eindruck zu machen, dass sie oft aus Mitleid mit ihm schliefen.

Mayer machte weiter in „Vorstellungs-Häusern"; mit Satin ausgestattete

Räume mit gedämpftem katholischen Licht, in denen das Personal Männern und Frauen die passenden Partner vorstellte. Es waren freundschaftliche Arrangements, außer in den seltenen Fällen, in denen ein Ehemann mit seiner Ehefrau gepaart wurde. Mädchen verkauften ihre Jungfräulichkeit mehrere Male hintereinander und Männer lebten, mit einer Champagnerflöte in einer und einer Frauenbrust in der anderen Hand, ihre erotischen Wünsche aus.

Schließlich wandte Mayer sich „weiblichen Arbeiterinnen" zu; Frauen, die gelegentlich um Geld baten aber normalerweise mit Männern für ihr eigenes Vergnügen ins Bett gingen. Mayer schlief mit Strohhutmacherinnen, Kürschnerinnen, Mädchen, die Hüte formten, Schuhe machten, Seide aufrollten, Stickerinnen und Waschweibern. Aber am liebsten waren ihm bei Weitem die Tänzerinnen; Frauen mit niedrigem Einkommen und hohen Ausgaben und einem natürlichen Hang zur Fröhlichkeit. Er liebte sie an jedem möglichen Ort und auch an ein paar Orten, die unmöglich waren.

Eine Frau bestand darauf, dass er, bevor er sie küssen durfte, ihr beim Akkordeonspielen zuhören müsse. Eine andere drohte ihm damit, sein Haar abzuschneiden, während er schlief. Noch eine andere riss ihm alle Knöpfe vom Hemd. Eine wollte, dass er ein Lätzchen für Babys trug. Eine weitere bestand darauf, dass ihr Hund zusah während sie sich auszogen, eine andere sang, während sie miteinander schliefen. Eine sagte Gedichte auf, eine weinte und eine fing an zu pfeifen.

Einmal kletterte Mayer durch das Fenster in das Haus einer Frau, bevor er mit ihr im Dunkeln schlief. Als sie erwachte und diese Frau sah, dass Mayer nicht ihr Verlobter war, schrie sie derart laut, dass Mayer schnellstens aus dem Bett und anschließend aus dem Fenster sprang.

Ein anderes Mal sagte ihm eine Frau, die ein Krönchen aus Nadeln trug: „Du wirst wahrscheinlich wissen, dass ich verrückt bin." Mayer betrachtete das als eine Sache von seltsamer Selbsterniedrigung und fand niemals heraus, dass sie nur eine Stunde zuvor aus der Irrenanstalt Bedlam entflohen war.

Einmal erwachte Mayer auf einer Parkbank von einem Mittagsschläfchen. Er erklärte augenblicklich dem Mädchen, das ihn weckte, seine Liebe, bevor er sie mit nach Mornington Palace nahm.

„Ich werde niemals ja sagen", keuchte sie, während sie durch den Park liefen.

„Ich werde niemals ja sagen", stammelte sie, als Mayer sie auf die Lippen küsste.

„Ich werde niemals ja sagen", stieß sie aus, als sie eine Kutsche anhielten.

„Ich werde niemals ja sagen", heulte sie, als sie nackt im Bett lag. „Niemals! Nein! Nein! Nein! Ja!"

*****

Je mehr Lola Mayers Griff entglitt, desto intensiver wurde seine Liebe zu ihr. Das war der Grund, warum er zu einem regelrechten Don Juan geworden war, der entschied, dass wenn er nicht wie Hugo intensiv lieben konnte, dann müsse er wohl extensiv lieben, indem er abstrakte Liebe durch fleischliche Lust ersetzte.

Er wollte nicht extensiv lieben, er hatte das Gefühl, dass er es müsse:

Es ist Lolas Schuld, dass ich so bin. Hätte sie mich geheiratet, wäre ich ein treuer und liebender Ehemann wie Hugo geworden und er wäre derjenige, der mit halb London geschlafen hätte. Was habe ich für eine Wahl, so wie die Dinge liegen?'

*****

Mayer war alles für jeden und gleichzeitig überhaupt nichts; unterwürfig den Selbstbewussten gegenüber, selbstsicher bei den Scheuen, jung bei den Alten, erfahren bei den Jungen, einfühlsam bei den Sensiblen und risikobereit bei den moralisch Verwerflichen.

Wie versehentlich wurde er zu einem erfahrenen Liebhaber, denn weder liebte er jemals, noch wurde er geliebt. Er sparte seine Liebe für Lola auf und betrachtete es als Untreue, jemand anderen zu lieben. Aus diesem Grund konnte er sich darauf konzentrieren, Lust zu bereiten und zu empfangen, indem er alles tat, was erforderlich war, um sein Mädchen zu befriedigen.

Wenn Sie mit Mayer gesprochen hätten, hätte er gerne einen seiner erprobten Sätze gesagt:

„Ich mag Männer mit Geld und Frauen ohne."

Das wich etwas von der Wahrheit ab. Mayer mochte alle Frauen, unabhängig davon, wie reich sie waren. Es war nur so, dass Frauen mit Geld Mayer meistens nicht mochten.

Mayer verführte ohne Diskriminierung. In jeder Frau, die er sah, fand er, unabhängig von ihrer äußeren Erscheinung, betörende Schönheit. Er schenkte ihnen seine volle Aufmerksamkeit, ging auf ihre Persönlichkeiten ein, begehrte ihre Körper und machte ihren Herzen eine Liebeserklärung.

Für Mayer war Sex ein Kampf. Es war eine Frage der Macht. Die Macht zu verführen und zu erobern. Aber Mayer fand niemals Erfüllung; sobald der Widerstand gebrochen worden war, fühlte er jedes Mal den unstillbaren Drang, eine neue Eroberung zu machen. Eine Frau zu besitzen war niemals genug; Mayer wünschte sich, alle Frauen zu besitzen.

*****

Von seiner Libido abgelenkt, hatte seine Unterhaltung mit Timothy und Bumble Mayer nicht dazu inspiriert, es in die Tat umzusetzen. Es brauchte ein weiteres Gespräch, damit er in die Gänge kam.

Er befand sich mit Hugo in der Kneipe, als ein betrunkener Seemann anfing, mit der Barfrau zu streiten:

„Das … wäre… in… China… nieeeeee… passiert. Nein… Sir!"

„Nun, mein Lieber, wir sind hier nicht in China, oder?"

„Nicht?"

„Nee, sind wir nicht."

„Aber in China könnte ich dir einfach eine Bestätigung wie diese ausstellen, und alles wäre in Ordnung."

„Nun, wir sind aber nicht in China. Hier musst du mit echtem Geld bezahlen."

„Iiiiist echt!"

Mayer schritt ein und zog den Seemann beiseite. Er stützte seinen schwankenden Körper und atmete den senfartigen Geruch seiner Haare ein.

„Ich bezahle dein Bier, wenn du mir deine Geschichte erzählst."

„Warum solltest du das tun? Bin vielleicht ein Nichtsnutz, aber … aber… aber kein Abschaum."

„Weil ich gerne deine Geschichte hören würde und weil Seeleute wie du unserem Land nutzen und ihr unsere Hilfe verdient."

„Nun gut, mein Freund, komm her!"

Der Seemann packte Mayers Kopf und leckte mit seiner Zunge über dessen Wange.

„Hmm, wirklich, das ist nicht nötig", sagte Mayer, während er seinen Kopf wegzog.

„Nein… nein… ich bestehe darauf."

„Bitte, erzähl mir einfach nur von China."

„Das Essen stinkt."

„Erzähl mir, wie du dein Bier bezahlt hast."

„Oh ja, wir haben unsere Rechnungen bezahlt, indem wir unsere Unterschrift auf die Rückseite von Schecks setzten, die von Bankiers aus England ausgestellt waren. Diese Schecks wurden immer weiter und immer weitergereicht. Einmal habe ich einen Scheck mit dreißig Namen auf der Rückseite zurückbekommen."

„Dreißig Namen?"

„Dreißig!"

„Ihr habt also einfach euer eigenes Geld auf Papier geschrieben? War es so?"

„Ja, so war es, einfach so, eins, zwei, drei."

„Hmm, ja. Du hast mir sehr geholfen. Trink noch ein Bier."

Mayer bezahlte das Bier für den Matrosen.

Der Matrose leckte Mayers Wange ab.

*****

Nach dieser Unterhaltung kam Mayer in die Gänge.

Er verstand, dass wenn es möglich war, dass ein einfacher Seemann Geld aus dem Nichts schaffen konnte, indem er einfach seine Unterschrift auf die Rückseite eines bankbestätigten Schecks setzte, dann konnte jedermann Geld aus Nichts machen. *Er* konnte Geld aus Nichts machen. Er würde reicher werden, als er es sich in seinen kühnsten Träumen vorgestellt hatte, ohne dass er überhaupt etwas von Wert produzieren müsste.

Er schob sich durch die Menge, lief um lodernde Gasflammen herum und sprang über allerlei Abfälle eines unhygienischen Lebens.

Er platzte in Herrn Bronzes Geschäft:

„Ich hab's! Bei Gott, ich hab's!"

„Was hast du?"

„Die Idee, die uns ein Vermögen verdienen wird."

„Ah, aber wir haben bereits ein Vermögen an Gold, Diamanten und feinen Juwelen angehäuft."

„Das ist nichts, Herr Bronze, Hühnerfutter. Wir könnten zu Giganten werden!"

Herr Bronze schloss langsam die Augen. Wie immer war er die Bescheidenheit selbst, weder voller Energie noch lethargisch, weder gestresst noch ruhig.

„Ah", sagte er. „Erzähle mir von deiner Idee."

„Wir schaffen Geld aus dem Nichts."

„Aus dem Nichts?"

„Nichts."

„Niemals."

„Warum?"

„Der Mensch hatte niemals die Fähigkeit, etwas aus dem Nichts zu schaffen."

„Dann machen wir es aus Papier."

„Aus Papier?"

„Ja, aus Papier. Wir werden Banknoten herausgeben, wie Schuldscheine, nur, dass wir dafür kein Gold verlangen.

„Kein Gold?"

„Nein, Herr Bronze, sie werden unbestätigt sein. Wir werden Leuten Banknoten leihen, die sie für Geschäfte und Häuser ausgeben können. Dann werden wir von ihnen fordern, dass sie uns unser Geld über einen gewissen Zeitraum hinweg entweder in Form von Banknoten oder in Goldmünzen zurückzahlen. Und natürlich werden wir ihnen Zinsen berechnen. Es werden nicht genügend Banknoten von uns im Umlauf sein, um die Zinsen zu bezahlen. Darum müssen die Leute sie mit Münzen bezahlen, die echtes Silber oder Gold enthalten."

Herr Bronze schüttelte seinen Kopf:

„Ah, aber man kann Geld nicht einfach aus dem Nichts erschaffen."

„Man kann."

„Nein, Geld wächst nicht auf einem magischen Geldbaum."

„Doch, das tut es, Herr Bronze, und wir Bankiers sind die Gärtner."

„Das glaube ich nicht. Aus Hühnern kann man keine Kühe machen."

„Man könnte sie tauschen."

Herr Bronze schüttelte erneut seinen Kopf:

„Ah, aber die Leute, die unsere Banknoten annehmen, werden damit Geschäfte und Häuser kaufen. Dann kommen die Leute, die diese Banknoten bekommen haben zu uns und verlangen Gold dafür. Aber wir werden dieses Gold nicht haben, wenn wir es beim Ausstellen der Banknoten nicht bekommen haben. Wir werden mehr schulden, als wir besitzen."

„Wir haben Gold, unsere Tresore sind voll davon."

„Ah, aber was ist, wenn die Leute es haben wollen? Was passiert, wenn sie mehr wollen, als wir haben?"

„Das werden sie nicht tun."

„Es könnte aber sein."

Diesmal war Mayer an der Reihe, seinen Kopf zu schütteln:

„Geben Sie mir wenigstens *ein bisschen* recht, Herr Bronze. Sehen Sie, Herr Bronze, unsere Kunden haben ihr Gold seit Jahren unangetastet in unseren Tresoren gelassen. Warum denken Sie, dass sie es ausgerechnet jetzt beanspruchen sollten? Goldhaltige Münzen sind ein Risiko. Man kann ihr Gewicht und ihre Reinheit anzweifeln; sie leicht verlieren oder verlegen. Es ist viel praktischer für die Leute, unsere Banknoten statt Gold mit sich herumzutragen. Wir brauchen nur die Werte klein genug halten, um sie in Umlauf zu bringen. Die Bank von England gibt nur große Banknoten mit hohem Wert aus. Wenn wir Banknoten mit niedrigeren Werten herausgeben, schaffen wir uns einen Vorteil."

Herr Bronze hob seine Augenbrauen.

„Denken Sie darüber nach", fuhr Mayer fort. „Wieviel Gold hat Abe hier deponiert?"

„Ah, dreihundert Pfund, mehr oder weniger."

„Und wann war das letzte Mal, dass er weniger als zweihundert Pfund hatte?"

„Das ist nie vorgekommen."

„Und Zebedee?"

„Als ich das letzte Mal nachgeschaut habe, hatte er achtzig Pfund."

„Und hatte er jemals weniger als sechzig?"

„Nicht, dass ich wüsste."

„Herr Harmer?"

„Mindestens einhundertundfünfzig Pfund."

„Und Herr McCraw?"

„Mindestens einhundert."

„Das macht dann zusammen ja schon fünfhundertundzehn Pfund. Dieses Geld könnten wir in unserem Tresor lassen, Banknoten mit dem entsprechenden Wert herausgeben und sehen, was passiert. Wenn die Banknoten eingelöst werden, können wir sie mit Abes und Harmers Gold bezahlen; Gold, das scheinbar vergessen wurde. Es besteht jedoch die Möglichkeit, dass sie nicht eingelöst werden; sie werden im Umlauf sein, als wären sie richtiges Geld.

„Dann werden uns unsere Schuldner ihre Kredite einschließlich Zinsen entweder mit unseren eigenen Banknoten oder echtem Gold zurückzahlen. Es ist eine Bargeld-Kuh, Herr Bronze, eine goldene Gans, die andauernd Eier legt!"

Herr Bronze lächelte, als wäre er erleuchtet worden und legte dann die Stirn in Falten, als sei er unsicher. Er nickte zustimmend, schüttelte aber dann den Kopf, als wenn ihn das Ganze nicht überzeugen würde:

„Man würde Geld aus dem Nichts schaffen; Quittungen ausstellen und Gold dafür bekommen."

„Genau! Was kann schon besser sein, als Geld aus dem Nichts zu schaffen? Es ist umso Vieles produktiver, als Geld aus etwas Anderem zu machen. Die Welt ist voller Leute, die Dinge aus anderen Dingen machen. Aber etwas aus dem Nichts schaffen? Nun, das ist übermenschlich. Das wird uns einen Vorteil schaffen!"

Herr Bronze warf Mayer einen prüfenden Blick zu.

„Mayer fuhr fort:

„Es dreht sich alles um Vertrauen. Wenn man unseren Banknoten vertraut, wird man sie auch benutzen. Wenn die Leute glauben, dass man sie anderswo akzeptieren wird, werden auch sie selbst sie akzeptieren. Es ist dasselbe, wie mit Goldmünzen. Diese Münzen werden nicht wegen ihres Eigenwerts akzeptiert, sondern weil man glaubt, dass man mit ihnen Dinge kaufen kann. Sie haben keinen Eigenwert, auch Gold ist nur ein einfaches Metall.

„Alles dreht sich ums Vertrauen. Wenn die Leute glauben, dass sie Ihre Banknoten gegen Gold eintauschen können, dass Sie ehrlich zu ihnen sein werden, dann werden sie die Banknoten als Währung akzeptieren und sie niemals wirklich einlösen.

„Es dreht sich alles ums Vertrauen. Und wer könnte vertrauenswürdiger sein als Sie, Herr Bronze? Selbst der alte Zebedee vertraut Ihnen und der würde selbst einem von Gott gesandten Engel nicht vertrauen, wenn er ihm von goldenem Licht umgeben erscheinen würde!"

Herr Bronze kicherte, Mayer kicherte, sie umarmten sich und Herr Bronze hustete. Es war zwanzig nach sechs und Herr Bronze hustete immer um zwanzig nach sechs. Danach hätte man seine Uhr stellen können.

*****

Mayer sah eine Zukunft für sich. Er könnte Herrn Bronzes Geschäft in eine große Bank verwandeln, überlegte er. Dann wäre er in der Lage auch selber eine große Bank zu eröffnen. Er bereitete sich auf seine Zukunft vor, auf Reichtum und Ruhm.

Mayer fühlte sich großartig. Er ging nicht einfach zum Druckerladen, er schwebte regelrecht. Er schwebte durch ein Gewirr von luftlosen unbeleuchteten Gassen, umgeben von Gebäuden, an die angebaut worden war, die man zusammengeflickt, geteilt und nochmals geteilt hatte und in denen so viele Menschen lebten, wie irgendwie hineinpassten. Körper hingen aus Fenstern und Wäsche hing an Körpern. Er glitt durch einen Bienenstock von provisorisch gebauten Unterkünften, Hütten und Schuppen, an Geschäften vorbei, die aus auseinanderbröselnden Steinen und knorrigem Holz bestanden und unter schweren windschiefen hängenden Schildern hindurch, die aussahen, als könnten sie in jedem Moment hinunterfallen.

Er öffnete seine Nasenlöcher und sog Londons sirupartige Luft ein; den Geruch nach Abwässern in offenen Abwasserkanälen, kränklich, süßlich, Übelkeit erzeugend; der Geruch von nassen Hunden und nassen Pferden; von verfaulendem Abfall; flohverseuchten Ratten, die sich an den Überresten labten; der Geruch von Pinkelpötten, die man aus den Fenstern im zweiten Stock geleert hatte; von den Innereien, die man aus dem Metzgergeschäft geschmissen hatte; der Geruch von all dem Kot, Dreck,

Staub und menschlichem Abfall.

Er liebte diesen fauligen Gestank!

In dem Moment. Als er die Druckerei betrat, liebte er alles, was existierte.

*****

Mayer verließ die Druckerei mit einer Tüte voller frischgedruckter Banknoten. Mein Gott, wie er sie liebte. Er ließ seine Finger über ihre raue Oberfläche gleiten; diese dünne haltbare Baumwolle, die sich wie Papier anfühlte und nach Erfolg roch.

„Bronzes Bank" stand in imponierender Schrift über einer idyllischen Skizze von Regent's Park. In der oberen Ecke war ein Bild von einem bronzefarbenen Schwein mit Engelsflügeln und am unteren Rand war ein freies Feld, wo man ein Datum hinzufügen konnte.

Dies Banknoten gab es in allen Größen: groß, größer und riesig. Manche waren zehn Pfund wert, andere nur einen Schilling. Aber auf allen stand eine einfach formulierte Garantie:

‚Wir, die Bronze Bank, versprechen dem Überbringer dieser Banknote £ x zu bezahlen.'

Das war eine Abweichung von ihren Schuldscheinen, die immer nur für eine einzelne Person ausgestellt worden waren:

‚Beleg für £_____hinterlegt von_____bei Bronzes Goldschmieden.'

Aber die wichtigste Zeile war ganz bescheiden. In den schlichtesten Buchstaben und ganze vier Worte zählend, brachte es die ganze Sache auf den Punkt:

‚Auf Gott vertrauen wir.'

*****

Mayer verlieh diese Banknoten an alle, die einen Geschäftsplan, einen guten Ruf oder eine halbe Unze Verstand im Kopf hatten. Er verlieh Geld an Abes Söhne, damit sie mit ihren Ehefrauen in ihr gemeinsames Haus ziehen konnten; an Randel, den verschlagenen Schuhputzer, damit er einen Schusterladen eröffnen konnte; an Leute in *Camden Town, Kentish Town* und *Hampstead Heath*; an junge und alte; an Erfinder, Unternehmer und Spekulanten.

Mayers Banknoten wurden von Hand zu Hand weitergereicht: Die Leute, die sie annahmen, benutzten sie, um Dinge von anderen Leuten zu kaufen, die sie benutzten, um sich selbst etwas zu kaufen. Geschäftsleute benutzten sie, um ihre Arbeiter zu bezahlen. Und Mayer benutzte sie selbst. Er mietete ein Stadthaus, stellte zwei Köche, zwei Hausmädchen und einen Butler ein.

Mit der Zeit gelangten diese Banknoten zurück in Herrn Bronzes

Geschäft, weil entweder Leute ihren Kredit zurückzahlten oder weil jemand wünschte, sie gegen Gold einzutauschen. Das war für Herrn Bronze niemals ein Problem, da er weiterhin mehr Gold erhielt, als das, was er auszahlen musste. Aber es war für Mayer ein Problem.

Bis zu diesem Moment war jeder der Schuldscheine der Bank durch hinterlegtes Gold gedeckt gewesen. Aber das war nicht mehr der Fall. Es gab kein Gleichgewicht und darum stellte Mayer seine Handlungsweise, sein System und seine gesamte Existenz in Frage:

‚Es ergibt einfach keinen Sinn. Es wird zusammenbrechen und wenn es das tut, wird mein Ruf ruiniert sein. Ich werde niemals mehr eine eigene Bank gründen können.‘

Solche Zweifel durchfuhren Mayer. Er hatte kein Vertrauen in sein System und darum wollte er als Ausgleich das Vertrauen anderer erlangen...

*****

‚Die Herausforderung im Bankwesen‘, sagte Mayer zu sich selbst *‚ist, andere davon zu überzeugen, dass dein Geld echt ist. Die Herausforderung im Leben ist, sie davon zu überzeugen, dass es deine Liebe nicht ist.‘*

Mayer hatte kein Problem damit, seine einzige brennende Liebe zu verbergen. Er liebte kein Geld, wie die Leute vermuteten, sondern Lola. Er verschloss seine Liebe tief unten in seinem Herzen und warf den Schlüssel weg.

Andere davon zu überzeugen, seinem Geld zu vertrauen, erforderte jedenfalls etwas mehr Aufwand; er musste sicherstellen, sowohl liebenswert als auch respektabel zu sein, fähig aber auch menschlich.

Um fähig zu erscheinen, überredete er Herr Bronze in ein größeres Gebäude mit hohen Türen, polierten Kassenschaltern, Messinggeländern, einem Team von Kassierern und einem offenen Foyer umzuziehen. Dieser Ort strahlte Ehrwürdigkeit, zurückhaltendes Dekor und verhaltene Eleganz aus. Mayer tapezierte die Wände mit Referenzen der Großen und Guten der Londoner Gesellschaft, gab Gemälde in Auftrag, die Geschäfte darstellte, welche von der Bank finanziert worden waren und stellte draußen eine Skulptur von Herrn Bronze auf. Mayer selbst begann Kleidung zu tragen, die ihn noch älter als vorher aussehen ließ; er steckte eine Krawattennadel an seine Krawatte, trug Manschettenknöpfe an seinen Manschetten und Kragenknöpfe an seinem Kragen. Er benutzte beim Gehen einen Elfenbeinstock, der eher ein Hindernis statt einer Hilfe war, ihm jedoch ein erstaunlich antiquariatisches Aussehen verlieh.

Um menschlich zu wirken, macht Mayer absichtlich kleine Fehler, ließ seinen Füller fallen, dessen Tinte herumspritzte, oder er stolperte über eine

Teppichkante. Sein Summen klang verstimmt, und er erzählte schreckliche Witze:

„Banker verlieren kein Leben, nur Zinsen."

„Meine Jacke hat keine Taschen. Nun, wer hat schon jemals von einem Banker mit seinen Händen in den *eigenen* Taschen gehört?"

„Während eines Bankraubs, gab ich den Befehl, die Ausgänge zu verriegeln. Die Diebe entkamen! Ich fragte meine Angestellten, was passiert sei. Sie sagten, die Diebe seien durch die Eingänge entkommen."

Auf diese Weise sahen Mayers neue Kunden zuerst seine Kompetenz, dann seine Menschlichkeit und dann fingen sie an, ihm zu vertrauen.

Mayer wurde von Tag zu Tag reicher.

*****

Immer wenn Mayer seinen Kunden half, fühlte er das Gleiche: „Es ist Luxus, Gutes zu tun", wie Hugo, während er Dizzy half, und die gleiche Ekstase, die Archibald auf dem Schlachtfeld fühlte.

In genau dem selben Moment, in dem Archibalds Bajonett in das Fleisch seines Feindes eindrang, zerstörte Mayer die Träume eines jungen Mannes, dessen Kreditantrag er ablehnte. Genau wie Archibald fühlte er eine Erregung, die jedes einzelne Atom seines Seins erreichte.

In genau dem gleichen Moment, in dem Hugo zum ersten Mal einem Dockarbeiter half, half Mayer einem Geschäftsmann, der schwere Zeiten durchmachte. Wie Hugo fühlte er eine gewisse Art von Freude.

Wie seine Freunde erlebte er ein kleines bisschen Glück, aber genau wie bei seinen Freunden, war es niemals genug. Er dachte zurück an den Tag, als er Hugo vor Jonathan Wild gerettet hatte und Archibald vor seinen Piesackern. Er sehnte sich danach, noch einmal dieser selbstlose unschuldige Junge zu sein. Er wollte mehr. Viel, viel mehr.

DER WOHLTÄTER

„Du hast so lange nicht gelebt, bis du
etwas für jemanden getan hast, was dieser
dir niemals zurückzahlen kann."

JOHN BUNYAN

Ein Duft ist eine Kraft, welcher die härteste Schale durchdringen kann. Lolas Parfüm besaß eine solche Kraft.

Der Geruch von Rosenwasser, üppig und frisch, wiegte Hugo in einen tranceartigen Schlaf; die nach Holz riechenden Nuancen von Patschuli streichelten seine Haut und süße Aromen wickelten ihn um Lolas kleinen Finger.

„Ich bin wirklich der Meinung, dass wir einen Wohltätigkeitsverein gründen sollten", sagte sie.

Sie kuschelten auf dem Sofa. Emma lag rülpsend und babbelnd auf ihren Beinen. Sie schien so leicht zu sein und der Schwerkraft zu trotzen.

„Denkst du wirklich, Honighäschen?"

„Ich überlege, ob ich meine Haare abschneiden sollte."

„Wirklich?"

„Ja, Liebling, ein Wohltätigkeitsverein. Es wäre schön, etwas als Ehemann und Frau gemeinsam zu machen, findest du nicht auch?"

„Nun ja, aber dein Haar? Dein Haar ist wunderschön, genau wie du."

„Ja Wohltätigkeit. Und zwar keine alltägliche Wohltätigkeit. Man muss wirklich große Träume haben, so verrückt sein wie ein Irrer. Völlig verrückt! Es muss so unglaublich sein, dass Leute, aus Angst davor, absurd zu erscheinen, keine andere Wahl haben, als es zu glauben."

*****

Wie es der Lauf der Dinge ist, beurteilen sich diejenigen, die Gutes tun, streng und diejenigen, die Böses tun, betrachten sich als aufrichtig.

So war es bei Hugo. Hugo tat schon mehr Gutes als die meisten, aber je mehr er tat, desto mehr Leiden sah er; je mehr Licht seine Liebe ausstrahlte, desto mehr Schatten warf sie. Hugo hatte das Gefühl, dass er nicht genug tat und darum war er mehr als aufgeschlossen, als Lola vorschlug, dass er mehr tun solle.

Es war, als würde Lola seine Gedanken lesen. Vielleicht hatte sie das Denken für ihn übernommen. Hugo war sich nicht sicher. Er war nicht sicher, wo seine Gedanken endeten und ihre begannen.

Hugo war schon immer so gewesen. Er hatte sein Leben damit verbracht, im Sog des Einflusses anderer Menschen herumgewirbelt zu werden; geformt durch den Aufseher, der ihn in eine Schablone gepresst hatte; Dizzy, die ihn als Schlammgräber ausgebildet hatte; Wild, der aus ihm einen Dieb gemacht hatte; Bear, der sein Lehrmeister gewesen war; Nicholas, der sein Studium finanziert hatte; und die Professoren, die aus ihm einen Arzt gemacht hatten.

Als er böse Absichten hegte, war er niedergeschmettert worden. Eine liebende Hand hatte ihn wiederaufgerichtet.

Hugo war niemals wirklich er selbst gewesen und trotzdem half ihm Lola in gewisser Weise, er selbst zu werden. Es war ein Widerspruch. Andererseits sind es unsere Widersprüche, die uns menschlich machen. Und Hugo war, vor allem anderen, menschlich.

*****

Alles drehte sich um Wohltätigkeit. Um ein geachtetes Mitglied der höheren Gesellschaft zu sein, musste man ganz einfach an ein oder zwei wohltätigen Institutionen mitwirken.

Solche Wohltätigkeitsvereine blühten auf, wie Lilien an einem See. Grandiose Villen verwandelten sich in Hospitäler, Heime und Zufluchtsorte. Wohltäter kümmerten sich um die Hungernden und Frierenden, Tauben, Stummen und Blinden.

In einem Augenblick konnte ein Körper sterbend auf der Straße liegen und sein Leben mit beängstigender Geschwindigkeit aushauchen, während ihn die dunklen Sturmwolken seines Schicksals einhüllten. Dann würde ein reicher Mann einen Wohltätigkeitsverein gründen und diese namenlose Seele retten. Die High Society jubelte, Handflächen klopften auf Rücken, Gläser klirrten beim Anstoßen aneinander und gute Nachrichten spülte man mit Weinbrand hinunter.

„Ra, ra, ra", würde die Elite singen. So jedenfalls stellte Hugo sich das vor. Es war daher nur natürlich, dass er sich seiner selbst sicher fühlte, als er sich auf die Suche nach Spendern machte. Sie würden, so dachte er, einfach zu finden sein.

Doch, wie das oft der Fall ist, die unbequeme Realität entsprach nicht dem Wunschtraum. Mit der Kappe in der Hand ging Hugo zu Mitgliedern der High Society und reichen Kaufleuten, zu den Reichen und noch Reicheren. Aber wo immer er auftauchte, stieß er auf Ablehnung:

„Ich bezahle meine Steuern."

„Wohltätigkeit beginnt zu Hause."

„Ich will nicht, dass mein Geld an die wertlosen Armen geht."

Mit jeder dieser Bemerkungen starb ein kleiner Teil von Hugo. Dann tröstete Lola ihn, Emma spuckte eine Himbeere aus und Hugo kam auf den Boden der Tatsachen zurück.

Er kam zu der Villa eines Mannes, den Mayer ihm empfohlen hatte: Rudolph Reginald Ruben Roland Reynolds. Er wartete, umgeben von Begonien, die sich unter der Berührung gewichtsloser Fliegen öffneten, bis Reynolds endlich die Tür öffnete.

Der einfach als „R" bekannte Mann war vollkommen berauscht, betrunken von einer Mischung aus hausgemachtem Apfelbrandwein und dem Dunst von klarem Schnaps. Er war teuer gekleidet aber ungepflegt; er trug ein Hemd mit Flecken aus verschüttetem Sherry Essig, weißer Zigarrenasche und lang getrockneten Tränen. Sein Gesicht erinnerte Hugo an einen Leichnam, den er einst während seines Medizinstudiums seziert hatte; aufgedunsen, geisterhaft aber trotzdem erfüllt von tausenden Geschichten, die das Leben geschrieben hatte.

R führte Hugo hinein, wo Hugo versuchte sein Anliegen vorzubringen.

R antwortete, als hätte er kein Wort davon gehört:

„Mein Richard ist kürzlich gestorben."

„Es tut mir leid, das zu hören."

„Er war ein richtiger wunderbarer Romantiker. Ein richtiger Draufgänger; provozierend, resolut und wild bis zum Schluss. Alas! Jetzt ruht er, ruhig, rastend, positioniert. Bereit, unter dem euphorischen Geheul des Jenseits aufzusteigen. Alas! Herausgerissen aus dieser Welt. Alas! Ich protestiere mit Bedauern. Ich bedaure die Ungerechtigkeiten, die uns ereilen. Alas! Schlechte, schlechte Welt."

„Ehm", stammelte Hugo. „Ich sehe, ich sollte nicht... es wäre wohl besser, wenn ich ein anderes Mal... wiederkomme. Ich sollte jetzt wirklich gehen... das wäre besser."

R starrte Hugo mit einem Ausdruck an, der neugierig, unsicher, geehrt, weise, müde und argwöhnisch war. Seine Augenbrauen schienen sich unkontrolliert aufzubauschen, während seine Haut aussah, als würde sie zerschmelzen:

Nein, nein. Ich weigere mich ihre Anfrage abzulehnen. Alas! Kredite müssen reinvestiert werden. Das Rattenrennen hört nicht auf, weder für die Elite noch für die Massen."

So kam es, dass R einen Monolog hielt, in dem er siebenhundertundsechzig Wörter benutzte, die mit dem Buchstaben „R" anfingen und nicht weniger als vierundachtzig Mal *Alas* sagte. Mit einem Funkeln in den Augen erzählte er Hugo, dass sein lieber Freund Richard ein reicher Mann („Reich" und „Raffiniert") gewesen war. Er erzählte, dass Richard sein Vermögen in einen Treuhandfond gesteckt hätte und die Zinsen für gute Zwecke gedacht seien. R als Vermögensverwalter von Richards

Besitz sei der Haupttreuhänder.

Hugo erzählte ihm bis ins kleinste Detail von seinen Plänen.

„Richtig!" rief R freudig aus. „Wenn man sich diese Ergebnisse ansieht und Sie auch nur entfernt so verlässlich und aufrecht sind, wie Mayer sie beschreibt, werden wir zusammen eine erfolgreiche Beziehung aufbauen. Ich habe allen Grund zu der Annahme, dass das Ergebnis hervorragend sein wird!"

*****

Hugo öffnete seine Notizbücher und atmete den Geruch ihrer fettigen Seiten ein, die sich langsam in Staub auflösten. Er ordnete vergessene Einträge bevor er zu dem Schluss kam, dass er im Londoner East End ein Waisenhaus eröffnen sollte. Diese Brutstätte von Dreck und Übel, wo heruntergekommene Häuser, vom Kamin bis zum Keller verfallen, ihre schwarzen Schatten über die noch schwärzeren Straßen warfen, die klebrig vor Schleim und uneben vor Abfall waren; wo Gestalten mit kränklichen Körpern, schütteren Schädeln und schwarz umschatteten Augen im fahlen Lampenlicht auftauchten und wieder verschwanden; wo Bordelle, Spelunken, kleine und große Werkstätten, Musikschuppen und Gasthäuser mit einem Überangebot an wohltätigen Institutionen um den besten Platz rangen. Wo pflichtbewusste Matronen von der „Gesellschaft zur Bekämpfung des Bösen" vorbeigingen und betrunkene Vagabunden und schwangere junge Mädchen ignorierten; und wo zwischen religiösen Missionen ein gnadenloser Konkurrenzkampf tobte, wie bei jedem Privatunternehmen.

Hugo trat in diese Welt ein. Hinter ihm stand R's Geld und vor ihm lag eine durch Hoffnung undurchsichtige Zukunft.

Auf dem *Stepney Causeway* entdeckte er ein verlassenes Gebäude, das in jeder Hinsicht perfekt war, abgesehen von den fehlenden Decken, den zerbröckelnden Mauern und den Rissen in den Fußböden. Sie waren von den Wurzeln einer majestätischen Eiche, die sich mächtig in der Mitte des Hofes ausbreitete und von wo aus sie die Ruine mit einem Meer von Blättern bedeckte, in venenartige Wege verwandelt worden.

Es war recht aufwendig diese heruntergekommene Hülle in einen bewohnbaren Ort zu verwandeln. Zusammen mit einer Truppe von Bauarbeitern arbeiteten Hugo und Lola Tag und Nacht, während Emma kichernd, brabbelnd, quietschend und weinend in ihrer Wiege lag.

Bis zur Fertigstellung hatten sie alle Gewicht verloren. Mit Vorhängen dekorierte Fenster gingen hinaus auf den Hof mit der Eiche. Die Zimmer dahinter hatte Lola mit Pflanzen dekoriert. Vergissmeinnicht wuchsen in den

Schlafzimmern, Schlingpflanzen in den Wohnräumen und Areca-Palmen im Esszimmer.

Jetzt brauchten sie nur noch Kinder. Darum zog Hugo mit dem Notizbuch in der Hand los, um all die Kanalratten einzusammeln, die Schutz in Londons versteckten Nischen suchten. Er brachte sie zu „Saint Nick's", seinem Waisenhaus, dessen Namen er zu Ehren seines Schwiegervaters ausgesucht hatte, und gab ihnen alles, was sie brauchten: Essen, ein Heim, Kleidung, ärztliche Versorgung, Schulunterricht und Berufsausbildung.

Während die Jahre vergingen, füllten sich die Schlafsäle bis an den Rand ihrer Kapazität und darüber hinaus. So viele ausgesetzte Babys fanden ihren Weg ins „Saint Nick's", dass Hugo sich gezwungen sah, ältere Kinder abzuweisen.

Eines dieser Kinder war unter dem Namen „Carrots" bekannt. Er hatte durch Krankheit entstellte Gesichtszüge; sein Gesicht war vom dauernden Hunger ausgemergelt, seine Augen blutunterlaufen und sein Haar hatte die Farbe getrockneter Aprikosen.

Carrots wurde an einem verschneiten Dezemberabend abgewiesen. Es blieb ihm nichts Anderes übrig, als *Stepney's* vereiste glitzernde Straße entlangzugehen und alleine, den kalten Nordwinden ausgesetzt, unter dem schneeverhangenen Himmel zu schlafen.

Als er Carrots am nächsten Morgen sah, beugte Hugo sich herunter, um seine hartgefrorene Augenbraue zu berühren. Carrots war gestorben.

Schamerfüllt brachte Hugo ein Schild über der Eingangstür von Saint Nick's an, auf dem stand: „Kein Kind wird abgewiesen" und schickte Lola los, um mehr Geldgeber zu finden.

*****

Beim Spendensammeln lief Lola zu ihrer Höchstform auf. Sie sammelte mehr Geld, als sie es sich je erträumt hätte. Trotzdem reichte es ihrer Meinung nach noch nicht:

„Liebling, ich habe beschlossen, Ärztin zu werden."

„Nichts, was mir mehr Freude bereiten würde", antwortete Hugo. „Aber du weißt so gut wie ich, dass Frauen keine Ärzte werden können."

„Nun, wenn das so ist, muss ich einfach ein Mann werden."

„Ein Mann, Honighäschen?"

„Ja, ein Mann. Ich möchte mich nicht in den Vordergrund drängen, aber wenn du und Papa Ärzte sein könnt, dann kann ich das auch. Wir haben eine Partnerschaft, das ist es, was eine Ehe ist und man muss es nicht extra betonen, dass jede Frau, die Achtung vor sich selbst hat, in der Lage sein sollte, all das tun zu können, was ihr Ehemann kann. Jetzt muss ich mir aber wirklich eine riesige Portion von Tapioca-Pudding genehmigen."

Mit diesen Worten, machte Lola sich auf die Suche nach etwas Essbarem.

Sie brachte es niemals zur Ärztin, obwohl aus ihr eine sehr fähige Krankenschwester wurde, eine hervorragende Spendensammlerin und eine hingebungsvolle Mutter. Sie bekam zwei weitere Töchter, dann bekam sie einen totgeborenen Sohn und einen Sohn, der als Kleinkind starb. Danach gebar sie zwei weitere Töchter.

Jedes Mal, wenn sie ein Kind gebar, hinterließ die Geburt neue Schwangerschaftsstreifen auf ihrem Bauch. Sie mochte diese Linien, die sie an ihre Kinder erinnerten. Über die Falten in ihrem Gesicht war sie nicht so erfreut. Die Lachfältchen, die ihre Augen lustig erscheinen ließen und die senkrechten Fältchen entlang ihrer Lippen. Aber sie akzeptierte sie und alterte daher in Ehren.

Ihre Familie zog in ein Stadthaus, dass sich genauso mit Töchtern füllte, wie ehemals ihr Cottage mit Puppen. Wohin Hugo auch schaute, sah er Münder ohne Zähne, Füße ohne Socken und Nasen, die mehr trieften, als man es sich hätte vorstellen können.

Das war für Hugo, der sich selbst immer noch für ein Kind hielt und glaubte, dass er solange in diesem Peter Pan-Zustand bleiben würde, wie er in der Gesellschaft von richtigen Kindern war, kein Problem. Er zog Kinder Erwachsenen vor, da sie sagten, was sie sagen wollten, während Erwachsene auf schmerzhafte Weise unehrlich sein konnten.

Hugos Liebe zu seinen Töchtern war eine neue Art von Liebe, zärtlich und auf Fürsorge und Respekt basierend, wodurch eine starke Bindung zwischen Eltern und Kinder entsteht.

Hugo und Lola besaßen Elternliebe im Übermaß. Einmal drückte Lola es so aus, während sie Maddie in ihren Armen wiegte: „Ich liebe dich so sehr, ich könnte dich umbringen!"

Andererseits hielt sich Lola zurück, ihre Töchter zu verhätscheln. Sie verwöhnte sie nie mit ungerechtfertigtem Lob; sie lobte sie, wenn sie freundlich aber nicht, wenn sie gerissen waren. Sie überschüttete sie nie mit Zuneigung oder Leckereien, aber sie sorgte dafür, dass sie sich bewusst waren, wer sie waren. Sie verwöhnte sie nicht mit Komplimenten, keine Eitelkeiten, die sie auf den falschen Pfad leiten konnten. Lola äußerte sich nie zum Aussehen ihrer Töchter; sie ließ ihnen den Raum, den sie brauchten, um zu wachsen. Sie kaufte ihnen niemals Spielzeuge oder Spiele, vielmehr ermunterte sie die Mädchen, sie selbst zu machen.

Bücher kaufte sie ihren Töchtern allerdings. Es waren tatsächlich so viele

Bücher, dass sie Hugos Notizbücher von den Regalen verdrängten und sich an den unmöglichsten Stellen zu Stapeln anhäuften; in Pflanzentöpfen, Schubladen, dem Brotkasten und im Wäschekorb. Jeden Abend las sie ihren Töchtern vor, wobei sie viele verrückte Stimmen imitierte und lustige Grimassen schnitt. Dann nahm sie sie nach Saint Nick's mit, wo sie sie den Waisenkindern vorlas.

*****

Lola schien Parfüms zu horten.

Hugo hatte Lola einmal gesagt, dass er sie ohne Make-up schön fände. Sie fasste es als Kompliment auf, trug aber weiterhin Make-up. Darum wusste Hugo, dass auch wenn er Lola sagen würde, dass ihm ihr natürlicher Geruch gefiel, sie weiterhin Parfüm benutzen würde und darum sagte er nichts.

Lola trug weiterhin Parfüm.

Sie sammelte Parfüms in jeder Duftnuance, die der menschlichen Nase bekannt waren und verwahrte sie in Flakons in jeder vorstellbaren Form und trug sie zu jedem vorstellbaren Anlass, um ihren Angestellten Autorität zu signalisieren, um sich mit der höheren Gesellschaft zu vermischen, Hugo in ihr Bett zu locken und reiche Männer dazu zu bringen, Geld zu spenden.

Lola war ein Naturtalent, wenn es darum ging, bei Männern Geld locker zu machen. Sie ging von Tür zu Tür und baute sich im Umkreis ihres Fitzrovia-Heims ein Netzwerk von Sponsoren auf. Bei Banketten und Bällen sprach sie neue Spender an und sie hieß eine große Auswahl potentieller Wohltäter bei der von ihr jährlich veranstalteten Gala mit Feuerwerk willkommen.

Ihre Anstrengungen ermöglichten es Hugo und Lola das Saint Nick's mit einer neuen Etage aufzustocken, sechs neue Schlafsäle hinzuzufügen, eine Suppenküche zu eröffnen und eine einfache Schule zu gründen, wo jeder Schüler eine gebackene Kartoffel bekam.

*****

Im Gegensatz zu Archibald und Mayer, die sich kleideten, um Eindruck zu machen und sich mit falschen Identitäten Respekt verschaffen wollten, trug Hugo die Kleidung, die ihm am bequemsten war.

Das kostete ihn Einiges.

Wenn Leute ihn mit aus der Hose hängendem Hemd sahen, verlor er sofort an Achtung bei ihnen. Seine zerknitterten Hosen hatten zur Folge, dass ein potentieller Spender davonlief, bevor sie ein Wort gewechselt hatten. Seine schlechtsitzenden Westen und hässlichen Socken ließen ihn den Respekt verlieren, den seine Taten verdienten.

Lola sah sich gezwungen, zu handeln. Sie übernahm die Kontrolle über

Hugos Schrank, ersetzte die Kleidung, die ihr nicht gefiel und sorgte dafür, dass immer alles gebügelt war. Jeden Morgen zog sie Hugo an. Pfeifend zog sie die Hose an seinen Beinen hoch, zog ihm die Socken an, knöpfte sein Hemd zu und strich es an seiner Brust entlang glatt. Diese Prozedur beendete sie mit einem Kuss auf Hugos Wange.

Hugo gefiel dieses Ritual aber sein neues Aussehen gab ihm das Gefühl, unecht zu sein. Wie Archibald und Mayer hatte auch er eine Identität ausgeliehen, um geliehene Freunde zu beindrucken.

*****

Hugo misstraute den Parfüms.

Das hatte einen guten Grund. Er erinnerte sich daran, wie Lola als Debütantin hunderte von verschiedenen Düften getragen hatte. Es war Teil ihrer magischen Anziehungskraft, die Nasen ihrer Verehrer zu kitzeln und ihnen wohlige Schauer entlang der Wirbelsäulen zu jagen.

‚Wen versucht sie jetzt zu verführen?' fragte er sich. ‚Bin ich es? Aber warum? Ich gehöre ihr doch schon. Hat sie ein Auge auf einen anderen Mann geworfen? Vielleicht hat sie sich schon einen anderen Mann geholt! Hat sie mir Hörner aufgesetzt? Werde ich es jemals erfahren?"

Es machte ihn verrückt.

Er war darum erleichtert, als sie sich ganz ohne Duft auf seinen Schoss setzte:

„Erwachsene haben niemals Spaß. Immer nur langweilige Arbeit, dämliche Kleider, ärgerliche Falten und Papierkram."

Sie schnitt Baby Sylvia mit weit auseinandergezogenen Lippen und hin- und her wackelnder Zunge eine Grimasse.

Emma, die nun sechs war, sauste durch das Zimmer und spielte, dass sie ein Pferd sei:

„Hüh, hühja, hühja! Hop, hop, hop! "

Hugo lächelte Lola an.

„Ich fühle mich so schwach wie ein Schluck Wasser. Es ist, als hätte ich die Anstrengung letztes Jahr umsonst gemacht. Nun gut, gestern habe ich jedenfalls unsere Konten durchgesehen und es sieht so aus, als ob wir anonyme Spenden erhalten hätten."

„Wirklich? Wie wundervoll!"

Lola zog ihre Nase kraus und lächelte mit den Augen.

Hugo antwortete, ohne nachzudenken:

„Ich werde mich nach einem zweiten Gebäude umsehen."

Lola drückte das Knie ihres Mannes:

„Nun, Liebling, ich würde wirklich gerne mit dir weiterplaudern, aber in der Küche gibt's ein Geflügel Sandwich, das auf mich wartet…"

*****

Tief im Inneren war Hugo immer noch derselbe kleine Junge, der aus St. Mary Magdalen's geworfen worden war; der nicht wusste, wohin er gehen, was er tun oder sagen sollte. Er fühlte sich überhaupt nicht wie ein Erwachsener. Er sah in den Spiegel und fragte sich selbst: ,*Wie schaffe ich es nur, diese Riesenlüge aufrecht zu erhalten?*'

Aber Hugo fühlte sich als Mann im Haus, als Chef eines Wohltätigkeitvereins, als Doktor und Vater sicher in seiner Haut. Es war Lola, die ihm Rückhalt gab.

Lola fühlte sich genauso. Sie fühlte sich auch wie ein Kind, das vorgab, ein Erwachsener zu sein. Auch sie schaffte es so zu leben, weil sie auf ihren Mann vertraute.

Dieses Arrangement schien zu funktionieren. Meistens wenigstens.

Dann hörte Emma auf, zu reden. Das kleine Plappermäulchen hörte auf zu niesen, Schluckaufs zu bekommen, Bäuerchen zu machen, zu husten, zu trampeln und zu klatschen.

Lola und Hugo stellten ihr Fragen, lasen ihr Geschichten vor, machten komische Geräusche, husteten, trampelten und klatschten, aber egal wie sehr sie es auch versuchten, konnten sie Emma nicht dazu bringen, etwas zu sagen.

Hugo mochte die friedliche Stille.

Lola betete für Geräusche.

DER HELD

„Die größten Verbrechen in der Welt werden nicht von Leuten begangen, welche Regeln brechen, sondern von Leuten, die Regeln befolgen. Es sind diejenigen, die Befehle ausführen, die Bomben fallen lassen und ganze Städte auslöschen."

BANSKY

Archibald hatte den Geschmack der Macht probiert, aber das hatte seine Lust nicht gestillt, er hatte einfach immer noch mehr gewollt. Seine Sucht nach Gewalt gewann die Herrschaft über sein Wesen.

Wann immer er hörte, dass eine Schlacht im Gange war, bat Archibald um die Erlaubnis, an die Front versetzt zu werden. In erster Linie verfolgten er und Delaney die Marathi, das einzige größere Hindernis, das zwischen England und der totalen Herrschaft über den Subkontinent stand. In *Asigarh Fort* tötete er einen zweiten Mann, einen dritten in *Laswari* und einen vierten in *Adagon*. Man nannte ihn einen „Helden", „mutig" und „wagehalsig". Man sagte ihm, dass er „Britannien beschützte" und dem „britischen Volk diene".

Es war in der südindischen Stadt *Vellore*, wo Archibalds Stern wirklich aufging.

Hindu-Soldaten war es verboten worden, religiöse Zeichen auf der Stirn zu tragen und muslimische Soldaten wurden gezwungen, ihre Bärte abzurasieren. Wenn sie protestierten, wurden sie ausgepeitscht.

Sie wehrten sich in der Hoffnung, dass ihre Rebellion zur Befreiung ihres Heimatlands führen würde. Sie töteten vierzehn britische Soldaten, eroberten das Fort und hissten die Flagge des *Sultanats von Mysore*.

Ein britischer Offizier konnte fliehen. Er fand Archibalds Truppe, die zur Rettung kam. Durch den Staub reitend, bildete sich eine Aura strahlendenden Lichts über ihren Häuptern.

Mit achtzehn anderen Männer an ihrer Seite kamen Archibald und Delaney noch vor ihrer Truppe an. Sie warfen Seile an den Begrenzungen des Forts hoch und halfen ihren Kameraden, hinaufzuklettern.

Unsichtbar und ohne einen Laut erledigte Archibald jeden Rebellen, der ihm über den Weg lief. Blut spritzte wie ein exotischer Monsun aus Körpern; ein himmlischer burgunderroter Regen.

„Hab ich dich!" jubelte er, als er einen rehäugigen *Sepoy* erstach.

„Erwischt!" schrie er vor Freude, während er einen Jungen mit Boxergesicht aufspießte

„Nimm das!"

„Für Britannien!" heulte er auf, während er das Leben der unerfahrenen, kleinen und dünnbeinigen und barfüßigen Rebellen mit dunklen Augen auslöschte: „Für das Schaftreiberland Britannien!"

Blut fiel wie Regen, Schreie tönten wie Donner und Bajonette stießen wie in Rage zu.

Archibald fühlte sich allmächtig.

Mit entblößter Brust und in Falten gelegter Stirn stellte er sich vor, wie Lola ihn anfeuerte. Er stach, schlug und tötete für sie. Es war ihm egal, dass er sterben konnte, er dachte, dass für Lola zu sterben der ultimative Liebesbeweis sei.

„Sterbt, ihr Teufel, sterbt!"

„Undankbare, Untreue, sterbt!"

„Verdammte Wilde, sterbt! Wir haben euch zivilisiert. Wie könnt ihr es wagen, es uns so zu danken?"

*****

Bis die Dragoner ankamen, hatte sich Archibald einen blutigen Pfad zum Tor geschlagen, das er von innen aufstieß. Die Kavallerie stürmte hinein und tötete jeden, der sich ihnen in den Weg stellte. Dann zerrten sie alle anderen nach draußen.

Bevor sie gingen, zwang Archibald einen Rebellen, das Blut seiner Tochter aufzulecken und einen anderen, einen sterbenden Kameraden zu treten. Er ließ Körper in der gleißenden Mittagssonne in undenkbaren Positionen gefesselt liegen, so dass sie mit aufgerissenen Lippen Opfer von Fliegen, Larven und Würmern wurden. Unter dem schweren Geruch des Todes war es unmöglich Vellores knoblauchartigen Duft wahrzunehmen.

Archibald schritt über eine Wiese, auf der die Grashalme sich schamvoll neigten und Blätter auf den Flügeln einer schuldbewussten Brise davonflogen.

Nach einer Reihe von Scheinprozessen halfen er und Delaney dabei, die Rebellen vor Kanonen zu fesseln, bevor sie die Geschütze selbst abfeuerten.

‚Bumm!'

Tausende kleiner Vögel stiegen explosionsartig von einem Baum auf.

Tausende kleiner Körperteile zerplatzten in Fragmente. Schädelteile flogen nach oben, Beinteile nach unten, zerfetzte Arme nach links und rechts und in die Mitte. Nicht der kleinste Nachweis eines Lebens, das man hätte beerdigen können, blieb übrig.

Für jeden Muslim und Hindu war die Botschaft eindeutig: Ohne Körper gab es keine Beerdigung und ohne Beerdigung konnte es kein Leben nach dem Tod geben. Die Bestrafung würde ewig andauern. Die Briten erlangten die absolute Herrschaft.

Für Archibald war es glorreich. Er hatte die Macht, nach der er lechzte. Macht über Leben und Tod und dem Leben nach dem Tod; über jeden zerstreuten Splitter menschlicher Existenz.

Der alte Archibald war gestorben. Der neue Archibald war zum Mann geworden.

Dieser Archibald würde es nicht zulassen, dass seine Familie ins Grab getrieben wurde, dass seine Peiniger ihn „Feigling" nannten oder dass ihm ein Mädchen wie Lola entwischte. Dieser Archibald trieb *die anderen* in ihre Gräber, nannte *die anderen* „Feiglinge" und ließ niemals jemanden entwischen!

An dem Tag tötete er hunderte von Menschen.

Sein Stolz schwoll auf epische Maße an.

*****

Wie es der Lauf der Dinge ist, gehen diejenigen, die Gutes tun, hart mit sich zu Gericht, während diejenigen, die böse Dinge tun, der Meinung sind, Recht zu haben.

So war es bei Archibald. Er war überzeugt davon, dass er das Richtige getan hatte. Jedermann sagte ihm, dass er ein „Held" sei, „seinem Land diene" und „sein Land stolz mache". Delaney klopfte ihm auf den Rücken. Seine Vorgesetzten machten ihn zum Offizier.

„Nun, Sie haben sich in *Vellore* wie ein Brigadier verhalten. Denken Sie nicht, dass die Führungsriege das nicht bemerkt hätte! Das Mindeste, was wir tun konnten, war Sie zu befördern."

Trotzdem war Archibald immer noch nicht erfüllt. Er wollte mehr und so war er begeistert, als man ihn beauftragte, Steuern einzutreiben.

*****

Die Briten erbten ein funktionierendes Steuersystem von den Mughals. Dann änderten sie es und führten eine Steuer für Grund und Boden ein, die zwei Dritteln des Einkommens eines Bauern entsprach, da sie glaubten, dass sie dies dazu veranlassen würde, schwerer zu arbeiten und produktiver zu werden.

Aber selbst bei voller Kapazität konnte der Anbau von Reis und Getreide nicht genug Einkommen erwirtschaften, um die Steuern bezahlen zu können. Die Bauern waren daher gezwungen, sich auf etwas anderes zu verlegen und wertvolle Pflanzen, wie z.B. Indigo und Baumwolle, für den Export anzubauen, statt Nahrung für sich selbst. Was sie an Getreide produzierten, wurde ihnen oft gewaltsam abgenommen.Salz wurde besteuert, was die Armen anfällig für Dehydration und Cholera machte.

Die Konsequenzen waren tragisch. Als im Jahre 1769 eine

Trockenperiode begann, blieb so wenig Land für Nahrungsmittelanbau übrig, dass zehn Millionen Menschen verhungerten. Wäre es nicht wegen der Grundsteuer zu einer Umstrukturierung der Produktion gekommen, hätten die meisten von ihnen überlebt.

Aber anstatt die Steuern zu senken, erhöhten die Briten sie, um ihre Verluste auszugleichen. Sie nahmen Bauern, die mit den Zahlungen in Verzug waren, Land ab und zwangen sie so, sich zu verschulden. Den Bauern, die zahlten, stellten sie Landrechte aus und gewannen so deren Loyalität.

*****

Archibald half dabei, dieses System aufrechtzuerhalten. Er ging von Häusern zu Hütten, trieb Steuern ein und verprügelte jeden, der sich weigerte, zu zahlen.

Mit der Zeit wurde ihm eine zweite Aufgabe anvertraut: die Verwaltung des Textilhandels, den Britannien gerade monopolisieren wollte.

So kam es, dass man ihn losschickte, um über einen Weber mit lavendelfarbenem Haar zu richten, weil er einem indischen Händler Stoff verkauft hatte.

Selbst viele Jahrzehnte später sollte Archibald sich noch an die Leere erinnern, die er fühlte, als er die Tür von der Hütte dieses Mannes am Rande der Stadt aufstieß. Er sollte immer noch den im Inneren seines Halses den kratzenden starken Geruch nach Safran wahrnehmen; den Dunst gehackter Zwiebeln, der seine Nasenlöcher erfüllte und das blubbernde Geräusch kleiner Spuckebläschen eines vergnügten Babys, das an seine Ohren drang.

Archibald sollte sich immer noch daran erinnern, wie er und Delaney diese Familie hinaus in die erbarmungslose Sonne zerrte; wie sie sie zwangen dort mit gebeugten Rücken und im Sand vergrabenen Füßen mehrere Stunden lang zu stehen; und wie sie heiße Steine auf ihre Wirbelsäulen legten, während ihre Männer im Schatten saßen, Macadamia-Nüsse knabberten und die Milch des Webers tranken.

Dieses Bild brannte sich in Archibalds Gedächtnis. Wie von einem meisterhaften Maler gemalt, sah er das verbrannte Fleisch auf dem Rücken eines jungen Mädchens; pyogenisch, knusprig und roh. Er sah wie Adern durch die Haut der Mutter platzten. Er sah Qual in blutunterlaufenen Augen.

Jedes Mal, wenn er eine neue Art von Strafe anwandte, konnte er sich an die Szene lebhaft in allen Details erinnern; jede Farbe erschien ihm strahlend, jeder Geruch beißend und jedes Geräusch besonders laut.

Wann immer er jedoch diese Strafe wiederholte, vergaß er es sofort wieder. Diese Bestrafungen, von denen es zu viele gab, um sie hier zu erwähnen, verschwammen miteinander.

Das erste Mal, als Archibald Chilischoten in die Augen eines aufsässigen Webers rieb, brannte sich die Szene in sein Gedächtnis. Er konnte dem Bild nicht entfliehen. Die Netzhaut verfärbte sich weinrot, die Augenlider schwollen zu und die Wimpern fielen aus. Im Endeffekt rieb Archibald jedoch in so viele Augen Chili, dass es normal wurde. Er konnte eine solche Bestrafung nicht von einer anderen unterscheiden.

Beim ersten Mal, als Archibald gesehen hatte, wie seine Männer einen alten Inder quälten, hatte es ihn erschaudern lassen. Als es das zweite Mal passierte, zuckte Archibald lediglich mit den Schultern. Der Beschuldigte gestand ein Vergehen, das er nicht begangen hatte und so war Archibald froh, dass er glauben konnte, dass der Zweck die Mittel heiligte.

Seine Männer banden Männer mit hoch über dem Kopf erhobenen Armen an Ästen fest; sie klemmten die Brustwarzen von Frauen in genagelte Vorrichtungen; sie beschlagnahmten Land und Besitztümer.

Archibald zuckte mit den Schultern.

*****

Diese Periode in Archibalds Leben dauerte beinahe eine Dekade.

Obwohl er bei seinem mageren Lohn niemals viel Reichtum anhäufen konnte, wäre man nie darauf gekommen, wenn man in sah. Während seine Männer alles stahlen, was leicht genug war, um es davonzuschleppen, stahl Archibald immer nur Kleidung. Er war eine extravagante Erscheinung, trug einen gestohlenen Umhang aus Adlerfedern, ein gestohlenes Medaillon und einen gestohlenen Samtmantel. Delaney folgte seinem Beispiel und schmückte sich mit einem Umhang aus Kanarienvogelfedern, einem silbernen Medaillon und einem Baumwollmantel.

Aber Archibalds *Pièce de Résistance* war seine Halskette, die er Tag und Nacht trug, selbst wenn er noch in Uniform war. Sie bestand aus Daumen von aufsässigen Webern, die er so daran hinderte, weiter zu weben. So kam Archibald zu seinem neuen Namen: Er wurde als „Daumenabschneider-General" bekannt.

*****

Während Archibald aufblühte, ging Indien zugrunde. Es verwandelte sich von einer reichen, selbstständigen Nation in einen untertänigen Staat, der minderwertige Rohmaterialien statt hochwertig verarbeiteter Produkte erzeugte.

Die indische Textilindustrie wurde am Boden zerstört. Inder wurden gezwungen, ihre Baumwolle für einen niedrigen Preis nach England zu exportieren und im Gegenzug teure britische Stoffe zu kaufen. Britische Stoffhersteller wurden reich, nicht aber indische Weber. Ihre Lager leerten sich, ihre Bäuche schrumpelten zusammen und ihre Skelette bleichten in den Ebenen. Archibald trampelte über ihre zerbröckelnden Knochen, als wären es Muscheln. Die Bevölkerung Dhakas dezimierte sich auf ein Siebtel ihrer ehemaligen Größe.

Von Schuldgefühlen heimgesucht stattete Archibald dem Gouverneur einen Besuch ab.

Der Gouverneur war ein illustrer arroganter Mann mit einer Nase wie ein Eulenschnabel, scharfen Gesichtszügen und steifer Haltung. Er lebte gemäß seinen Vorurteilen, was eine Erklärung für seine Antwort sein mag:

„Wenn wir ein modernes zivilisiertes Land gründen möchten, müssen wir akzeptieren, dass es auch mehr Leiden geben wird. Etwas Gewalt kann im Namen des größeren Guten gerechtfertigt werden. Und überhaupt, wären wir nicht hier, würden die komischen Kerle nur sich selbst schaden. Letztendlich kümmern wir uns nur um *ihre* Bräuche."

Archibalds Gesicht war ausdruckslos, so als wolle er weitere Fragen stellen.

Der Gouverneur fügte hinzu:

„Wie Martin Luther einmal gesagt hat: ‚Christen sind in dieser Welt selten'. Darum brauchen wir eine strenge Regierung, welche die Aufsässigen in Schach hält, damit die Welt nicht verwüstet wird. Der Frieden darf nicht verschwinden und der Handel nicht zerstört werden; all das, was passieren würde, wenn sich die Regierung nach dem Evangelium richten würde."

Diese Worte reinigten Archibalds Gewissen.

‚Ich habe Macht', sagte er zu sich selbst. ‚*Wer bin ich, mich zu beschweren? Wer bin ich, dass ich meine egoistischen moralischen Bedenken dem höheren Guten in die Quere kommen lasse?'*

*****

Die Chinesen glaubten, sie hätten ein himmlisches Mandat, weltweit Gerechtigkeit und Harmonie zu verbreiten. Die Römer glaubten, sie brächten den Barbaren Frieden und Fortschritt und die Babylonier glaubten, dass sie die Verantwortung für das Wohlergehen der Leute, die sie eroberten, hätten. So erging es auch den Briten. Auch sie glaubten, sie befänden sich auf einem moralischen Eroberungszug, um das Christentum und den freien Handel zu verbreiten.

Daran erinnerte sich Archibald, immer, wenn er von Schuldgefühlen geplagt wurde. Dann ging er in die Kirche, wo er seinem Vikar zuhörte, einem Mann, dessen Haut die Farbe von rohem Kabeljau hatte und der unter plötzlichem Erröten litt:

„Seid bescheiden, ruhig und freundlich! Widersteht der Versuchung und folgt den Fußspuren von Christus. Liebe deinen Nachbarn, liebe deinen Feind und halte die andere Wangen hin!"

Als Archibald diesen Predigten zuhörte, fühlte er sich schuldiger als je zuvor:

,Sollte ich nicht die andere Wange hinhalten, wenn ein Bauer seine Steuern nicht bezahlen kann? Sollte ich die indischen Weber nicht lieben? Sollte ich sie nicht so behandeln, wie ich selbst behandelt werden möchte?'

Immer wenn sein Vikar sprach, plagten Archibald solche Zweifel. Er verließ die Kirche jedes Mal in nachdenklicher Stimmung bevor er dann seinen Seidenmantel anzog und sich an Rostbraten und großen Mengen von Alkohol labte. Während er dann über Tapferkeit, Stolz und Ehre sprach, vergaß er die Worte des Vikars.

„Wir dienen Gott", würde er Delaney erzählen. „Wir sind seine edlen blutigen Henker!"

Anschließend fielen sie in einen trunkenen Schlaf, wachten mit einem Kater auf und machten sich auf den Weg, um das Gesetz auszuüben. Es würde eine Woche vergehen, dann wiederholte sich der Kreislauf aufs Neue.

*****

Zehn Jahre lang trieb Archibald Steuern ein, jagte rebellische Weber und übte Gerechtigkeit aus. Die Dinge liefen im Allgemeinen auf konstanter Basis: Während der Woche arbeitete Archibald, zweifelte an sich in der Kirche und betrank sich dann. Wann immer ihn Schuldgefühle überkamen, sprach er mit seinen Vorgesetzten, die ihm versicherten, dass er ein „Held" sei, der „Gottes Arbeit" leistete. Immer wenn er nicht überzeugt war, machte er Lola dafür verantwortlich:

,Es ist ihre Schuld, dass ich so bin. Hätte sie mich geheiratet, wäre ich ein treuer Ehemann geworden, ein liebender Mann, wie Hugo, und der wäre derjenige in der Armee.'

Etwas hatte sich jedoch im Laufe dieser Zeit verändert:

Archibalds Träume.

Sie teilten sich in zwei Hälften...

Im Laufe seiner ersten fünf Jahre in Indien, veränderte sich das Bild von Lola, die Archibald jede Nacht erschien; ihr Gesicht verhärtete sich und nahm die Konturen von Delaneys Wangen an; ihre Nase nahm die Form von Delaneys Nase an, ihre Schultern wurden breiter und ihre Brust härter. Ihre Aura, so undiszipliniert wie der Wind zu sein, entglitt Archibalds Träumen und auch seinen Bildern. Mit der Zeit sahen diese Skizzen weniger wie Lola und mehr wie Delaney aus. Einmal konnte Delaney einen Blick auf so eine Zeichnung werfen und rief:

„Oh, wie nett von dir, mich zu zeichnen!"

Archibald war so erschüttert, dass er tagelang nichts mehr essen konnte.

Während der nächsten fünf Jahre begannen Archibald in seinen Träumen die Gesichter seiner Opfer zu erscheinen. Sie blitzten plötzlich auf und verschwanden wieder, hatten aber auf seine imaginäre Ehe mit Lola keinen Einfluss.

Im zehnten Jahr seines Aufenthalts in Indien tauchten diese Gestalten mit immer grösser werdender Häufigkeit auf. Da gab es einen Weber, dessen ausgekugelter Arm von seiner Schulter baumelte, als wäre er erstaunt und verwirrt; dann war da ein Bauer, dessen Augenbrauen ganze Ströme von Blut abhielten und ein totes Baby, dessen Gesicht ein Bild verlorener Unschuld war.

Langsam aber sicher kamen diese Figuren immer näher. Eine lächelte. Eine sprach. Archibald schoss hoch; wach, alarmiert und sich dessen mehr als bewusst, dass seine Dämonen einen Angriff planten:

,Wo ist meine Macht? Warum kann ich meine Träume nicht kontrollieren? Ich brauche mehr Macht. Gebt mir Macht! Ich muss meine Gedanken unter Kontrolle halten!'

VIEL VIEL MEHR

„Geld kostet oft zu viel."
RALPH WALDO EMERSON

Der König wurde für verrückt erklärt.

Ein bankrotter Bankier ermordete den Premierminister.

Mayer füllte sich die Taschen.

Genau im gleichen Moment fühlte Hugo eine prickelnde Erregung, als er sein zweites Gebäude fand und auch Archibald fühlte die gleiche Erregung, während er einen Bauern von seinem Land vertrieb. Mayer verdiente tausende von Pfund.

Drei Franzosen in Uniformen kamen auf ihn zu und erzählten ihm, dass Napoleon umgebracht worden sei. Er investierte sofort in staatliche Wertpapiere, deren Wert in die Höhe schnellte. Aber er hatte den richtigen Riecher und verkaufte diese Aktien für eine anständige Summe.

Die ganze Sache war ein Schwindel gewesen, der „große Börsenbetrug". Mayer hatte recht gehabt, genau zu diesem Zeitpunkt zu verkaufen, wodurch er sich so großartig fühlte, dass es mit Worten nicht zu beschreiben war.

*****

Von Tag zu Tag wurde Mayer reicher. Er gab mehr Banknoten aus und strich mehr Zinsen ein, bekam eine Gehaltserhöhung und noch höhere Provisionen.

Er machte es zu seiner Aufgabe, reicher als Abe und Sadie zu werden. Er kaufte sich ein Haus, in dem es jeweils ein Schlafzimmer, ein Wohnzimmer und ein Speisezimmer mehr gab in als Buckingham Towers. Er stellte mehr Köche und Hausmädchen ein und kaufte mehr Pferde, Kutschen, Brokat, Nippes, Deckchen und Vorhänge, als Abe und Sadie je besessen hatten.

Er fühlte sich gut, hatte aber noch nicht genug. Obwohl zufrieden mit seinem Leben war Mayer unglücklich in der Liebe. Er schlief immer noch mit jeder Frau, die dazu bereit war und benutzte sein Geld zu seinem Vorteil. Er hielt sich sogar zwei Mädchen als Geliebte, so wie es Raph mit Sal getan hatte. Wie dem auch sei, fand er sich, mit jetzt Mitte dreißig, zu alt für das Junggesellenleben. Er hatte das Gefühl, dass nicht mehr er die Spielregeln bestimmte, sondern dass stattdessen mit ihm gespielt wurde.

Mayer wollte mit seiner einzigen wahren Liebe an seiner Seite in Würde alt werden. Aber da gab es ein Problem: Seine einzige wahre Liebe war Lola und die war glücklich verheiratet.

„Komm schon Hugo!" murmelte er vor sich hin. „Warum kannst du dich nicht beeilen und sterben?"

Trotz der Hoffnungslosigkeit seine Situation hatte er noch Hoffnung.

‚Flieh, wohin du willst‘, sagte er zu Lola während einer imaginären Unterhaltung. ‚Geh bis ans Ende der Welt. Ich werde dir dennoch gehören. Heirate, wen immer du willst. Heirate einhundert Männer. Du wirst trotzdem mir gehören. Liebe oder hasse mich, segne oder verfluche mich, lebe oder sterbe, schlafe oder sei wach, rede oder bleib stumm; ich werde trotzdem dir gehören und du wirst trotzdem mir gehören.‘

Mayer war überzeugt davon, dass Lola seine Seelenverwandte war, die andere Hälfte seines Kerbholzes; der *Stock* von seinem *Stub*. Er war sich sicher, dass sie zusammenkommen würden.

Das Universum hatte eine Methode, Mayer die richtigen Personen zur richtigen Zeit zu schicken. Es hatte ihm Abe gebracht, durch den er Zebedee und Herrn Bronze kennengelernt hatte und es hatte ihm Archibald gebracht, durch den er Sammy und McCraw getroffen hatte. Diese Leute hatten ihn reich gemacht.

Mayer war sicher, dass das Universum noch ein paar Trümpfe parat hatte und ihm Lola zur richtigen Zeit in die Arme werfen würde. Er musste einfach nur geduldig warten und alles würde sich zusammenfügen.

*****

Wie Archibald zog Mayer in Betracht, ledig zu bleiben. Im Gegensatz zu Archibald kam er zu dem Schluss, dass es die Dinge nur noch schlimmer machen würde:

‚Wenigstens kann ich so tun, als wäre es Lola, wenn ich mit einer anderen zusammen bin. Die Illusion von Liebe muss besser sein als nichts.‘

Mayer hörte mit seinen Frauengeschichten auf, machte mit einer seiner Geliebten Schluss und behielt die andere: Nicola.

„Nicola!“ sang er laut. „Selbst ihr Name klingt wie ‚Lola‘. Nick-O-Lola!“

Wie Mayer war Nicola ein Wrack mit gebrochenem Herzen; ein abgezehrtes Erscheinungsbild, obschon für das Auge auch damenhaft; ordinär aber auch intelligent. Die Frau, die um mehrere Jahre älter und wesentlich sympathischer war als Mayer, hatte die wahre Liebe gefunden. Leider erkrankte ihr Mann an Scharlach und starb.

Das Haus, das Mayer für Nicola gemietet hatte, war voller Dekorationen, die ihr Mann ihr in dem Glauben gekauft hatte, dass er ihr jeden Tag etwas Neues schenken musste, um ihre Liebe aufrecht zu erhalten. Dekorative Teller bedeckten alle Wände, russische Puppen füllten mehrere Regale und handgefertigte afrikanische Masken versteckten sich in mindestens zwei Schränken. Nicola kochte, nur für den Fall, dass er von den Toten zurückkehren sollte, jeden Abend für ihren Mann; sie wusch seine Hemden und ermutigte Mayer, seine Kleidung zu tragen. Sie stellte sich vor, Mayer sei ihr verstorbener Mann, während Mayer so tat, als sei sie Lola. Sie wollte nicht über ihren Mann reden, genauso wenig, wie Mayer über Lola reden wollte. Darum fanden sie in ihrem gemeinsamen Schweigen Verständnis füreinander. Ihre Beziehung brauchte keine Worte, weil sie die Grenzen der menschlichen Sprache überschritt.

Ihr Schweigen hatte trotzdem seinen eigenen Geschmack; einen subtilen Geschmack, mehr Vanille als Schokolade, aber nichtsdestoweniger einen Geschmack. Mayer inhalierte diese Stille, ließ sie über den Gaumen gleiten und dann seine Kehle hinuntertropfen.

Mayer und Nicola fanden in den Armen des anderen einen Zufluchtsort.

Manchmal hatte einer von ihnen einen lustigen Gedanken. Das brachte den anderen zum Lachen und dann lachten sie beide zusammen. Mayer musste dann so sehr lachen, dass er anfing zu schnarchen und Nicola musste vom vielen Lachen furzen. Dann bedeckte sie ihr Gesicht mit einem Kissen, um ihre Scham zu verbergen und dann lachte sie sogar noch lauter als zuvor.

Manchmal rieb einer den Rücken des anderen genau in dem Moment, wenn sie eine mitfühlende Berührung brauchten. Manchmal gingen sie genau in dem Moment, wo der andere etwas mehr Raum benötigte. Sie saßen zusammen mit ineinander verschränkten Fingern und beobachtete bewegende Sonnenuntergänge. Sie umarmten sich in zeitloser Verzauberung, getröstet von einer Liebe, die niemals geboren werden konnte.

*****

So verstrichen die Jahre: In der stillen Umarmung eines Ersatzpartners. Mayer wurde reich, aber er blieb arm in der Liebe; er fühlte sich jung, sah aber alt aus.

Er wartete mit der Dickköpfigkeit einer Statue darauf, dass Hugo starb und Lola ihm gehören würde.

FRECHER REBELL

„Hier kommt Satan ins Spiel; der ewige Rebell, origineller Freidenker und Emanzipierer der Welten. Er beschämt den Menschen wegen seiner animalischen Ignoranz und Folgsamkeit; er befreit ihn und drängt ihn, vom Baum der Weisheit zu essen."

MIKHAIL BAKUNIN

Hugo betrat sein vollgestopftes Heim, bahnte sich seinen Weg bis ins Wohnzimmer. Er hatte schon lange gelernt, dass es das Beste war, sich auch in den ungewöhnlichsten Situationen, normal zu benehmen.

Er küsste Lola.

Sie sagte:

„Es gibt so viele verschiedene Lolas in mir: Da hätten wir die Mutter, Tochter, Frau, Spendensammlerin, Buchhalterin, Gärtnerin, Frau und das Mädchen. Ich bin eine richtige Mama-Unternehmerin. Wenn ich nur die eine Lola wäre, wären die Dinge viel einfacher. Aber ich nehme an, es wäre auch ziemlich langweilig."

Da sie leise zu sich selbst gesprochen hatte, sah Lola ihren Ehemann an: „Irgendetwas stimmt nicht."

Es war tatsächlich etwas nicht in Ordnung. Egal wieviel Hugo unternahm, um den Bedürftigen zu helfen, fühlte er dennoch den Drang, mehr zu tun. Er hatte noch so viel Liebe zu geben, dass er nicht wusste, wie er sie nutzen sollte.

Es war zu dieser Zeit, dass Hugo über die Revolution in Haiti las. Die schwarzen Sklaven auf dieser Insel hatten einen Aufstand angezettelt, massakrierten ihre Herren und übernahmen die Insel. Aus Angst vor ähnlichen Aufständen in ihren eigenen Kolonien hatten die Engländer den transatlantischen Sklavenhandel abgeschafft. Die Taten weniger Rebellen hatten das Leben von Millionen von Menschen zum Besseren verändert.

Es war zu diesem Zeitpunkt, als Hugo bemerkte, dass er nur die Symptome von Armut, Obdachlosigkeit, Nacktheit, von Hunger, Krankheit und Analphabetismus beseitigt hatte, nicht aber die Ursache selbst. Er verstand, dass er es den Haitianern nachmachen und das System selbst verändern musste. Er musste sich mehr engagieren.

„Du musst mehr tun", sagte Lola ihm. „Du musst das System verändern."

Hugo zog seine Brauen zusammen:

„Das sollte ich, aber dann wiederum sollte ich es vielleicht auch nicht."

Hugo hatte Angst; er war sich sehr wohl darüber im Klaren, dass man

Rebellen nach Australien deportierte.

Lola hatte keine Angst:

„Hör auf, so ein nervöses Hemd zu sein und hör auf deine Frau."

„Was? So geht das aber nicht."

„So geht das in den meisten Ehen nicht, aber wir führen keine normale Ehe. Die meisten Frauen sind ihren Männern untertan, aber die meisten Männer formen ihre Frauen. Das war bei uns nie der Fall. Ich habe dich aus dem Dreck geholt und dir eine Stellung in der Gesellschaft verschafft. In dieser Ehe bin ich der Mann und du die Frau."

„Oh."

„Du tust, was ich dir sage."

„Ja, Honighäschen."

„Jetzt benimm dich wie ein Mann und geh mit mir ins Bett. Ich möchte etwas Schlagsahne von deiner Brust lecken."

*****

Obwohl er nicht zu radikal sein wollte, wandte Hugo sich radikaler Wohltätigkeit zu. Er wurde Mitglied im Vorstand des „Needlewomen" Vereins, warb für die „Metropolitan Early Closing Association" und gab in der Metropolitan-Abendschule Unterricht.

Es war nicht genug. Hugo fühlte immer noch den Drang, mehr zu tun und so wurde er ein *Luddite*.

*****

In den alten Zeiten war alles gut gewesen. Fähige Weber waren ihre eigenen Herren; sie waren stolz auf ihre Arbeit, produzierten qualitativ hochwertige Stoffe und wurden dafür angemessen bezahlt. Sie hatten ihr Einkommen verbessert, indem sie selbst Nahrungsmittel erzeugten.

Dann wurde ihr Land eingemeindet, was sie davon abhielt, eigenes Getreide anzubauen.

Fabriken wurden gebaut, die qualitativ minderwertige Stoffe für niedrige Preise produzierten und die Weber arbeitslos machten und sie zwangen, sich Arbeit in den Fabriken zu suchen. Sie arbeiteten länger mit weniger künstlerischer Integrität, weniger Freiheit und geringerem Einkommen.

Zur gleichen Zeit wurde dem englischen Volk das Getreide weggenommen, um die Kriege der Regierung zu finanzieren. Nahrungsmittel wurden knapp und teuer.

Mit den ökonomischen „Laissez Faire"-Richtlinien ignorierte die Regierung die Petitionen der Bevölkerung. Als es dann zu einer Missernte kam, hatten die Bauern das Gefühl, dass sie nichts mehr zu verlieren hatten.

Im ganzen Land kam es zu Aufständen. Arbeiter, die höhere Löhne forderten, brachen in Fabriken ein und zerstörten Webstühle. Sie gründeten eine nationale Bewegung, die von Ned Ludd aus *Sherwood Forest* angeführt wurde, einem gefürchteten Führer unsichtbarer Armeen, dessen Gesicht geisterhaft weiß war und der eigentlich nicht existierte.

Das war nicht wichtig. Der Mythos bedeutete mehr als der Mann.

Der Mythos inspirierte Rebellenbanden; aus dem Untergrund organisiert, verkleidet, maskiert und anonym. Wie die haitischen Rebellen sangen sie revolutionäre Lieder, schrieben Drohbriefe, machten sich über das Establishment lustig, griffen Fabrikbesitzer und Kaufleute an.

Der Staat schlug zurück. Soldaten bekamen den Befehl, die Ludditen anzugreifen und die Zerstörung von Maschinen zum Kapitalverbrechen zu erklären. In einem einzigen Jahr wurden siebzehn Rebellen gehängt, aber Tausende konnten, geschützt durch die gegenseitige Hilfe ihrer Brüder, flüchten.

*****

So sah die Welt aus, in die Hugo sich begab.

Nachdem er durch das Land gereist war, kam er zu einer Mühle in der Nähe von Manchester. Man begegnete ihm mit allgemeinem Argwohn. Die Einheimischen meinten, er sähe wie ein Spion aus.

Diese Mühle hatte ein trauriges Aussehen ganz aus roten Ziegelsteinen und mit hohen Fenstern, Trauer und Kälte.

Zweitausend Protestierende zogen Gesichter, alle mit in Falten gelegter Stirn und granithartem Kinn.

Ein einsamer Kamin stach in den Himmel.

Fünf Fenster flogen auf, im selben Augenblick glitten sie mit genau der gleichen Geschwindigkeit nach oben als sie an die oberen Fensterrahmen stießen, hörte man ein einziges „Klick". Dann wurde unter Quietschen und Ächzen und von Seite zu Seite wackelnd ein sechstes Fenster aufgeschoben.

Hugo kicherte.

Sechs Gewehrläufe lugten, wie durch Geisterhand gehalten in der Luft schwebend, hindurch.

Hugo hörte auf zu kichern.

Von allmächtiger Stille ergriffen, die Augen inwärts gerichtet, die Füße nach hinten scharrend, hörte die Menge auf zu jubeln.

‚*Peng.*'

Ganz einfach so. Ohne Warnung, kein Ruf zur Ordnung, keine Verhandlungen, kein Mitgefühl, keinen Zentimeter nachgebend und keinen Zentimeter erwartend.

Sechs Kugeln flogen wie eine einzige.

,Peng.'

Sechs weitere Kugeln durchschnitten die Luft.

,Peng.'

Eine Runde folgte der anderen.

Hugo stand seinen Mann. Blutbefleckt und voller Schlamm, angst- und vertrauensvoll machte er sich an die Arbeit und lief durch das Durcheinander; er nähte Schnitte, richtete Knochen, entfernte Kugeln, verband Wunden und amputierte Beine.

Er blies achtzehn verletzten Körpern neues Leben ein. Drei Männer starben.

Am nächsten Tag kam er zurück und rettete zwanzig weitere Leben. Fünf Personen starben.

Ein Teil von Hugo dachte, er hätte mehr tun sollen, ein anderer Teil dachte, dass er genug getan hätte aber eine Sache war sicher: Man begegnete Hugo nicht mehr mit Mistrauen. Er war ein echter Luddite geworden.

*****

In den folgenden Tagen, schlugen die Ludditen zurück und töteten den Besitzer der Mühle. In den folgenden Wochen nahmen die Proteste im ganzen Land ein blutiges Ende.

Hugo war immer zur Stelle, um die Teile aufzusammeln...

Er kümmerte sich um die Ausständigen bei den Protesten gegen die Lebensmittelknappheit, bei denen fünfzig Personen getötet wurden.

Bei den Protesten gegen das Getreidegesetz, einem Protest gegen die Getreidepreise, welche die Landbevölkerung verhungern ließ, rettete er mehrere Leben.

Er half beim *Littleport-Aufstand*, bei dem die Demonstranten Hilfe für die Armen und Mindestgehälter forderten. Er war bei den *Spa Field Aufständen* dabei, wo die die Leute protestierten, um eine Wahlreform durchzusetzen. Und er behandelte Wunden beim *Marsch von Blanket*, bei dem Weber forderten, dass sie die ihnen gesetzlich zustehenden Rechte behalten konnten.

Wo immer sich Menschen für Gerechtigkeit einsetzten, war es Hugo, der sich für sie einsetzte. Er war der Arzt einer Demonstranten Generation; das Yang zu Archibalds Yin, bereit, sich, mit einer Flasche in der Hand und radikalen Pamphleten, die an das Futter seines Blazers festgenäht waren, von der Welle der Dringlichkeit davontragen zu lassen. Er kam nur nach Hause zurück, wenn es sicher war, dass er nicht mehr gebraucht wurde, was bedeutete, dass er oft monatelang weg war.

Das war für die Ehe von Lola und Hugo eine Belastung.

Wenn Lola Hugo manchmal wochenlang nicht gesehen hatte, begann sie an ihrer Liebe zu zweifeln. Es war als bräuchte sie Hugo an ihrer Seite, um sie daran zu erinnern, dass sie geliebt wurde.

In solchen Momenten stellte Lola die Wahl ihres Ehemanns in Frage: *‚Wäre ich nicht besser dran gewesen, einen reichen und mächtigen Mann zu heiraten, einen Archibald oder Mayer?‘*

Sie dachte an Archibalds Muskeln, an die Puppe, die er ihr auf die Treppe gelegt hatte und die Art wie er sie mit solch scheuer Liebe angesehen hatte. Sie stellte sich vor, was für ein Held er geworden war; ein richtiger Ritter in glänzender Rüstung.

Sie erinnerte sich wehmütig an Mayers Werben, wie sie sich über seine unschuldige Naivität und seinen Welpenblick amüsiert hatte. Sie dachte daran, wie sie ihn geheiratet hätte, wenn ihre Verabredung nicht so ein Reinfall gewesen wäre. Sie dachte an die Gelegenheiten, als sie ihn gesehen hatte, alleine und einsam, als wolle er an ihrer Seite sein. Sie dachte an sein Geld und all die Dinge, die man damit kaufen könnte.

Dann dachte sie an Hugo; weder reich noch heldenhaft, unfähig sie in einer Schlacht zu verteidigen oder ihr die Welt zu kaufen. Es machte sie wütend. Sie verlor ihren Appetit, wurde sarkastisch, widersprach sich selbst, schnippte gegen die Seiten ihrer Bücher und lief rastlos herum, wie ein Tiger im Käfig; mit ausgefahrenen Krallen und Augen voller Hass.

Je mehr sie an Archibald, Mayer und Hugo dachte, desto wütender wurde sie.

Wenn Hugo dann zurückkam, verflog ihr Ärger. Die Anwesenheit ihres Ehemanns machte sie so glücklich, dass Hugo nie bemerkte, dass sie traurig gewesen war.

Es gab noch etwas, das Hugo nicht bemerkte: Lolas neueste Sucht. Sie hatte ihr Haus in Aladins Höhle ausgestopfter Tiere verwandelt.

Hugo hatte den toten Fuchs nicht bemerkt, der unter seinen Füßen herauszuschießen schien, als er durch die Eingangshalle schritt, noch sah er die ausgestreckte Kralle eines Braunbärs, die seine Wange ritzte, als er fiel. Er schlug hart auf den Boden auf und brachte so ein Wildschwein aus dem Gleichgewicht. Es schwankte von einer Seite zur anderen und knallte dann auf seinen Rücken.

‚Bums!‘

„Aua!" schrie Hugo auf. „Jetzt reicht's! Dieses Haus ist kein Dschungel."

„Gibt es da einen Unterschied?"

„Einen riesigen Unterschied."

„Aber muss es den geben?"

„Was meinst du damit?"

„Ich möchte eine ausgestopfte Elefantilope."

„Eine was?"

„Und einen Tintenfischhai. Und einen Löwenaffen. Ich finde, wir sollten nach Afrika ziehen."

„Tintenfischhai? Löwaffen? Afrika? Du bist so verrückt wie ein Hase im März!"

„Ganz gewiss. Aber Verrücktheit ist ein Vorteil und wahre Verrücktheit grenzt an Heiligkeit. Also lass uns nach Afrika ziehen. Ich habe gehört, die Mangos dort sind köstlich. Göttlich! Wo wir gerade davon reden, lass uns etwas Obst essen."

Lola ging in die Küche, wo sie etwas schwarzen Pudding aß.

Hugo blieb auf dem Boden liegen und schüttelte frustriert seinen Kopf.

*****

Etwas veränderte sich, ohne dass sich überhaupt etwas veränderte.

Lola massierte Hugo immer noch die Füße, wenn er nach Hause kam. Hugo umarmte Lola immer noch von hinten, wenn sie ihre Zähne putzte. Lola rasierte Hugo immer noch das Gesicht und Hugo bürstete Lolas Haar. Sie liebten sich immer noch, aber es war eine verrückte Art von Liebe, die mehr auf Routine als auf Gefühlen basierte.

Selbst ihre Gespräche verliefen in erprobter und gewohnter Weise. Hugo sprach, wenn Lola sprach. Hugo lächelte, wenn Lola ging, um etwas zu essen.

Sie sprachen immer über die gleichen Dinge: Ihre Töchter, Freunde und ihr Zuhause.

Es war daher eine ziemliche Überraschung als Lola sagte, dass ihr Vermögen abgenommen hätte.

„R's Spenden haben aufgehört, ebenso wie die anonymen Spenden."

Hugo schoss hoch, als hätte man ihn an seiner Krawatte hochgerissen: „Was?"

„Ich sagte, R's Spenden…"

„Ja, Honighäschen, das habe ich gehört. Wie außerordentlich enttäuschend."

„Ja, Liebling."

„Ich frage mich, was wir tun sollen."

„Du solltest mit R reden."

„Ich sollte mit R reden."

„Ja. Jetzt werde ich mir ein Würstchen in Blätterteig genehmigen. Ich bin ziemlich hungrig."

*****

„Wir bekommen keine Spenden mehr", sagte Hugo zu R.

Sie saßen in R's Lesezimmer in Schaukelstühlen.

„Alas! Sie haben recht."

Hugo nickte wohlgefällig:

„Nun, ich bin mir sicher, dass Sie verstehen werden, dass das wirklich nicht ideal ist. Es ist ein schwieriges Thema, ich weiß, aber der Wohltätigkeitsverein hat wirklich hervorragende Arbeit geleistet, wie Sie selbst es gerne betont haben, und ohne Ihre großzügige Unterstützung, wird es schwierig sein, diese Arbeit fortzusetzen."

R's Gesicht lief rubinrot an:

„Sie haben recht. Wieder und wieder haben sie recht, einfach recht, recht, recht. Ich bewundere Ihre hervorragenden Behandlungsmethoden und würde Sie gerne königlich belohnen."

„Aber?"

Bedenken Sie jedoch: Ich setze mich für Sie ein, das tue ich wirklich, aber ich bin nur ein Repräsentant und Organisator. Alas! Ich habe bemerkenswerte Rivalen, deren Arme weiterreichen als meine."

„Rivalen?"

„Richtig, Rivalen! Rivalen, die bereit sind, die von ihnen gewünschten Berichte offenzulegen. Ich rate Ihnen, sich mit ihnen in Verbindung zu setzen."

„Mit wem?

„Dem Schatzmeister."

„Dem Schatzmeister?"

„Dem Schatzmeister."

„Und wo kann ich den Schatzmeister finden?"

„In seinen Räumen in der Nähe des Archivs in *Regent's Row*."

Hugo machte eine Pause, lächelte, schüttelte R die Hand, trank sein Glas Rosé aus, trank etwas Rum, lamentierte über die Probleme in der Welt und machte sich dann auf den Weg.

Er hatte den Schatzmeister nie kennengelernt und ihn immer als eine undurchsichtige Figur betrachtet, eher fiktiv als eine lebende, atmende Seele. Darum zögerte er, bevor er sich zur *Regent's Row* aufmachte. Dann fing er an, so schnell dort hinzurennen, wie ihn seine Füße trugen.

DER LANGE WEG HEIMWÄRTS

„Zweifel... ist eine Krankheit, die vom Wissen
kommt und zum Irrsinn führt."
GUSTAV FLAUBERT

Immer wenn Archibald einen Inder verletzte, durchfuhr ihn eine vorübergehende Welle der Euphorie; seine Stellung gab ihm die Macht, nach der er strebte. Aber wie wir gesehen haben, war seine Freude voller Zweifel. Er stellte seine Taten in Frage, wann immer er zur Kirche ging; seine Alpträume wurden in der Nacht bedrohlicher.

Statt ihm nur zu erscheinen und ihn in Angst zu versetzen, begannen die Figuren in seinen Träumen zu handeln. Das tote Baby rief Archibald hinunter in sein Grab, das Mädchen mit eiterbedeckten Wunden spuckte Flammen in Richtung seines Körpers und der Mann mit geschwollenen Augen rieb ihm Chilischoten in seine Augen. Seine Sicht wurde vom Blut verdunkelt.

Es waren nicht so sehr ihre Taten, die Archibald in Schrecken versetzten, sondern die Art und Weise, wie diese Figuren langsam Lolas Platz in seinen Träumen einnahmen. Je länger sie blieben, desto weniger Zeit verbrachte Archibald mit seiner imaginären Frau. Im Laufe der Zeit drängten sich diese Figuren in alle Szenen. Lola war vollständig verschwunden; ihre überwältigende Präsenz hatte eine überwältigende Leere geschaffen.

Archibald hatte Lola seit mehreren Monaten nicht mehr in seinen Träumen gesehen, als ihm ihr Geist aus den Tiefen seines Unterbewusstseins wiedererschien; weit entfernt, aber dennoch bereit. Sie sah sich Archibalds Opfer an und drehte sich dann zu Archibald.

In diesem Moment wurde Archibald klar, dass aus ihm kein Ritter in glänzender Rüstung geworden war, der Lola vor Hugo retten konnte, sondern ein Anti-Held, vor dem Lola gerettet werden musste.

Er erwachte schaudernd mit dem Gefühl, als wäre es sein letzter Tag auf Erden.

*****

Es passierte in einer würzig riechenden Gasse in einer duftenden Stadt.

Seine Finger krallten sich in die Schultern eines aufsässigen Webers, dessen kaputtes Hemd von harter Arbeit verschmutzt und dessen aufgerissene Haut sonnenverbrannt war. Ein Haken in den Magen des Webers nahm ihm den Atem. Ein Rückhandschlag ließ Erbrochenes aus seinem Mund spritzen.

Bevor der Weber wusste, wie ihm geschah, wurde er umgedreht und mit dem Rücken an die Wand gepresst. Er stand von Angesicht zu Angesicht vor Archibald und sein Bauch füllte sich von Archibalds Atem mit dem Geruch nach ranzigem Fleisch.

Vier andere Soldaten traten aus dem Schatten und ließen mit knirschenden Zähnen ihre Fingerknöchel knacken. Jeder von ihnen hatte seinen eigenen ranzigen Geruch.

„Curry-Nigger!" machte sich Archibald mit einer Stimme, die sowohl schrill als auch überheblich war, lustig. „Gegen wie viele Gesetze hast du diese Woche verstoßen?"

Der Weber antwortete nicht.

Archibald Finger umklammerten die Kehle des Webers, krallten sich in seine Haut, quetschten seinen Kehlkopf zusammen und bereiteten dem Weber so Schmerzen, die sowohl physischer als auch emotionaler Art waren:

„Zivilisation und Christianisierung sind wohl nicht gut genug für dich, he?"

Die anderen Soldaten stimmten ein:

„Lumpensammler!"

„Stinkender Sack!"

„Angsthase!"

„Wichser!"

Archibald schüttelte seinen Kopf:

„Du wirst für deinen Verrat hingerichtet werden, wenn wir dich nicht vorher fertigmachen."

Er boxte dem Weber derart heftig in den Magen, dass seine Knöchel auf Lungen trafen und Tabak aus dem Mund des Webers schoss. Zusammengekrümmt rang der Weber nach Luft. Und wie er nach Luft schnappte, verschwamm Archibalds Sicht.

Im Geiste befand er sich wieder damals in der *Warwick Lane*, ein paar Minuten nachdem Jonathan Wild gehängt worden war. Er war sein eigener Folterknecht geworden, Donald Donaldson, und er quälte sich selbst; er bereitete dem Weber den gleichen Schmerz, den Donaldson ihm bereitet hatte. Nur dass er in dem Moment schmerzhafter war als jemals zuvor. Archibalds Kehle krampfte sich derart zusammen, dass er kaum atmen konnte. Seine Wirbelsäule knirschte, als würde sie zerbröseln, als wäre seine eigene Seele am Verfaulen.

In dieser Szene kamen Mayer und Hugo allerdings nicht zur Rettung. In dieser Szene fiel Archibald diese Pflicht zu. Er drehte sich um und erhob die Hand. Delaney stellte sich an seine Seite.

„Drei gegen drei. Das ist ein fairer Kampf. Was meint ihr Kanalratten?"

Archibalds Untergebene runzelten die Stirn.

Archibald scheuchte sie mit einer arroganten Handbewegung weg:

„Haut ab und klemmt euch den Schwanz zwischen die Beine und wagt es euch nicht, diesen Mann nochmals zu belästigen!"

Archibald drehte sich zu dem Weber um, dessen Gesicht eine Mischung aus Horror und Dankbarkeit war:

„Keine Angst, alles wird gut!"

Der Weber nahm sich zusammen, bevor er antwortete:

„Bitte nehmen Sie das Abendessen mit mir ein. Es wird mir eine Ehre sein, solche freundlichen Herren in meinem Haus willkommen zu heißen. Bitte! Das *Biriyani* meiner Frau ist berühmt; das ganze Dorf redet davon."

*****

Das brachte Archibald in eine Zwickmühle. Seine Schuldgefühle machten ihn, trotz all der Macht, die er hatte – die Macht, seine Soldaten zu kommandieren, Recht zu sprechen, über das Schicksal von Menschen zu entscheiden- machtlos. Seine Schuldgefühle wurden zu Zweifeln, seine Zweifel zu Verzweiflung. Seine alptraumhaften Visionen erschienen ihm auch am Tag und er begann die Schmerzen seiner Opfer zu fühlen, als wären es seine eigenen.

Das kam seinen Vorgesetzten zu Ohren, die Archibald beiseite nahmen. Sie hatten vorgehabt, ihn zu bestrafen, aber ein Blick in seine Augen, hatte ihnen alles gesagt, was sie wissen mussten: Archibald war ein gebrochener Mann.

Sie schickten ihn nach Hause.

Archibald ging zusammen mit Delaney an seiner Seite an Bord seines Schiffes und freute sich in dem Glauben, dass bei seiner Rückkehr eine große Belohnung auf ihn wartete.

„Geh zur *Regent's Row*", sagte man ihm. „Dort kannst du deine Belohnung beanspruchen."

LASST ES UNS NOCH EINMAL MACHEN

„Alles wiederholt sich!"
UMBERTO ECO

Der Eingang des Gebäudes in der *Regent's Row* führte in ein Wartezimmer, indem eine Rezeptionistin zwischen zwei Türen saß; einer roten und einer schwarzen. Rote Sofas flankierte eine Seite des Zimmers und schwarze Sofas die andere.

Mitgenommen und außer Atem kam Hugo dort an. Seine Sicht war verschwommen. Als er Archibald erblickte, dachte er, dass er verrückt geworden sei:

„Archie? Geist? Phantom! Ahhhh! Er ist's! Dieser Mann! Er kann nicht echt sein. Wer bist du und was tust du hier und warm trägst du die Haut meines Freundes?"

Archibald war genauso geschockt, Hugo zu sehen:

„Hugo, bist du es wirklich?"

Hugo öffnete seinen Mund, aber ohne dass Worte herauskamen.

Die Rezeptionistin unterbrach die Stille:

„Sir, wir sind bereit, Sie jetzt zu empfangen."

Sie wies Archibald den Weg durch die schwarze Tür und machte Hugo ein Zeichen, auf dem roten Sofa platzzunehmen.

*****

Das erste, was Archibald bei seinem Eintritt in das Büro bemerkte, war, wie groß es war. Es war grösser als jedes Appartement, das er je sein Heim genannt hatte.

Als zweites bemerkte er, wie riesig der Schreibtisch war. Er war grösser als alle Schreibtische, die er je gesehen hatte.

Als dritte Sache bemerkte Archibald den Mann hinter dem Schreibtisch: Mayer.

„Huh", sagte er.

„Archibald?"

Archibald nickte.

„Mein Bruder! Ich freue mich so, dich zu sehen. Bitte setz dich. Mach es dir vor dem Feuer gemütlich."

Archibald nahm Platz.

„Hast du diesen ganzen Schnee bestellt, den wir hier haben? Muss doch eine ziemliche Umstellung sein von Indien hierher."

Archibalds Kiefer klappte auf:

„Elf Jahre. Indien. Geld."

Mayer lächelte, schenkte zwei Weinbrände ein und öffnete ein großes Buch. Eine Staubschicht hüpfte von der von Wasser beschädigten Seite.

„Hmm, da haben wir's. Offizier Archibald. Ja. Achtzehn Schillinge und neun Pence. In Ordnung, ich werde es dir sofort von jemandem bringen lassen."

Achtzehn... achtzehn Schilling... achtzehn Schillinge und neun... neun Pence? Neun Pence für elf Jahre Dienst? Du hast einen schrecklichen Fehler gemacht! Mein Verdienst sollte einhundertunddreißig Pfund betragen. Ich hab's ausgerechnet.

Mayer nickte.

„Einhundertunddreiundvierzig Pfund, fünfzehn Schillinge und dreizehn Pence."

„Das hört sich schon besser an!"

„Minus zwölf Pfund und drei Schillinge für deine Reise nach Indien."

„Oh."

„Das macht einhundertundeinunddreißig Pfund, zwölf Schillinge und dreizehn Pence. Minus siebzehn Pfund und sechs Schillinge für deine Reise zurück nach Hause. Das macht..."

„Warte mal einen Moment! Warum hat meine Rückreise mehr gekostet?"

„Du hattest eine Offizierskabine."

„Ich bin ein Offizier."

„Oh ja, habe ich gehört. Gut für dich, hip hip hurrah!"

Archibald atmete tief ein und blähte seine Brust auf.

„Nein, ich muss dich wirklich loben, wo es angebracht ist. Bruder, du bist ein ehrenwerter Held; du hast König und Land beschützt und hast deiner Nation gedient. Bravo! Nun, wo war ich? Hm, ja. Minus dreiundvierzig Pfund, sechzehn Schillinge und vier Pence für Essen. Das macht..."

„Moment mal! Für Essen? Sie berechnen mir den Fraß?"

„Du hast doch gegessen oder nicht?"

„Natürlich habe ich gegessen. Aber..."

„Aber was? Dachtest du, das Essen wäre umsonst? Dachtest du, es wächst auf Bäumen? Dass du es einfach pflücken könntest und ‚Voila', da ist es?"

„Natürlich nicht. Behandle mich nicht wie irgendeinen Vollidioten, aber..."

„Dann war da noch die Kleinigkeit von zwölf Pfund für Waffen und

Munition, zweiunddreißig Pfund für Unterkunft, sechs Pfund und zwölf Schillinge für ärztliche Versorgung und neunzehn Pfund für Pferde."

Archibald wartete auf mehr.

Aber mehr kam nicht.

„Und damit bleibt ein Rest von…"

„Damit bleibt ein Rest von achtzehn Schillingen und neun Pence."

„Achtzehn Schillinge und neun Pence."

„Ich bin geschockt."

„Du solltest dankbar sein, Bruder."

„Dankbar?"

„Ja. Die meisten Männer haben bei ihrer Rückkehr Schulden. Du hast das wunderbar hingekriegt, wie du deinen Kopf über Wasser gehalten hast."

„Nun, ich habe meine Sache wirklich außerordentlich gut gemacht, aber das tut nichts zur Sache. Wir sind hier, um über mein Geld zu sprechen."

„Hmm, ja. Tatsächlich gibt es wirklich sehr wenig Geld, über das wir reden können."

„Kein Geld?"

„Kein Geld für dich, nur für die Reichen und Mächtigen."

„Hör mal zu, und hör mir gut zu: Ich bin mächtig, ich bin ein verdammter Boss!"

„Nein, du bist nicht annähernd reich genug, um Macht zu haben."

„Nicht reich genug, um mächtig zu sein? Guter Mann, was meinst du damit? Du bist so verschlossen, wie eine gekochte Eule."

„Ich werde es dir erklären."

Mayer schenkte Archibald noch einen Weinbrand ein, klopfte ihm auf den Rücken, rieb und massierte seinen Rücken, lächelte und erzählte ihm dann von der British East India Company…

*****

Das Unternehmen wurde im Jahre 1600 gegründet, als eine Gruppe von Kaufleuten beschloss, *Geld* zu verdienen und von Königin Elisabeth, der Inhaberin der *Macht* eine königliche Genehmigung erhielten. Ihnen wurde ein fünfzehnjähriges Monopol auf den Handel im Osten gewährt, sowie das Recht, den Krieg zu finanzieren.

Diese Abmachung war als Handelsimperialismus bekannt. Von Kaufleuten statt Königen geleitet und durch Investitionen statt Steuern finanziert:

Tuchhändler machten Investitionen, die Expeditionen finanzierten, durch die neue Kolonien gefunden wurden, die Baumwolle produzierten, aus der die Tuchhändler Stoffe herstellten, die sie für Geld verkauften, welches sie erneut investierten.

So kam es, dass mit der Zeit Gesellschafts-Aktienoptionen ausgegeben wurden, um das Risiko der Investoren auf mehrere kleinere Investments zu verteilen. Die ersten Aktienbörsen wurden gegründet, damit diese Aktien gehandelt werden konnten.

Mayer, der Einfluss auf Tuchhändler wie Herrn Harmer hatte, indem er deren Investments über seine Bank verwaltete, entschied, seinen Nutzen daraus zu ziehen. Er kaufte Aktien der British East India Company und benutzte seine Position, um sich einige der Firmenprofite zu sichern.

*****

Es lief gut für die British East India Company, bis *Bengalen* von einer Hungersnot betroffen wurde. Durch den Verlust eines Drittels ihrer Arbeitskräfte, stiegen die Schulden der Firma. Sie war unfähig ihre Steuern zu bezahlen und musste die Regierung darum bitten, für sie zu garantieren.

Sie bekam ihre Garantie aus zweierlei Gründen: Erstens war sie zu groß, um Bankrott zu gehen. Zweitens hatte sie sich mit ihrem *Geld Macht* gekauft.

Das ganze achtzehnte Jahrhundert hindurch hatten Firmenmitglieder Politiker und Sitze im Parlament gekauft, besonders in den „armen Gegenden", Wahlkreise, in denen es lediglich einer Stimme bedurfte, um ein Parlamentsmitglied zu wählen. Die Firma hatte, immer wenn der Staat kurz vor dem Bankrott stand, der Staatskasse Spenden zukommen lassen und im Jahre 1767 hatte sie zugestimmt, dem Schatzkanzler £400.000 pro Jahr zu bezahlen.

Im Gegenzug sicherte die Regierung das Unternehmen mit staatlichen Schiffen und Soldaten ab, behielt ihr Recht, Indien zu regieren und erweiterte ihr Handelsmonopol.

Diese privaten Geschäfte waren mit dem Staat verschmolzen.

Zum Zeitpunkt als Archibald der Armee beitrat, war aus der British East India Company die de-facto Regierung Indiens geworden. Das Eintreiben von Steuern, nicht der Handel, war ihre Hauptaufgabe. Das Unternehmen beschäftigte mehr Soldaten als Kaufleute, hatte mehr Waffenarsenale als Lagerhäuser und mehr Steuerverzeichnisse als Firmenbücher.

*****

„Du siehst also", fuhr Mayer fort, „Armeen dienen einem Gott: Geld. Kriege werden immer nur geführt, um neue Märkte zu erschließen, Ressourcen zu kontrollieren und Vermögen anzuhäufen. Alle Kriege sind Kriege der Bankiers."

Archibald runzelte seine Stirn:

Wenn Krieg so rentable ist, sollte das Unternehmen in der Lage sein, seine Soldaten zu bezahlen."

Mayer lächelte, schüttelte seinen Kopf, nippte an seinem Brandy, schenkte zwei neue Brandys ein, trommelte mit den Fingern auf seinen Schreibtisch und seufzte:

„Das Unternehmen muss seine Profite reinvestieren, um seine Macht zu behalten. Denk nur an all die Geschenke, die es für Minister, Lords, Richter und Bankiers kaufen muss. Das ist nicht billig! Es gab Zeiten, in denen das Unternehmen seine Angestellten reich gemacht hat. Nabobs kamen in Gold gekleidet nach Hause. Tja, lieber Bruder, diese Zeiten sind vorbei. Nachdem die Regierung für die Erhaltung des Monopols und die Dividenden für die Aktieninhaber bezahlt sind, ist für alle anderen nichts mehr übrig."

Archibald klatschte in die Luft und rang nach den richtigen Worten:

„Nichts? Heiliger Bimbam! Aber ich bin ein Soldat. Ein verdammter Kriegsheld! Ich habe Macht über Leben und Tod. Ich besitze Würde, Ehre und Courage."

„So etwas wie Ehre gibt es nicht. Würde und Courage sind nicht echt."

„Und glaubst du, dass dein Geld echt ist?"

„Ich weiß, dass es das nicht ist."

„Und…"

„Es macht nichts. Mein Geld, ob echt oder nicht, gibt mir Macht."

„Was?"

„Wir Bankiers können so viel Geld kreieren, wie wir wollen; die Leute werden es immer in unseren Banken deponieren müssen, darum werden unsere Bücher immer stimmen. Du, hingegen, bist von uns abhängig, gebunden an Geld, das du selbst nicht schaffen kannst und gefesselt durch die Schulden, die wir in deinem Namen machen. Kurz gesagt, Bruder, du arbeitest für uns. Trotz deiner Waffen, Stellung und Untergebenen, sind wir es, mit nichts anderem als unserem Geld, die die wirkliche Macht haben.

„Du spuckst mit deinem Gerede wirklich große Töne, aber letztendlich bist du nichts weiter als ein ängstlicher Schreibtischhengst. Ich dagegen bin ein Mann der Tat."

„Das bist du, Bruder, das bist du. Deine Taten sind wirklich wunderbar."

„Ich besitze Ehre!"

Mayer schüttelte seinen Kopf.

Zweifel breiteten sich in Archibald aus. Er zweifelte an seiner Macht, seiner Würde, seiner Ehre, an Allem. Er zweifelte sogar an seiner Liebe zu Lola:

‚Kann Liebe echt sein? Ist sie nicht einfach nur ein Trick unseres Denkens?'

Er ließ den Gedanken ziehen. Während die Jahre verstrichen waren, hatte er auf seine Liebe zu Lola vertraut, wie auf nichts Anderes. Sie war sein Gott und seine Religion; eine Sache ungetrübter Treue.

Trotzdem war er erschüttert:

„Wie kannst du Geld ohne Macht haben? Heiliger Strohsack! Du brauchst Soldaten, um dich zu beschützen."

„Mayer lachte:

„Wahrere Worte wurden niemals gesprochen!"

„Du brauchst uns."

„Das tun wir."

„Und?"

„Wir kaufen dich. Wir besitzen Aktien deines Unternehmens. Wir bezahlen deinen Lohn. Es ist wirklich so simpel."

„Aber…"

„Nichts aber. Hör zu, ich liebe dich, Bruder; du hast mich zu dem Mann gemacht, der ich bin. Wenn du mich nicht Sammy vorgestellt hättest, hätte Abe nicht in den Süden von London expandiert; Herr Bronze hätte nichts über meine Beteiligung daran erfahren und hätte mich nicht als Goldschmied eingestellt. Wenn du mich nicht McCraw vorgestellt hättest, hätte ich nicht angefangen, Geld umzutauschen. Ich wäre kein Bankier und auch nicht reich geworden. Ohne dich wäre ich nichts. Es schmerzt mich, dich so zu sehen. Ich möchte dir deshalb ein Angebot machen: Vergiss deine Verluste und wechsle die Seiten. Werde ein Bankier. Es wird dir die Macht verschaffen, nach der du dich so offensichtlich sehnst."

Archibalds Wangen bliesen sich auf, seine Augen traten hervor und seine weiße Haut färbte sich von beige zu rosa, dann pink, hellrot und schließlich feuerrot:

„Auf keinen Fall! Absolut nein! Schwindeln und Stehlen ist nicht ehrenhaft. Das Bankwesen wurde in Unrecht empfangen und in Sünde geboren. Im Gegensatz zu dir habe ich moralische Grundsätze.

Mayer lachte auf:

„Vielleicht. Vielleicht hast du recht. Hmm. Aber uns Bankern gehört die Welt. Schließe dich uns an und mit ein paar Bleistiftstrichen werden wir genügend Geld schaffen, um es zurückzukaufen. Denk an die Macht!"

„Macht ohne Ehre ist nichts wert."

„Es ist die ganze Welt wert."

„Schwachsinn."

Mayer kippte seinen Drink herunter:

„Hmm. Bitte geh mit mir in die Kneipe. Das ist keine Unterhaltung unter

Brüdern. Wie müssen uns mal ganz in Ruhe unterhalten. Wir haben viel nachzuholen."

„Das stimmt."

„Und ich bezahle."

„Das wirst du."

Archibald verließ das Zimmer.

Mayer schüttelte den Kopf.

„In der gesamten menschlichen Geschichte", dachte er, „hat es niemals etwas so Tödliches gegeben, wie einfache Männer mit reichlich guten Absichten."

*****

Archibald sah Hugo im Wartezimmer:

„Wir sollten uns erzählen, was in den letzten Jahren passiert ist."

„Ja, sollten wir."

„In der Kneipe?"

„Ja, in der Kneipe."

Sie wurden der Rezeptionistin unterbrochen:

„Herr Crickets, der Schatzmeister hat jetzt Zeit für Sie."

Hugo lächelte Delaney an, schüttelte Archibald die Hand, ging durch die rote Tür und betrat Mayers Büro:

„Huch?"

„Hugo, was bringt dich zu mir?"

„Mayer?"

„Bruder, ich freue mich von Herzen, dich zu sehen. Bitte nimm Platz."

Hugo setzte sich.

„Was ist das bloß für ein Wetter? Ist es nicht schrecklich?"

Hugos Mund stand offen.

„Du? *Du* bist der Schatzmeister?"

Lächelnd nickte Mayer und schenkte zwei Brandys ein:

„Ich denke, das bin ich."

„Und die anonymen Spenden?"

„Ich bekenne mich schuldig."

„Was? Warum hast du nichts gesagt? Diese Spenden waren phänomenal!"

Mayer neigte seinen Kopf, schloss seine Augen, grinste bescheiden, öffnete seine Augen, sah Hugo an und nickte:

„Wirkliche Wohltätigkeit sollte anonym sein. Die linke Hand sollte nicht wissen, was die rechte Hand tut."

„Aber du? Du kümmerst dich um Wohltätigkeit? Du bist ein Bankier."

„Stimmt."

„Dir ist Geld wichtig."

„Das ist richtig."

„Und?"

„Ich bin auch menschlich."

*****

Es fing alles damit an, als Mayer daran dachte, wie er Hugo vor Jonathan Wild und Archibald vor seinen Quälgeistern gerettet hatte. Er sehnte sich danach, wieder dieser selbstlose Junge zu sein und er erinnerte sich daran, wie er Wohltätigkeit empfangen hatte, als er adoptiert worden war.

„Es obliegt der Verantwortung der Reichen, denen zu helfen, die nichts außer sich selbst besitzen", meinte Sadies Freundin. „Es beruhigt wirklich das Gewissen, zu wissen, dass man sein Geld nicht *nur* für sich selbst ausgibt."

Mayer hatte sein Gewissen beruhigen wollen. Er fühlte sich unvergleichlich schuldig.

Er fühlte sich schuldig, so viel zu verdienen, während andere so wenig verdienten. Er fühlte sich schuldig, weil er Kreditanträge abgelehnt hatte, weil er Wucherzinsen verlangt hatte und wegen der Mädchen, die er verlassen hatte. Er fühlte sich für so ziemlich alles, was er tat, schuldig.

Er beschloss, etwas gutzumachen.

Als Hugo ihm von den Schwierigkeiten erzählte, die er beim Auftreiben von Spenden für Saint Nick's hatte, sah Mayer eine Gelegenheit. Er schickte Hugo zu R, seinem Bankkunden und als R einverstanden war, Hugo zu unterstützen, wurde er der Schatzmeister seines Wohltätigkeitsvereins. R hätte es nicht anders gewollt:

„Ich habe wiederholt darum gebeten, dass die Berichte und Aufzeichnungen der Charity in Ordnung gebracht werden. Ich bin resolut! Das ist nur recht. Alas! Alle anderen wahrnehmbaren Realitäten sind überflüssig."

So lernte Mayer Saint Nick's kennen und als er sah, dass es ein Erfolg geworden war, war er mehr als bereit, selbst zu spenden.

Mayer sonnte sich in dem reflektierten Glanz von Hugos Güte. Er reinigte seine geschwärzte Seele und hob die Last der Schuld von seinen Schultern. Er erhielt etwas von dem Seelenfrieden zurück, nachdem er sich so sehr sehnte und er bekam eine gewisse Macht über Hugo. Mayer wurde zum Puppenspieler, der seine Spenden jederzeit einstellen und so dafür sorgen konnte, dass Hugo um Hilfe bittend angelaufen kam...

*****

Hugo nippte an seinem Brandy:

„Seit wann interessierst du dich für Wohltätigkeit?"

„Tue ich nicht", antwortete Mayer. „Hmm. Ich finde Leute, die danach streben, andere glücklich zu machen, eher langweilig. Leute, die sich selbst glücklich machen wollen sind viel interessanter, weil sie es sind, die ihren wahren Charakter preisgeben."

„He? Warum also hast du gespendet?"

„Um mich selbst glücklich zu machen. In einer Zeit, in der Armut und Überfluss Hand in Hand gehen, müssen die Reichen alles, was in ihrer Macht steht, tun, um ihre Interessen zu schützen."

„Das ist egoistisch."

„Stimmt."

Hugo starrte vor sich hin.

Mayer lachte:

„Bruder, nur Künstler träumen von selbstlosen Taten; der Realist weiß, dass großartige Dinge immer etwas egoistisch sind."

„Wie bitte?"

„Wir brauchen Wohltätigkeit. Sie ist der Ausgleich für die schlimmsten Exzesse des Kapitalismus, ohne das System selbst in Frage zu stellen. Sie ist eine Investition, die Dividenden ausschüttet und Kapital vor sozialen Unruhen schützt."

„Darum hast du also für das Saint Nick's gespendet?"

„Ja, und darum habe ich mit meinen Spenden aufgehört und R davon überzeugt, es ebenso zu tun."

„Was?"

„Dein Benehmen ist ein bisschen merkwürdig geworden."

„Wirklich?"

„Ja, Bruder, wirklich. Statt die schlimmsten Aspekte des Systems über Saint Nick's zu kompensieren, hast du das System selbst herausgefordert."

„Ich bin seit vielen Jahren Aktivist."

„Ja, das bist du."

Hugo hielt inne, zog Augen und Nase zusammen und gab Mayer dann ein Zeichen, fortzufahren.

„Dein Protest gegen die Getreidepreise hat uns gefallen. Meine Kunden wollten, dass die Nahrungsmittelpreise fallen, damit man ihnen Lohnkürzungen für ihre Arbeiter durchgehen lassen würde. Ja Bruder, dafür hast du Anerkennung verdient. Aber du bist zu weit gegangen. Du hilfst Leuten, welche die Investitionen meiner Klienten zerstören. Meine Investitionen! Ich unterstütze dich wirklich gerne, aber das muss aufhören."

„Aber…"

„Nichts aber. Alles, was du je erreicht hast, hast du der Menschenfreundlichkeit von Leuten wie mir zu verdanken; der Kapitalistenklasse. Du kannst uns nicht angreifen und erwarten, dass wir dir helfen. Denkst du, dass wir so verrückt sind?"

„Ich denke, dass du mich genauso brauchst, wie ich dich. Du bist nichts anderes als ein Kredithai. Ein Abzocker! Jesus hat im Tempel Tische umgeworfen, um uns vor Leuten wie dir zu schützen. Du betrügst den Herrn!"

Mayer lachte auf:

„Vielleicht. Vielleicht hast du recht. Hmm. Ganz bestimmt brauche ich Wohltätigkeit, um meine Seele zu retten. Gott weiß das, du weißt es und ich weiß es auch. Aber es gibt viele andere Wohltätigkeitsvereine, die ich unterstützen kann. Darauf kannst du dein letztes Pfund verwetten!"

Mayer machte eine Pause:

„Bruder, deine Entscheidung ist ganz einfach: Höre auf, die Leute aufzuhetzen oder du verlierst deine Spenden.

„Das werde ich nicht tun."

„Denk an die Kinder."

„Was nützt es heute ein paar Kinder zu retten, ohne ein System zu bekämpfen, dass morgen tausende mehr in die Armut treiben wird?"

Mayer lächelte:

„Ich bewundere dein Selbstvertrauen."

Hugo starrte ihn voller Wut an, die dann zu Verachtung, Abneigung, Gleichgültigkeit, Wärme, Zuneigung und schließlich Liebe wurde. Als er in Mayers Augen sah, erinnerte er sich daran, wie dieser Mann ihn vor Jonathan Wild gerettet hatte. Wie er ihm Herrn Orwell vorgestellt und ihm seine Lehrstelle bei Bear besorgt hatte. Er musste zugeben, dass Saint Nick's niemals eröffnet worden wäre, ohne dass Mayer ihn R vorgestellt hätte oder ohne seine anonymen Spenden.

„Ich denke, wir müssen uns darauf einigen, uneinig zu sein."

„Das werden wir."

„Aber ich sehe keinen Grund dafür, warum R's Spenden aufhören sollten."

„Hmm."

Mayer kippte seinen Drink herunter:

„Erlaube mir, dich in die Kneipe einzuladen."

„Erlaubnis erteilt."

*****

Die Kneipe roch nach abgestandener Luft. Londons Schweiß hing in den Kleidern, Partikel von Sägemehl ertranken in verschüttetem Bier und der Geruch nach verbrannter Kohle drang durch die gesprungenen Fensterscheiben.

Seit dem letzten Mal, als sie in der Kneipe getrunken hatten schien alles kleiner, nachdenklicher und blasser geworden zu sein. *Sie* sahen alle sahen kleiner, nachdenklicher und blasser aus. Alle drei bemerkten gleichzeitig und auf dieselbe Weise, dass Hugo aufgehört hatte „es tut mir leid" zu sagen, Mayer angefangen hatte, altmodische Kleidung zu tragen und Archibalds Augen hohl geworden waren, wie sie alle Opfer der Schwerkraft des Alterns geworden waren und wie ähnlich sie sich sahen.

Immer noch vibrierte in ihnen die Resonanz ihrer gemeinsamen Wurzeln. Sie fühlten sich immer noch bedroht von dem Feuer, das ihre Familien dahingerafft hatte. Wenn sie sich trafen, hatten sie immer noch das Gefühl, in ein verlorenes Leben zurückzugehen.

Sie fühlten immer noch die Emotionen der anderen beiden, weil sie tief im Inneren immer noch dieselbe Person waren; eine Person, die ganz einfach drei verschiedene Körper besaß. Wenn sie ihre Freunde anschauten, dachten sie alle dasselbe:

Das hätte ich sein können.'

Die Freunde ihrer Kinderzeit zu sehen, gab ihnen das Gefühl, alt zu sein.

Um ihr Unbehagen zu verbergen, plapperten sie über die Zeit, die sie getrennt voneinander verbracht hatten. Sie erschienen einander glücklich. Gläser stießen klirrend aneinander, Füße stampften auf. Für das nackte Auge eines Betrachters schien ihre Unterhaltung alle Merkmale einer freudigen Wiedervereinigung aufzuweisen.

Unter der Oberfläche jedoch, lehnten Hugo und Archibald Mayer ab, weil er ihr Leben in der Hand hatte. Archibald und Mayer lehnten Hugo ab, weil er Lola geheiratet hatte. Archibald hatte sich an der Hoffnung festgehalten, dass Hugos Ehe scheitern würde und Mayer hegte die Hoffnung, dass Hugo sterben würde, aber diese Hoffnung hatte sich von einem Traum in eine Fantasie und in eine regelrechte Illusion verwandelt. Ihn zu sehen, rieb nur Salz in ihre Wunden.

Dennoch, niemand hatte etwas gegen Archibald, der weder Mayer noch Hugo jemals etwas getan hatte. Ihre Liebe für diesen Mann hielt ihre Freundschaft aufrecht.

Sie lächelten, freuten sich, ließen die Gläser klirren, tranken zu viel und stolperten dann nach Hause.

*****

Hugo ging zurück zu seiner Frau und seinen fünf Töchtern.

Emma war still; in sechs Jahren hatte sie kein einziges Wort gesagt. Maddie sprach nur, wenn man sie ansprach, Sylvia sprach nur, wenn man sie nicht ansprach, Peta beantwortete Fragen, die nicht für sie bestimmt waren und Natalie stellte alles in Frage:

„Da deine Augen braun sind, heißt das, dass du alles in Braun siehst?"

„Gibt es auf der Welt mehr Blätter oder mehr Grashalme?"

„Warum rennen Spinnen weg, wenn ich einen Pups mache?"

Hugo erzählte Lola von seiner Unterhaltung mit Mayer.

Lola seufzte:

„Vertraue einem Mann niemals die Arbeit einer Frau an."

„Wie war das, Honighäschen?"

„Oh nichts, Liebling. Ich werde mich darum kümmern. Lass uns jetzt ein paar Frikadellen essen."

*****

Mayers Herz setzte einen Schlag lang aus, als Lola sein Büro betrat:

„Lola! Was für eine schöne Überraschung. Bitte nimm Platz."

Lola setzte sich.

„Schrecklicher Tag, nicht wahr?"

„Schneeregen, nass und kalt."

Mayer lachte.

Lola klimperte mit ihren Augenlidern:

Wie geht es dir, Süßer?"

„Nun, du kennst mich ja, ich komme zurecht."

„Das sehe ich."

Lola schlug ihre Beine übereinander und stellte sie dann wieder nebeneinander. Sie zwirbelte an ihrem Haar herum, zog ihre Lippen zu einer Schnute und bog ihren Rücken durch:

„Du und ich, wir hatten mal was."

„Wirklich?"

„Ja. Du warst so liebenswert, als du mich zum Abendessen ausgeführt hast. Es war süß, wieviel Mühe du dir gegeben hast."

„Hmm. Danke. Aber du bist nach dem ersten Gang gegangen."

„Ja, dafür wollte ich mich entschuldigen."

„Entschuldigungen sind für hässliche Menschen; es gibt nichts, was dir leidtun müsste."

„Vielleicht nicht. Trotzdem frage ich mich oft, wie die Dinge hätten laufen können."

„Tust du das?"

„Ja, Dummerchen, wir hätten etwas Besonderes sein können."

Mayer lächelte. Zum ersten Mal in all den Jahren glaubte er, dass er tatsächlich eine Chance bei Lola haben könnte. Er fiel zurück in sein Verhalten als Jugendlicher; wieder einmal erfüllt von unangebrachtem Enthusiasmus und grundloser Hoffnung.

,Ich muss ihr nur geben, was sie will.'

„Ich hätte nur gerne, dass du weiterhin spendest. Deine Spenden waren unglaublich großzügig. Als ich erfuhr, dass sie von dir kamen, hatte ich das Gefühl, als ob ich dich lieben würde. Also, dass ich dich geliebt hätte, hätte ich es gewusst. Ich weiß nicht, ob ich dich jetzt, wo die Spenden aufgehört haben, noch liebe."

,Ich muss ihr nur geben, was sie will. Komm schon Mayer! Versau das nicht!'

Er zuckte mit den Schultern:

„Dein Hugo hat meine Investitionen sabotiert."

Lola lächelte, schaute Mayer tief in die Augen und berührte seine Hand:

„Ich bitte dich nicht darum Hugo etwas zu spenden. Ich bitte dich darum, an Saint Nick's zu spenden."

Sie machte eine Pause.

„Tu es nicht für Hugo, tu es für mich."

In Mayers Auge formte sich eine einzige Träne.

„Okay", sagte er, ohne daran zu glauben, was er sagte. „Ich werde es tun."

Lola strahlte:

Das wirst du tun? Oh Mayer, das ist einfach fantastisch! Du bist mein Ritter in strahlender Rüstung."

Die Träne lief Mayers Wange entlang:

Als Gegenleistung bitte ich dich nur um eins."

Lola zog die Stirn kraus.

„Jedes Mal, wenn du eine Spende erhältst, möchte ich, dass du an mich denkst."

Lola kicherte:

„Das werde ich! Ich verspreche es."

Sie standen auf und umarmten sich.

Mayer ließ seine Hand an ihrer Wirbelsäule entlanggleiten, als wäre sie seine Geliebte. Lola klopfte Mayers Rücken, als wäre er ihr Idiot. Obwohl sich ein kleiner Teil in ihr in dem Moment für Mayer erwärmte. Als sie ging war es ihr Herz und nicht Mayers, dass einen Schlag lang aussetzte.

WEG MIT DEN KERBHÖLZERN

„Was ich angefangen habe muss ich beenden, auch wenn sich, unvermeidlich, herausstellt, dass das, was ich beende, nicht das ist, was ich angefangen habe."

SALMAN RUSHDIE

Seit Bankiers wie Mayer mehr Banknoten produzierten, wurden Kerbhölzer nicht mehr benutzt.

Im Jahre 1782 deklarierte ein Gesetz des Parlaments, dass die Bank von England alle ihre Kerbhölzer vernichten wolle, sobald seine beiden Geschäftsführer sich zur Ruhe setzen würden. Sie hielten ihre Stellung jahrzehntelang inne. Als auch der letzte der beiden seine Stellung aufgab, füllte sich ein großer Raum, der für Konkursverfahren verwendet wurde, mit diesen Holzstöcken.

Der Befehl für ihre Vernichtung wurde gegeben.

Zwei Männer machten sich an einem klaren Oktobertag vor der Dämmerung an die Arbeit. Sie transportierten die Kerbhölzer quer durch die Stadt bevor sie unter dem Palast von Westminster in Eisenöfen verbrannt wurden.

Die Sonne ging auf, die Sonne ging unter, aber der Haufen von Kerbhölzern war immer noch groß. Die Arbeiter wurden ungeduldig, ließen jegliche Vorsicht außer Acht und warfen die Kerbhölzer mit vollen Händen ins Feuer. Die Hitze wurde so intensiv, dass man sie durch die Teppiche oben fühlen konnte. Innerhalb einer Stunden hatten diese Teppiche Feuer gefangen. Binnen Minuten stand das *House of Commons* in Flammen.

Es war ein unvergesslicher Anblick.

Ein gigantischer Feuerball schien, gekrönt von feinem Rauch und mystischem Dunst, die Skyline zu verschlucken. Die Themse glühte rosarot und golden. Eine Menge versammelte sich auf der Westminster Bridge und feuerte die Feuerwehrleute an, die Krieg gegen blutrünstige Flammen führten.

Darum starb das Kerbholz nicht in aller Stille. Noch starb es alleine. Nach jahrelangem Kampf gegen den Tod, starb auch Zebedee in jener Nacht. Er zog vor, würdevoll zu sterben, statt in einer Gesellschaft von der er glaubte, dass sie dem Höllenfeuer zum Opfer gefallen sei.

BUCH VIER

DIE ZEIT BESCHLEUNIGT SICH

WIEDERVEREINTE FREUNDE

„Vielleicht kann ich mich eines Tages
mit mir selbst wiedervereinen."
SEBASTIAN BACH

Unsere Freunde hatten sich wiedervereint. Schon bald sollten sie getrennt werden. Das waren die Höhen und Tiefen ihres Lebens.

In der Zwischenzeit bekamen sie alle im Abstand von drei Sekunden eine Glatze, während sie genau der gleichen Beschäftigung nachgingen: Fisch filetieren.

Während Innereien herausgenommen und Gräten gelöst wurden, fielen Haare aus und Gedanken schossen durch ihre Köpfe. Archibald erkannte, dass er ohne Geld keine Macht haben konnte. Mayer bemerkte, dass er ohne Macht kein Geld haben würde und beide erkannten, dass ohne Liebe weder Macht noch Geld so viel wert waren.

Hugo besaß Liebe und das machte ihn glücklich, obwohl er zu etwas mehr Geld nicht „Nein" gesagt hätte.

*****

Alle drei Freunde bekamen ihre erste Falte genau über ihrem linken Auge; alle mussten Brillen tragen und alle machten sich aus drei ganz verschiedenen Gründen auf den Weg nach *St Peter's Fields* in *Manchester*.

Hugo wollte, wie er es schon seit Jahren machte, eine Gruppe Demonstranten beschützen; Archibald der in Betracht zog eine Stellung in der lokalen Infanterie anzunehmen, wollte die Stadt beschützen und Mayer hatte vor, seine Investitionen zu schützen.

*****

Was der Eine als Schönheit empfindet, ist für den Anderen Gewöhnlichkeit.

Hugo sah Schönheit. Er sah mannigfaltige Seelen, gekleidet in ihren besten Sonntagskleidern; verschiedenste Gesichter, auf denen ein Lächeln lag und viele Menschen, vereint in einer Person.

Archibald sah Gewöhnlichkeit. Er sah den Rang und den Weg seiner Feinde, die auf dem Schlachtfeld um eine Position rangen; über ihnen ihre Anführer auf einem Wagen und große Gebäude, die einen langen Schatten auf das Geschehen warfen.

Mayer sah Potential; die Gelegenheit, Profit zu machen, überschattet durch die Möglichkeit des Verlusts.

Die Luft füllte sich mit dem Klang von Trompeten, Tubas, Trommeln, Klatschen, Schreien, Beifall und Ausrufen:

„Was wollen wir? Gerechte Löhne! Wann wollen wir sie? Jetzt!"

„Weg mit den verkommenen Vierteln! Weg mit den Getreidesteuern!"

„Wahlrecht für alle! Wahlrecht für alle! Wahlrecht für alle!"

Ein teiggesichtiger, kraushaariger auffällig gekleideter Politiker, der einfach unter dem Namen „der Sprecher" bekannt war, trat hervor. Bevor er Slogans rief, die von einem Meer aus selbstgemachten Plakaten unterstützt wurden, drückte er seinen Rücken durch und machte eine Pause, um der Szene mehr Gewicht zu verleihen:

‚Liebe'. ‚Universeller Beistand'. ‚Gleichwertige Repräsentation'.

An der Front konnte man die Worte des Sprechers gut verstehen, weiter hinten jedoch, verloren sie sich im Wind. Wände knirschten, Fensterläden schlugen und achtzigtausend Demonstranten hörten kein Wort von dem was er sagte.

Auch die unfreundliche Stimme eines hundegesichtigen Richters hörten sie nicht. Mit Mayers Hand auf seiner Schulter lehnte der Mann aus einem Fenster und verlas das Gesetz gegen Aufstände:

Unser Herrscher, der König gebietet und befiehlt allen hier versammelten Personen die Versammlung sofort aufzulösen."

Ungehört wurde er ignoriert. Ignoriert geriet er in Rage. In Rage war er erbarmungslos.

Er rief nach Verstärkung.

Sechshundert Husaren, vierhundert Kavalleristen, vierhundert Polizisten und zwei Kanonen gesellten sich zu Archibalds Einheit. Dann kamen die Bürgerwehr: Lokale Geschäftsbesitzer, die auf Rache aus waren. Auf Pferden reitend und mit Macheten und Schlägern bewaffnet, schlugen sie einer Mutter ihr Baby vom Arm und bahnten sich ihren Weg durch die Massen.

Soldaten legten ihre Gewehre an.

Eine Millisekunde lang stand die Welt still. Es fühlte sich an wie eine Ewigkeit. Die Stille war das lauteste Geräusch, das Hugo je gehört hatte.

Dann griff Panik um sich.

Die Männer der berittenen Bürgerwehr griffen im inneren Kreis der Menge an. Mit gezückten Säbeln schlugen sie sich ihren Weg durch die Flaggen.

„Treibt sie auseinander!" schrie ein Offizier.

„Das ist eine Schande!" schrie Archibald. „Die Leute können nicht entkommen!"

*****

Unsere drei Helden waren sich ihrer gegenseitigen Anwesenheit nicht bewusst, konnten die Präsenz ihre Freunde aber trotzdem auf unerklärliche

Weise wahrnehmen.

Hugo war beinahe wie gelähmt vor Schreck und fühlte sich beinahe ermutigt, ohne dass er eine der Emotionen überhaupt spürte. Er fühlte sich verpflichtet, zu helfen, war aber unfähig, es zu tun.

Archibald fühlte sich nicht verpflichtet zu helfen, auch wenn er es gekonnt hätte. Er fühlte sich verpflichtet, seinen Kameraden und nicht den Demonstranten zu helfen.

Aber Archibald fühlte Hugos Verzweiflung und war gegenüber der gütigen Macht dieser Emotion hilflos. Er hob seinen Degen und brüllte:

„Das ist eine Schande! Die Leute können nicht entkommen!"

*****

Mayer sah, wie sich die Menge auf ihn zubewegte. In dem Glauben, dass seine Zeit gekommen war, konnte auch er Hugos Verzweiflung spüren.

Diese Verzweiflung wurde zur Rage, die einem exquisiten Gefühl der Ekstase Platz machte, als Mayer sah, wie Soldaten mit Degen hackend und stechend dunkelrotes Blut über den Boden spritzen ließen. Mayer sah seine Feinde vor seinen Augen fallen; hilflos und hoffnungslos, geschlagen und besiegt.

Es war Mord. Säbel spießten jeden Körper auf, der ihnen in die Quere kam. Pferde trampelten Fleisch in den Boden und leblose Körper wurden zerquetscht und weggeschleudert.

*****

Als Archibald den Gegenangriff anführte, öffnete sich eine Bresche, durch welche die Menge entkommen konnte.

Hugo sah, wie sich die Ereignisse wendeten und konnte Mayers Ekstase spüren. Er fühlte sich voller Energie.

*****

Archibald, der den Angriff anführte, konnte Mayers Verzückung ebenfalls spüren. Sie blubberte in ihm, scharf und roh, wie Chilischoten für die Seele. Er fühlte sich energiegeladen, der Anführer der Männer; ein Held unter Antihelden.

*****

Alle drei Männer sonnten sich im Glanze ihrer persönlichen Siege.

Archibald und Mayer gingen.

Hugo stampfte mit durchnässten Schienbeinen und befleckten Knöcheln durch Blutströme. Er flickte zusammen, nähte und rettete so viele Leben wie er konnte.

Ein Gefühl des Triumpfes floss durch seine Venen

Mayer fühlte diesen Triumpf, während er mit seinen Kunden am

Champagner nippte. Archibald fühlte diesen Triumpf, während er mit Delaney speiste. Aber es war nicht vollständig. Überschattet von Trauer und durch Schmerz gemindert; verwässert von einer Vision unendlichen Verlusts und von den Ausdünstungen des Todes vergiftet.

Diese Szene sollte lange im kollektiven Gedächtnis unserer drei Helden verbleiben. Jeder von ihnen würde sich verantwortlich fühlen.

Sie erschauderten alle zur gleichen Zeit.

HIER, DORT, ÜBERALL

„Reisen ist für Vorurteile, Intoleranz
und Engstirnigkeit tödlich."
MARK TWAIN

Das „Peterloo-Massaker", als das es später bekannt wurde, löste einen nationalen Aufruhr aus. Es war in Ordnung, so die Logik, schwarze und braune Menschen in den Kolonien zu massakrieren, aber die Einstellung des Militärs ‚zuerst wird geschossen' war im Heimatland einfach nicht akzeptabel.

Sir Robert Peel wurde die Aufgabe übertragen, die erste nationale Polizeieinheit zu gründen, um die Bevölkerung auf zivilere Weise zu kontrollieren. Archibald wurde gebeten, dabei mitzuwirken.

Das war ihm einfach nicht möglich. Archibald wollte seinem Volk dienen, nicht es unterdrücken. Er glaubte an ein traditionelles Polizeisystem, von Grund auf; vom Volk, nicht vom Staat.

Die „Polizei".

Wie sie in ihren dämlichen Unformen durch die Straßen patrouillierten, machten sie auf Archibald einen absurden Eindruck. Sie hörten sich sogar dämlich an: „Po-lizei". Po wie in einem Pinkelpot. „Lizei", wie ein „Ei"; ein Pinkelpot-Ei. Huhh! Archibald schauderte es.

Es ging nicht nur ihm so. Im ganzen Land war man gegen die Einheit. Die oberen Klassen befürchtete, es würde wie bei den französischen Polizisten enden; Napoleons Spionen. Die Unterklassen befürchteten, dass ihre Proteste unterdrückt werden sollten und sie für immer arm bleiben würden. Hugo hatte Angst davor, dass es eine unendliche Anzahl von Jonathan Wilds hervorbringen würde.

Archibald sehnte sich immer noch nach Macht, aber er war entschlossen, seine Macht für gute Zwecke einzusetzen. Er wollte ein aufrechter Mann werden, der es wert war, Lola zu bekommen und er strebte nach der „Ehre" und der „Würde", die ihm während seiner Ausbildungszeit bei der Armee versprochen worden waren. Der Polizei beizutreten kam daher nicht in Frage, ebenso wie nach Indien zurückzukehren oder ein Bankier zu werden. Es gab da nur ein Problem: Archibald hatte keine anderen Optionen.

*****

Wir Menschen haben die Angewohnheit, unsere Fehler zu wiederholen. Wir gehen wiederholt in Restaurants, die wir nicht mögen, flattern von einem ungeeigneten Liebhaber zum anderen und machen andere für unsere Probleme bei der Arbeit verantwortlich.

Archibald, den die Arroganz der Gutmeinenden erstaunte, hatte nichts aus seinen Fehlern gelernt. Überzeugt davon, dass er die britische Armee von innen heraus ändern könne, waren er und Delaney wieder beigetreten. Für sie war es die beste aus einer Reihe von schlechten Optionen.

Archibald wünschte sich immer noch für Lola ein Ritter in glänzender Rüstung zu werden, er strebte immer noch nach wahrer Macht und er glaubte immer noch, er könne diese Macht gewinnen, indem er seinen Schwächen den Rücken kehre, um sie in den kleinsten Taten zu finden.

Er war der Meinung, aus seinen Fehlern gelernt zu haben, obwohl er sie wiederholte.

*****

Archibald und Delaney reisten per Schiff für die Van Diemen's Land Company nach *Vandemonia*, die dort den königlichen Auftrag hatte, diese Insel in eine Wolle produzierende Kolonie zu verwandeln. Sie schlugen die Wildnis zurück, kletterten über Berge und überquerten Flüsse, bevor sie Sträflinge damit beschäftigten, Infrastrukturen zum Anbau von Futter und zur Aufzucht von Schafen zu bauen.

Dabei gab es ein grundlegendes Problem.

Unter den Siedlern kamen ungefähr zehn Männer auf eine Frau. Ohne Partnerinnen zur Befriedigung ihrer sexuellen Bedürfnisse, wuchs ihr Verlangen von Jahr zu Jahr. Zehntausende versklavte Sträflinge lechzten nach Befriedigung.

Eine Gruppe von Schafhirten schlich sich an zwei Eingeborenenfrauen heran, schleiften sie in den Wald und vergewaltigten sie. Auch als die Frauen ohnmächtig wurden, ging der Missbrauch weiter; unbefriedigte Triebe hatten noch nicht genug und liebestolle Gemüter forderten alternative Liebe.

Die Eingeborenen reagierten. Einem Gefangenen stießen sie einen Speer in den Oberschenkel bevor sie einhundert Schafe töteten.

Die Schafhirten reagierten; sie töteten dreißig Eingeborene.

Nach dem Verschwinden einheimischen Wilds, wurden die Eingeborenen in den Hunger getrieben. Sie griffen erneut an und beseitigten Schafe aus ihren Jagdgründen.

Die Siedler reagierten mit Massentötungen.

Die Eingeborenen forderten Rache und betrachteten sich als Widerstandsbewegung gegen eine Besetzungsmacht.

Die Siedler forderten Rache und betrachteten sich als zivilisierende Macht gegen eine Horde Wilder.

Die Anzahl der Toten stieg ebenso wie die Angst und der Gouverneur rief das Kriegsrecht aus. Jedem, der einen Eingeborenen tötete wurde Immunität zugesprochen und für ihre Gefangennahme wurden Belohnungen ausgesetzt. Er gründete „die schwarze Reihe", eine sich bewegende menschliche Kette, die hunderte von Kilometern breit war und die eingeborene Bevölkerung in die nordwestliche Ecke der Insel trieb.

Es war zum Scheitern verurteilt. Archibald sorgte dafür, dass es scheiterte. Er stellte sich blind, als sie an einem Eingeborenen vorbeikamen und warf einem anderen sein Proviantpaket zu. Für Archibald war das auch eine Art von Erfolg. Es war Macht. Eine ganz neue Art von Macht. Die Macht, ungehorsam zu sein.

Das war jedoch vorübergehend. Archibald brauchte Hilfe, einen Retter, jemanden wie George Augustus Robinson…

*****

Alles an Robinson war groß. Er hatte ein langes Gesicht, dass den Anschein erweckte, dass es durch den Hut, den er trug absurd aussehen sollte. Sein Schirm war zwölf Zentimeter länger, als es die Norm war, darum konnte er auch als Stock benutzt werden. Seine Hosen gingen hoch bis zu seinem Magen und sein Mantel reichte bis an seine Zehen.

Als traditioneller Konstrukteur war Robinson auf der Suche nach Ruhm und Glück nach *Vandemonia* gezogen. Er fand Archibald.

In einer staubigen Taverne in einer geisterhaften Gasse in einer vergessenen Ecke der Stadt, betrunken durch ein Glas Gin zu viel und dehydriert durch zu wenig Erfrischungen, lallte er, als er sprach:

Siiiee, Si-rr, Si-ee hab' ich scho-oon gesee-hen. Ja-woohl Sii-rr. Sii-e sind wie i-ich, jaaa daas sind Si-ee!"

Durch vom Alkohol glasige Augen sah Archibald einen Mann, dessen Kopf die Decke zu berühren schien und dessen Füße anscheinend unter dem Boden vergraben waren:

„Wie Sie?"

„Ja, Sii-rr. Sieeee denken, dieee Ein-geee-boorenen sind ok."

„Erzählen Sie mir nicht, was ich denke."

„Aber daaas tuuun Si-ee!"

„Das tue ich verdammt noch mal."

„Wir werden Ihnen helfen."

„Ich werde tun, was ich will."

„Jaa Sii-rr!"

*****

Während diese Unterhaltung in Unverständlichkeit glitt, kam man doch zu einer kollektiven Einigung. Diese Männer spürten eine neue Art von

Macht, die Macht der Zahlen, was sie befähigte einen Plan auszuhecken…

Erster Schritt:

Sie näherten sich dem Büro des Gouverneurs; ein vom Kohlestaub verschmutztes Gebäude, das in einer ärmlichen Gegend neben schläfrigen Emus und sonnengebleichtem Gras an einer Böschung stand. Seine hölzernen Wände waren einst strahlend weiß bemalt gewesen, um die Wolle zu repräsentieren, welche die ersten Siedler gehofft hatten, zu produzieren. Als das Unternehmen scheiterte, begann die Hütte zu verfallen. Im Laufe von drei Jahren war sie von jemandem, der Getreide anbaute, gelb angestrichen worden und grün von einem, der versuchte Salat anzubauen. Als beide Projekte fehlschlugen, strich man das Büro des Gouverneurs gar nicht mehr an und fortan konnte man nicht mehr sagen, was für eine Farbe es überhaupt hatte. Innen war das Bild des Gouverneurs in seiner gebügelten Uniform mit rasierklingenscharfen Kanten genug, um in Archibald die Qual langer Morgenläufe, die harte Disziplin militärischen Drills, die monotone Stille während der Wachen und die grässlichen Bilder, die einst seine Träume heimsuchten, auferstehen zu lassen.

Archibald war überrascht, als seine Sinne dann den Gouverneur auf eine Art beurteilten, wie es seine Vorurteile nicht gestattet hatten; er sah den romantischen Blick des Mannes, der in keinem Verhältnis zu seinen militärischen Tendenzen stand, sein herumwanderndes Auge, dem die Disziplin fehlte, für die er berühmt war. Archibald merkte, dass der Gouverneur mehr dazu geneigt war, zuzuhören, als zu reden. Er reagierte auf seine Bedürfnisse nicht so sehr mit Worten, sondern mit einer breiten Palette von Nicken, Zwinkern, Winken, Stirnrunzeln, Falten, Gesichtsausdrücken, Schlägen, Zittern und Zuckungen.

Der Regen klang wie Diamanten, die vom Himmel fielen.

Archibald hörte sich bombastisch an:

„Sie müssen uns die Genehmigung geben, die Eingeborenen mit Nahrung zu versorgen. Ein zufriedener Bauch ist ein zufriedenes Gemüt und ein zufriedenes Gemüt wird keinen Konflikt suchen."

Der Gouverneur bohrte in seiner Nase.

Robinson trat vor:

Ich denke mir, dass die Eingeborenen von *Bruny Island* unserer Vorgehensweise offen gegenüberstehen würden.

Der Gouverneur strich sich über das Kinn.

„Sir?"

Der Gouverneur nickte.

*****

Zweiter Schritt:

Unsere drei rebellischen Helden machten sich auf den Weg nach *Bruny Island* wo sie für sich eine gemeinsame Hütte bauten, die einheimische Sprache lernten und die Eingeborenen beobachteten. Sie sahen, wie junge Mädchen die verhornten Füße alter Männer massierten, Jugendliche, die kilometerlange Märsche auf sich nahmen, um Wasser zu holen und Frauen, die den Vögeln zupfiffen. Diese Vögel pfiffen zurück was Affen dazu brachte, sich in den Ohren zu kratzen und Blumen, sich hin und her zu wiegen.

Die Sonne schien eine andere Farbe zu haben, wenn man sie von diesem Ort aus betrachtete; leicht grünlicher und weniger grell. Die ganze Insel schien zu summen. Das Meer war so klar, dass Archibald hineingreifen und Fische mit den Händen fangen konnte. Das Sonnenlicht brach sich gemäß der Chaostheorie; schimmernd in Prielen, still über Korallenriffen, türkis in der Nähe von Buchten und marineblau bei Höhlen.

Delaney ließ sich nicht davon abbringen, dass der Ozean nur zum Anschauen erschaffen worden sei:

„Wenn Gott gewollt hätte, dass wir schwimmen, hätte er uns Flossen gegeben." Aber Archibald ignorierte ihn und sprang hinein, wann immer er konnte. Er wurde eins mit dem Rhythmus dieser Insel, gewann das Vertrauen der Eingeborenen und brachte dreizehn von ihnen dazu, sich zu ergeben. Er schrieb dem Gouverneur, dass er dafür sorgen könne, dass sich die gesamte Bevölkerung ergäbe: ‚Es wird zu ihrem eigenen Guten sein. Es wird christlich sein, es zu tun!'

*****

Schritt drei:

Entschlossen, die Eingeborenen vor der Ausrottung zu bewahren, durchquerten Archibald und Delaney *Vandemonia*, bauten Hütten und überzeugten die verbleibenden Eingeborenen, sich zu ergeben. Sie versprachen ihnen Nahrung und Sicherheit, bevor sie sie zu dem Zufluchtsort *Flinders Island* schickten.

*****

Archibald fand, dass das Wasser auf *Vandemonia* nach Wald und die Beeren nach alten Zeiten schmeckten. Die Früchte hatten einen Geschmack nach Freiheit.

Unter sengender Sonne und im eigenen Schweiß kochend, genoss er eine Zeit reumütigen Glücks, immer nur wenige Schritte von wahrer Zufriedenheit entfernt. Wieder einmal glaubte er, dass er Macht besäße, dass er Schicksale kontrollieren und darüber entscheiden könne, dass er Geschichte schriebe. Nur dieses Mal waren seine Intentionen gut; er war beides, mächtig *und* ehrenhaft.

Für Archibald war Unwissenheit Glück.

Dieses Glück dauerte genau so lange, wie seine Unwissenheit...

Erstens entdeckte er, dass man aus seinen Wohnhütten Militärstützpunkte gemacht hatte. Soldaten hatten sie benutzt, um von dort Angriffe auszuführen.

Zweitens entdeckte er, dass dreiviertel der Eingeborenen auf *Flinders Island* verschwunden waren; dahingerafft von Lungenentzündung und Grippe.

Drittens fand er heraus, dass die Überlebenden in einem Konzentrationslager versklavt worden waren, europäische Kleider tragen mussten, gezwungen wurden, europäische Namen anzunehmen, den christlichen Glauben anzunehmen und Lesen, Schreiben, Landwirtschaft und Nähen zu lernen. Sie waren melancholisch geworden und hatten aufgehört, Kinder zu bekommen.

Nach zehntausend Jahren glückseliger Isolation war der Genozid vollständig.

In einem bitterkalten Winter in einem unbeleuchteten Raum im Büro des Gouverneurs während einer belauschten Konversation traf Archibald dieses Wissen blitzartig.

Er fiel auf den Boden, umschlang seine Knie und betete für Erlösung.

*****

In England erinnerte sich Mayer an den Gedanken, den er viele Jahre vorher gehabt hatte:

‚In der gesamten menschlichen Geschichte hat es nie etwas Tödlicheres gegeben als einfache Männer mit einer Menge guter Absichten.'

*****

Die Eingeborenen von *Vandemonia* waren ausgerottet, aber die Siedler profitierten nicht davon. Der Getreideanbau schlug fehl, Waren für ihre Versorgung gingen verloren, Sträflinge rebellierten und Arbeiter liefen davon.

Auch für die Van Diemen's Company liefen die Dinge nicht besser. Das Unternehmen verlor tausende von Schafen, war gezwungen, die Wollproduktion einzuschränken und musste zusehen, wie der Preis ihrer Aktien um sechzig Prozent fiel.

Und sicherlich lief es auch in Archibalds Leben nicht besser. Auf der Suche nach einem Mittel gegen Liebeskummer und Schuldgefühle, probierte er ein Arzneimittel nach dem anderen aus. Jeden Morgen wachte er vor Tagesanbruch auf, rieb sein Zahnfleisch mit Whiskey ein, um seine

Zahnschmerzen zu lindern, schluckte Morphine gegen seine Magenschmerzen und trank eine Opiumtinktur, um seine Herzschmerzen zu besänftigen. Den ganzen Tag lang schluckte er Pillen, immer heimlich, weil er nicht wollte, dass die Welt etwas davon mitbekam. Er nahm Drogen, von denen er glaubte, dass er sie brauche und Drogen, von denen er wusste, dass er sie nicht brauchte. Immer, wenn er sterben wollte, trank er eine Mischung aus verschiedene Tinkturen und immer, wenn er sich lebendig fühlen wollte, kaute er getrocknete Chilis.

Archibald verbrachte ein Jahrzehnt auf dieser Insel. In einem von Drogen benebelten Zustand steuerte er auf seinen mittleren Lebensabschnitt zu. Seine Augenbrauen wurden ungepflegt, Haare wuchsen auf seinen Ohren, ein kleiner Riss hatte sich auf seinem Brillenglas gebildet, seine Muskeln begannen zu schmerzen, sein Körperfett nahm ab und seine Haut wurde dünn. Immer wenn er sich bückte musste er stöhnen. Er verlor seinen Geruchssinn, löste knifflige Rätsel, als wären sie eine Religion, trank Sherry und musste würgen.

Er träumte immer noch von Lola.

Er wollte immer noch Macht, eine neue Art von Macht, die er erst noch erleben sollte. Er wusste nicht, welche Form diese Macht annehmen oder wie er sie bekommen würde, aber er wusste, dass er sie nicht auf *Vandemonia* finden würde. Als sie darum von einer Stelle auf der HMS Hyacinth hörten, stachen er und Delaney in See. Sie verbrachten mehrere Jahre damit, die Küste Australiens zu überwachen und setzten dann nach China über…

*****

Seit vielen Jahrhunderten hatten Europäer Tee, Porzellan und Seide aus China importiert. Die Chinesen hatten jedoch nichts aus Europa importiert. Das bedeutete, dass das Silber für die Bezahlung chinesischer Waren von Europa nach China geflossen war, ohne jemals zurückzufließen.

Die British East Company beschloss, einige Änderungen vorzunehmen. Sie produzierte riesige Mengen Opium, die in China angeboten wurden. Im Gegenzug verdienten sie genug Silber, um beträchtlich mehr Tee als vorher zu kaufen.

Als die British East India Company ihr Handelsmonopol verlor, begann eine Anzahl von anderen englischen Firmen Opium in China zu verkaufen.

Millionen von Chinesen waren fortan von zwei Pflanzen abhängig; Reis, um sie am Leben zu erhalten und Opium, um sie vergessen zu lassen. Sie lebten ihre Leben von einem Tag zum anderen, ohne Energie für den Augenblick oder Geld für die Zukunft. Mit der Produktivität ging es abwärts, die chinesische Wirtschaft geriet in Schwierigkeiten und die Anzahl der Todesfälle stieg.

Die Chinesen schlugen zurück. Sie brachten einheimische Drogenhändler um, beschlagnahmten Opiumlieferungen, schlossen den *Pearl River Kanal* und zerstörten Opium außerhalb des Landes.

Britische Kaufleute unterstützten britische Politiker, von denen viele Anteile an opiumproduzierenden Firmen besaßen. Ihre Rufe wurden beantwortet. Man sandte *Macht*, um *Geld* zu retten. Archibald wurde in den Krieg geschickt...

*****

Auf dem kristallklaren Wasser treibend mit Meersalz in ihren Haaren, luden Archibald und Delaney ihre Kanonen. Wolken zogen langsam vorbei, Vögel flogen in Formation und kleine Wellen klatschten an ihre Bordwand. Archibald hörte das Quietschen einer unbenutzten Hängematte, aber kaum etwas Anderes. Er hatte das Gefühl, als hätte die Zeit aufgehört zu existieren.

Der Kapitän hob seinen Arm, hielt ihn hoch und ließ ihn mit Wut herunterfallen:

„Feuer!"

‚Bumm!'

Eine Reihe von Kanonenkugeln schoss aus einer Reihe von Kanonen, zerteilten die Wolken, scheuchten Vögel auf in alle Richtungen und verwandelten schläfrige Gewässer in Tsunami-Wellen.

Die *Royal Saxon* schaukelte auf dem aufgewühlten Wasser.

Das britische Schiff hatte einen Pakt geschlossen, in dem die Zustimmung gegeben worden war, nicht mit Opium zu handeln. Als verräterisch betrachtet, mischte sich die britische Marine ein, um den freien Handel zu schützen.

Hinter dem Horizont sahen die Chinesen weiße Schaumkronen und spritzende blaue Wellen. Sie sahen ein alliiertes Schiff, dass angegriffen wurde; vom Feuer getroffen und von Flammen verzehrt.

An Bord der Hyacinth sah Archibald ihre Schiffe wie ein Schwarm von Insekten und mit im Wind flatternden Segeln über das Wasser gleiten.

Archibalds Kapitän, der die roten Flaggen versehentlich für eine Kriegserklärung hielt, hob seinen Arm:

„Zielt auf die Schiffe selbst. Wartet... Feuer!"

Ein chinesisches Schiff sank, hilflose Körper wurden in gleichgültige Wellen geworfen. Sein Bug und Heck schossen hoch und küssten den Himmel, während sein Mittelstück vom Meer verschluckt wurde.

„Wartet... Feuer!"

Ein weiteres Schiff explodierte. Funken sprühten in alle Richtungen.

„Feuer!"

Ein chinesisches Boot wurde vor Archibalds Augen atomisiert.

„Feuer!"

Zwei Kanonenkugeln trafen ein viertes Boot breitseits. Es schwankte hin und her, als ob es nicht wüsste, was es tun sollte und sank dann im Zeitlupentempo. Unter leisem Geächze glitt es hinunter in sein Wassergrab.

Von Feuer und Verlusten umgeben, zogen die Chinesen sich an das Ufer zurück.

Einen Gegenangriff ahnend, kehrten die Briten nach Macau zurück.

*****

Britische Opiumhersteller forderten, dass die chinesische Regierung sie für ihre verlorenen Verdienste entschädigte, aber ihre Forderungen trafen auf taube Ohren. Darum begannen sie, entschlossen, ein für alle Mal, den Zugang zu chinesischen Märkten zu sichern, den Opium-Krieg.

Die Meere öffneten sich weit.

Bewaffnet mit einem herrlichen Waffenarsenal, schlug Archibalds Flotte eine breite Bresche; chinesische Schiffe wurden beiseite gefegt und in den tiefsten Tiefen des Ozeans versenkt.

Holzstücke fielen vom Himmel wie Regen, Segel flatterten unkontrolliert wie Vogelflügel. Verdrehte Körperteile und zerquetschte Oberkörper schienen der Welt zum Abschied mit Kusshand zu winken.

Dieses Szenario sollte, unabhängig davon ob Tag oder Nacht, zwei Jahre lang andauern. Eine Schlacht jagte die andere, Kanonenkugeln dröhnten in unaufhörlichem Rhythmus, Städte fielen und die Briten gingen triumphierend daraus hervor. Sie erreichten Wiedergutmachung für ihre Kaufleute, sicherten sich den Zugang zu chinesischen Märkten und nahmen Hong Kong in Besitz, ein Küstengebiet, das in eine Basis für britische Drogenhändler verwandelt wurde.

Vor allem gewannen sie einen symbolischen Preis: Macht.

Archibald jubelte im Abglanz dieser Allmacht. Aber tief im Inneren wusste er, dass es nur eine Illusion war; er diente immer noch dem Geld, kämpfte die Kriege der Bankiers und hatte selbst keine Macht.

Er wurde älter und weiser aber zufriedener wurde er nicht.

*****

In seinen Fünfzigern alterte Archibald immer schneller. Die Haut unter seinem Kinn wurde schlaff und bildete eine Hypotenuse zwischen seinem Kinn und seinem Adamsapfel. Falten krochen aus seinen Augen, marschierten über seine Wangen und gruben sich um seine Lippen ein. Auf seinem von der Sonne geröteten kahlen Schädel hatte sich ein Archipel von Leberflecken breitgemacht; so eckig wie Zypern, klauenförmig wie Kuba und oval wie Sardinien. Feine gräuliche Venen zogen sich über seine Handrücken.

Archibald gab immer noch eine beeindruckende Figur mit breiten Schultern und eisenharten Brustmuskeln ab; er wirkte immer noch stark, erfahren, kampferprobt und rücksichtslos; und er träumte immer noch von Macht.

Er träumte noch von Lola. Neben all den Skizzen, die er von ihr anfertigte, schrieb er ihr Gedichte, Briefe und Geschichten. Dann steckte er sie in die Schubladen einer Kommode, warf diese Kommode über Bord und begann von Neuem.

*****

Archibald, Hugo und Mayer dachten im gleichen Moment an Lola, während sie das Gleiche taten: ein Buch über Wandbehänge lesen. Alle drei legten ihr Buch hin. Während Hugo siebenundneunzig Haare auf Lolas Arm zählte, stellten Archibald und Mayer sich das Haar auf ihrem Kopf vor. Mayer zählte dreihundert Strähnen aber Archibald schaffte es bis tausend.

Zählen wurde für ihn zur Sucht. Er zählte die Holzplanken auf seinem Schiff, die Delfine im Meer und die Sterne am Nachthimmel. Dann nach dreißig Tagen und drei Stunden, Zeit, die er gezählt hatte, schwor er, nie mehr zu zählen.

Ohne diese Ablenkung tickte die Lebensuhr laut in Archibalds Kopf. Von Träumen und Hoffnungen statt Erwartungen getrieben, beschloss er, einem letzten Sieg nachzujagen. Er wusste, es war ein Fall von „Jetzt oder nie".

Eine Sache trieb ihn an: Ein Bild von sich selbst als Kind; geschlagen, missbraucht und verletzt. Er hatte Raymondo und Ruthie verloren, gesehen, wie sein Dorf überrannt wurde und den Rausschmiss aus seinem Geschäft erlebt.

Archibald wollte in der Lage sein, dieser jungen Version seiner selbst in die Augen zu sehen und zu sagen: ‚Es ist in Ordnung. *Eines Tages wirst du stark sein. Eines Tages wirst du Macht haben. Eines Tages wirst du zu der Welt sagen können, „Seht mich an! Ich habe es geschafft!". Und wenn das passiert, wird Lola dir gehören.*'

Er packte seine Sachen und segelte nach Afrika, wo er die Kontrolle über einen breiten Landstrich von Niemandsland bekam. Er konnte die Macht schmecken; sie lag zwischen seinen Zähnen und ließ seine Augen wässerig werden.

Er machte sich, entschlossen, sein Bestes zu geben, an die Arbeit...

*****

In Afrika begegnete Archibald und Delaney drei verschiedenen Arten von Menschen: Stadtbewohnern, Stammesangehörigen und Jäger-Sammlern.

Die Stadtbewohner lebten in Stadtstaaten, gehorchten britischen Gesetzen und benutzten britisches Geld. Die Stammesangehörigen waren Bauern, die in Dörfern lebten, ihre eigenen Gesetze machten und Geld nur selten benutzten. Die Jäger-Sammler lebten im Wald und hatten weder Gesetze noch Geld.

Die Städter trugen verrückte Frisuren, bedruckte Schals, Ohrringe aus Knochenstücken, Ringe mit wertvollen Steinen, Ringe mit billigen Steinen und einen allgemeinen Ausdruck von Ergebenheit. Die Stammesangehörigen trugen je nach Stamm, Geschlecht und Stellung verschiedenartige Kleidung. Die Jäger-Sammler trugen fast gar nichts.

*****

Archibald erinnerte sich bis ans Ende seiner Tage lebhaft an den ersten Stammesangehörigen, den er sah. Auch wenn er an den Anblick von Eingeborenen gewöhnt war, prägte sich das Bild von dieser Frau für immer bei ihm ein.

Sie trat aus dem Dschungel und erstarrte; sie starrte Archibald an, der zurückstarrte. Rote Farbe bedeckte ihr Gesicht und ein lederner Schurz war um ihre Taille gewickelt, aber ihre Brüste hingen frei herunter. Ihr Körper war mit Perlenketten, Armbändern und Armreifen in vielen Farben drapiert. Sie roch nach geröstetem Fleisch.

Die Frau schoss zurück in den Urwald. Archibald und seine Männer blieben wie angewurzelt stehen.

*****

Aus Wissen entsteht Verständnis. Als Archibald die Stammesangehörigen kennenlernte, begann er, ihre Lebensart zu verstehen. Er sah, wie sich Jungen derart schnell in respektable Erwachsenen verwandelten, dass es einer Erklärung bedurfte. Er sah Menschen, die schliefen, wo und wann immer sie wollten. Er beobachtete nackte Kinder, die sich in Pfützen wälzten und nackte Erwachsene, die sich im hohen Gras wälzten.

Einige Stammesangehörige flohen beim ersten Blick. Eine Gruppe von Eingeborenen hatte seine Männer angegriffen, die gezwungen gewesen waren, sie zu erschießen. Die meisten jedoch empfingen sie mit einer Vielzahl von Geschenken; porzellanartigen Muscheln, Perlen, Stoffe, Fleisch, allerlei dekorativen Dingen und Farben. Archibald lächelte. Die Stammesangehörigen lächelten. Dann nahmen sie diese Geschenke wieder an sich und das mit Gewalt, wenn sie auf Widerstand stießen.

Zuerst war es Archibald nicht klar, ob sich diese Leute freundschaftlich oder feindlich verhielten, ob sie ihn als Gast oder als Gefangenen behandelten. Mit der Zeit erkannte Archibald jedoch, dass es an ihrer Kultur lag, alles zu teilen, was sie besaßen. Sie gaben, was sie geben konnten und nahmen, was sie brauchten. Indem sie Archibald diese Geschenke gaben und auch von ihm nahmen, behandelten sie ihn wie einen der ihren, versuchten ihn in ihre Gruppe zu integrieren und friedliche Beziehungen aufzubauen.

Nur eine Person stand über diesem System; der Häuptling des Dorfes. Normalerweise besaßen die Häuptlinge weniger als die Leute über die sie regierten, weil sie alles, was sie erhielten, sofort an andere weitergaben, um sich so das Wohlwollen zu sichern, das sie brauchten, um ihre Position zu behalten. In dem Wissen, dass sie jederzeit gestürzt werden konnten, benutzten sie ihren *Reichtum*, um ihre *Macht* zu behalten, weswegen sie so gut wie nichts besaßen.

*****

Archibald näherte sich diesen Menschen in ihren Dörfern mit dem sicheren Wissen, das ihn seine Gewehre immer beschützen würden. Sich den Jäger-Sammlern zu nähern war eine größere Herausforderung. Jedes Mal, wenn er ihnen nahekam, rannten sie davon, was ihn dazu zwang, sie aus der Entfernung zu beobachten; versteckt von einem Meer von Blättern und unhörbar durch das Zirpen unsichtbarer Insekten, den Schlachtrufen winziger Moskitos und dem Schlagen von Krokodilschwänzen.

Er beobachtete sie, indem er mit ihnen jagte und Herden von Tieren in enge Schluchten zusammentrieb, bevor sie in Massen abgeschlachtet wurden. Er beobachtete sie, wie sie gemeinsam sammelten; Beeren pflückend und Wurzeln ausgrabend, Blätter erntend und Pilze sammelnd. Er beobachtete sie beim gemeinsamen Kochen. Sie aßen und wuschen sich zusammen, besaßen nichts und teilten alles.

Diese Menschen verbrachten weniger Zeit beim Arbeiten, als irgendjemand, den Archibald kannte. Sie lebten für den Moment, ohne sich Gedanken über die Zukunft zu machen. Im Gegensatz zu den Menschen, die in Städten und Dörfern lebten, hatten die Jäger-Sammler nichts zu verteidigen und mussten darum kein Verteidigungssystem aufbauen. Es genügte ihnen, in Höhlen zu schlafen, daher brauchten sie keine Hütten zu bauen. Sie bauten nichts an, brauchten daher auch keine Samen auszusäen, Land zu roden oder Felder zu pflügen.

Sie verbrachten ihre meiste Zeit damit, sich zu entspannen, zu schwatzen, Geschichten zu erzählen und mit ihren Kindern zu spielen. Sie waren so fröhlich wie Welpen und so sorglos wie Katzen.

Während ihre Kinder oft noch während der Kindheit starben, lebten ihre Erwachsenen länger als andere Afrikaner. Sie profitierten von ihrer ausgewogenen Ernährungsweise. Täglich aßen sie verschiedene Delikatessen, ohne sich dabei von Reis oder anderen Getreidesorten abhängig zu machen. Und ohne Besitz, den sie verteidigen mussten, waren sie bei einem Angriff bereit, zu fliehen und vermieden so in der Regel Konflikte.

Die Jäger-Sammler waren talentiert, nahmen das leiseste Geräusch und die vagste Bewegung wahr; sie waren agil und konnten sich mit einem Mindestaufwand von Kraft bewegen und sich auf die unwahrscheinlichsten Arten verbiegen; und sie waren sexuell und schliefen mit jedem in ihrer Gruppe.

*****

Nachdem Archibald weite Landstriche erforscht, Karten angefertigt und dann darüber in der Hauptstadt berichtet hatte, bekam Archibald den Befehl, von jedem Mann in der Region eine „Hüttensteuer" einzutreiben.

Trotz seiner intensiven Bemühungen konnte er die Jäger-Sammler nicht dazu bringen, zu bezahlen. Sie besaßen kein Geld. Geld interessierte sie nicht und darum rannten sie weg, wann immer er sich näherte.

Bei den Dorfbewohnern war es einfacher. Auch sie besaßen meistens kein Geld. Selbstversorger hatten nie Geld benötigt, aber sie hatten einen festen Wohnsitz und von daher besaßen sie auch etwas...

*****

Archibald hielt ein mit einem goldenen Band gesäumten Banner hoch, auf dem das königliche Wappen und das Kreuz von Jesus Christus abgebildet waren:

„Kameraden! Lasst uns mit wahrem Glauben dem Zeichen des heiligen Kreuzes folgen und durch es Eroberungen machen."

Die Gesichter seiner Männer waren ausdruckslos.

„Verbündete, Soldaten, ihr undisziplinierten, abstoßende Typen! Ihr könnt fünf Prozent von eurer Beute behalten."

Dieses Angebot hatte den gewünschten Effekt. Seine Männer folgten ihm in die erste Hütte auf seiner Liste, wo sie auf einen schielenden Dorfbewohner mit Stiernacken trafen.

„Du musst uns sechs Pence bezahlen, damit wir es uns leisten können, dich zu beschützen."

Der Stammesangehörige zuckte mit keiner Wimper.

Archibald wiederholte sich, indem er jede Silbe einzeln betonte:

„Du." Er zeigte auf den Stammesangehörigen:

„Musst uns bezahlen."

Er zeigte auf sich selbst.

„Sechs Pence."

Er hielt sechs Finger hoch.

„Damit wir dich beschützen können."

Er umarmte den Stammesangehörigen.

Der Eingeborene sah Archibald an.

Archibald sah sich die Hütte an. Sie war klein, rund und aus Lehm gebaut, mit einem Lehmboden und einem strohgedeckten Dach. Sechs Steine umrandeten die Aschereste von tausend Feuern und vier Kinder kauerten in einer Ecke neben drei Hockern, einer Sichel und einem Topf.

Archibald zeigte auf die Hocker.

„Drei Pence für einen", sagte er und hielt drei Finger hoch und einen Hocker.

Er zeigte auf die Sichel, überlegte es sich besser und schüttelte dann seinen Kopf.

Er zeigte auf den Topf.

„Sechs Pence", sagte er und hielt sechs Finger hoch.

Er sah das älteste Kind an, machte eine Pause und hielt sechs Finger hoch.

Der Eingeborene erstarrte, bewegte sich wieder, starrte, schloss seine Augen, schwankte, fing sich wieder, fuhr mit seinem Fuß durch den Staub und trat den Staub dann wieder fest. Er hatte seinen Besitztümern niemals einen Wert beigemessen und konnte nicht verstehen, wie jemand so verdreht denken konnte, das eine Sache drei Finger und eine andere sechs Finger wert war.

Delenay hob sein Gewehr.

Der Stammesangehörige geriet in Panik.

Er raste quer durch die Hütte, wirbelte Staub auf, stieß seine Familie beiseite, bückte sich und deutete mit offenen Handflächen auf die beiden Hocker. Einer von Archibalds Männern nahm die beiden Hocker und ging hinaus. Archibald umarmte den Eingeborenen mit einem Lächeln.

„Wir", sagte er und zeigte auf seine Männer.

„Euch", sagte er und zeigte auf die Familie.

„Beschützen", sagte er, während er mit seinen Armen einen Kreis bildete, seine Muskeln spielen ließ und mit den Daumen nach oben zeigte.

*****

Es war leichte Arbeit.

Durch Jahrhunderte von Konflikten und Misstrauen getrennt, kamen die

Stämme einander niemals zur Hilfe. Sie zogen sich zurück und ermöglichten Archibalds Männern von einem Dorf zum anderen zu marschieren und autonome Gemeinden in untergebene Distrikte eines weit entfernten Staates zu verwandeln und die Dorfbewohner zu zwingen, Gesetze zu befolgen, bei deren Erlass sie kein Mitspracherecht hatten.

Meistens reichte die bloße Androhung von Gewalt, um die Kontrolle zu gewinnen. Gelegentlich waren Archibalds Männer gezwungen, zu handeln, indem sie einen Aufsässigen an einen Baum banden und einen anderen auspeitschten.

Normalerweise nahm Archibald persönlichen Besitz als Bezahlung der Hüttensteuer. Manchmal kam er durch ein Dorf, in dem Münzen benutzt wurden. Nach mehreren Monaten traf er einen Mann, der Englisch sprach.

Wie der Rest seines Stammes trug der Mann einen gelb gefärbten ledernen Lendenschurz, der um seine Hüften geschlungen war und zwischen seinen Beinen verlief. Im Gegensatz zum Rest der Stammesmitglieder trug er auch Sandalen. Er hatte sein Haar geglättet, seine Nägel geschnitten und die Haare aus seinen Nasenlöchern entfernt. Er roch wie ein eleganter Lord.

Als Archibald ihn um seine Hüttensteuer bat, nickte dieser Mann weise und sammelte die Bezahlung bei jedem Angehörigen seines Clans ein.

Archibald war überrascht.

„Da wäre noch eine Sache", sagte der Eingeborene mit einwandfreiem Surrey-Akzent.

„Bitte sagen Sie mir doch: Wenn Sie Geld und Silber benötigen, um ihre Truppen zu bezahlen, warum graben Sie es dann nicht aus?"

Archibald trat einen kleinen Schritt zurück.

„Unser Land ist reich an Silber und Gold; es wäre leicht, es abzubauen."

Archibalds Augen wurden milchig-weiß, eine Farbe, welche die Abwesenheit aller Farben war. Er konnte nicht antworten. Mehrere Sekunden lang konnte er nicht einmal reden. Dann erinnerte er sich an etwas, das man ihm während seiner Ausbildung beigebracht hatte.

Er wiederholte es laut:

„Es obliegt uns nicht, nach dem Grund zu fragen. Wir haben zu gehorchen und zu sterben!"

*****

Seine Antwort war zwar abrupt genug, um diese Unterhaltung zu beenden, aber Archibalds aufgewühlte Gedanken beruhigte sie nicht:

Aus welchem Grund sollten wir das Gold nicht selber abbauen? Das wäre doch einfacher, als kreuz und quer durch dieses gottvergessene Land zu ziehen'.

Zugeben wollte er es nicht, aber es blieb ihm nichts Anderes übrig als zuzugeben: ‚*Dieser Wilde hat recht'*.

*****

Bei seiner Rückkehr in die Stadt schwirrte Archibald eine Menge solcher Gedanken durch den Kopf. Er vereinbarte darum ein Treffen mit dem Generalgouverneur, betrat dessen Büro, nahm seine Kappe ab und wartete auf die Erlaubnis sprechen zu dürfen.

Der Generalgouverneur wirkte wie aus Granit gemeißelt. Sein imposanter Körper war mit rauen Schuppen bedeckt, obwohl seine Handflächen so weich wie das Fell eines Kätzchens waren. Sein Schnurbart roch nach süßem Sirup und seine Stimme klang wie das Dröhnen eines Bergbaukarrens. Er sprach und kaute gleichzeitig Kautabak. Damit hörte er nur auf, wenn er niesen oder ausspucken musste. Bevor Archibald Gelegenheit zum Sprechen bekam, hatte sich der Gouverneur bereits drei Gläser des grünen Likörs genehmigt.

Archibald erklärte die Sachverhältnisse und wartete auf eine Antwort.

Die kam nie.

Der Generalgouverneur hob ein Glöckchen hoch, dass so winzig war, dass es einen Zwerg hätte wie einen Giganten aussehen lassen, hielt es zwischen Daumen und Zeigefinger und lies es so lange klingeln, bis ein Junge ins Zimmer huschte.

Der Junge salutierte, ließ die Hacken aneinanderschlagen und erwartete Befehle.

„Lass für Offizier Archibald eine Kutsche holen. Er soll nach *Bronze House* gebracht werden."

Archibald salutierte, verließ das Büro und stieg in die Kutsche. Er fuhr vorbei an alten Städten mit Häusern in psychotischen Farben, emsigen Märkten, mit Mosaiken verzierten Häusern, einer Frau mit Katzen in ihrer Tasche, dreizehn Affen mit rosafarbenen Gesichtern und einem einzigen Vogelstrauß.

Sobald er am *Bronze House* ankam, öffneten zwei Türsteher die majestätischen Türflügel aus Holz. Archibald betrat ein Atrium, dass so groß und leer war, dass er dreiundsiebzig Schritte zum Durchqueren brauchte. Dann betrat er ein Büro.

Auf der anderen Seite des Raumes saß, mit dem Rücken zu Archibald gedreht, ein kahlköpfiger Mann. Er wartete, bis Archibald näherkam, dann wirbelte er herum:

„Hallo, mein Bruder, ich habe dich erwartet."

Archibald erstarrte

Mayer lachte.

SCHMETTERLINGSEFFEKT

„Staaten schaffen Märkte. Märkte benötigen Staaten.
Ohne einander könnten sie nicht bestehen."

DAVID GRAEBER

Durch seine Fähigkeit, Geld zu machen, wurde Mayer reich, aber es inspirierte auch hunderte von anderen Goldschmieden, die begannen, eigene Banknoten zu drucken. Das schuf eine Blase. Die Blase platzte.

Eine große Bank im Norden ging bankrott und die Bank of England musste für sie bürgen. Die Goldreserven schrumpften derart, dass der Staat gezwungen war, Gold von Frankreich zu leihen. Ein finanzieller Zusammenbruch in Amerika, bei dem beinahe tausend Banken Pleite gingen, hatte zur Folge, dass Darlehen nicht zurückgezahlt werden konnten, Banknoten wertlos wurden und Investoren zusehen mussten, wie sie über Nacht ihr ganzes Vermögen verloren.

Die Zinssätze stiegen, ebenso wie die Preise. Die Regierung war zum Handeln gezwungen. Sir Robert Peel, nun der Premierminister, erließ den *Bank Charter Act.* Banken wurde untersagt, Geld zu drucken.

Es sah so aus, als wären die guten Zeiten vorbei.

*****

„Die guten Zeiten sind vorbei", seufzte Herr Bronze. Er war alt geworden, so alt, dass er zeitlos wirkte.

Immer noch hing an seinem Blazer ein mit einer Kette befestigter Monokel und er trug auch immer noch die gleichen Anzüge, die er immer getragen hatte; so oft geflickt, genäht, gereinigt, gepresst und gebügelt, dass es ein Wunder war, dass sie nicht auseinandergefallen waren. Sein Haar war schneeweiß und seine Haut so hart wie Gummi; dadurch sah er antik aus, obwohl sich niemand an Zeiten erinnern konnte, in denen er anders ausgesehen hatte.

Mehrere Jahre zuvor hatte Herr Bronze versucht, sich zur Ruhe zu setzen. Aber an dem Tag, nachdem er sich bei allen verabschiedet hatte, wachte er zu der Zeit auf, zu der er immer aufwachte, verließ das Haus zu der Zeit, zu der er es immer verließ und kam pünktlich um sieben an, um seine Bank zu eröffnen. Er genoss so ein hohes Ansehen bei seinen Mitarbeitern, dass sie sich nicht wagten, seine Anwesenheit in Frage zu stellen und so machte er einfach weiter, als hätte er sich nie zur Ruhe gesetzt. Seine Mitarbeiter hingegen nahmen an, dass er sich niemals wieder zur Ruhe setzen würde.

„Nein", erwiderte Mayer. „Die guten Zeiten sind nicht vorbei."

Zum ersten Mal in seinem Leben vergaß Herr Bronze um elf Uhr seinen

Tee zu trinken. Mayer schaute dreizehn Mal auf seine Uhr und fragte sich, was wohl passiert sei, sicherlich hatte die Welt aufgehört, sich zu drehen:

„Tee, mein lieber Mann?"

„Die Zeit ist vorbei."

Herr Bronze wirkte entspannt; Herr Bronze sah immer entspannt aus. Er sah nicht nervös aus; er sah nie nervös aus. Er sah etwas angespannt aus, aber mehr nicht. Er ließ sich nie von Gefühlen überwältigen:

„Ich fürchte, wir sind erledigt."

„Nein, sind wir nicht."

„Sind wir nicht?"

„Nein. Wenn die Regierung uns davon abhält Banknoten zu drucken, werden wir andere Arten von Geld schaffen.

„Andere Arten von Geld?"

Ja, mein guter Mann, andere Geldarten. Bevor wir Geld aus Papier gedruckt haben, benutzten wir aus Holz gemachte Kerbhölzer. In anderen Ländern wurde Geld aus Walfischzähnen hergestellt, Kordelknoten, Muscheln, Perlen, Federn und Salz. Geld kann man aus allem machen. Wenn wir es nicht aus Papier herstellen können, werden wir einfach etwas Anderes verwenden."

„Etwas Anderes?"

„Etwas Anderes!"

„Ah, aber was?"

„Wer weiß? Wer will das wissen? Unwissenheit ist viel faszinierender als Wissen, da es die Unwissenheit ist, welche die Suche nach Wissen bewirkt, während sich das Wissen einfach verborgen hält."

„Es ist egal, welche Art von Geld wir erschaffen, nur, *dass* wir es machen. Und bitte glauben Sie mir, Bankiers werden *immer* Geld erschaffen! Ich habe bereits von einer neuen Erfindung gehört, die „Schecks" heißt. Die könnten beliebt werden. Vielleicht werden wir eines Tages Chips, elektronisches Geld oder Geld, das wir mit Plastikkarten ausgeben, haben."

„He?"

„Es ist ganz egal. Was für ein Geld wir auch erschaffen, ich bin überzeugt davon, dass es wunderbar sein wird. Und außerdem, Ich glaube, im Moment können wir ohne Probleme so weitermachen, wie bisher."

Herr Bronze tippte sich an seine Lippe:

„Das wäre illegal."

„Das Gesetz ist nicht durchsetzbar. Menschen sind Gewohnheitstiere; sie vertrauen unserem Geld, darum werden sie es auch weiterhin benutzen. Die Regierung wird nichts dagegen tun können."

Herr Bronze nickte, tätschelte Mayers Rücken und widmete sich der Überprüfung des Inventars, die er täglich um achtzehn Uhr vornahm.

*****

Der *Bank Charter Act* stellte für Herrn Bronze kein Hindernis dar; Banken, wie seine, druckten viele Jahrzehnte lang auch weiterhin Banknoten. Später sollte Bronzes Bank mit einer Gruppe lokaler Banken fusionieren. Noch später fusionierten sie mit anderen ähnlichen Gruppen. Sie sollten nationales Ketten bilden, die Namen wie „HSBC" und „Barclays" trugen.

Aber einen hauptsächlichen Effekt hatte der *Bank Charter Act*: Der interne Geschäftskreis schloss sich. Bankbesitzer wie Herr Bronze konnten ihre Positionen bewahren, aber Leute wie Mayer blieben aus gutem Grund auf der Strecke.

Mayers Traum löste sich in Rauch auf.

Seine Augenbrauen wurden unordentlich, kleine Härchen wuchsen auf dem oberen Rand seiner Ohren, seine Brille bekam Risse, seine Muskeln begannen zu schmerzen, sein Körperfett nahm ab und seine Haut wurde dünner.

Er träumte immer noch von Lola.

Er träumte immer noch von Geld.

‚Wenn ich hier keine Bank gründen kann', sagte er sich selbst, muss ich mich anderswo umschauen.'

Er sah sich in Afrika um.

*****

London zu verlassen war das Schwierigste, was Mayer je hatte tun müssen; seine Bekannten zurückzulassen, traf ihn schwer und Herrn Bronze „Lebwohl" sagen zu müssen, füllte seine Augen sogar mit Tränen.

Bevor er abfuhr, verbrachte er eine letzte Nacht in Nicolas Armen und stellte sich vor, sie sei Lola.

In all den Jahren, die sie zusammen verbracht und sich an der nach Vanille duftenden Stille, die sie umgab, erfreuten, hatten die beiden Liebenden niemals ein Wort gesagt. Bevor er ging, drehte Mayer sich zu Nicola und sah Lola in ihren Augen. Dann sagte er drei Worte:

„Ich liebe Dich."

Seine Worte hallten wider:

‚Ich liebe dich! Ich liebe dich! Ich liebe dich!'

*****

Mayer ging aus zweierlei Gründen: Hoffnung und Angst.

Er hatte *Angst* vor einer Revolution; Hugos Kameraden wurden immer zahlreicher.

Er hegte die *Hoffnung*, eine eigene Bank zu eröffnen und so die Kontrolle über das Geld eines Landes zu bekommen und den Reichtum anzuhäufen, von dem er glaubte, dass er Lolas Herz gewinnen könne. Er plante, genau dann zu Lola zurückzukehren, sobald Hugo starb und abonnierte daher alle Londoner Zeitungen, deren Sterbeanzeigen er mit religiös anmutender Leidenschaft las.

*****

Mayer segelte über die bewegte See.

Bei seiner Ankunft empfingen ihn eine Vielzahl von Düften: Der Geruch nach aschigem Rauch erfüllte die Abendluft; süßliche Düfte und der Geruch nach verbrannter Milch, brennendem Ozon und ungebranntem Ton.

Es bot sich ihm eine Szene aus Herrlichkeit und Dreck; der Samen einer Stadt, die noch nicht erblüht war; ein Kastell auf einem Hügel, mit einem Palast darin und hohen Türmen, die sich in den Himmel reckten; Elendsviertel, Hütten und alte Gebäude; Lehm, Ziegel und Steine.

Er betrat das Büro des Generalgouverneurs.

„Bringen sie die Kerle im Landesinneren dazu, Geld zu benutzen", sagte ihm der Mann. „Dann werde ich Ihnen die Lizenz zur Eröffnung einer Bank ausstellen."

*****

Mayer brach zu einer Inspektionstour auf.

Er besuchte die Lele, einen Stamm, der bemalte Masken trug, um ihre Identitäten zu verbergen. Sie ließen Großes klein aussehen, Weibliches erschien männlich und Weise wirkten schlicht.

Es ermutigte Mayer, zu sehen, dass die Lele aus Palmenfasern gewebte Stoffbahnen benutzten, als wären sie Geld. Er sah, wie ein Junge seinem Vater zwanzig Tücher gab, als er zum Mann wurde. Ein Mann gab seiner Frau dreißig Tücher, als sie ein Kind gebar und ein Jugendlicher gab einem Rivalen zehn Tücher, um einen Streit zu schlichten.

Diese Tücher wurden von einem zum anderen weitergereicht und sorgten dafür, die Ordnung aufrecht zu erhalten, Trauernde zu trösten und Heiraten zu arrangieren. Aber Mayer sah nie jemanden, der sie dazu benutzte wirkliche physische Dinge zu kaufen.

Verwirrt und nach weiteren Informationen suchend, beobachtete Mayer den Stamm, den Archibald später kennenlernen sollte. Sie waren mit Lendenschürzen bekleidet, hatten freie Oberkörper, die der Wind liebkoste, stramme Waden und eine Haut, die so dunkel war, dass sie glänzte.

Er beobachtete, wie sie gegenseitig Geschenke austauschten und versuchte dabei mitzumachen. Er schenkte einem Dorfbewohner eine Kuh.

Der Dörfler nahm die Kuh an, schlachtete sie und teilte das Fleisch mit seinem Stamm. Dann gab er Mayer eine Ente.

Unbeeindruckt kam Mayer ein paar Tage später zurück. Er zeigte auf das Armband einer Frau und lächelte. Bevor er sich dessen gewahr wurde, trug er selbst dieses Armband. Die Frau zeigte auf Mayers Kleidung. Bevor er wusste, wie ihm geschah, war er so nackt, wie am Tage seiner Geburt.

Mayer beschloss, kein drittes Mal wiederzukommen. Stattdessen beobachtete er die Tiv; einen Stamm, der Kleidung mit Zebrastreifen trug.

Mayer fühlte sich sofort zu einer Frau hingezogen, die eine derartige Ausstrahlung hatte, dass es schien, als hätte sie ein eigenes magnetisches Anziehungsfeld. Sie hatte riesige Brüste, vulkanartige Augen und feurigen Atem.

Mayer folgte ihr. Er hatte keine Wahl; seine Füße liefen unaufgefordert, seine Beine bewegten sich automatisch und sein Blick fiel auf den Korb mit Eiern, den sie auf dem Kopf trug.

‚Wird sie sie verkaufen? Oder kochen? Oder sie tauschen?'

Nichts Dergleichen passierte. Sie lief zu einem anderen Dorf, wo sie sich mit einer Frau traf, die wie ein wildes Tier roch und Augen hatte, die einen berührten. Nachdem sie zusammen teetrinkend eine Stunde verbracht hatten, ging die Frau ohne die Eier.

Als Mayer am nächsten Tag zurückkam, sah er wie die zweite Frau der ersten neun Eier gab.

Diese Szene wiederholte sich: Die erste Frau gab drei Fische und die zweite Frau gab vier zurück; die erste Frau gab zwölf Mangos und die zweite gab zwei zurück. Nichts war je ausgewogen.

Perplex kehrte Mayer in die Stadt zurück, um eine Erklärung zu finden...

*****

Wie es seine Art war, baute Mayer ein Netzwerk von Bekanntschaften um sich herum auf. Unter ihnen gab es einen Akademiker namens „Jumble"; ein Mann, der etwas über beinahe jede Gesellschaft auf dem Planeten wusste, ihre Geschichte kannte und sich dann in einem Schwall von Worten verlor; ein Mann mit dem Geruch eines modrigen Wandbehangs, mit Flicken auf den Ellenbogen, Tweed, Elfenbein-Pfeife und Sandalen.

Nur zwei Dinge standen aus Jumbles zweidimensionalen Gesicht hervor; eine bemerkenswerte Warze und eine unscheinbare Nase. Über die Nase gibt es nichts weiter zu erzählen. Die Warze verdient jedoch weitere Nachforschungen. Von einem Winkel aus betrachtet wirkte sie konisch wie ein fleischiges Fass. Von einer anderen Seite aus gesehen, sah sie rund wie eine Beere aus. Sie warf einen langen Schatten, der um Jumbles Gesicht rotierte. Auf ihr sprossen siebzehn Haare, eines dicker als das andere und jedes schwerer herauszuziehen.

„Die Tiv, sagen Sie?"

Jumble schwenkte seinen Wermut:

„*Ehm-ähh.* Ach ja, die Tiv."

„Ich sagte gerade, wie sich ihre Tauschgeschäfte nicht ausgleichen."

„Nein, das tun sie nicht."

„Warum?"

„Schulden."

„Schulden, mein guter Mann?"

„Schulden! Und das ist eine wirklich gute Sache, auch wenn ich das selbst nicht sage."

„Erzählen Sie."

„Es ist eine wirklich gute Sache."

„Erklären Sie warum."

„Oh ja, *ehm-ähh.* Wo war ich stehengeblieben? Ach ja, die Schulden der Tiv. Erstaunlich.! Sie zahlen acht Eier nie mit acht Eiern zurück. Sie geben entweder etwas mehr oder etwas weniger zurück, damit eine Schuld bleibt."

„Warum denn nur?"

„Damit sie einen Grund haben, sich wieder zu treffen."

„Hmm."

„Es ist wirklich ganz einfach: Nichts zurückzuzahlen wäre Ausbeutung, nicht wahr? Den genauen Betrag zurückzugeben wäre eine Beleidigung; es würde bedeuten, dass man mit der anderen Person nichts mehr zu tun haben möchte. *Ehm-aehh,* ja. Wenn man aber etwas weniger bezahlt als man schuldet, muss man sich erneut mit der anderen Person treffen, um die Differenz zu bezahlen. So gründet man eine Gesellschaft und es ist auch eine verdammt gute Show!"

Mayer war drauf und dran, ein Frage zu stellen, aber er verharrte und dachte:

‚Würden Abe und ich noch über Bedingungen sprechen, hätte ich meine Schulden nicht bezahlt?'

Jumble hörte jedoch nicht auf zu denken. Er war so gesprächig wie noch nie:

„Nun, die Gunwinggu aus Australien gehen einfach zu jemandem hin und sagen „schöne Schuhe" und bekommen diese Schuhe sofort, verstehen Sie?"

„Die Araber haben einen ähnlichen Brauch, aber sie haben einen Trick. Wenn sie etwas behalten wollen, sagen sie: „Ist das nicht schön? Ja, es war ein Geschenk."."

Ehm-ähh. Wo war ich stehengeblieben? Oh ja, die Inuit. Sie weigern sich, etwas zu bewerten; zu vergleichen, zu messen oder zu kalkulieren; sie denken, dass würde aus Männern Sklaven machen.

„Die Inder benutzen ein Kastensystem; jeder hat eine Rolle zu spielen; ein Produkt herzustellen. Diese Produkte werden gemäß einer Hierarchie verteilt.

„Nun, die Irokesen in den Staaten fädeln die Dinge auf kommunaler Basis ein, verstehen Sie? Sie verwahren ihre Produkte in Lagerhäusern, wo Frauenräte sie je nach Bedarf verteilen."

Jumble hielt inne, um Luft zu schnappen.

„Genug!" schrie Mayer. „Mir schwirrt der Kopf."

Jumble lachte.

„Noch einen Drink?"

„Ein anderes Mal."

*****

Mayer war eines sehr gewöhnlichen Verbrechens schuldig: Andere nach eigenem Maßstäben zu messen. Er hatte staatenlose Menschen beurteilt, als würden sie in einem Staat leben und menschliche Wirtschaften, als würden sie Geld benutzten.

Seine Unterhaltung mit Jumble half ihm dabei, seine Gedanken zu ordnen.

Er realisierte, dass die Stammesangehörigen tatsächlich Wirtschaften hatten; sie produzierten und verbrauchten, Dinge wanderten von Hand zu Hand, aber ihre Wirtschaften basierten auf Beziehungen, auf Liebe, nicht auf Geld.

Um eine unpersönliche Wirtschaft zu errichten, in welcher Fremde unter Verwendung von *Geld* handeln konnten, würde er diese Beziehungen der Nächstenliebe umgehen müssen. Falls nötig, würde er *Macht* benutzen müssen, die Besetzungsarmee, aber zunächst probierte er es auf seine Art...

*****

Mayer schenkte einer Stammesfrau mit saphirfarbenen Augen ein dekoratives Messer und zeigte ihr, wie man es benutzte. Ein paar Wochen später kehrte er mit fünf weiteren Messern zurück und hoffte, dass er sie diesem Stamm verkaufen könne. Er nahm auch ein paar Bronzemünzen mit und hoffte, sie gegen Getreide eintauschen zu können, damit die Dorfbewohner die Münzen hätten, um seine Messer kaufen zu können. Das, so dachte er, würde sie daran gewöhnen, britisches Geld zu benutzen.

Sehr zu seiner Freude, sah Mayer, dass sein Messer Gefallen gefunden hatte. Er fand es vor Blut triefend neben einem toten Kudu.

Als sie ihn kommen sahen, zeigten die Dorfbewohner auf das Messer, zeigten auf Mayer und grinsten über das ganze Gesicht.

Mayer sah eine Frau mit medusenartigem Haar, die das Messer zum Häuten benutzte, bevor sie es an eine Frau mit vorstehenden Zähnen weiterreichte, die damit Möhren kleinhackte, bevor diese es einer Albino-Frau gab, die damit das Haar ihrer Tochter schnitt. Immer, wenn jemand das Messer haben wollte, nahm er es sich einfach für sich selbst.

Als Mayer den Dorfbewohnern jedoch Münzen im Tausch gegen ihr Getreide anbot, zuckten sie nur mit den Achseln. Sie fanden die Münzen nicht schön genug, um sie als Schmuck zu verwenden oder praktisch genug, um sie für irgendetwas anderes zu benutzen. Und als Mayer versuchte, seine anderen Messer zu verkaufen, zuckten sie lediglich erneut mit den Achseln. Sie konnten nicht verstehen, warum ihr Dorf mehr als ein Messer brauchen sollte.

*****

Mayer begriff, dass wenn er in diesem Land Märkte erschließen und erfolgreiche Geschäfte gründen wollte, würde er eine Nachfrage nach Dingen schaffen müssen, welche die Menschen nicht wollten oder brauchten. Für eine Gemeinde war es nicht gut genug, ein Messer zu teilen; jedermann musste sein eigenes Messer wollen, selbst dann, wenn es die meiste Zeit unbenutzt in einer Schublade liegen würde:

,Ah ja, wir werden ihnen Schränke mit Schubladen verkaufen müssen! Wir werden die Angst vor Verbrechen mit Messern schüren. Dann werden wir ihnen erzählen, dass sie Messer brauchen, um sich zu schützen, Lederetuis, um ihre Messer zu schützen und Gürtel, an denen sie ihre Etuis befestigen können. Hurrahhh! Gute Arbeit!'

Mayer machte sich auf in den Busch, rekrutierte Leute aus jedem Dorf, brachte ihnen Englisch bei und schickte sie in westlicher Kleidung zurück nach Hause.

„Haha! Seht euch nur an!" sagten diese Vertreter zu ihren Stämmen. „Ihr seid nackt! Ihr seht so wild aus. Warum tragt ihr keine Kleidung wie wir?"

Es funktionierte nur selten. Zahlenmäßig unterlegen wurden Mayers Vertreter meistens selbst ausgelacht. Aber bei ein paar wenigen Gelegenheiten, gelang es ihnen doch, westliche Güter und Geld zu tauschen. Mayer ermutigte seine Vertreter, hartnäckig zu bleiben:

„Erzählt den Dorfbewohnern, *individuell zu sein'*. Sagt ihnen, dass sie nicht auf ihre Alten hören sollen. Sagt ihnen, sie sollen, *ehrlich zu sich selbst sein'*, *ihrem Herzen folgen'* und, *es einfach tun'*. Dann verkauft ihnen mehr Kleidung als sie jemals benötigen werden. Dann verkauft ihnen Schränke."

*****

In diesen Jahren, in seinen frühen Fünfzigern, schritt Mayers Alterungsprozess immer schneller fort. Die Haut unter seinem Kinn wurde schlaff. Fältchen schienen aus seinen Augenwinkeln zu kriechen und auf seinem kahlen, von der Sonne geröteten Kopf, waren immer mehr Leberflecke zu sehen.

Er war zu alt, um hinter Frauen herzulaufen und zu alt, dass es ihm etwas ausmachte aber jung genug um von Lola und Geld zu träumen. Er hatte eine Bank gegründet und seine Angestellten erzielten Gewinne, aber er wollte mehr.

Also machte Mayer sich auf den Weg, um Jumble in seinem bevorzugten Gentlemans Club zu treffen. Ein altmodischer Ort voller in Leder gebundener Bücher und mit Leder bezogenen Sesseln.

„Nun, sehen Sie", erklärte Jumble auf seine großspurige Art. „Geld wurde seit etwa vier Jahrtausenden als Krediteinheit und zur Steuerberechnung verwendet. Aber Münzen wurden erst seit sechshundert Jahren vor Christus als Tauschobjekt benutzt.

„*Ehm-aehh, ehm*. Ja. Die ersten griechischen Münzen wurden von reichen Familien hergestellt, die um die politische Macht rangen. Mit Siegeln und Mottos versehen wurden sie, bei dem Versuch, Unterstützung zu bekommen, als Geschenke weggegeben. Wissen Sie, diese Familien strebten Selbstgenügsamkeit an. Handeln betrachteten sie als Zeichen eines Misserfolgs und darum benutzten sie ihre Münzen nicht, um etwas zu kaufen oder zu verkaufen. Oh nein! Sie waren eher militärische Medaillen als moderne Münzen.

Nun, diese griechischen Familien strebten Macht an. Darum vereinigten sie sich, um einen Staat zu gründen mit Richtern an ihrer Seite, um ihre Macht zu Hause zu schützen und Soldaten, um ihnen Macht im Ausland zu verschaffen.

„Den Staatsangestellten musste Lohn gezahlt werden, verstehen Sie? Nun ja, um diese Löhne bezahlen zu können, mussten die Steuern erhöht werden. Man einigte sich darauf, dass sie mit Gold- und Silbermünzen bezahlt werden sollten. Die Familien waren gezwungen, Dinge wie Nahrung und Kleidung zu verkaufen, um diese Münzen zu erhalten, damit sie ihre Steuern bezahlen konnten, verstehen Sie? Die Staatsangestellten hingegen wurden mit den Münzen bezahlt, bevor sie sie für die Dinge ausgaben, welche die Familien hatten verkaufen müssen. Märkte wurden geschaffen und Geld begann zu fließen. Es war einfach fantastisch. Steuern zwangen die Leute, Dinge zu kaufen und zu verkaufen und Münzen zu verwenden."

Jumble sank zurück in die weichen mit Leder bezogenen Kissen seines ramponierten Sessels. Er nippte an seinem Sherry und nahm das bombastische Ambiente dieses Ortes in sich auf.

„Sie haben meine Frage nicht beantwortet", sagte Mayer.

„Oh doch, das habe ich", antwortete Jumble. *„Ehm-ähh.* Schöne Hockeyschläger. *Rarara!"*

*****

Der Generalgouverneur saß in einen Sessel gequetscht, der für einen viel kleineren Mann gedacht war. Eine beeindruckende Reihe von Accessoires schmückten seinen Blazer, der ansonsten außerordentlich schlicht gewesen wäre. Medaillen in vielen Farben waren an einem gestreiften Band befestigt, das von einem weißen Gürtel und einer silbernen Nadel am rechten Platz gehalten wurde. Er trug Schulterpolster, Manschetten, Sterne, Knöpfe, Schmucksteine, Schnallen und einen Kragen, der seinen Nacken bedeckte.

Mayer stand auf, um ihn zu begrüßen, zog seine Kaninchenfellhandschuhe aus und schüttelte seine Hand:

„Wie geht es ihren Geranien?"

„Tot."

„Tut mir leid, dass zu hören. Hmm. Ich nehme an, dass es an dem Wetter gelegen hat, das wir hatten."

„Wahr, ha!"

Dem Generalgouverneur gefiel Mayer, der ihm jeden Monat eine Flasche Chartreuse schenkte und darum erteilte er ihm gerne die Erlaubnis, zu sprechen.

„Wir brauchen eine ‚moralisierende Steuer'; eine ‚Hüttensteuer', die den Staat mächtiger machen wird und die Eingeborenen zwingt, britisches Geld zu benutzen. Das hat bei den Griechen funktioniert und das wird es auch bei uns. Ich sage Ihnen, mein Lieber, das wird eine tolle Sache, einfach fantastisch!"

„Wie bitte, ha? Wie zum Teufel sollte das funktionieren?"

„Wir werden Geld drucken."

„Und was dann?"

„Wir werden es zurückfordern."

„Warum?"

„Um unsere Richter und Soldaten zu bezahlen."

„Wann?"

„Wenn die Erntezeit beginnt. Die Steuer wird die Menschen zwingen, mehr zu produzieren; einen Überschuss zu schaffen, der auf dem Markt verkauft wird. Deshalb wird es eine ‚moralisierende Steuer' sein: Durch sie werden die Eingeborenen den Wert harter Arbeit kennenlernen.

Unsere Steuereinnahmen werden wir dazu benutzen, ihre Nahrungsmittel auf dem Markt zu kaufen, dann werden wir mit diesen Nahrungsmitteln unsere Truppen ernähren, die uns helfen, die Steuern einzutreiben."

Der Generalgouverneur verharrte still, tappte mit seinem Fuß, knirschte mit den Zähnen, kaute einen Nagel ab, legte seinen Kopf schräg, richtete ihn wieder auf, fegte mit den Fingern etwas Unsichtbares von seinem Ärmel und lächelte dann:

„Gut, ha! Die Eingeborenen sind so wild wie ein Fleischmesser."

„Das sind sie, mein Lieber, das sind sie."

„Ich habe gehört, die Kerle bringen Babys ohne Haare um."

„Hmm, ich habe gehört, sie setzen ihre Alten aus."

Der Generalgouverneur tippte sich an die Unterlippe:

„Was brauchen Sie?"

„Soldaten."

„In Ordnung, ha! Betrachten sie es als genehmigt."

*****

Mayers Soldaten zwangen die eingeborene Bevölkerung, britische Steuern zu bezahlen.

Die Afrikaner arbeiteten härter als je zuvor. Sie bauten Getreide an, züchteten Vieh, webten, nähten und bauten. Trotzdem schafften es viele von ihnen nicht, zu bezahlen.

Wenn sie Ernteprodukte zu verkaufen hatten, kauften Mayers Vertreter sie und verkauften sie mit Gewinn weiter.

Wenn sie keine Ernteprodukte zu verkaufen hatten, liehen Mayers Vertreter ihnen Geld und berechneten ihnen Zinsen. Wenn sie in Zahlungsverzug kamen, wurden sie aus ihren Gemeinden gerissen und als Zwangsarbeiter in Minen gesteckt, wo sie Gold, Silber und Diamanten abbauen mussten; oder auf Plantagen, Gummi, Holz und Palmöl erzeugen mussten. Sie schufteten Tag und Nacht und verwandelten Afrikas Ressourcen in britischen Reichtum.

So begann Mayers Aufstieg.

Seine Bank verlieh Geld an Geschäftsmänner, die Minen und Plantagen gründen wollten, verlangten Zinsen für diese Darlehen, verwandelten diese Zinseinnahmen in neue Darlehen und nahmen sogar noch mehr Zinsen ein.

Er wurde reich und auf eine Art sogar glücklich. Er besaß die Bank, von der er immer geträumt hatte und eine Villa, wie sie sich die meisten Menschen nicht einmal vorstellen konnten. Er möblierte das Haus genauso, wie er dachte, dass Lola es möbliert hätte, einer Prinzessin würdig mit begehbarem Kleiderschrank, privatem Spa, Make-up-Zimmer und Ballsaal. Er ließ diese Räume mit Blumentöpfen ausstatten, bereit, von Lola bepflanzt zu werden, und mit den elegantesten Innendekorationen, die man in dem Jahrhundert bisher gesehen hatte. Aber diese Zimmer blieben in einer Art Trauerzustand, zogen Staub an und warteten auf den Tag, an dem Mayer von Hugos Tod hören, nach London reisen und mit Lola an seiner Seite zurückkehren würde.

Sein Haus war das größte im ganzen Land; strahlend weiß und mit Efeu bewachsen, dass sich an den Säulen hochschlängelte. Es war ein Spielplatz für Engel, voller Skulpturen und Statuen, Brunnen mit Fischen; mit mehr Zimmern, als er zählen konnte und so vielen Bediensteten, dass er sich nie an ihre Namen erinnern konnte.

Aber obwohl er von all diesen Menschen umgeben war, fühlte Mayer sich einsam. Trotz seines Reichtums, hatte er immer noch das Gefühl, arm zu sein. Er besaß Geld und Macht, aber keine Liebe. Er vermisste Nicola und er betete, Lola wiederzusehen.

„Es war einmal etwas Besonderes zwischen dir und mir."

Ihre Worte hallten in ihm wider, auf ewig, unvergessen und katastrophal. Ihr Klang drang mit vibrierenden Konsonanten und sich reimenden Buchstaben in die geheimsten Bereiche von Mayers Ego ein.

So begann Mayers Fall.

Er sah Visionen von Lolas Gesicht, magische Trugbilder im Dunst, in den Wolken und dem Dampf, der von seinem Morgenkaffee aufstieg. Eine Halluzination, ein Geist, ein Rätsel; pfeifend, summend und funkensprühend machte sie sich in einem Spiel ohne Regeln über ihn lustig.

Einmal hätte Mayer schwören können, dass er eine aufgedunsene Version von Lola gesehen hatte, die auf dem Markt einen Liebesvogel kaufte. Er rannte über die Straße, schob Leute beiseite, stolperte, fiel, stand wieder auf, nur um den Stand zu erreichen und festzustellen, dass sie nicht dort war.

Ein anderes Mal dachte er, sie gesehen zu haben, als sie einen Rückenkratzer kaufte. Er dachte, er sähe sie mit üppiger Reife durch einen Konvent gleiten. Er war so sicher, sie in einem Café gesehen zu haben, dass er laut ihren Namen rief:

„Lola! Lola! Lo… o… o…"

Diese Visionen erschienen ihm mit steigender Regelmäßigkeit. Mayer musste sich selbst kneifen, knuffen und schlagen, nur um auf dem Boden der Tatsachen zu bleiben. Es war alles, was er tun konnte, um zu verhindern, dass er verrückt wurde.

‚Sie ist nicht real. Sie ist nicht da. Sie ist nicht real. Sie ist nicht da.'
Und trotzdem hörte er das Echo ihrer Stimme:
„Wir hatten etwas gemeinsam, du und ich"
„Wir hätten etwas Besonderes sein können."

*****

Als wolle er sich über seinen Reichtum lustig machen, befolgte Mayer einen genauen Tagesablauf, der wahrscheinlich von Herrn Bronzes Uhrwerk-Mentalität beeinflusst worden war. Mayer bestand jedoch darauf, dass dieser Tagesablauf seine eigene originale Erfindung war, die er entwickelt hatte, um sich selbst zu helfen, vor seinen Visionen zu fliehen.

Jeden Morgen stand er zur selben Zeit auf: fünf Uhr fünfundvierzig. Er aß das gleiche Frühstück: geräucherten Fisch und pochierte Eier. Er trank mindestens fünfzig Tassen Tee pro Tag und verbrachte jeden Abend allein in seinem von Mangobäumen und duftenden Blüten beschatteten Marmor-Patio.

Seine besten Ideen kamen Mayer in der Stille der Morgendämmerung, wenn die Ruhe nur von den entfernten Schreien der Straßenverkäufer und streunenden Hunde gestört wurde; allgegenwärtige Kreaturen, die mit Hundepolitik beschäftigt waren, sobald die Sonne unterging. Diese Hunde stellten stolz die Narben gewonnener und verlorener Debatten und Debatten, die in Bissen und Geraufe geendet hatten, zur Schau. Ihre halb abgebissenen Ohren und das zerrupfte Fell trugen sie, als wären es Verdienstabzeichen. Wenn sie es schafften, Mayers Umzäunungen, Hecken und Wachtürme zu überwinden und an Wächtern und Bediensteten vorbeizukommen, bekamen sie von Mayer zur Belohnung einen Leckerbissen und Streicheleinheiten. Sie waren die besten Freunde, die er hatte.

Mayer war genauso einsam, wie er es in Buckingham Towers gewesen war und darum tröstete er sich, indem er genauso viele Bücher las wie damals. Er las Klassiker, von denen jeder gehört aber die niemand wirklich gelesen hatte, obskure Bücher, von denen nie jemand etwas von gehört hatte und unveröffentlichte Werke, die niemand je gelesen hatte. Er las Zeitungen, um den Kontakt mit der Wirklichkeit nicht zu verlieren, und Romane, um zu vergessen. Dabei stellte er sich vor, dass die Figuren in den Geschichten Leute waren, die er im echten Leben kannte. Immer wenn er ein romantisches Buch las, stellte er sich Lola und sich selbst als strahlendes Liebespaar vor. Aber das machte die Sache nur noch schlimmer, denn es ermutigte sein Unterbewusstsein, noch mehr Visionen als vorher von Lola heraufzubeschwören. Dies sorgte dafür, dass Mayer sich Hugos Tod noch intensiver wünschte.

*****

Das war der Stand der Dinge, als Archibald in Mayers Büro stürmte. Mayer, dessen Gesicht sich zu einem Grinsen verzog, trug einen gestärkten Anzug aus längst vergangenen Zeiten. Archibald, dessen Gesicht zusammengekniffen war, trug seine Armeeuniform:

„Sag mir, wenn wir Gold und Silber brauchen, um unsere Truppen zu bezahlen, warum können wir es nicht einfach ausgraben? Zum Himmel nochmal, das Land ist voll von dem Zeug."

Mayer lehnte sich auf seinem Stuhl zurück, wippte leicht vor und wippte leicht wieder zurück, verharrte, schenkte ihnen zwei Weinbrände ein und lächelte:

„Es ist ein schöner Tag, nicht wahr?"

Archibalds Augen traten hervor.

„Was du nicht sagst, hier ist es immer schön. Blauer Himmel und Schäfchenwolken, wie ich zu sagen pflege."

Archibald öffnete verzweifelt seine Handflächen:

Meine Güte. Warum können wir das Gold nicht einfach abbauen?"

Mayer kicherte:

Ist das deine erste Frage? Kein „wie geht es dir?" Kein „was tust du hier?" Kein…"

„Nein!"

„Hmm. Also gut. Um deine Frage zu beantworten, wir *bauen* Gold ab. Und darin sind wir sehr erfolgreich, vielen Dank! Aber eine Armee kann kein Gold essen und kein Silber anziehen. Wir brauchen die Eingeborenen, damit sie für unsere Truppen Nahrungsmittel zum Essen und Kleider zum Anziehen produzieren. Darum funktioniert die Hüttensteuer so gut. Sie zwingt die Eingeborenen unseren Truppen Nahrung und Stoff zu verkaufen, damit sie das Geld zum Bezahlen unserer Steuern verdienen können."

Archibald starrte vor sich hin, schnitt Grimassen, verzog den Mund, legte seine Stirn in Falten, zog seine Augenbrauen hoch, hob sein Kinn, hob seinen Finger und blähte seine Brust auf:

„Um Himmelswillen! Wir sind auf der selben verdammten Seite!"

„Das sind wir, Bruder; das sind wir immer gewesen.**"**

Mayer gestikulierte in Richtung von Archibalds Brandy. Dann fuhr er fort:

„Ich fühle mit dir, Bruder, ehrlich, das tue ich. Deine Landstriche sind dünn besiedelt, darum sind sie nicht schon früher zivilisiert worden und du versuchst ein neues Gedankengut einzuführen; zwingst freien Menschen Staat und Geld auf. Das braucht seine Zeit. Aber glaube mir: Du *wirst* diese

Leute ändern. Sie werden letztendlich glauben, dass unsere Methode die einzige Methode ist."

Archibald sah nicht überzeugt aus:

„Erzähl weiter."

„Denk an die Sache in *Blighty* zurück. Frag irgendjemanden dort nach der Polizei und sie werden dir erzählen, dass es sie schon immer gegeben hat, dass die Gesellschaft ohne sie zusammenbrechen würde. Wir wissen beide, dass das nicht stimmt. Aber die Wahrheit spielt dort keine Rolle und sie wird auch hier keine Rolle spielen. Die Menschen hier werden anfangen unsere Steuern zu bezahlen, unser Geld zu benutzen und unsere Regeln zu befolgen. Bevor sie es wissen, werden sie vergessen, dass es je anders war."

Archibald antwortete mit einem einzigen Wort:

„Wie?"

Mayer antwortete mit mehreren Wörtern:

„Mythen, mein Bruder, Mythen! Wahrheiten sind so verdammt langweilig, aber Mythen sind wahnsinnig aufregend. Man kann einfach nicht anders, als sie in einem Mal zu schlucken."

Archibald zog seine Brauen zusammen.

„Wir werden geteilte Mythen in einer imaginären Reihenfolge kreieren. Wir werden sagen, dass Staaten großartig sind, nicht, weil wir das sagen, sondern weil Gott sie befohlen hat. Wir werden sagen, dass Wirtschaften mit Geld großartig sind. Nicht weil wir das sagen, sondern weil sie ein unveränderliches Naturgesetz sind. Wer wird sich wagen, dem zu widersprechen? Wer wird wagen, den Willen von Gott und der Natur in Frage zu stellen? Niemand, Bruder, kein einziger Mensch! Nicht einmal die Eingeborenen."

Mayer legte seinen Arm um Archibald und brachte ihn zur Tür:

„Es ist wirklich schön, dich zu sehen."

Archibald nickte:

„Lass uns in die Kneipe gehen."

„Auf, in die Kneipe!"

*****

Die Türflügel schwangen auf. Archibald und Mayer traten hinaus auf den Marktplatz.

Alles schien von glitzernder Bewegungslosigkeit ergriffen. Die untergehende Sonne spiegelte sich auf silbrigen Dächern wider, nur verschleiert durch den matten Glanz tausender freundlicher Feuer. Üppige Farben durchdrangen den Dunst; schimmernd, sich verändernd, lebendig.

Gebäude kämpften um einen Platz.

Körper kämpften um einen Platz.

Bombastische Rhythmen drangen aus afrikanischen Trommeln. Banner flatterten in der leichten Brise, schienen die Wolken über ihnen zu küssen. Füße stampften, Hände klatschten und Stimmen riefen laut:

„Was wollen wir? Freiheit! Wann wollen wir sie? Jetzt!"

„Weg mit den Steuern! Weg mit dem Staat! Weg mit der Regierung! Weg mit dem Hass!"

Archibald und Mayer bewegten gemeinsam ihren Kopf bevor ihr Blick an einem weißen Mann hängenblieb, der vor der Menge stand. Sein Kopf war kahl, von der Sonne gerötet und voller Leberflecken.

„Hugo?" flüsterten sie. „Nein, das kann doch nicht Hugo sein? Echt? Nein."

GOTTES GÄRTNER

Hugos Töchter schienen in Schüben zu wachsen. Zuerst waren sie Babys auf Armen. Kleinkinder. Nur ein bisschen später waren sie Kinder, Teenager und schließlich erwachsene Frauen.

Sie wuchsen so problemlos heran. Babyfett: Weg! Beine: Länger! Haare: Kürzer! Dann länger. Dann kürzer. Dann länger.

Sommersprossen waren auf ihren Gesichtern verteilt wie Flecken bei einer alten Fotografie. Brüste bahnten sich einen Weg durch die unschuldigen Begrenzungen ihrer Haut.

Ihr Leben spielte sich in kontinuierlicher Bewegung ab; erst fett dann dünn, erst lächelnd, erst rutschend dann springend, diese Farbe, dann eine andere, dieses Kleid dann ein anderes und dann noch ein anderes.

Hugo kratzte sich an seinem Kopf. Er konnte einfach nicht verstehen, wo die Zeit geblieben war. Für ihn waren diese voll entwickelte Frauen immer noch seine Babys. Lola nannte sie ihre „Kinderwachsenen".

*****

Im Verlaufe von nur einem Jahr starben beide Elternteile von Lola und ihre Töchter zogen alle aus.

Emma, die für immer stumm blieb, wurde Nonne. Maddie, die nur sprach, wenn sie gefragt wurde, heiratete einen Mann, der viel mit ihr sprach. Sylvia, die nur sprach, wenn man sie nichts fragte, brannte mit einem Mann durch, der kaum etwas sagte. Peta, die Fragen beantwortete, die nicht für sie bestimmt waren, reiste mit einem Mann durch Europa, der dauernd Fragen stellte. Natalie, die alles in Frage stellte, heiratete einen Mann, der viele Antworten hatte:

„Warum bist du halb betrunken nach Hause gekommen?"

„Weil ich kein Geld mehr hatte."

„Was war 1811 zu Ende?"

„1810."

„Darf ich dich etwas fragen?"

„Nein."

*****

Das geräuschvolle Ambiente von Hugos Leben war durch eine Stille ersetzt worden, die lauter war als jeder Klang. Seine Augenbrauen wurden ungepflegt, Haare wuchsen auf dem oberen Rand seiner Ohren und ein kleiner Riss bildete sich in einer Ecke seiner Brille. Lola kaufte ihm eine neue Brille. Sie brachte sein Alter in Form; massierte seine schmerzenden Muskeln und rieb Creme in seine kleinen Verletzungen. Sie vervollständigte seine Garderobe mit Gehröcken, hohen Stiefeln und eleganten Hüten und sah ihn mit anderen Augen als alle anderen. Sie tat alles, was sie konnte, um dafür zu sorgen, dass der Rest der Welt ihn genauso sah wie sie es tat.

Lola zog Hugo immer noch an, jedoch nur jeden zweiten Tag. An den Tagen dazwischen zog Hugo Lola an. Dieses Verhalten war aus einem romantischen Gefühl egalitärer Liebe entstanden. Dann hatten sie damit aus Gewohnheit weitergemacht und hätten es niemals geändert, weil sie sich keine andere Verhaltensweise vorstellen konnten.

*****

Während dieser Zeit gab es drei Dinge, die Hugos Leben beherrschten.

Erstens: Aktivismus.

Hugo hatte den Swing-Streiken beigewohnt, bei denen die Streikenden höhere Löhne für Fabrikarbeiter forderten, die durch Landenteignungen von ihrem Land vertrieben worden waren. Er war ein Gründungsmitglied von der Chartist-Bewegung, die Wahlrecht für alle Männer forderte. Er war bei dem Newport-Aufruhr dabei, wo er eine umfangreiche Petition präsentierte. Er hatte Streikenden während des Generalstreiks geholfen und protestierte gegen die Getreidesteuern.

Sein Aktivismus bewirkte etwas. Fabrikarbeiter *bekamen* höhere Löhne, die Männer *bekamen* das Recht zu wählen und Getreidesteuern wurden abgeschafft.Seine Generation inspirierte spätere Generationen von Aktivisten: Die Suffragetten, die das Wahlrecht für Frauen durchsetzten und die Mitglieder der Handelsunion, die für verbesserte Arbeitsbedingungen, ein zwei Tage dauerndes Wochenende, Mutterschafts- und Vaterschaftsgeld, bezahlten Urlaub und noch mehr sorgten.

Zweitens: Wohltätigkeit.

Hugo verwaltete Saint Nick's. Mithilfe von Spenden ehemaliger Bewohner konnten er und Lola ein Dorf für junge Mädchen in *Barkingside* eröffnen, bei dessen Leitung seine Töchter halfen.

Drittens: Heirat.

Hugos Liebe zu Lola reifte von Tag zu Tag. Sie war stark, aber nicht ohne ihre kleinen Fehler. Hugo war immer dann frustriert, wenn Lola im Schlaf den Namen von Personen murmelte: „R". „Archibald". „Papa". „Mayer". Ihre Angewohnheit, Verabredungen zu vergessen, ließ Hugo mit den Zähnen knirschen. Während eines winzig kleinen Moments überkam Hugo unbändiger Hass auf seine Frau; er hoffte, sie würde einen äußerst grausamen Tod sterben. Dieses Gefühl ging vorbei. Als hätte er es nie gefühlt, und Hugo liebte seine Frau wieder wie nie zuvor.

Hugo und Lola fanden in den Einzelheiten ihres täglichen Zusammenlebens romantische Momente: In der Art, wie Lola Hugo seinen Toast butterte und in einer Ecke ein kleines Quadrat Marmelade hinzufügte. In der Art, wie Hugo Lola von hinten küsste, seine Arme um ihre Taille legte und sie, wenn es regnete, sanft wiegte. In der Art, wie sie zusammen badeten, mit Wasser spritzten, Wasser spuckten und sich gegenseitig den Rücken schrubbten. In der Art, wie sie zusammen Hand in Hand aneinandergelehnt umherschlenderten und sich gegenseitig halfen, jedes Hindernis auf ihrem Weg zu umgehen.

Lola ging immer noch etwa essen, wenn sie eine Unterhaltung beenden wollte. Sie aß Scottie-Kuchen, Käse, Würstchen im Blätterteig, Toast mit Schmierkäse, Eintopf, Torten und Süßspeisen. Trotz ihres unersättlichen Appetits, behielt sie ihre jugendliche Figur. Dann nahm sie, quasi über Nacht, das ganze Gewicht zu, dass sie im Laufe der Jahre hätte zunehmen müssen.

Als wäre es eine ansteckende Krankheit, machte sich das Alter über Lola her. Ihr Haar wurde silbergrau, ihre Augen verloren ihren Glanz und ihre Haut begann säuerlich zu riechen. Für Hugo, der seine Frau durch voreingenommene Augen sah, war das kein Problem. Für ihn sah sie in ihrer fülligen Reife wunderbar aus; ihr Gewicht stand ihr und ihre Rundlichkeit schien sogar noch rundlicher als vorher zu sein. Hugo gefielen die Kurven von Lolas faltiger Haut, den unebenen Kontouren ihrer sich langsam zersetzenden Knochen und die Elastizität ihrer Brüste. Aber selbst Lolas kurvige Figur konnte die Leere nicht ausfüllen, die seine Töchter bei ihrem Auszug hinterlassen hatten. Ihr Zuhause wirkte wie ein verlassenes Nest.

„In den letzten Tagen bekomme ich dich überhaupt nicht mehr zu Gesicht", beschwerte sich Lola. „Du bist immer irgendwo und protestierst."

Hugo griff nach dem Oberschenkel seiner Frau:

„Ich liebe dich."

„Ich liebe dich auch, Liebling."

„Und ich hätte gerne, dass wir mehr Zeit miteinander verbringen."

„Aber wie?"

„Wir könnten uns zur Ruhe setzen."

„Ja, lass uns zusammen in der Sonne alt werden."

„Ja, lass uns das Haus verkaufen und nach Afrika ziehen."

„Afrika? Du bist so verrückt wie immer!"

„Mit Sicherheit. Aber Wahnsinn ist eine Tugend und wahrer Irrsinn grenzt an Göttlichkeit."

Lola kicherte:

„Okay, dann also Afrika. Ich habe gehört, dort gibt es ganz göttliche Mangos. Wo wir schon davon reden, lass uns etwas Erbesenpüree essen."

Lola verließ das Zimmer und Hugo schlief ein, während er seine Tasse Tee in den Händen hielt.

Lola kam zurück und nahm sie ihm aus der Hand.

Hugo schoss kerzengrade hoch:

„Was um Himmels Willen? Ich wollte nur kurz meine Augen schließen."

Lola lachte, machte aus Hugos Krawatte ein Lätzchen und aß dann etwas Piccalilli.

*****

In Afrika sammelte Lola drei Dinge: Rückenkratzer, Liebesvögel und Pflanzen.

Ihren ersten Rückenkratzer kaufte sie wegen ihres echten Bedürfnisses, sich den Rücken zu kratzen, den zweiten, weil er weitaus hübscher war als der erste und den dritten, weil sie nicht nur zwei von etwas besitzen wollte. Für Lola war zwei eine Unglückszahl.

Nachdem Lola in drei Tagen drei Rückenkratzer gekauft hatte, sah sie keinen Grund, damit aufzuhören. Angewohnheiten, fand sie, sollte man sich nur abgewöhnen, wenn sie jemanden schadeten. Und was war schlimm daran, ein paar Rückenkratzer zu besitzen? Oder ein paar hundert?

Lola kaufte ihren vierten Rückenkratzer bei einer Straßenhändlerin namens Kali, deren Gesicht beinahe perfekt war. Es wurde von einem Schönheitsfleck entstellt, den man, wäre er einen Zentimeter höher und einen Zentimeter weiter nach links positioniert gewesen, als Zeichen göttlicher Gnade hätte ansehen können. In seiner Position, wo er war, ließ er sie jedoch absurd aussehen.

Kali besuchte Lola jeden Tag. Lola lud Kali in ihr Heim ein, bereitete Tee für sie zu, gab jedem ihrer Kinder eine Banane und kaufte dann einen Rückenkratzer.

Auch nachdem Hugo einhundert dieser Rückenkratzer als Feuerholz benutzt hatte, dämpfte das nicht Lolas Enthusiasmus. Sie fing einfach wieder von vorne an als sei nichts passiert.

Lola war nicht daran interessiert, große Mengen von Rückenkratzern zu besitzen, sondern wollte lediglich jeden Tag einen neuen kaufen. Der Reiz lag im Neuen; in neuen Dingen, neuen Konversationen, neuen Freunden, neuen Tassen Tee und neuen Bananen. Es war egal, was neu war, Hauptsache, es war neu.

Das mag Lolas Obsession für rosagesichtige Liebesvögel erklären.

Sie konnte diesen Vögeln, während sie über den Markt schlenderte und sich an jedem Marktstand all die wunderbaren Dinge ansah, nicht widerstehen; ein Schlangenbeschwörer zog ihre Aufmerksamkeit auf sich und versuchte ihr Zaubertränke zu verkaufen, ein entlaufener Sklave faszinierte sie mit seinen gemalten Hieroglyphen, sie probierte zerstoßene Blätter, hüllte sich in gemusterte Tücher, kaufte, was sie brauchte und was sie nicht brauchte, währenddessen der luftlose Lärm der Bananenverkäufer und Schuhputzer-Jungen ihre Ohren liebkoste.

An einem Stand wurden von allerlei Tieren jeweils sechs verkauft. Sechs Iguanas, sechs Papageien, sechs Schlangen, sechs Eierfresser, sechs winzige Igel, sechs fette Ratten, sechs Affen, sechs Lemure, sechs hiervon und sechs davon, aber mindestens sechsundsechzig rosagesichtige Liebesvögel, wenn nicht sechshundert. Sie saßen mit hellgrünen Körpern, dunkelgrünen Flügeln, gelben Brustpartien und rosafarbenen Gesichtern dicht gedrängt in einem Käfig.

Sobald Lola sie sah, wurde sie von einem plötzlichen Drang erfasst, diese Vögel zu befreien. Stattdessen kaufte sie einen, nahm ihn mit nach Hause, fütterte ihn und streichelte seinen Bauch. Dann ließ sie ihn frei und betete für seine Rückkehr.

Er kam nicht zurück.

Und so ging es weiter. Jeden Tag kaufte Lola einen neuen Liebesvogel, versuchte ihn zu bezirzen und ließ ihn dann frei. Jeden Tag wurde sie enttäuscht, wenn er nicht zurückkam.

*****

Hugo und Lola lebten in einem Bungalow außerhalb der Stadt.

Sie hatten dieses Haus aus einem bestimmten Grund ausgesucht: Platz. Platz zum Atmen, zum Leben und zum Pflanzen.

Lola durchstreifte das Land, schnitt von jeder Pflanze die sie fand ein Stückchen ab, nahm diese Stecklinge mit nach Hause, nährte und wässerte sie, bis sie Wurzeln schlugen und pflanzte sie innen und außen.

Kletterpflanzen schlängelten steinverzierte Wände hoch, bildeten Durchgänge, wo vorher keine waren; grüne Schattierungen auf weißer Leinwand. Mit Erde gefüllte Regale verwandelten ihr Haus in eine Bibliothek von Gräsern und Kräutern, jede Mauer war bewachsen, keine Fläche konnte der Berührung eines neugierigen Blattes oder eines klobigen Zweigs entwischen. Die Luft war ein Gemisch aus Pollen und Duft; ein aromatisches Wunderland, bereit die Nase zu kitzeln.

Aber es war draußen, wo Lolas Gärtnerei wirklich die Welt veränderte. So, wie die Jahre dahinflossen, expandierte ihr Garten in Schüben. Tanzende

Gräser formten wellenartige Konturen, Bäume breiteten sich über Büschen aus und Sukkulenten krochen über die Erde.

Diese Pflanzen dämpften vorsichtige Schritte, machten sie groß und leise, wie Diebe in der Nacht, die vorsichtig, um sich nicht erwischen zu lassen, mit einem an ihre Lippen gehaltenen Finger auf Zehenspitzen zum nächsten Unterschlupf schleichen.

Selbstbewusst, bereit und abwartend gingen sie zur Geisterstunde zum Angriff über und bedeckten jede Struktur unter einem Teppich üppiger Blätter und Blüten. Lebhafte Farben stahlen die Schau, präsentierten sich in tausenderlei Schattierungen von Neon Blau, fluoreszierendem Gelb und elektrisierendem Grün. Es gab die leuchtendend roten und zitronengelben Farbtupfer der *Rafflesia Arnoldii*, die von der Sonne erröteten Malven und die sonnengeküssten Rosatöne der dornigen *Proteas*, die burgunderroten Münder der Venus-Fliegenfallen und die flammenden Blütenblätter der Gazanien.

Dieses wunderschöne Blütenmeer verführte die Augen aller, die vorbeikamen. Es zog Reisende in seine blühende Umarmung, betäubt vom süßen Duft und verzaubert durch entzückende Blüten. Leute, die in den Bann dieses koketten Shangri-La gerieten, waren selten in der Lage, sich wieder loszureißen.

Diese Gemeinschaft wuchs und so wurde aus der kleinen Siedlung erst ein Dorf und dann eine Stadt.

Unabsichtlich, ohne nach Geld oder Macht zu streben, war Lola zur unbestrittenen Königin eines magischen Königreichs geworden.

*****

Hugo war unabsichtlich zu einem Streuner in einem fremden Land geworden.

Auf der Suche nach einem Sinn erforschte er das Land. Dabei schwitzte er in seinem georgianischen Anzug unter der höllischen Sonne bis an den Rand der Erträglichkeit. Er kehrte nach Hause zurück, verbrannte alle Kleidungsstücke, die Lola ihm je gekauft hatte und ersetzte sie mit afrikanischen Roben mit unglaublichen Mustern und Elefantenbildern. Er tauschte seine Schuhe gegen Sandalen und machte sich wieder auf den Weg.

*****

An einem milden Februarnachmittag als die Sonne regungslos am Horizont verharrte, sah Hugo eine an Lungenentzündung erkrankte Stammesangehörige. Grünlicher Schleim bedeckte ihre aufgesprungenen Lippen und kalter Schweiß benetzte ihre Haut. Sie hielt ihre Knie umklammert, wiegte sich hin und her und murmelte unverständliche Worte.

Hugo machte sich an die Arbeit. Mithilfe einer improvisierten Zeichensprache und der Hilfe eines Jugendlichen, der etwas Englisch sprach, schaffte er es, die Frau in seine Arme zu nehmen und in ihre Hütte zu tragen, wo er sie hinlegte, zudeckte, ihre Stirn abtupfte, ihr mit einem Löffel etwas Suppe einflößte, ihr eine Medizin verabreicht, ihre Hand hielt und allerlei liebenswerte Nichtigkeiten zuflüsterte.

Nach drei Stunden begann der Zustand der Frau sich zu bessern. Nach drei weiteren Stunden war sie wieder auf den Beinen.

Als Hugo das Dorf verließ, versperrte ihm eine Gruppe von Stammesangehörigen den Weg. Die Frau kam auf ihn zu, deutete auf Hugos Ehering und lächelte.

Hugo erwiderte das Lächeln.

Die Frau zog ihre Brauen zusammen.

Hugo zog seine Brauen zusammen.

Die Frau griff nach dem Ring.

Hugo riss seine Hand zurück.

Der Junge, der Englisch sprach, rief:

„Also wirklich! Weiße Männer haben kein Schamgefühl!"

*****

Hugo war durcheinander. Er wollte helfen aber so eine Reaktion wollte er nicht noch einmal erleben.

,Ich werde verdeckt vorgehen müssen', entschied er. ,Schließlich hatte es beim heiligen St. Nikolaus, Schutzpatron der Diebe, funktioniert und auch bei Robin Hood. Warum kann es nicht auch bei mir klappen?"

Er füllte seinen Beutel und verschwand in der Dunkelheit.

Er fühlte, wie eine erregende fantastische Aufregung von ihm Besitz ergriff; die Aufregung, wieder jung zu sein. Er fühlte sich in eine Zeit zurückversetzt, als er durch Gärten schlich und Wäsche stahl, auf Schiffe stieg und Nägel klaute und zusammen mit Wilkins Einkäufer beklaute; immer auf der Flucht vor dem Gesetz, auf der Flucht vor dem Alter und der Leichtigkeit des Lebens.

Er fühlte sich lebendig!

Er fühlte sich lebendig, als er in eine Hütte kroch, in der schnarchende Münder ein Pfeifkonzert in der Nacht zum Besten gaben. Er fühlte sich lebendig, als er die von Malaria rötliche-lilafarbene Haut eines kleinen Mädchens sah und ihr eine Tinktur in die Hand drückte. Er fühlte sich lebendig, als er einen hölzernen Löffel neben den Familientopf legte.

Er fühlte sich tot!

Als ein paar manikürte Finger nach seiner Schulter griffen, fühlte er sich tot; als sie ihn herumwirbelten und er in zwei glänzende Augen sah, so leuchtend wie Sterne und grösser als entfernte Planeten.

„Sir", flüsterte der Mann, „was zum Teufel glauben Sie da zu tun?"

*****

Der Mann hieß Moha.

Moha sah genauso aus, wie er aussehen sollte. Sein Afro, der weder seidig noch modisch aussah, passte perfekt zu seinem Kopf. Sein biegsamer Körper ergänzte seine dünnen Gliedmaßen. Sein Körper war nicht schön, aber ansehnlich. Wenn man ihn anschaute war es wie eine warme Art von Befriedigung.

Moha war einer der ersten Männer, die Mayer rekrutiert hatte. Man hatte ihn gelehrt, Englisch zu sprechen, mit Messer und Gabel zu essen und sich wie ein englischer Herr zu benehmen; er trug westliche Kleidung, befolgte die englische Etikette und akzeptierte englische Kultur.

Als er achtzehn wurde, reiste Moha nach *Cambridge*, um Jura zu studieren.

Als er nach Afrika zurückkehrte, stieg er, in Anzug und Krawatte gekleidet, in ein Abteil der ersten Klasse. Die Kutsche fuhr nicht ab. Hufe blieben fest auf dem Boden stehen und Gesichter drückten verschiedene Variationen von Abscheu aus.

Ein ernstaussehender Mann tippte auf das Schild über seinem Kopf: ‚Keine Farbigen'

Moha hielt inne, starrte einen Passagier nach dem anderen an, lachte still vor sich hin, stieg aus, kehrte in das Dorf zurück, in dem er geboren worden war, zog die Kleidung der Eingeborenen an und sprach seine Muttersprache.

Er sprach kein einziges Wort Englisch mehr, bis er Hugo in der Hütte seines Onkels erwischte.

*****

Die Legende erzählte, dass ein zorniger Gott den allerersten Baobab-Baum so auf die Erde schleuderte, dass die Äste im Boden stecken blieben und seine Wurzeln nach oben in die Luft ragten.

Hugo und Moha saßen unter so einem Baum. Über ihnen sahen die Äste wie Wurzeln aus, knorrig und verschlungen. Sie teilten das Mondlicht in Fragmente.

Hugo erklärte, was passiert war.

„Ich bin perplex", meinte er zum Schluss. „Warum wollte diese Frau meinen Ring haben? Wenn überhaupt, hätte sie *mir* ein Geschenk geben müssen, dafür, dass ich *ihr* Leben gerettet habe.

Moha schnitt eine Grimasse, dann lächelte er:

Unsere Sitten sind anders als eure, alter Fremder. Nicht besser, nicht schlechter, einfach nur anders."

„Oh."

„Wenn bei uns jemand einem das Leben rettet, wird man dadurch wie sein Bruder, ein Blutsverwandter. Nun, in unserer Gesellschaft teilen Brüder und Schwestern alles; wenn jemand mehr hat als sein Bruder oder seine Schwester, dann gibt er davon ab. Als diese Frau dich um deinen Ring gebeten hat, wollte sie, dass du wie ihr Bruder reagierst und deinen Bund bestätigst. Mit deiner Weigerung hast du sie beschämt und ihren ganzen Clan beleidigt. Hier kann man keine Belohnung erwarten, altes Haus. Gütiger Gott, du bist auf dem falschen Dampfer! Wenn du eine Bezahlung angenommen hättest, wäre das so, als wolltest du mit dieser Person, die du gerettet hast, nichts zu tun haben. Hier bei uns, muss man eine Verpflichtung bewahren."

*****

Hugo hatte einen Freund gefunden. Er besuchte Moha so oft, wie Kali zu seiner Frau ging; sie tranken genauso viele Tassen Tee zusammen und führten genauso viele Unterhaltungen. Moha erzählte Hugo von der Kultur, den Bräuchen und der Religion seines Stammes. Er lehrte Hugo seine Sprache. Er brachte Hugo noch drei weitere afrikanische Sprachen bei. Und dann nochmals zwei.

Nach mehreren Jahren Freundschaft, sprach Moha schließlich von der Hüttensteuer:

„Das ist verdammt ungerecht, alter Freund. Um sie bezahlen zu können, müssen wir die Hälfte unserer Ernte verkaufen, wenn die Preise niedrig sind. Wenn wir keine Nahrungsmittel mehr haben, müssen wir diese Erzeugnisse für den doppelten Preis, den wir erhalten haben, zurückkaufen. Um bezahlen zu können, müssen wir Kredite aufnehmen, worauf uns Zinsen berechnet werden. Um die Darlehen zurückzahlen zu können, müssen wir unsere Kinder zum Arbeiten auf die Plantagen schicken. Es ist wie eine klebrige Falle. Verdammt unfair. Unsere Kinder tragen dann letztendlich die Kleider des weißen Mannes, konsumieren die Dinge des weißen Mannes, benutzen das Geld des weißen Mannes und praktizieren die Religion des weißen Mannes."

Moha schüttelte mit dem Kopf:

Es vernichtet unsere Kultur, alter Kerl. Es ist einfach zu viel für uns."

Hugo legte seine Hand auf Mohas Schulter:

„Auch in England haben wir es mit einer ähnlichen Situation zu tun. Meine Leute wurden von den Grundzusammenlegungsgesetzen gezwungen, in den Fabriken arbeiten zu gehen. Sie haben auch ihr Land, ihre Freiheit und ihre Kultur verloren.

Moha senkte seine Augen:

„Große Güte, was habt ihr gemacht?"

„Wir haben uns gewehrt."

„Hat es funktioniert?"

„Ein bisschen."

„Wie wunderbar! Kannst du uns bitte zeigen, wie man das macht?"

*****

Hugo erzählte Moha über seine Proteste und die Ergebnisse, die sie erzielt hatten. Dann reisten sie durch das Land, um die Eingeborenen davon zu überzeugen, sich aufzulehnen.

Nachdem Hugo aus seinem Schatten getreten war, wurde er zu einer Leitfigur für ein vergessenes Volk. Die Macht revitalisierte ihn. Er hatte das Gefühl, dass sein ganzes Leben ihn an diesen Punkt geführt hatte, dass die Zeit gekommen war für seinen Aufstieg, seinen finalen Siegesschrei.

Aber während er mehr Zeit damit verbrachte, durch das Land zu reisen, verbrachte er weniger Zeit mit Lola.

Lola war stolz auf ihren Mann; sie liebte die Art, wie sie ihn geformt hatte; wie sie aus einem ungepflegten Scharlatan einen liebenden, wohltätigen Mann gemacht hatte. Sie liebte die Macht, die sie über sein Leben hatte; wie sie ihn dazu gebracht hatte, an Tanzveranstaltungen teilzunehmen, Wohltätigkeitsvereine ins Leben zu rufen, ein Aktivist zu werden und ihr Kinder zu schenken.

Aber Lola fühlte, wie ihr die Macht entglitt. Sie hatte Hugo dazu ermutigt, nach Afrika zu ziehen, damit sie weit entfernt von Hugos Kameraden mehr Zeit zusammen verbringen konnten. Und was hatte er getan? Er hatte eine ganze Reihe neuer Freunde gefunden! Wieder einmal hatte er sich dafür entschieden, seine Zeit mit ihnen statt mit ihr zu verbringen. Er hatte alle Kleidungsstücke, die sie ihm gekauft hatte, verbrannt und ihre Bedürfnisse ignoriert.

Genau wie vorher fühlte Lola sich durch Hugos lange Abwesenheiten verlassen, hilflos und allein. Wie zuvor verlor sie ihren Appetit, redete sarkastisch und lief wie ein Tiger im Käfig unruhig umher. Wie zuvor dachte sie darüber nach, ob sie nicht glücklicher geworden wäre, hätte sie Archibald oder Mayer geheiratet:

‚Man überlege sich nur, in was für eine Art von Menschen ich sie hätte verwandeln können! Man stelle sich vor, wenn ich es geschafft hätte aus Mayer einen liebenswerteren Mann zu machen, der all sein Geld für

wohltätige Zwecke gespendet hätte. Und was wäre gewesen, wenn ich aus Archibald einen liebenden Mann gemacht hätte, um seine Macht für etwas Gutes einzusetzen? Das wäre sicherlich auch für mich besser gewesen. Mit Sicherheit wäre auch die Welt ein besserer Ort geworden.'

Lola träumte von Mayer und Archibald, murmelte ihre Namen im Schlaf und sah, immer, wenn sie in die Stadt ging, ihre Gesichter in der Menge:

,Ich habe mir den falschen Mann ausgesucht!'

Ihre Liebe für Hugo begann zu schwinden.

Ihre Blumen verwelkten, ihre Blütenblätter fielen herunter und ihre Bäume warfen ihre Blätter ab; Ranken durchbohrten ihre Mauern, kreideartige Fragmente bröckelten von ihrem Haus und ihr Garten verfärbte sich braun.

Menschen zogen aus ihrer Stadt fort.

Lola verließ alle Hoffnung.

*****

Eine Welle der Hoffnung durchströmte Hugo.

Eine Welle von Demonstranten schwappte durchs Land. Sie marschierten im Schatten grüner Bäume auf die Stadt zu. Sie sangen lauthals, begleitet von Vogelgezwitscher. Die Berge hallten vom Echo. Der Boden erzitterte.

Je weiter sie vordrangen, desto undurchdringlicher wurde die Stadt. Strukturen mit weiß getünchten Mauern und Wänden in festlichen Farben, behangen mit Spinnenweben, lethargisch und altertümlich, eingetaucht in ein Licht aus einer anderen Zeit.

Bei ihrer Ankunft auf dem Marktplatz hieß sie ein Magnesiumblitz willkommen. Die Sonne spiegelte sich, gedämpft durch das Nachglühen tausender Feuer, auf silbernen Dächern wider. Üppige Farben schimmerten durch den Dunst; glitzernd, immer in Bewegung, lebendig.

Gebäude kämpften um Positionen.

Körper kämpften um Positionen.

Dröhnende Rhythmen ertönten aus afrikanischen Trommeln. Banner flatterten in der leichten Brise und schienen die Wolken über ihnen zu küssen. Füße stampften, Hände klatschten und Stimmen schrien laut:

„Was wollen wir? Freiheit! Wann wollen wir sie? Jetzt!"

„Weg mit den Steuern! Weg mit dem Staat! Weg mit der Regierung! Weg mit dem Hass!"

Hugo kletterte auf einen Wagen, um zu der Menge zu sprechen:

„Die Zeit der Abrechnung ist gekommen. Es ist an der Zeit, die Hüttensteuer abzuschaffen. Es ist an der Zeit, die Straßen zurückzufordern.

Die Zeit ist jetzt. Die Zeit gehört uns! Wir machen Geschichte! Wir sind eins!!"

Rufe verwandelten sich in Jubel, Klatschen und Schreie. Aber bevor er fortfahren konnte, gelang es zwei von Archibalds Männern, Hugo an den Schultern zu packen; Sie drückten seinen Kopf nach hinten seine Füße wurden aus den Sandalen gerissen. Einen Moment lang schwebte seinen Körper auf einer gleichgültigen Brise durch die Luft und wäre beinahe in einem Haufen aus Bananenschalen und Pamphleten gelandet, wenn nicht ein Soldat nach ihm gegriffen und ihn aufgefangen hätte.

Hugo in seinen Armen haltend wie ein Bräutigam seine Braut, raste der Mann an den versammelten Massen vorbei, ohne sich um deren wütendes Geheule zu kümmern. Er schlängelte sich an offenen Feuern in Hauseingängen, Haufen von Blättern und Feuerwerken in der sternenlosen Nacht vorbei.

Während Hugo entführt wurde, schaute er in die Augen seiner Verbündeten. Er fühlte sich durch die Widerstandslosigkeit seiner Kapitulation überrumpelt. Da er jedoch von Soldaten umringt und durch das Alter seiner Gliedmaßen behindert war, konnte er nichts tun.

Wie den Schweiß, der aus seinen Hautporen lief, fühlte Hugo seine Macht schwinden. Er fühlte Fingernägel, die sich in sein Fleisch gruben, Muskeln, die gegen Knochen gepresst wurden. Seine Empörung verwandelte sich in Verzweiflung, Traurigkeit, Leiden und schließlich Resignation.

Als er endlich verletzt und blutig in den unterirdischen Tiefen eines Gefängnisses in eine Zelle geworfen wurde, war Hugo so erschöpft, dass er nichts mehr fühlte.

TOBEN UND SCHREIEN

„Andere zu beherrschen ist Stärke, sich selbst
zu beherrschen ist wahre Macht."
LAO-TZU

,Carpe Diem!' sagte Archibald zu sich selbst. ,Nutze den Tag!'

Er hatte den Befehl gegeben, Hugo festzunehmen und hielt ihn bereits seit Wochen gefangen:

,Die Zeit ist jetzt! Lola <u>wird</u> mir gehören.'

*****

Archibald beobachtete Lola heimlich durch ein Guckloch, wenn sie Hugo jeden Morgen besuchte.

Er sah, wie sie von Tag zu Tag dicker wurde, mit hervorstehendem Bauch und unglaublich vollen Brüsten. Er sah sie in Schuhen, die nur für formale Zwecke geeignet und in Kleidern, die für ein Gefängnis unangebracht waren und sie trug aus Perlen gemachte Halsketten. Er sah sie makellos: mit dünnen grauen Haaren, die ihr bis an die Wangen reichten, ihre Haut faltig, rau, fleischig und matt.

Er sah, wie sie mit Hugo schimpfte, wie sie ihn anschaute und in zeitloser Stille bei ihm saß.

Für Hugo war diese Stille golden.

Für Archibald war es die Farbe der Hoffnung.

*****

Archibald schlich auf Zehenspitzen zu Lolas Bungalow; in den Händen hielt er zehntausend Portraits; die Früchte der Arbeit von Jahrzehnten und einer exzessiven Liebe.

Es war die Stunde des Sonnenuntergangs. Schwaches Licht färbte den Himmel in einem stimmungsvollen Rotton. Pflanzenranken warfen skelettartige Schatten über die Risse in den Mauern, die bernsteinfarben schimmerten; warm und melancholisch. Blumen fielen in einen stillen Schlummer. Nur die Venusfallen machten ein Geräusch, wenn sie in der sumpfigen Luft schnappten.

Ein Déjà Vue ließ Archibald erzittern.

Wie gelähmt durch die überwältigende Präsenz von Lolas Heim, kauerte er sich hin und legte seine Skizzen neben seine Füße.

Er reiste zurück in seine Jugendzeit; war wieder ein junger Mann, der die Hill Street hinunterrannte und den Mut zusammennahm, an Lolas Tür zu klopfen. Ein Angstgefühl überkam ihn. Er fühlte den plötzlichen Drang, wegzurennen:

,Nein, Archibald, nein! Hast du denn gar nichts gelernt? Hast du *überhaupt keine Macht erlangt? Nein! Jetzt ist die Zeit gekommen. Die Zeit gehört uns. Wir sind Geschichte! Wir sind eins!"*

Archibald nahm einen tiefen Atemzug und hob seine Faust.

,Klopf' Pause *,Klopf'.*

Es war ein langsames Klopfen, fünfzig Jahre hatte es gedauert. Archibald fühlte keine Notwendigkeit, sich zu beeilen. Alles, was er je getan hatte, jedes Gramm Macht, das er je erlangt hatte, hatte ihn an diesen Ort geführt. Es war sein Schicksal. Sein Ruf. Seine Zeit.

,Klopf' Pause *,Klopf'.*

Ein Diener öffnete die Tür und hieß Archibald in einer Art willkommen, die darauf schließen ließ, dass sie ihn erwartet hatte. Sie nahm Archibalds Zeichnungen entgegen und verschwand.

Archibald betrat einen Raum, der nach Blumen duftete, die in der Hitze vergingen.

Lola kam hinein. Ihre Haut nahm einen blassweißen Ton an. Sie musste blinzeln und Archibald anstarren, bevor ihr Verstand die Informationen, die ihre Augen sammelten, verarbeiten konnten:

„A… A… Archibald?"

„Lola!"

Lola trat aus dem Schatten. Für Archibald sah sie göttlich aus. Er sah keine faltige, grauhaarige aufgedunsene alte Frau. Er sah die Debütantin, die er damals in *Covent Garden* gesehen hatte. Er sah ihre leuchtende Haut, ihre verführerischen Kurven, die geschwungenen Augenbrauen und das üppige Haar; die Art und Weise, wie eine Strähne ihres Haars über ihre Schulter fiel und sich dann ringelte; das perfekte Oval ihres Gesichts, ihre Augen und ihre perfekte Nase; ihr feines schwereloses Kleid, die leichte Feuchte ihrer Lippen und die Perle, die ihr Ohrläppchen schmückte.

„Archibald?"

„Lola!"

Lola legte ihre Hände auf ihre Hüften, nahm sie wieder weg, legte ihren Kopf schräg, richtete ihn wieder auf, schüttelte ihn, errötete, lächelte und schrie:

„Archie!"

„Lola!"

Archibald hielt inne. Seine Augen fixierten Lolas Augen, er drang in ihre persönliche Sphäre ein. Seine Nase berührte beinahe ihre Nase. Ihr Atem vermischte sich.

„Archie!"

„Lola!"

Ihre Herzen flatterten, ihre Hände zitterten, ihre Haut erschauerte, ihre Zähne klapperten und ihre Nasenlöcher füllten sich mit dem Duft nach Zimt, das Aroma, das für sie die Essenz wahrer Liebe war.

„Archie!"

„Lola!"

Für Lola war es wie eine Vision: Archibald in einem Café in *Covent Garden*.

Archibald in einem Geschäft in *Lambeth*. Sein gestählter Körper, seine sich wölbende Muskeln, Lolas klopfendes Herz, dieses Gefühl animalischer Anziehungskraft, das Gefühl von Vollkommenheit.

Lola sah dieselben Muskeln unter der Oberfläche von Archibalds Haut. Sie sah die selbe breite Brust, die sie mit sexueller Lust erfüllt hatte; die gleichen vor Angst zitternden Lippen; die gleichen von Liebe verschleierten Augen.

Dann sah sie etwas, das sie nie zuvor gesehen hatte.

Lola war wieder im *Hyde Park*, wohin sie von einer Spur aus Papierschwänen gelockt worden war. Sie fühlte sich verloren und verwirrt und fragte sich, warum er nicht gekommen war, um sich mit ihr zu treffen.

Jemand saß versteckt hinter einer Zeitung. Lola konnte nicht erkennen, wer es war, aber sie begann zu ahnen, wer der Mann war:

‚Konnte es sein? War es so? Nein, sicherlich nicht.'

„Archie!" schrie sie. „Archie? Bist du es?"

„Lola! Ich bin's!"

Lola verspürte die gleiche fast schmerzhafte Anziehungskraft, wie Archibald. Ihre Arme wollten sich ihm entgegenstrecken und nach ihrem Mann greifen. Ihre Zehen kribbelten vor Erregung und ihr Haar stand verzückt wie elektrisiert in alle Richtungen ab.

Sie hatte endlich ihren Seelenverwandten gefunden! Hier war ein Mann, der auch eine bestimmende Persönlichkeit besaß, der auch versuchte, andere Leute zu beherrschen und der auch dem Duft von Zimt erlag.

Endlich hatte sie sich von Hugos Verzauberung befreit!

Endlich hatte sie ihren Mann bekommen!

„Archie!"

„Lola"

Archibald riss Lola die Handschuhe ab:

„Das ist für all die Portraits."

Er riss ihr die Bluse vom Leib:

„Das ist für all die Mitteilungen."

Er riss ihr das Korsett weg:

„Das ist für all die Schwäne."
Er zog ihr das Kleid aus:
„Ich liebe dich."
Er zog ihr die Strümpfe aus:
„Ich habe dich immer geliebt."
Er riss ihr die Unterwäsche vom Körper:
„Das werde ich immer."
Schweres Atmen. Tiefe Seufzer. Dumpfes Gestöhne. Tiefe Blicke
Sie fielen in die tiefe Umarmung eines hilflosen Sofas.

Körper fiel auf Körper, krachend wie Neutronen und explodierend wie Sterne. Archibald nahm Lolas Kopf, packte ihn und hielt ihn herunter. Er ließ seine Finger durch ihr dünnes farbloses Haar gleiten und kratzte über die Oberfläche ihrer Kopfhaut.

Lola nahm Archibald die Brille ab, vorsichtig, als wären sie alterslose Liebhaber, die seit Äonen vereint waren.

Archibald verschloss Lolas Lippen mit seinem Mund. Zerfurchtes Fleisch traf auf lose Haut. Poren öffneten sich, Poren schlossen sich und frenetisch tanzend streichelte eine Zunge die andere; neue Gebiete erforschend; sich windend und drehend, saugend und hin und her schlängelnd; steigende Energie; intensivere Kraft; intensiver werdender Kontakt, getrieben durch entfesselte Gelüste, die weder einen Anfang, noch eine Mitte oder ein Ende zu haben schienen.

Weder Lola noch Archibald hatten sich jemals so gebraucht, begehrt oder lebendig gefühlt. Die Entdeckung, dass jemand anderes sie so sehr begehren konnte, schockierte sie.

Lolas Truthahnhals schwang hin und her, ihre Brüste schlugen gegen ihre Taille und auf ihrem Bauch bildeten sich Falten.

Archibalds Finger schoben sich in ihre Vagina. Sie war auf köstliche Weise feucht. Sein Daumen umkreiste und drückte ihre Klitoris. Seine Finger bewegten sich in übereinstimmenden Rhythmus der Ekstase entgegen.

Seine Zunge tat es seinen Fingern gleich.

Sie schnappten gleichzeitig nach Luft.

Lola zitterte und stöhnte. Ihre Nippel verhärteten sich, ihr Körper zuckte, ihre dunklen Flecken wurden heller und ein jugendlicher Schimmer lag auf ihrer Haut. Es war wie die süßeste Pille; ein stechender Biss; ein Geschmack von fleischgewordener Selbstbestätigung.

Archibald legte seine Hand auf Lolas Brust. Mit durchgebogenem Rücken stieß er seinen Penis in Lolas Vagina. Er kam sofort zum Höhepunkt. Jahrzehnte von unterdrücktem Seemann und Sperma spritzten dreizehn

Sekunden lang heraus. Dann hörte es auf.

Archibald zog sich zurück, seufzte und sah Lola an.

Wie die Bilder in seinen Träumen wurde ihr Gesicht härter und nahmen die granitförmigen Konturen von Delaneys Wangen an; ihre Nase nahm die Form von Delaneys Nase an, ihre Schultern wurden breiter und ihre Brust härter.

Es traf ihn wie ein Kinnhaken: Die Erkenntnis, dass er Lola niemals geliebt hatte; dass die Liebe, die er gefühlt hatte, Hugos oder Mayers Liebe war, aber nicht seine eigene.

Sex hatte ihn freigemacht.

Seine Worte sprudelten hervor:

„Ich bin homosexuell. Ich bin ein Sodomit! Ich bin ein Bastard! Ich bin ein Muttersöhnchen, ich bin ein Wurm, ich bin ein Dummkopf, Ich bin ein Backgammon-Spieler, ich bin ein Arschloch, ich bin ein Freudenjunge, ich bin erbärmlich, ich bin eine Schwuchtel, ich bin vom anderen Ufer! Ich bin lebendig!

„Danke Lola; du hast den letzten Tropfen von Heterosexualität aus meinem heruntergekommenen Abzugsbild eines Körpers geschüttelt. Ich liebe dich. Ich liebe dich. Ich liebe dich!"

Er griff nach seinen Kleidern und schlang sie sich um die Taille; plötzlich verschämt, nackt vor einer Frau zu stehen.

‚Sie ist _mein_ Ritter in glänzender Rüstung', gab er sich selbst gegenüber zu. ‚Und ich bin ihre Dame in Schwierigkeiten!"

Lola lächelte:

„Das ist, was ich tue, Dummerchen: Ich helfe Männern, die Menschen zu werden, die sie immer hätten sein sollen."

„Oh."

„Ich hätte jetzt gerne ein paar Marmeladenbrötchen. Sex macht mich immer hungrig."

„Nun ja, ich sollte jetzt wohl lieber gehen."

Archibald zog seine Hosen hoch, trat auf deren Saum, gewann sein Gleichgewicht zurück und zog sich so an, dass sein Hemd aus der Hose hing und seine Hüften unbedeckt blieben.

„Archie?" rief Lola. „Versprich mir eine Sache."

„Was du willst."

„Bitte lass Hugo frei."

Archibald nickte, drehte sich um und ging.

Lola glitt in einen tiefen Schlaf. Sie träumte von dem Archibald ihrer Jugend; einem Adonis; maskulin, athletisch, unwirklich.

*****

Jedermann hat eine Schokoladenseite; eine Seite, von der aus betrachtet man transzendent aussieht. Auch die hässlichsten Leute haben eine solche Seite. Wenn man sie kurz anschaut, wenn sie am richtigen Ort und im richtigen Licht stehen, glaubt man, man hätte einen Engel gesehen.

Archibald sah Delaneys Schokoladenseite.

Von hinten und von unten gesehen sah sein Gesicht im Dämmerlicht des Sonnenuntergangs so glatt, scharf geschnitten und ästhetisch aus, dass es falsch erschien, es mit anderen Gesichtern zu vergleichen. Weder Michelangelos David noch da Vincis Mona Lisa hatten keine solche Ausstrahlung:

„De… De… Delaney?"

„Archie!"

Archibald warf sich Delaney entgegen, griff nach ihm, umarmte ihn und küsste ihn leidenschaftlich.

Er fühlte vier Arten von Liebe:

PHILIA: Er hätte sein Leben gegeben, um Delaney zu beschützen.

PRAGMA: Sie waren seit Jahren Partner.

EROS: Ihre Lenden standen in Flammen.

PHILAUTIA: Archibald war endlich in der Lage, sich selbst zu lieben.

Er war ihm klargeworden, dass sein Streben nach Macht und seine Sexsucht beides Symptome seiner unterdrückten Sexualität gewesen waren. Endlich hatte er wahre Macht. Die Macht, er selbst zu sein. Es war ihm egal, ob die Welt ihn einen „Waschlappen" nannte. Es war ihm egal, was irgendjemand sagen würde. Er fühlte sich wohl in seiner eigenen Haut. Und das war, offensichtlich, alles, was er je gewollt hatte.

„Ich liebe dich", schrie er. Ich liebe dich, ich liebe dich, ich liebe dich!"

„Ich liebe dich auch", jubelte Delaney. „Das habe ich immer getan."

„Du hast all diese Jahre gewartet?

„Ja."

„Und?"

„Das war es wert."

VERGEBUNG

„Die Schwachen können niemals vergeben.
Vergebung ist ein Attribut der Starken."

MOHANDAS GANDHI

Auf wackligen Beinen stolperte Hugo aus dem Gefängnisgebäude. Auf seiner Netzhaut lag ein öliger Farbschleier. Er schwankte nach links, dann nach rechts und wieder nach links.

Mit zittrigem Arm winkte er eine Kutsche herbei, um ihn nachhause zu fahren. Mit zittriger Hand fummelte er an seinem Schlüssel herum.

Er zitterte. Er konnte fühlen, dass etwas passiert war. Alles schien einen Ton dunkler zu sein und die meisten von Lolas Lilien waren verwelkt.

Hugo betrat seinen Bungalow, suchte Lola in drei Zimmern und fand sie dann auf dem Sofa, nackt, umgeben von einem Haufen von Kleidern.

*****

Als Lola erwachte, fand sie Hugo auf seinen Knien vor.

Stimmen wurden laut in ihrem Kopf:

‚Er hat mich 'reingelegt! Er hat mir diese Zettel nie geschrieben und auch die Portraits nie gemalt. Der Schuft hat mich betrogen! Wie könnte ich ihn lieben? Habe ich ihn jemals geliebt? Sollte ich mich von ihm befreien?

Habe ich etwas falsch gemacht? Das habe ich! Ich habe mit einem anderen geschlafen. Oh, verdammt. Was für eine Schande! Wird er mir vergeben? Werde ich mir selbst vergeben können?

Ich hasse ihn! Er ist ein Betrüger. Ich hasse ihn, den listigen Fuchs.

Nein, ich sollte nicht hassen. Ich hätte meinen Mann niemals betrügen sollen.'

Sie sah Hugo mit geschwollenen Augen an.

Hugo flüsterte in ihr Ohr:

„Es ist in Ordnung, Honighäschen. Ich bin für dich da, es ist ok.

Lola schloss ihre Augen.

Sie dachte an gute Zeiten: Den Tag ihrer Verlobung, ihren Hochzeitstag, die Eröffnung von Saint Nick's und an die Tage, als ihre Kinder geboren wurden.

Hugo stand bei jeder Szene an vorderster Stelle:

‚Er ist kein Betrüger. Er ist meine Liebe.'

Eine Rosenknospe blühte auf.

Ihr Garten begann zu blühen.

*****

Der Aufstand schlug fehl.

Das hatte zwei Konsequenzen: Hugos Macht verschwand und seine

Liebe nahm ihren Platz ein.

Hugo und Lola saßen an ihrem Küchentisch, der aus Holz von einem unbenutzten Sarg gemacht worden war. Sie waren von einer Reihe von Vogelkäfigen umgeben. In jedem hockte eine Sammlung ausgestopfter Vögel. Daneben stand ein Schachbrett mit einer angefangenen Partie, ein Glas mit Elfenbeinpfeifen, die dort von einem senilen Mann hinterlassen worden waren, ein Bücherregal voller Bücher, von denen keines gelesen worden war und eine aus Rückenkratzern gemachte Vase, in der Blumen standen, die nach Zitrusfrucht, Wachs, Zucker und Gras rochen.

Fliegen flogen gegen eine staubige Fensterscheibe.

Eine Kerze flackerte.

„Du hast die Bilder nicht gezeichnet."

„Nein."

„Du hast die Zettel nicht geschrieben."

„Nein."

„Du hast die Schwäne nicht gemacht."

„Nein."

„Du hast betrogen, gelogen und mein Herz gestohlen. Das war zum Kotzen."

„Ja."

„Ich vergebe dir, Liebling."

„Wirklich?"

„Ja."

„Warum?"

„Weil ich es tief im Innersten immer gewusst habe, die Zeichen waren immer da. Du kannst nicht malen. Deine Handschrift stimmt nicht mit der Schrift auf den anderen Zetteln überein und der Schwan, den du mir gegeben hast, war nicht richtig gefaltet. Das habe ich akzeptiert. Es war klar, dass du mich geliebt hast. Ich hatte eindeutig Macht über dich."

Lola sah hoch.

Hugo hob seinen Finger.

„Hast du dich nicht missbraucht gefühlt?"

„Missbraucht? Ja. Aber jede Liebe ist Missbrauch. Ein Missbrauch der Rationalität, ein Missbrauch der Perspektive und ein Missbrauch der guten Manieren."

„Hattest du nichts dagegen?"

„Wie hätte ich etwas dagegen haben können? Wenn man dich gefasst hätte, wärst du gehängt worden. Du hast dein Leben riskiert, um mein Herz zu gewinnen. Es war die schönste Sache der Welt."

„Schön?"

„Ja, Dummkopf. Und abgesehen davon bin ich selbst auch nicht unschuldig."

„Doch, bist du."

„Bin ich nicht."

„Bist du doch! Für mich wirst du immer perfekt sein."

Lola zog eine Grimasse, schlug ihre Augen nieder und antwortete in schuldbewusstem Ton:

„Ich habe mit Archibald geschlafen."

Hugo fiel vornüber. Er prustete so ausgelassen los, dass er einen feinen Dunst von Spucke über den Boden versprühte:

„Archibald? Diese Tusse?"

„Das wusstest du?"

„War das nicht offensichtlich?"

„Nun, ich glaube schon."

„Du glaubst? Das war so klar wie Tag und Nacht!"

Lola ließ einen Furz fahren.

Hugo ignorierte es:

„Kurz bevor er nach Indien abgereist ist, habe ich zu ihm gesagt, dass er zu sich selbst ehrlich sein müsse. Aber auf den alten Hugo hört ja keiner.

Lola runzelte die Stirn:

„Und das ist alles?"

„Das ist was?"

„Deine Antwort. Ich habe dir gerade erzählt, dass ich eine Sexkapade mit einem anderen Mann hatte!"

„Ja."

„Und?"

„Ich liebe dich."

„Aber ich habe mit einem anderen Mann geschlafen."

„Ich vergebe dir."

„Warum?"

„Weil du *mir* vergeben hast."

*****

Am nächsten Tag fand Lola ein Stück Papier auf ihrer Türschwelle. Sie bückte sich, um es aufzuheben, während sie eine Hand flach auf dem Rücken hielt und die andere Hand wie ein Elefantenrüssel pendelte.

In den wenigen Sekunden, die sie brauchte, um den Zettel zu fassen, machte ihr Herz wilde Sprünge, wobei jeder dritte Herzschlag besonders stark war. Das erweckte den Eindruck, als hätte sich ihr Puls beschleunigt, obwohl das nicht wirklich der Fall war.

Lola fühlte sich in ihre Jugend zurückversetzt. Sie spürte die Erregung der Jagd von unmaskierten Verehrern, nicht erzählten Geschichten und freier Liebe. Lebensfreude flackerte zwischen ihren Nervenbahnen auf. Sie bekam Gänsehaut.

Mit zitternden Händen entfaltete sie das Stückchen Papier.

Ihre Augen füllten sich mit Tränen, während sie das Portrait auf der Innenseite betrachtete.

Es war nicht so subtil, wie Archibalds Skizzen, seine Linien waren nicht so fein und die Konturen verschwommen. Aber was ihm in künstlerischer Hinsicht fehlte wurde von seiner Ausdruckskraft wettgemacht. Es schrie: „Vergib mir! Es tut mir leid! Bitte liebe mich!"

Lola errötete lachsrosa:

,Er liebt mich wirklich. Ich bin wirklich gesegnet.'

„Liebling!"

Sie ging auf Hugo zu, packte ihn an seiner Krawatte und führte ihn in ihr Schlafzimmer.

Von einem Schub wilder Energie ergriffen, stieß sie Hugo auf ihr Bett, riss ihm die Kleider vom Leib und ritt ihn mit mehr Leidenschaft als jemals zuvor.

Hugo wurde von seinen Lügen befreit und konnte sich vollkommen hingeben. Lola, die jede Zurückhaltung aufgab, konnte ihn vollkommen in sich aufnehmen.

Sie kam dreimal zum Höhepunkt.

Hugo keuchte in der heißen Luft.

*****

Jeden Tag fand Lola ein neues Portrait. Die Bilder waren grobe Skizzen, bei denen sich krakelige Linien mit kratzigen Schatten vermischten. Eine Symphonie furioser Bleistiftstriche und unbändiger Liebe. Die Zeichnungen waren intuitiv und einfach.

Jedes Mal, wenn sie ein Portrait fand, zerrte Lola Hugo ins Bett.

Jedes Mal, wenn sie sich liebten, war Lolas Höhepunkt stärker als zuvor.

*****

Lola fand eine Notiz auf ihrer Türschwelle. Sie bückte sich, um sie aufzuheben, strich die verknitterten Ecken glatt und las die Nachricht auf der Innenseite:

,Du bist jetzt sogar noch schöner als damals, als ich dich das erste Mal getroffen habe.'

Lola schleppte Hugo ins Bett.

Während der folgenden Wochen, ersetzten diese Botschaften die Portraits, aber Lolas Reaktion blieb die gleiche:

‚Lola ist mein Lieblingswort.‘

‚Du bist so perfekt, dass es verrückt ist.‘

‚Du nimmst mir den Atem.‘

‚Du machst mich vollkommen.‘

*****

Der Sonnenaufgang hatte die Farbe eines Topases. Es war ein bernsteinfarbener Morgen. Es roch nach Tau. Vögel stimmten ein Konzert an. Ein Blatt im Wind, ein einsamer Stern, ein vom Schlamm geküsster Wurm. Spiralförmig aufsteigender Rauch. Es war ein altersloser Frieden.

Es war ihr Hochzeitstag.

Lola kam heraus, schaute hinunter und sah einen Papierschwan zu ihren Füssen. Sie kicherte. Es war ein keckes Lächeln; zu zeitlos, als dass man es „jugendlich" hätte nennen können, aber freudig genug, um ein Gefühl verlorener Unschuld heraufzubeschwören.

Sie öffnete den gefalteten Schwan und las die darin enthaltene Botschaft:

‚Du bist GERADEAUS in mein Herz gelaufen, jetzt renn in meine Arme.‘

Lola rannte geradeaus weiter.

Sie faltete den zweiten Schwan auf:

‚Mein Herz wird WEITER für dich schlagen.‘

Lola rannte weiter:

‚Ich liebe dich jeden Tag, ich liebe dich jede Nacht. Du verdienst diese Liebe und dass du AUF RECHTEM WEG behandelt wirst.‘

Lola bog nach rechts ab.

Sie hüpfte von einem Schwan zum anderen, sprang über abgebrochene Zweige, längst vergessene Pfützen und gleichgültige Grashalme. Sie durchquerte Felder, Wälder, Gebüsche, Gärten und Plantagen. Sie legte Kilometer zurück als wären es bloß Meter.

Sie erreichte eine Lichtung an einem glitzernden See. Sein Wasser spiegelte Millionen Fragmente der Sonne wider. Kleine Wellen plätscherten an das Ufer.

An dem See stand eine Gruppe von Bäumen. Unter den Bäumen stand ein Tisch und an dem Tisch saß ein Mann.

Lola beugte sich zu ihm.

„Hu...", rief sie freudig, in der Erwartung, Hugo zu sehen.

Sie konnte den Satz nicht beenden.

Ihr Mund klappte auf, sie blinzelte und flüsterte:

„Mayer? Wirklich Mayer? Bist du es?"

GEDULD IST EINE TUGEND

„Alle Dinge sind schwierig, bevor
sie einfach werden."
SAADI OF SHIRAZ

Mayer ging mit vorsichtigen Schritten auf Lolas Bungalow zu.

Es war die Stunde nach Sonnenuntergang. Ein sanftes rötliches Licht zog sich vor dem sich nähernden Marsch der Dunkelheit zurück. Ranken warfen keine Schatten. Die Blumen waren in einen stillen Schlaf versunken.

Mayer stand kurz davor, an die Tür zu klopfen, aber etwas hielt ihn zurück.

Zuerst war er sich nicht sicher, was es war. Dann hörte er es:

„Archie?"

„Lola!"

Seine Füße begannen voranzuschleichen, bevor sein Gehirn darüber nachdenken konnte.

An einer engen Stelle seitlich vom Fenster sah er Bilder, die sich im Glas spiegelten.

Er hörte Stimmen im Wind:

‚Das ist für all die Portraits.'

‚Das ist für all die Botschaften.'

‚Das ist für all die Schwäne.'

Mayer fühlte sich einen Moment lang verwirrt:

‚*Welche Portraits? Welche Botschaften? Welche Schwäne?*'

Er zog eine Grimasse, während er beobachtete, wie Archibald Lola die Kleider vom Leib riss, sich auf sie warf und seine Lippen auf die ihren presste. Er biss sich auf die Zunge, drehte um und lief davon.

*****

Archibald betrat Mayers Büro.

Wut stieg in Mayer auf. Sein Gesicht verfärbte sich rosa, dann lachsrot, rot, braun und violett. Seine Zehen verkrallten sich in seine Socken und sein Magen verkrampfte sich.

Archibald lächelte:

„Ich bin verliebt."

Mayer stand am Rande eines Krieges.

„In Delaney."

Mayer erstarrte, entspannte sich, lachte, schrie, heulte, sprang hoch und boxte in die Luft:

„Wirklich Bruder? Nun... nun... nun, das ist einfach toll! Gut für dich, alter Freund. Hurrah. Was für eine wunderbare Sache. Du hast es verdient! Das hast du wirklich!"

Archibald war höchst erstaunt:

Hmm, nun ja, danke."

Mayer umarmte seinen Freund so feste, dass er kaum Luft bekam.

Archibald hätte gelächelt, wäre seine Haut nicht so gedehnt worden. So musste er abwarten, bis Mayer seinen Griff lockerte und fuhr dann fort:

„Die Sache ist die, weißt du, zwei Männer, die zusammenleben. Nun, es ist nicht wirklich das, was man gewöhnlich tut. Darum kann man dafür die Todesstrafe und all das bekommen."

Archibalds Sprache hatte sich zurück in den pre-aggressiven Modus entwickelt. Auch sein Körper hatte sich zurückentwickelt. Archibald ähnelte nicht länger dem Mann, der erst wenige Monate zuvor in Mayers Büro gestürmt war. Er konnte spüren, wie sich seine inneren Organe bewegten; das Zusammenkrampfen seiner Eingeweide, sein pulsierendes Blut und die sich verändernde Form seiner Lungen. Er fühlte sich transparent und sah auch so aus.

Mayers Gesicht wurde zu einem Bild weiser Beunruhigung.

„Du siehst also", fuhr Archibald fort, „wir müssen die Armee verlassen."

Mayer nickte.

„Und, nun ja, wir haben gehofft, dass du so freundlich sein wirst, ein gutes Wort für uns beim Generalgouverneur einzulegen. Ich glaube, du und er, ihr steht euch nah."

Mayer trommelte mit seinen Fingern:

Hmm, ich glaube, da kann ich helfen. Ich kann euch sogar einen sicheren Unterschlupf außerhalb der Reichweite des Staates bei einem Stamm, der Homosexualität akzeptiert, besorgen."

„Danke! Oh Mayer, das würde uns alles bedeuten."

„Ich habe nicht gesagt, dass ich es tun würde."

„Oh."

„Hmm."

„Bitte. Es wäre so wichtig für uns."

„Ja, das habe ich verstanden. Ich habe nur ein kleines Problem: Je älter ich werde, desto entschlossener bin ich, jung zu bleiben. Ich habe die fixe Idee, ein altes Kind zu werden. Nun, wenn ich dir helfen würde, stündest du in meiner Schuld und Schulden *haben* die schlimme Angewohnheit, dass sie Leute alt machen. Ich bin also sicher, Bruder, dass du weißt, in was für einem Dilemma ich stecke.

„Gibt es eine Lösung?"

„Es gibt immer eine Lösung."

„Welche?"

„Bleib mir nichts schuldig. Bezahl mich sofort."

„Das werde ich! Nenn mir deinen Preis."

Mayer lachte:

Erzähle mir von deinen Portraits, Botschaften und Schwänen."

„Aber… wie… ich meine, warum… ich meine was… Aber ja, natürlich…, aber…"

Archibald schluckte, verstummte, wurde blass, dann violett, hielt sich die Hand ans Kinn, öffnete seinen Kiefer mit Gewalt, schnappte nach Luft und atmete schließlich ein. Dann atmete er wieder aus. Danach erzählte er Mayer alles, was er getan hatte, um Lola zu erobern.

Als er ging, legte Mayer seinen Arm um Archibalds Schulter:

„Lass uns ausgehen und einen Männerabend verbringen; nur du, Hugo und ich. Um der alten Zeiten willen."

Archibald lächelte:

„Um der alten Zeiten willen!"

*****

Mayer zeichnete Lolas Portrait mehrere Male und ließ diese Portraits dann vor ihrer Tür liegen. Er hinterließ ihre eine Sammlung von Botschaften und Schwänen.

Lola kam heran:

„Mayer? Wirklich Mayer? Bist du es?"

Mayer drehte sich um.

Das dämmerige Licht wischte einen Schatten von seinem Gesicht und machte es weicher. Nicht, dass es ein Lächeln gewesen wäre aber auf seinem Gesicht lag eine wohlwollende Zufriedenheit.

„Mayer? Aber… aber… aber was tust du hier?"

Mayer neigte seinen Kopf:

„Ist das nicht das perfekte Wetter für ein Sonnenbad? Einfach wundervoll! Nicht zu heiß. Nicht zu kalt."

„Hmm. Ach du meine Güte. Was zum Kuckuck. Huch. Mayer?"

Mayer sah Lola in die Augen:

„Ich liebe dich."

Er machte eine Pause:

„Ich habe dich immer geliebt."

Er lächelte

„Und ich werde es immer tun."

Lola zog ihre Stirn kraus:

„Aber du bist ein Bankier!"

Mayer hielt seine Hände hoch:

„Ich bekenne mich schuldig! Aber bevor ich Bankier wurde, war ich ein Mann. Etwas von meiner Menschlichkeit muss überlebt haben."

Lola wurde in frühere Zeiten versetzt.

Sie war in *Covent Garden*, wo der attraktivste aller Verehrer sie ansprach. Sie war auf einem Ball und der kühnste aller Verehrer kam zu ihr. Sie war in *Covent Garden*, gerührt von Mayers Unschuld. Sie war bei einem Maskenball, wo sie in albernes Gekicher ausbrach. Sie war zu Hause, wo das Gespräch mit ihrem Vater sie zu Tränen rührte. Sie war bei einer Verabredung, in einer Kutsche, auf einer Dachterrasse, verliebt.

‚Nein. Das kann nicht sein. Nein. So kann das nicht sein. Nein! Nein! Nein! Nein! Nein!"

„Ich liebe Hugo! Da hast du's. Nicht dich, Dummkopf. Hugo!"

Tränen rannen wie Sturzbäche aus Lolas Augen. Ihr Gesicht war ein Monsun. Ihr Körper war in Dunst gehüllt.

Mayer lehnte sich vor, griff Lolas Hand und vergoss eine Träne. Sie landete auf Lolas Knie, wo sie sich mit einer von Lolas Tränen vermischte. Sie glitzerte einen winzigen Moment lang und zerfloss:

Wie alle Frauen besitzt du eine endlose Fähigkeit zu lieben. Ich zweifle nicht an deiner Liebe zu Hugo, aber ich glaube nicht, dass sie deine Liebe zu mir unterdrücken kann. Wo du ja selbst gesagt hast, dass wir beide etwas Besonderes hätten sein können; dass du dich gefragt hast, wie dein Leben wohl verlaufen wäre, wenn du bei unserer Verabredung dortgeblieben wärest."

Lola schüttelte ihren Kopf:

„Ich bin nicht geblieben. Du hast mich in der Nacht nicht verstanden. Dein Gerede war mir peinlich."

Mayers Augen flackerten:

„Ich wurde hereingelegt."

Lola unterbrach ihn:

„Reingelegt? Wirklich?"

„Wirklich! Hugo hat mich ausgetrickst! Er hat dafür gesorgt, dass ich ein Gespräch zwischen zwei Jungen mitgehört habe, indem gesagt wurde, dass du Austern und Federn liebst. Darum habe ich sie für dich gekauft. Ich hatte Roastbeef und Blumen für dich geplant.

„Ich liebe Roastbeef!"

„Wirklich?"

„Es ist mein Lieblingsessen. Aber eigentlich glaube ich dir deine Geschichte nicht."

Mayer zögerte zunächst, etwas zu sagen, aber dann sprach er:

„Hugo hat den Überfall auf dich inszeniert."

Lola zuckte zusammen.

Sie befand sich wieder in der Gasse in der Nähe ihres Elternhauses. Eine zerlumpte Gestalt trat aus der Dunkelheit. Sein imposanter Blazer war voller Wurmlöcher und seine Hosen vom Staub gebleicht.

Lola atmete Londons stickige Luft ein und fühlte Londons Regen auf ihrer Haut:

„Das glaube ich nicht. Hugo ist kein Betrüger."

„Glaub es mir! Die Männer, die dich überfallen haben, waren dieselben, welche die Unterhaltung inszeniert haben. Eines Tages habe ich sie wiederentdeckt und sie bezahlt, um mir die Wahrheit zu sagen. Sie haben erzählt, dass sie nie vorhatten, dich zu überfallen. Es war alles ein gemeiner Trick."

Lola schaute geistesabwesend.

„Hugo hat auch so getan, als seien die Skizzen, Botschaften und Schwäne von ihm."

Lola hielt inne, dachte nach, sah auf den Boden hinunter, sah zum Himmel hoch, sah hinaus auf den See und schaute Mayer dann in die Augen:

„Ich glaube dir. Jetzt ist mir alles so klar. Ach du meine Güte. Mein ganzes Leben war eine riesige Lüge. Ich hätte dich heiraten sollen. Ich *hätte* dich geheiratet, wenn Hugo unsere Verabredung nicht sabotiert hätte. Dass er sich als Urheber von Archibalds Botschaften ausgegeben hat, könnte ich ihm verzeihen, aber nicht das. Das war wirklich hundsgemein. Oh, verdammt nochmal! Ich wünschte, Hugo wäre tot."

Mayer erzitterte:

„Nun, nun, Hugo ist ein guter Mann."

„Er ist ein Bastard und Betrüger."

„Das ist er."

„Ich liebe *dich*."

„Und ich liebe dich."

DAS ENDE

„Ende sind nicht immer schlimm . Meistens sind sie
lediglich noch nicht erkenntliche anfänge."
KIM HARRISON

Die Briten haben die Angewohnheit, egal wohin sie gehen, Britannien
nachzubauen.

Mit dem im Sinn, lassen Sie uns nun zum ersten Kapitel dieses Buchs
zurückgehen.

Unsere drei Helden sitzen in einem traditionellen britischen Pub. Aber
dieser Pub ist nicht in England. Er befindet sich in einer mit Abfall
verschmutzten Gasse in der Nähe des Marktplatzes in einer afrikanischen
Stadt, viele Kilometer entfernt von den Londoner Straßen, die sie einst
Heimat nannten.

Hugo nippt an seinem Ale. Er ist noch beim zweiten Drink, obwohl seine
Freunde schon beim vierten sind.

Archibald macht es sich in der Nische bequem. Er nimmt mehr Platz ein,
als Hugo und Mayer zusammen.

Mayer, der sein Rotweinglas schwenkt, dreht einen diamantenbesetzten
Ring um den Zeigefinger.

Diese drei Männer waren einst drei Babys, die auf drei
nebeneinanderstehenden Betten jeweils mit drei Sekunden Zeitunterschied
geboren wurden. Sie waren einst drei Kleinkinder, die in drei
nebeneinanderstehenden Häusern lebten. Einst waren sie Jugendliche.

Aber diese Männer sind keine Kleinkinder mehr, auch keine
Jugendlichen.Das Alter hat sie gezeichnet, hat schlangenartige Linien in ihre
Haut gekerbt. Die frische Hautfarbe ist einem fahlen Grau gewichen und
anstelle von Haaren haben sie nun Glatzen.

Auch vereint sind diese Männer nicht.

Vom Schicksal zusammengewürfelt, wurden sie von einer Laune der
Umstände auseinandergerissen und losgeschickt, drei sehr verschiedene
Ziele zu verfolgen: Geld, Macht und Liebe.

Nun ist ihr Wettlauf beendet.

Sie stoßen mit ihren Gläsern an und umarmen sich. Hugo und Mayer
winken Archibald zum Abschied, während sie bei dem Gedanken, dass er
Eingeborener wird, weil er vor den Behörden fliehen muss, denen er so lange
gedient hatte, lachen müssen

Mayer dreht sich zu Hugo um:

„Weißt du, Bruder. Ich habe Lola genauso geliebt, wie du."

Hugo nickt:

„Das tust du immer noch."

„Hmm."

„Es stimmt. Genau wie ich, hast du nie aufgehört, sie zu lieben. Unsere Liebe ist immer ein und dieselbe gewesen; auf gleiche Art empfunden, an den gleichen Orten, zur selben Zeit."

Mayer lacht. Es ist ein gezwungenes Lachen, beinahe traurig. Getroffen von einer Antwort, die er nicht erwartet hat, sein Skript in Stücke gerissen, fühlt er sich unwohl in seiner Haut.

Er änderte seine Vorgehensweise:

Erinnerst du dich, wie ich Jonathan Wild gefangen habe, was dir die Freiheit gegeben hat, um Lola zu werben? Wie ich dich Herrn Orwell vorgestellt habe, der dich so ausgebildet hat, dass du Lola gefallen hast? Und wie ich dir Bear vorgestellt habe, der aus dir einen Chirurgen gemacht hat, die Art von Mann, die die Zustimmung ihres Vaters bekommen konnte? Ohne mich hättest du sie niemals heiraten können.

Hugo nickt.

„Du hast gesagt, dass du mir etwas schuldest; dass es deine Pflicht wäre mir etwas zurückzuzahlen."

Hugo nickt erneut.

„Nun, ich befürchte, unsere Tage sind gezählt. Wenn du deine Rechnung begleichen möchtest, musst du es tun, bevor es zu spät ist."

Hugo nickt weiterhin:

„Du hast Recht. Du hast mir alles gegeben und es gibt nur eine Art und Weise, wie ich es dir zurückzahlen kann: Ich muss beiseitetreten und dir erlauben, mit Lola zusammen zu sein. Ich habe die Liebe bereits in all ihren Formen erlebt. Nun ist es an dir, zu lieben."

Mayers Brust krampft sich zusammen, als hätte ihm jemand ein Messer hineingerammt:

„Nein, Bruder. Das ist nicht fair! Du kannst sie nicht einfach weiterreichen. Lola ist deine Frau. Kämpf um sie, Mann! Verteidige ihre Ehre!"

Hugo lächelt:

„Ich liebe dich."

Er umarmt Mayer:

„Ich liebe dich."

Er reibt Mayers Schultern:

„Ich liebe dich."

Er verlässt den Raum.

*****

Es ist nicht die Reaktion, die Mayer erwartet hatte. Dadurch fühlt er sich beinahe schuldig, dass er Hugos Ale vergiftet hat. Er fühlt sich beinahe schuldig, weil er das Gift von einer eingeborenen Kräuterhexe mit weiß bemaltem Gesicht und einem Löwenschädel auf dem Haupt gekauft hat.

Er fühlt sich beinahe schuldig, weil er das Gift in Hugos Getränk geschüttet hat, Tropfen für Tropfen, während Hugo an der Bar war. Er fühlt sich beinahe schuldig, weil er zugeschaut hat, wie die Farbe wich und das Aroma verflog.

Mayer hatte entschieden, seinen Freund aus Kinderzeiten zu vergiften, als ihn die Erkenntnis traf, dass Hugo vielleicht nicht sterben würde:

‚Er könnte Lola überleben. Er könnte mich überleben!"

Er fühlte sich verpflichtet, das zu verhindern.

Während Archibald es nobel fand, für Liebe zu sterben, fand Mayer so einen Glauben romantisch naiv.

‚Nein‘, sagte er zu sich selbst. *‚Es ist viel pragmatischer, aus Liebe zu töten. Ich muss aus meinen Fehlern lernen. Ich kann nicht einfach darauf warten, dass mir das Universum zur Hilfe kommt. Ich muss die Sache selbst in die Hand nehmen.‘*

Aber jetzt hat er Zweifel.

Er atmet tief durch und dann rechtfertigt er seine Taten:

‚Es ist besser sicher zu sein, als etwas zu bereuen. Und überhaupt, Hugo verdient, zu sterben. Er ist der Anti-Held in diesem Stück. Mit seinen Lügen, seinen Verfolgungen, Manipulationen, Betrügereien und Tricks hat er Lola gestohlen. Lola war dabei, sich in mich zu verlieben. Sie hätte mir gehört, hätte meine Seele gereinigt und hätte aus mir einen gestandenen Mann gemacht. Alles was Hugo ist, alles, was er besitzt und alles, was er je getan hat, all seine Liebe, seine Zuneigung, seine Wohltätigkeit, hätte alles von mir sein sollen. Ich hätte der Liebende, der Wohltäter, der Aktivist sein sollen. Er hat mein Leben gestohlen! Er ist Abschaum! Er verdient es, zu sterben. Ich wünschte bloß, ich hätte ihn getötet, als ich jung war. Ich hätte ihn für Lola töten sollen, um sie von seiner Verzauberung zu befreien. Ich war viel zu geduldig und nachsichtig.‘

Er lächelt:

‚Lola wird mir gehören! Sie wird aus mir einen besseren Menschen machen und mir helfen, diese Sünde wiedergutzumachen. Lola wird mir gehören! Sie wird mir helfen, wieder zu lieben.‘

LEBEWOHL ZU SAGEN, IST SO EIN SÜSSER SCHMERZ

„So wie ein gut verbrachter Tag für angenehmen Schlaf sorgt, so sorgt ein gut gelebtes Leben für einen angenehmen Tod."
LEONARDO DA VINCI

Es gibt eine alte Geschichte, die entweder wahr oder vielleicht aber auch nicht wahr ist...

Es lebte einmal ein Mädchen, die ihren Hund mehr liebte als alles auf der Welt. Aber als ihr Hund starb, vergoss das Mädchen keine Träne.

Ihren Eltern sagte sie Folgendes:

Wir kommen auf die Erde, um zu lernen, wie man liebt. Mein Hund hatte bereits gelernt, wie man liebt, darum gab es für ihn keinen Grund, noch länger hier bei uns zu bleiben.

*****

Hugo kehrt nach Hause zurück und fällt in einen trunkenen Schlaf.

Er wacht nicht auf.

Wenn die Ärzte ihn fänden, wären sie der Meinung, er sei an gebrochenem Herzen gestorben; geplatzte Aorta kracht gegen den Magen, Nerven, die Fleisch strangulieren.

Wir wissen es besser.

Wir wissen, dass Hugo an einem zufriedenen Herzen stirbt.

Er stirbt in einem Zustand der Gnade.

Innerhalb von Sekunden wehen Blütenblätter von Orchideen durch das offene Fenster. Innerhalb von Minuten beginnen sie, seinen Körper zu bedecken.

Bis Lola zurückkommt, hat sich ihr Eheschlafzimmer in eine riesige Blume verwandelt; ein Potpourri von allen Farben, welche die Menschheit je gekannt hat.

Hugo ist nirgends zu sehen, aber der Geruch nach Zimt sagt Lola, dass er weiterlebt.

Sie sitzt auf dem Boden. Sie fühlt Leichtigkeit in ihrem Kopf und sieht, dass einer ihrer Liebesvögel zurückgekehrt ist. Er landet auf ihrem Knie. Ein zweiter Liebesvogel fliegt auf ihre Schulter.

Bis die Sonne verblasst, sind alle ihre Liebesvögel zurückgekommen.

Ihre Schlaflieder wiegen sie in einen himmlischen Schlaf.

HURRAH!

Eine Stunde widmet Lola jeder der sieben Stufen der Trauer. Eine Stunde lang verleugnet sie Hugos Tod. Eine Stunde lang gibt sie sich selbst die Schuld. Eine Stunde lang bemitleidet sie sich verzweifelt selbst. Eine Stunde lang erholt sie sich. Eine Stunde lang ordnet sie ihre Gedanken und eine Stunde lang akzeptiert sie ihre Situation. Dann dämmert es ihr. Sie hat diese sieben Stunden lang nicht an Hugo, sondern an Mayer gedacht.

,Hugo hat mich entehrt. Ich hätte mich niemals in ihn verliebt, wenn er nicht diesen Überfall inszeniert oder sich als Verfasser von Archibalds Botschaften ausgegeben hätte. Ich hätte mich in Mayer verliebt, wenn Hugo nicht unsere Verabredung sabotiert hätte. Und wie ist Hugo überhaupt an das Portrait gekommen, das er mir im Hyde Park gegeben hat? Das war eines von Archibalds Portraits. Ich weiß es. Ja, das war es. Er muss in mein Zimmer eingebrochen sein und es gestohlen haben. Was für ein Gauner! Was für ein Mistkerl! Er hat mich mit seinen Tricks dazu getrieben, ihn zu heiraten, hat mich jahrelang gefangen gehalten und mich Nacht für Nacht vergewaltigt.

Nein, der Eine war immer Mayer. Es ist Mayer, den ich liebe. Wie konnte ich das bloß nicht sehen? Ohh! Ich habe Einiges wiedergutzumachen.'

*****

Eine Stunde später befindet sich Lola auf Mayers Veranda.

Mayer erstarrt ein wenig, schluckt ein wenig und atmet etwas schwer. Er lacht verlegen:

„Ich wette, zuhause in London regnet es."

Lola lächelt. Ohne, dass sie gefragt werden muss, erklärt sie ihre Gegenwart so einfach, wie es geht:

Nun, wir haben ein halbes Jahrhundert gewartet. Es wird das Beste sein, wenn wir nicht noch länger warten. Wir könnten jeden Moment sterben."

Mayer lächelt und führt Lola hinein. Er macht mit ihr eine ausführliche Hausbesichtigung und zeigt ihr all die Zimmer, die er für sie vorbereitet hat, das Spa und den begehbaren Kleiderschrank. Der Ballsaal erinnert Lola an den Eröffnungsball in den *Almack Rooms*. Dann muss sie an *Covent Garden* denken.

„Meine Liebe zu dir ist wie *Aeolus*", witzelt sie. „Der griechische Gott der Winde, der seine Söhne in einer Höhle gefangen gehalten hat."

Mayer lacht:

„Ich glaube, deine Fantasie ist mit dir durchgegangen. Deine Liebe ist nicht auf natürliche Weise entstanden. Du hast sie aus dem Nichts erschaffen."

Und jetzt befindet sich Mayer wieder in *Covent Garden*, mit offenstehendem Mund, von seiner Zunge im Stich gelassen und nur fähig, drei mickrige Worte hervorzubringen:

„Sei mein Mädchen!"

Lola antwortet genauso knapp, wie damals:

„Nein."

„Hmm?"

„Nein, Dummerchen. Ich werde dir nicht gehören. Du bist nicht du selbst. Nicht jetzt. Der Mensch, der vor mir steht, ist kein Mann, sondern eine Idee; eine Manifestation von Geld. Ja, das ist alles, was du bist: Geld."

„Al... so...", stottert Mayer. Seine Gedanken sind ein Gewirr tausender kleiner Knoten:

‚Liebt sie mich? Oder liebt sie mich nicht? Möchte sie mir gehören? Aber kann sie es nicht? Weil ich nicht ich bin? Weil ich Geld bin? Wer bin ich? Was bin ich? Warum?'

Mayer steht da, mit ratlosem Gesicht, steif und hilflos.

„Du warst Liebe", erklärt Lola. „Und dafür habe ich dich geliebt. Das tue ich immer noch."

Ein freches Grinsen will sich auf Mayers Gesicht breitmachen.

„Also...", stottert er weiter. Und wieder kollidieren seine Gedanken:

‚Sollte ich widersprechen? Sollte ich behaupten, dieselbe Person zu sein? Bin ich noch Liebe? War ich das jemals? Kann ein Mensch überhaupt Liebe sein? Was ist Liebe? Warum Liebe? Wie?'

„Also gut", antwortet Lola. „Spende dein Geld wohltätigen Zwecken."

„Alles?"

„Ja. Nutze diese Tauschgelegenheit: Tausche dein Geld für Liebe, dann werde ich dir gehören."

Mayer reagiert nicht. Er stottert nicht. Er denkt noch nicht einmal. Er steht einfach wie erstarrt da.

Lola fährt fort:

„Du musst es einfach kapieren, dass ich mich in gebrochene Männer verliebe. Meine Liebe heilt sie. Sie hilft ihnen, die Männer zu werden, die sie immer hätten sein sollen."

Lola fährt sich mit den Fingern durch ihr Haar:

„Gib dein Geld auf, gib dich mir hin und ich werde dir helfen, du selbst zu werden."

Mayer öffnet seinen Mund, bereit, zuzustimmen, aber Lola ergreift das

Wort:

„Du bist nicht reich. Du bist nur ein armer Mann mit Geld. Um reich zu sein, brauchst du nicht viel Geld. Du musst nur zufrieden sein, mit dem, was du hast. Und du brauchst Liebe. Und Essen. Wo wir gerade davon sprechen, ich habe Lust auf Rosinenkuchen.

---ENDE---

NACHWORT

In unserer Wirtschaft wird das meiste Geld von Banken in Form von Bankkonten, den Zahlen, die in Ihrem Konto erscheinen, geschaffen. Wann immer Banken neue Kredite gewähren, kreieren Banken neues Geld. 97% des Geldes in der heutigen Wirtschaft wird von Banken geschaffen, während nur 3% von der Regierung erzeugt wird.

Das von den Banken erschaffene Geld ist nicht das Papiergeld mit dem Logo der staatlichen Bank von England. Es ist vielmehr das Geld aus dem elektronischen Konto, dass auf dem Monitor aufleuchtet, wenn sie Ihren Kontostand an einem ATM-Geldautomaten überprüfen. In diesem Moment macht dieses Geld (Bankkonten) über 97% des gesamten Geldes der Wirtschaft aus. Nur 3% des Geldes ist noch altmodisches Bargeld, das man anfassen kann.

Banken können Geld durch die Art der Buchführung schaffen, die sie bei der Ausgabe von Krediten verwenden. Die Zahlen, die sie bei der Überprüfung Ihres Kontostandes sehen sind lediglich Buchungseinträge in den Computern der Bank. Wenn Sie jedoch Ihre Debit-Karte oder Internet-Banking benutzen, können Sie diese IOUs (I owe you= Ich schulde dir) genauso ausgeben, als wenn sie das Gleiche wären wie €10-Banknoten. Durch die Erschaffung dieser elektronischen IOUs, können Banken effektiv einen Ersatz für Geld schaffen."

POSITIVES GELD

www.positivemoney.org/how-money-works/how-banks-create-money

DIE KLEINE STIMME

„Der am meisten zum Nachdenken anregende Roman aus dem Jahre 2016"
Huffington Post
„Radikal... Meisterhaft... Hervorragend..."
The Canary
„Eine ziemlich bemerkenswerte Leistung"
BuzzFeed

Liebe Leser,

Mein Charakter wurde von zwei gegensätzlichen Kräften geformt; dem Druck, sozialen Normen zu entsprechen und dem Druck, ehrlich zu mir selbst zu sein. Ehrlichgesagt haben diese beiden Kräfte mich innerlich zerrissen. Sie haben mich hin und her gezogen. Es gab Zeiten, in denen ich meine gesamte Existenz in Frage stellte.

Glauben Sie aber bitte nicht, dass ich wütend oder traurig bin. Das bin ich nicht, weil harte Zeiten dafür sorgen, dass man Erfahrungen sammelt. Ich habe gelitten, das stimmt. Aber ich habe durch mein Leiden gelernt. Ich bin zu einem besseren Menschen geworden.

Jetzt bin ich zum ersten Mal bereit, meine Geschichte zu erzählen. Vielleicht lassen Sie sich davon inspirieren. Vielleicht wird es Sie ermutigen, auf völlig neue Weise zu denken. Vielleicht auch nicht. Es gibt nur einen Weg, das herauszufinden...

Viel Spaß beim Lesen,
Yew Shodkin

Lightning Source UK Ltd.
Milton Keynes UK
UKHW010712260123
416005UK00004B/296